古代文学与小学古诗文鉴赏

主　编：刘飞来　廖承峰　廖　浩
副主编：王　懿

中国财经出版传媒集团
中国财政经济出版社

图书在版编目（CIP）数据

古代文学与小学古诗文鉴赏 / 刘飞来，廖承峰，廖浩主编；王懿副主编 . -- 北京：中国财政经济出版社，2022. 8

ISBN 978-7-5223-1634-5

Ⅰ . ①古…　Ⅱ . ①刘…　②廖…　③廖…　④王…　Ⅲ . ①古典诗歌—鉴赏—中国—教材②古典散文—鉴赏—中国—教材　Ⅳ . ① I206.2

中国版本图书馆 CIP 数据核字（2022）第 142658 号

组稿编辑：谷　文　　　　责任编辑：李　冰

封面设计：卜建辰　　　　责任校对：徐艳丽

古代文学与小学古诗文鉴赏

GUDAI WENXUE YU XIAOXUE GUSHIWEN JIANSHANG

中国财政经济出版社 出版

URL：http：// www. cfeph. cn

E- mail：cfeph@ cfeph. cn

社址：北京市海淀区阜成路甲 28 号　邮政编码：100142

营销中心电话：010 – 88191522

天猫网店：中国财政经济出版社旗舰店

网址：https：// zgczjjcbs. tmall. com

北京中兴印刷有限公司印刷　各地新华书店经销

成品尺寸：185mm × 260mm　16 开　18.75 印张　294 000 字

2022 年 8 月第 1 版　2022 年 8 月北京第 1 次印制

定价：48.00 元

ISBN 978-7-5223-1634-5

（图书出现印装问题，本社负责调换，电话：010-88190548）

本社质量投诉电话：010-88190744

打击盗版举报热线：010–88191661　QQ：2242791300

前　言

习近平总书记多次强调，要用心打造培根铸魂、启智增慧的精品教材。教材编写者必须要坚持马克思主义及其中国化成果的指导地位，要体现党和国家对教育、对育人的基本要求，要展现中华民族的民族风格和文化特色。

为适应小学古诗文教学形势的变化，落实教育部卓越教师培养计划，助力小学语文教师培养，根据教育部《国家职业教育改革实施方案》《高等学校课程思政建设指导纲要》及《义务教育语文课程标准（2022年版）》的有关精神，我们以“立德树人”为根本任务，以高专层次小学教育专业的社会职业需求为导向，遵循文学与鉴赏的一般规律，尊重高专层次学生认知规律和小学语文教师教育行业技能人才成长规律，顺应信息化技术革新趋势，建设“乐学辅教”的富媒体教材，在充分调研的基础上，借鉴国内小学古诗文鉴赏的优秀成果，编撰《古代文学与小学古诗文鉴赏》这本教材。

本教材力求科学系统，序列清晰，由“绪论”“中国古代文学简史”“古典诗文鉴赏方法”“小学古诗词鉴赏选编”“小学古诗文教学实践”五个部分组成；本教材化难为易，突出学材性。古诗文对学生们来说一直是个老大难的问题，一者背诵难，再者鉴赏枯燥难学，也缺乏系统的讲解指导，本教材从学生出发，理论结合实践，达到化难为易的效果；本教材语料时新，可读性强，知识讲述通俗易懂，同时设置“课前导读”“微课视频”“拓展阅读”“课后练习”“综合训练”等栏目，将复杂内容衔接成学习资源，形成“纸质教材 + 多媒体平台”的新形态一体化。

《吕氏春秋》有言：“善教者视徒如己，反己以教，则得教之情矣。”本教材尊重学生的主体地位，相信在授课教师灵活的教学方法下，将会让学生对古诗文鉴赏“知之”“好之”“乐之”。

本教材编写过程中，由廖浩老师统筹指导，把握方向；刘飞来老师编写绪论及第二章的内容，廖承峰老师编写第三章和第四章内容，王懿老师编写第一章内容。此外，我们也得到许多专家学者的指导，并听取了一线小学语文教师的建议。同时，教材参考和引用了大量的资料，在此一并表示诚挚的谢意。由于各种原因，尚有少数引用资料的作者未能取得联系，在此表示歉意，并请作者尽早与我们取得联系，以致谢意。

由于编者水平有限，教材难免存在粗浅、错讹之处，恳请方家批评指正，以便进一步修订完善。

编者

2022 年 6 月

目　录

绪　论

课前导读

古典诗文作为中华文化的代表，是中华优秀传统文化的重要载体，也是世界文学中的一颗耀眼明珠。学习和弘扬古典诗文是语文教育的职责，也是每个炎黄子孙义不容辞的责任。

学习本章节重在了解古典诗文教学的重要性及古典诗文对学生产生的积极影响，为未来从教古诗文奠定思想基础。再者了解本书结构、内容，为接下来的学习做好思想准备。

第一节　小学语文古诗文课的重要性

一、古典诗文的地位和特点

古典诗文在中华文化史上有着不可替代的地位，是中国灿烂传统文化遗产中的精粹，是人文教育和语言文字学习的无限宝藏。结合社会主义新时代“课程思政”及“德育教育”的要求，古典诗文也是进行思想教育，特别是爱国主义教育和历史主义教育最好的教材，是提升民族自豪感，文化自信心的重要途径之一。

首先，古典诗文特别是古典诗词是人抒情表意最为重要的方式之一。《毛诗序》中评价古诗："诗者，志之所之也。在心为志，发言为诗，情动于中而形于言。言之不足，故嗟叹之。嗟叹之不足，故咏歌之。咏歌之不足，不知手之舞之足之蹈之也。"古典诗文抒情性的特点成为它不可取代地位的因素之一。

其次，古典诗文开拓了人的精神世界。在文化史中，对个体自我最为幽微的探索，不是哲学，而是诗歌。生命、爱情、寂寞、苦恼、感动、彻悟，在这些即时的、神秘的、独特的精神体验中，诗在风吹云动、花开叶落的境界里，揭示了人的生命的有限性，并在一定程度上突破了这种有限性，开拓了人类的精神世界，赋予短暂的生命以意义。

最后，古典诗文给人带来了无限的美感。它内涵丰富、包罗万象、语言凝练、意境深邃，具有很高的审美价值和很强的艺术感染力。特别是诗词和音乐相伴而生，音乐的节奏韵律就成了诗词最重要的结构方式。从早期诗歌蕴含的古老民间歌谣的情态，到楚辞音韵婉约缠绵，再到与古体诗相对的是近体诗或格律诗，这些精美雅致的诗歌形态，以及蕴藏其中的丰富细腻或新颖别致的意境，是智慧和敏感心灵的结晶，是中国形式美学的高峰。

作为中华文化的一个重要组成部分，古典诗词经过了千百年的沉淀与流传，是前人留给我们最珍贵的文化遗产，也是继承和传扬中华民族精神的重要载体。作为中华文明的传承者，每一个中国人应义不容辞地承担起继承和发扬古典诗词的责任，使之成为铸造品格，陶冶情操的主要媒介。

因此，古典诗词是每个炎黄子孙近距离接触、了解和感受祖国传统文化的开始，也是激发人们继承并传播祖国传统文化的重要工具。

二、古典诗文在小学语文教学中的作用

无论哪个版本的语文教材，都无一例外地将古典诗文作为一个重要的内容。小学部编版语文教材1—6年级共收录古典诗文达100多首。可见，日常古典诗文教学的重要性是不容忽视的。古典诗文教学地位的重要是由其自身的作用决定的。

首先，古典诗文是弘扬传统文化的重要工具。古典诗文题材多样，内涵丰富，是小学生了解传统文化之博大精深，吸收传统文化智慧的重要载体。杜甫的"国破山河在，城春草木深"，陆游的"王师北定中原日，家祭无忘告乃翁"等，可以激发学生对家乡和祖国的热爱，把民族精神和民族文化植根于小学生的思想中，

激发他们的爱国之情；“四海无闲田，农夫犹饿死”“田家少闲月，五月人倍忙”等，可以促使学生对民生疾苦的关注，了解中华传统以民为本思想的深厚。对人民命运的关注与同情，实则是爱国主义的自然延伸，也可以引导学生从身边做起，关注父母，满怀感恩之情；“举头望明月，低头思故乡”“露从今夜白，月是故乡明”等，可以培养学生的故乡情结；“不识庐山真面目，只缘身在此山中”“问渠那得清如许，为有源头活水来”等，引导学生了解中国哲理，于平凡的景、物、事里感受中国式思考，培养积极正确的价值观；“千门万户曈曈日，总把新桃换旧符”“遥知兄弟登高处，遍插茱萸少一人”等可以挖掘古典诗词中的传统节日，学习民俗文化和民族情感，从各种习俗中，体会人们对幸福和美满生活的寄托和向往。

其次，古典诗文是培养学生审美情趣的重要途径。古典诗文具有意蕴美、音乐美、形式美和语言美。它能以艺术之笔把色彩、画面和意境融为一体，有着特殊的审美功能，学生从中能够受到美的感染与熏陶。如杜甫的“两个黄鹂鸣翠柳，一行白鹭上青天。窗含西岭千秋雪，门泊东吴万里船。”这首古诗，不仅对仗工整，读起来朗朗上口，而且向学生展示了一幅色彩明丽的画面，显示了形象美。李白的“飞流直下三千尺，疑是银河落九天”“不敢高声语，恐惊天上人”等，这些诗句可感知李白之浪漫与奇妙夸张，感受气势磅礴之美。王之涣的“欲穷千里目，更上一层楼”，白居易的“野火烧不尽，春风吹又生”，刘禹锡的“沉舟侧畔千帆过，病树前头万木春”等，这些诗句又给人以一种哲理性的美。诸如此类的蕴含各式各样美的诗句比比皆是，因此小学古典诗文的教学过程其实是鉴赏美的过程。

小学生还没有形成完整的审美体系，他们对于是非曲直，美丑善恶等只凭借外部表象做出判断，而不能依理分析其内在的美和价值。而古典诗文恰好是反映一种内化的、含蓄的情感与判断，因此，通过古典诗文正好可以弥补小学生尚未健全的鉴赏能力。教师可以通过对古典诗文的讲授，扩展学生的审美视野，让学生获得高层次的审美经验，培养正确的审美情趣。

第三，古典诗文可帮助学生积累好词佳句，发展语言能力。培养学生准确恰当地使用祖国语言的能力是小学语文教育的最基本目标。古典诗文是语言的艺术，它简洁明了，用词准确且生动，或简单、平淡与华丽，或委婉、悲切和慷慨，或雄伟、悲壮与沮丧，无论哪种风格的语言，都是语言运用之典范，学生可以通过对优秀古典诗文的学习来提升自己的语言运用水平。如辛弃疾《清平乐·村居》中对顽皮可爱的小儿的描写："最喜小儿亡赖，溪头卧剥莲蓬。"其中，词语"亡赖"被巧妙地反用，来表达赞美、喜爱之情。"卧"字来表现出的孩子性格是如此顽皮和活泼。精简的语言表现孩子无忧无虑，生动活泼的生活态度。总之，尽可能地多阅读、背诵以及积累古诗文中的好词佳句，对学生在模仿、借鉴美丽的祖国语言文字，提高他们表达语言的能力起着举足轻重的作用。

第四，古典诗文可以训练想象力，培养创新性思维。古典诗文的语言有简洁、抒情、篇幅短小而丰富的特点，学生在学习古诗时想要充分了解诗中的意境，领悟诗人的言外之意，就必须去补充和想象，进行艺术的再创造。在这一过程中，就需要发挥学生的想象力，从而培养学生的创造性思维。如叶绍翁的《游园不值》一诗："应怜屐齿印苍苔，小扣柴扉久不开。春色满园关不住，一枝红杏出墙来。"这首诗的内容上有想象、虚拟、假定的特点。在讲到春天的美好时让学生展开无拘无束的想象：把自己当作这枝冲出墙外的红杏，说说在园内都看到了些什么，在园外又看到了些什么；让学生把自己当作是关在园子内的花草树木，问问红杏自己想问的问题；又如诗人是如何怜爱苍苔的，让学生想象并表演诗人当时会是怎样走路的等等。经过这些充满想象力的提问，学生畅所欲言，创作的欲望被激发，尽情地展示自己的想法。这不仅有助于学生对古诗感情色彩的理解，也有助于他们的写作能力提高，更有助于他们创造性思维习惯的养成和能力的培养。

最后，学习古典诗文能提升学生学习母语的积极性和热情。小学阶段是学习母语的黄金期，这个时期儿童的记忆力是人一生中最好的一个阶段。不要求学生在学习古典诗文时都以理解为目的，但要求学生记忆积累一定数量的古诗，这对学习语言是十分有利的。错过了这一记忆的黄金时期，再去学习古典诗文，效果会十分有限，将影响学生一生的发展。我国的语言大家鲁迅、胡适、老舍也等都无一例外地在儿童时期都受过古诗的学习和熏陶。因此，要珍惜儿童学习母语的黄金期，让学生在小学阶段积累一定数量的经典诗文，涵养孩子的一生。只有把精神生命的根深深扎在民族文化的沃土里成长起来的孩子，才会有丰富的文化底蕴，才会具备真正的中国魂。

第二节 “古代文学与小学古诗文鉴赏”课的性质、任务和内容

古代文学与小学古诗文鉴赏是三年制高职高专或五年制大专、中职学校小学教育专业及其相关专业的一门专业必修课。本课程的教学任务是：以小学语文教育的课程要求为依据，坚持理论联系实际，实践指导理论的原则，依据小学阶段的古诗文，系统讲授鉴赏古诗文的理论和方法，加强基本技能的训练，提高学生对古诗文的理解、鉴赏和讲授能力，为他们将来从事小学语文诗文教学和其他相关研究工作打好基础。

本课程的绪论部分简要分析了小学古诗文课的重要性及“小学古诗文鉴赏”课的性质、任务和内容。课程的主体由四部分组成，将系统介绍古代文学传承发展史及古诗文鉴赏的理论知识和实践方法，下面做简要介绍。

首先是讲简史，第一章系统介绍中国古代文学传承发展的历史，重点梳理中国古典诗文的演变过程，让学生了解中国诗文的来龙去脉，知道各个阶段诗文的形式特点及彼此之间的联系发展，为古典诗文鉴赏树立全局观。

其次是讲方法。从知人论世，以意逆志介绍到炼字炼句、意象意境及表达方式、抒情方式、表现手法、修辞手法、篇章结构、平仄诵读等，以期从方法角度让学生对古典诗词的创作有一个整体的了解，知其所以然之后，就可培养鉴赏古诗词的能力。

再次是讲示例。结合部编版1—6年级语文教材，选取50多首诗词，依据小学生认知发展规律，结合思政要求，分为童心、明理、立志、爱国、思乡、怀友、自然、弘毅八个模块，逐篇分析，既是对方法的运用，能力的培养，也是对学生思想道德情操的陶冶。

最后是讲实践。经过方法和示例的积累，结合小学教育专业，指导学生进行实践练习。先是介绍古诗词教学的规定和要求，再介绍小学阶段诗词教学常用的方法，然后是教学实例展示，最后是学生对小学语文教材其余篇目及课外篇目的

鉴赏实践。理论与练习结合，切实提升学生对古诗词的鉴赏和教学能力。

古诗词是中华几千年文化中最耀眼的瑰宝，学习和传扬古典诗词是每个炎黄子孙义不容辞的责任，更是每个语文教师神圣且重大的职责。尤其在小学阶段，从小培养学生对古典诗词的了解和喜爱，对学生自身的成长，对继承中华文化都有极其重要的作用，理当十二分重视。

第一章 古代文学简史

课前导读

文学与国家的政治、经济、文化的发展有紧密的联系，同时，又有着自己独特的发展脉络。中国古代文学有着鲜明的时代特征，诗歌、散文、词、戏曲、小说每一种文学样式在历史上都拥有过独属于自己的“高光”时刻，各种文体又互相渗透、影响，互相借鉴、交融，共同构成了熠熠生辉的文学宝库。

本章按照时间线索，以诗词的演变发展为主线，将中国古代文学史分为先秦文学、两汉文学、魏晋南北朝文学、隋唐五代文学、宋代文学、元代文学以及明清文学七个部分来进行简要论述，旨在对每个时期的文学体式、文学风格、作家作品、文学发展原因及趋势进行解读，进而把握中国古代文学史全貌，激发学生对古典文化的热爱，提升文化自信。

第一节 先秦文学

“先秦”的概念，一般包括了原始社会、奴隶社会和封建社会的初期三个阶段。先秦文学就是指这一漫长历史时期的文学。

先秦文学是我国古代文学发展的萌芽和奠基阶段，这一阶段的古代神话、诗歌和散文都成就斐然。产生于原始时代的上古歌谣和神话揭开了我国古代文学发展史的第一页，历来被视作是古代文学的源头，反映了原始人类的生活和愿望，是诗歌最古老的雏形；《诗经》和楚辞形成的“风骚”传统，开创了我国古代诗歌现实主义和浪漫主义的风格，具有划时代的意义；先秦历史散文叙事写人生动，语言也富于文采，诸子散文则完成了从有观点无论证的语录体向论点明确、论证严密的论说文的过渡，对后世散文发展影响极为深远。

可以说，先秦文学孕育了后世各类文学体裁，它是璀璨夺目的中国古代文学史的第一页，为我国古代文学的蓬勃发展奠定了坚实的基础。

一、上古歌谣和神话传说

上古歌谣是指上古时期的民歌、民谣，是产生于文字发明之前，在人民劳动、歌舞的过程中逐渐形成，并口耳相传的一种民间文学。它是先民表达思想、抒发感情、促进生产的重要工具，是在生产力极为低下的原始时代产生的，是出现最早的文学样式。

上古歌谣零散保存在先秦两汉的典籍之中，后代集中辑本有：清代沈德潜的《古诗源》，今人逯钦立《先秦汉魏晋南北朝诗》收录最为详尽。但并不完全可信，有些可能是出于后人的伪托。

按题材内容，大致可分为劳动歌谣、祭祀歌谣、图腾歌谣、婚恋歌谣、战争歌谣等。它们具有集体性、综合性和再现生活的直接性等特点，词句简朴，节奏流畅，以赋为其主要表现手法。试举几例：

再现劳动过程，《弹歌》[1]：

断竹、续竹、飞土[2]、逐宍[3]。

【注释】

①《弹歌》选自《吴越春秋》，《吴越春秋》记载，春秋时期，越国的国君勾践向楚国的射箭能手陈音询问弓弹的道理，陈音在回答时引用了这首《弹歌》。

②飞：发出。土：这里指泥制的弹丸。

③逐：追赶，猎取。宍（ròu）：“肉”的古字。

反映上古婚姻，《周易》中《屯·六二》：

屯如[①]，邅如[②]；乘马，班如[③]；匪寇，婚媾。

【注释】

①屯如，难进之貌。

②邅如，辗转之貌。邅，读 zhān 音，辗转义。《广韵》：“邅，移行。”

③班如，盘桓不进之貌。班，分布，下马为班，与马异处也。

思恋之歌，《候人歌》[①]：

候人兮猗。

【注释】

①选自《吕氏春秋·音初篇》。整部作品只有四个字，其中的两个字还是语气助词，相当于现代汉语的“啊”和“呀”字。仅剩下的两个实词直白地道出了歌者心中的所思所想：等你。

上古歌谣是我国诗歌的传说时期，它往往和先民的劳动生活、宗教祭祀密切相关，是配合着音乐舞蹈的，为我国后代的文学创作奠定了基础，并以无比灿烂的光芒照耀着我国的文学史。

神话是远古时代的人民在社会实践中创作出来的，对其所接触的自然现象、社会现象、幻想出来的具有艺术意味的解释和描述的集体口头创作。

神话是怎样产生的呢？鲁迅先生这样论说道：“昔者初民，见天地万物，变异不常，其诸现象，又出于人力所能之上，则自造众说以解释之：凡所解释，今谓之神话。”（《中国小说史略》第二篇）无疑说明，神话的产生是和现实生活紧密相连的。古代每一时期的神话所包含的特定意义以及诸如此类的问题，都不能离开当时人类的现实生活、劳动和斗争而作凭空的推想。

原始社会生产力极其低下，原始人对许多自然现象如暴风骤雨、电闪雷鸣、旱流金石、洪水滔天等感到害怕，对天地山川的形成、人类的出现、日月的运行等无法解释。他们把这些自然现象视为与自己一样的生命物而加以崇拜，这就产生了原始的宗教观念。在人不断劳动和认识的过程中，人的思维能力不断得到发展，而且求生存的欲望促使他们勇敢地探索，开始表现出征服自然的强烈愿望，但这种愿望只能通过幻想来满足，于是就产生了神话。这时，他们一方面把各种自然现象人格化，塑造成神的形象，一方面又依据人类改造自然的经验和愿望，塑造出传说中的英雄，让他们征服自然，拯救人类。可见，神话是原始社会生产力低下时期人类通过幻想来征服世界的产物。

中国古代的神话一向没有集成专书，因而也就没有系统，所反映的内容也是纷纭复杂的。我们现在从一些典籍，如《山海经》《庄子》《楚辞》《淮南子》等书中，搜寻零星片段，概括出古代神话反映这样一些社会生活的状况。

其一，原始人对人类起源和对天体地理的探讨。最有代表性的神话是盘古开天辟地和女娲补天。

其二，战胜自然，克服困难，反映了原始人对现实生活的迫切要求。如“精卫填海”“夸父逐日”，《山海经》中的羽民国、长臂国、奇肱国、长股国等。

其三，关于历史性英雄人物的神话传说。如“后羿射日”“大禹治水”“黄帝擒蚩尤”等。

总的来说，上古神话内容丰富多彩，但大部分是只言片语，不完整；神话传说中的一些英雄人物在自然界的大灾害面前都不是束手无策，而是运用无比巨大的力量去克服它们，体现出一种“人定胜天”的思想。他们和神往往处在对抗地位，而不是它的顺从者；神话与历史传说结合比较紧密。

上古神话通过幻想的形式，反映了那个时代人类的生活和理想，它乐观的精神、丰富的素材、生动的情节及夸张的艺术手法，都深深地浸润着后世的作家，推动着文学的发展。

二、《诗经》和楚辞

中国的诗歌产生于文字发明之前，它是在人们的劳动、歌舞中渐渐形成和发展起来的，故诗歌的源头是上古歌谣。但是上古时代没有文字记录，这些歌谣只存在于口头传说，后人所看到的上古歌谣，往往是某人根据所知所闻辑录出来的，其真实性有待考证，所以我们今天难以窥见其历史面貌。

大概到了周代，周王朝为了制礼作乐，曾派采诗官在春秋两季摇着木铎深入民间收集民间歌谣，把能够反映人民欢乐疾苦的作品，整理后交给太师（负责音乐之官）谱曲，演唱给周天子听，作为施政的参考。另外，周朝的贵族文人们为了祭祖、宴客、出兵、打猎、讽谕等目的也作诗、献诗。这些诗大概在春秋中期（公元前6世纪左右）被编辑成册，是为《诗》。所以，《诗》共收集自西周初年（公元前11世纪）至春秋中期（公元前七世纪）大约500年间的诗歌，共305篇（实际是311篇，其中《南陔》《白华》《华黍》《由庚》《崇丘》《由仪》为笙诗，即只有标题，没有内容）。因此，它又被称为“诗三百”，到西汉时改名为《诗经》，并沿用至今。

《诗经》就整体而言，是周王朝由盛而衰500年间中国社会生活面貌的形象反映，其中有先祖创业的颂歌，祭祀神鬼的乐章；也有贵族之间的宴饮交往，劳逸不均的怨愤；更有反映劳动、打猎、以及大量恋爱、婚姻、社会习俗方面的动人篇章。305篇按照音乐属性可分为“风”“雅”“颂”三部分。

《风》又称“十五国风”，是15个地区的民歌①，大致分布在黄河流域，包括今陕西、山西、河南、河北、山东等地，都是经过润色后带有地方色彩的民间歌曲，共160篇，是《诗经》中的核心内容。其主要内容有：（1）表达人民反抗剥削压迫的愿望和对劳役、兵役的痛苦与反感。如《豳风・七月》描述了农奴被剥削、压榨，终年辛勤劳动的痛苦生活，《王风・君子于役》则从征夫家属的角度，表示了对兵役、徭役的愤怒与不满；（2）对劳动的讴歌。如《周南・芣苢》是妇女们三三两两去采集车前子时边采边唱的歌，表达了妇女劳动时的欢快之情；《魏风・十亩之间》唱出了采桑姑娘在劳动中的欢乐和劳动后愉悦的心情；（3）表现爱国主义情操和对统治阶级丑恶行径的揭露。如《秦风・无衣》反映战士们在国难当头为保卫家园，慷慨从军，团结御侮，同仇敌忾的豪情；《载驰》表达了许穆夫人为拯救祖国于危亡之中而奔走的崇高爱国精神：（4）表达爱情的恋歌和反映妇女婚姻与命运的诗篇。如《周南・关雎》写了一个青年男子大胆、率真地表露对一位美丽姑娘的相思之情；《召南・摽有梅》写一个女子惟恐青春易逝而急于求偶的热切心情，大胆泼辣，真挚动人。

《雅》包括《小雅》74篇，《大雅》31篇，共105篇，合称“二雅”。多数是周王朝国都附近的乐歌，也有部分民歌。关于其创作年代和作者，大致可以认为：《小雅》中的大部分和《大雅》中的一部分是西周末期和春秋初期的作品，《小雅》

① 十五国风分别是：周南11篇、召南14篇、邶风19篇、鄘风10篇、卫风10篇、王风10篇、郑风21篇、齐风11篇、魏风7篇、唐风12篇、秦风10篇、陈风10篇、桧风4篇、曹风4篇、豳风7篇。

的大部分作品出自各级贵族之手，其中也有一部分是民间歌谣，《大雅》几乎全是贵族作品。今人多以为“雅”是西周王畿地区的乐调，即所谓“官调”，与“风”为地方乐调相对而言。雅有大小之分，或与乐调有关，或与时间有关（大雅多是西周时代的作品；小雅则多为周王室衰微以后的作品）。

《雅》的主要内容大致可有以下几方面：（1）周民族的史诗：如《大雅》的《生民》《公刘》《绵》《皇矣》《大明》。这组诗歌颂了周民族创业开国的英雄人物和先王，较为完整地描述了周人的起源、发展和建国史，是珍贵的历史画卷。（2）政治讽刺诗：这类诗在《雅》诗中占相当大的比重，例如《大雅·桑柔》直接指斥周厉王为政暴虐，执政大臣贪残害国；《小雅·正月》揭露了奴隶主贵族的昏庸腐朽与残暴。（3）饮宴诗：如《小雅·鱼丽》《小雅·庭燎》等都极写贵族们宴饮场面，反映了统治阶级日趋豪华奢侈的生活。（4）农事诗和畜牧诗：例如《小雅·楚茨》《小雅·甫田》《小雅·大田》等，对周代的社会制度和农业生产方式均有反映。（5）恋歌和怨歌：例如《小雅·隰桑》便是女子对爱人倾诉款曲之歌；《小雅·谷风》则是被遗弃的妇女对忘恩负义的丈夫的指责，充满了痛苦忿怒之情，《小雅·何草不黄》在征夫的愤怒控拆中反映了兵役、徭役给人民带来的深重灾难。

《颂》是王室宗庙祭祀或举行重大典礼时的乐歌，分《周颂》《鲁颂》《商颂》，共 40 篇，合称“三颂”。其中，周颂 31 篇，是西周初期的诗，多是周王室的宗庙祭祀诗；鲁颂 4 篇，产生于春秋中叶鲁僖公时，都是颂美鲁僖公之作；商颂 5 篇，大约是殷商中后期的作品。从内容上可分为两类：《那》《烈祖》《玄鸟》明显是祭歌，主要是写歌舞娱神和对祖先的赞颂。《长发》和《殷武》的祭祀意味不浓，可能是一种祝颂诗，主要写商部族的历史传说和神话。前三篇不分章，后二篇分章，风格近于“雅”，可能比前三篇晚出。

《诗经》的表现手法丰富多彩，后人曾经归纳为“赋、比、兴”。

“赋者，敷陈其事而直言之也。”赋，就是铺陈直叙，即是人把思想感情及其有关的事物平铺直叙地按照一定的顺序组成一组结构基本相同、语气基本一致的句群表达出来。如《七月》叙述农夫在 1 年 12 个月中的生活，就是用赋；《生民》无论对于弃儿情节的叙述，还是对于祭祀场面的描写，也都是用赋法。

“比者，以彼物比此物也。”比，就是类比，是诗经表现手法中最基本的手法，用得最为普遍。一般来说，用来作比的事物总比被比的本体事物更加生动具体、鲜明浅近而为人们所知，便于人们联想和想象。《诗经》中比的运用很广泛，比较好理解。如《卫风·硕人》写庄姜的美貌：“手如柔荑，肤如凝脂，领如蝤蛴，齿如瓠犀，螓首蛾眉。巧笑倩兮，美目盼兮。”前后用了一系列比喻，使其形象跃然纸上。

“兴者，先言他物以引起所咏之词也。”“兴”字的本义是“起”，因此又多称为“起兴”。它往往用于一首诗或某章诗的开头。有时一句诗中的句子看似比似兴时，可用是否用于句首或段首来判断是否是兴。例《卫风·氓》中“桑之未落，其叶沃若”就是兴；《桃夭》中“桃之夭夭，灼灼其华，之子于归，宜其室家。”也是兴。

“风、雅、颂、赋、比、兴”合称为“诗经六义”，语出《诗·大序》：“故诗有六义焉：一曰风，二曰赋，三曰比，四曰兴，五曰雅，六曰颂。”一般认为风、雅、颂是诗音乐的分类；赋、比、兴是诗的表现手法。

《诗经》的句式，以四言为主，四句独立成章，其间杂有二言至八言不等。二二节拍的四言句，是构成《诗经》整齐韵律的基本单位。章法上以重章叠句的复沓结构为主，兼以叠字或双声叠韵。这种结构读来显得回环往复，节奏舒卷徐缓。在意义表达和修辞上，也具有很好的效果。

总之，《诗经》是中国最早的一部诗歌总集，也是中国诗歌最早的、最为重要的一个源头。《诗经》立足于社会现实生活，对时政世风、战争徭役、婚姻爱情的叙写，展现了周代政治状况、社会生活、风俗民情，这一“饥者歌其食，劳者歌其事”的精神传统为后世现实主义文学的源头。但《诗经》对后世最大的影响在于后来汉儒借《诗经》所阐发的“诗言志”“美刺”“比兴”以及“温柔敦厚”的诗教观，一直被历代诗人奉为创作圭臬。

中国诗歌的另一源头是楚辞。

楚辞，其本义是指楚国民歌的歌辞，后来逐渐固定为两种含义：一是诗歌的体裁，二是诗歌总集的名称。从诗歌体裁来说，它是战国后期以屈原为代表的诗人，在楚国民歌基础上开创的一种新诗体，且具有浓郁的楚国地方特色和神话色彩。从总集名称来说，它是西汉刘向在前人基础上辑录的一部“楚辞体”的诗歌总集，命名为《楚辞》，收入战国楚人屈原、宋玉的作品以及汉代贾谊、淮南小山、东方朔、王褒、刘向等人的模仿之作。

楚辞的奠基人和代表作家是屈原。屈原，芈姓，屈氏，名平，字原，是楚国的一个王室贵族，曾任三闾大夫和左徒，一度受到楚怀王的信任和重用。他提倡“美政”，对内主张“举贤授能”，变法图强；对外主张联齐抗秦。后因遭到保守派的谗害排挤，被楚襄王放逐了。在放逐途中，他爱国之心不改，把满腔的郁闷写成了一首首感情浓烈、文辞华美的诗篇。他后来看到楚国必将灭亡，人民水深火热，而他又无力回天，遂自投汨罗江而死。他是中国诗歌史上最早的、影响最为深远的爱国诗人，中国浪漫主义文学的奠基人，被誉为“楚辞之祖”。屈原作品的出现，标志着中国诗歌进入了一个由大雅歌唱到浪漫独创的新时代，其主要作品有《离骚》《九歌》《九章》《天问》等。其中《离骚》集中反映了屈原的人格魅力和艺术成就。

《离骚》是中国战国时期诗人屈原创作的诗篇，是中国最长的政治抒情诗。此诗以诗人自述身世、遭遇、心志为中心。前半部分反复倾诉诗人对楚国命运和人民生活的关心，表达要求革新政治的愿望，和坚持理想、虽逢灾厄也绝不与邪恶势力妥协的意志；后半部分通过神游天界、追求实现理想和失败后欲以身殉国的陈述，反映出诗人热爱国家和人民的思想感情。全诗运用美人香草的比喻、大量的神话传说和丰富的想象，形成绚烂的文采和宏伟的结构，表现出积极的浪漫主义精神，并开创了中国文学史上的“骚体”诗歌形式，对后世产生了深远的影响。

楚辞创造了一种新的诗歌样式，这种诗歌样式较《诗经》更为自由且富有变化，楚辞表现出了突出的浪漫主义精神，以其波涛汹涌的感情，奇幻瑰丽的想象，铺陈华美的语言，浪漫主义的创作方法，极强的艺术感染力，成为中国诗歌发展史上浪漫主义文学创作的源头。

《诗经》与《楚辞》是中国传统社会不同的社会文化价值的表现。现实主义精神贯穿《诗经》，浪漫主义精神贯穿《楚辞》，两者共同发展、形成了我国诗歌史上两种不同的创作方法。在历史长河中，它们影响了一代又一代的中国人，对我国后世文学产生了深远而广泛的影响。

三、先秦散文

先秦时期是我国古代散文蓬勃发展的阶段。在此期间，我国散文经历了由萌芽到成熟的发展过程，也涌现出了许多非常优秀的散文著作。先秦散文的萌芽可以上溯到殷商时代，商朝的甲骨卜辞中，已经出现一些记录较完整的句子。西周的铜器铭文，有的长达三五百字，记录贵族事功、诉讼原委或赏赐情由等，这些可以视为古代散文的雏形。

这一阶段的散文主要可以分为两大类：历史散文和诸子散文。

历史散文原本不归属于文学的范畴。但先秦时期文学性的散文还未出现，而大部分历史著作写人叙事生动形象，语言也富于文采，后世文学创作多从中汲取养分，所以此处将先秦的历史散文纳入文学领域。这类散文主要以《左传》《国语》《战国策》为其代表。

《左传》是《春秋左氏传》的简称，是用历史事实来解释《春秋》的著作，相传为鲁国史官左丘明所作。《春秋》是概括地记述历史，而《左传》则详细地记载事件本末细节，主要叙述了春秋时期各诸侯国政治、军事、外交等方面的情况和历史人物的言行。

故事性强是它最主要的艺术特色。虽然是历史著作，但作者往往像一个讲述者，把故事讲得完整生动且富于戏剧性；擅长战争描写，它不仅把纷繁复杂的战争有条理地叙述出来，并且从大处着眼，通过人物对话，写出战争的性质，决定胜败的因素等内容，个别战役也有细致具体的场面描绘，《曹刿论战》和《秦晋肴之战》等篇，都写得非常出色；《左传》中描写了各式各样的人物，作者主要通过人物的行动和辞令来塑造形象，许多人物写得个性鲜明，鲜活饱满。

《左传》兼具史学价值和文学价值，它不仅以丰富的史实情节，为后世戏剧小说提供了素材，同时以生动精炼的写人叙事成为后代散文家学习的典范。

《国语》，是我国第一部国别体史书，它分别记载周王朝及诸侯各国之事。《左传》侧重于记事，而《国语》偏重于记言，故名《国语》。《国语》所记事实大多通过君王的言论和卿士们的谏说之辞来表现，文字朴实简练，文学成就不如《左传》，但也不乏情文并茂之作，如《敬姜论劳逸》(《国语·鲁语下》)，《叔向贺贫》(《国语·晋语八》) 都历来为人们所称道。

《战国策》，也是一部国别体史书，主要记述战国时策士的言论和活动。其文铺张扬厉，喜欢夸张渲染，《战国策》还善用譬喻典故，语言生动流畅，常用排偶叠句，具有纵横家的雄辩特色。许多为人熟知的寓言和成语故事都出自于战国策，如狐假虎威、画蛇添足、南辕北辙等。

先秦历史散文对后代文学影响深远，它为后世的史学家和文学家提供了智慧和灵感，潜移默化地影响着他们的语言风格和行文笔法。

诸子散文则是指春秋战国时期各派学者的著述。春秋末年，诸侯崛起，天下纷争。与之相应，官失其守，礼崩乐坏，士阶层蔚然勃兴，私学兴起，私家著述相继出现。到战国时，百家争鸣、著书立说的现象已蔚然成风。当时主要诸子有儒、道、阴阳、法、名、墨、纵横、农、杂、小说家十家。先秦诸子散文指的就是这一时期诸子百家阐述各自对自然对社会不同观点和主张的哲理性著作。

《老子》：道家学说的奠基之作，因被后学分为“道篇”“德篇”并尊为经，故又名《道德经》。唐玄宗天宝年间封老子为“真人”，故又名《道德真经》。其文玄妙深奥，语颇隽永，耐人寻味，其哲学思想对后代的影响极为深远，而且多用韵语，宛若富有哲理的散文诗。

《论语》：语录体散文，儒家学派的经典之一，主要通过孔子与其弟子之间及弟子相互间交流问答的情景和内容的记述，以及直接转述的片段语录，记录孔子的思想学说，其中包含大量富有文采又具哲理性的格言。

《孟子》：主要记载孟子的言行，也是儒家的经典著作。南宋时被官方列为经书，并与《论语》及《礼记》中的《大学》《中庸》两篇合为《四书》，从此成了科举时代士人必读的教科书，影响极大。其文气势充沛，感情强烈；长于辩论，善设机巧；妙用比喻，生动贴切；欲擒先纵，令人折服；一向以犀利雄辩著称。

《庄子》：道家的经典著作。作者应是庄子及其后学。作品主要通过大量的寓言故事阐发其哲学。唐玄宗天宝元年诏封庄子为南华真人，所以《庄子》又名《南华真经》。其文汪洋恣肆，想象丰富，构思奇特，讽刺辛辣，机智幽默，妙趣横生，辞藻瑰丽，风格独特，是先秦时期最富有文学色彩的散文作品。

《荀子》：儒家著作。战国晚期，儒家分为八派，荀子成为当时儒家学派中最有影响的代表人物。其文长于说理，分析透辟，多用排偶，整练严密，以浑厚著称。其中《劝学》是古代论述学习的精彩篇章；《成相》和《赋》是采用民歌形式写的韵文，开创了后代说唱文学与辞赋的先河。

先秦诸子散文高超的语言艺术，丰富了汉语的表现力，为我国语言的发展奠定了基础，也直接影响了后世的语言修辞。其中的很多词汇和成语，至今仍然活跃在现代语言之中，具有着旺盛的生命力。

拓展阅读

明理增信，崇德力行

习近平总书记在党史学习教育动员大会上的讲话中强调："全党同志要做到学史明理、学史增信、学史崇德、学史力行，学党史、悟思想、办实事、开新局，以昂扬姿态奋力开启全面建设社会主义现代化国家新征程，以优异成绩迎接建党一百周年。"这虽然是总书记对党员学习党史的要求，但却如指路明灯一样，为每一个学习历史的人指明了方向。

学习文学史亦需如此。

学史明理：中国古代文学史是中国文化史的重要组成部分，是每个炎黄子孙精神图腾中浓墨重彩的一笔。"欲知大道，必先学史"。学习中国古代文学史，了解中国古人所创造的辉煌文化，明白中国古代文学的来龙去脉，发展与传承，坚实只有弘扬中国特色的文化才能真正实现民族复兴的理念。

学史增信：历史是最好的教科书，最具有说服力。中国古代文学史是中国传统文化最大的宝藏，我们要从文学史的学习中寻找理论滋养，获得精神支柱，这对构建全民族的文化自信心和民族自豪感具有举足轻重的作用。

学史崇德：古代文学史是中华民族先贤们智慧的结晶，是中华民族精神的绚丽华章。学习古代文学史能够提高自身的思想道德修养，提升自身的人文素质，对形成"明大德、严公德、守私德"品德境界有积极影响。

学史力行：学史贵在力行，明理、崇德、增信是前提，力行才是最终目标。学习文学史，树立文学史的中国特色理念，树立文学发展的全局观念，在未来的教学过程中能够融合并举、融会贯通，切实把继承与弘扬优秀传统文化落到实处，并且影响到每一个学生。

思考与练习

1.《诗经》的表现手法历来被人们所借鉴，请简述它们的特点？

2. 楚辞本指楚国民歌的歌辞，后来为什么被称为我国浪漫主义文学创作的源头？

3.《庄子》是先秦时期最富有文学色彩的散文作品，请从中选择一篇作为案例，简要评论其文学魅力。

第二节 两汉文学

两汉王朝总共400余年，是中国历史上的昌盛时期，国力的强盛，社会的进步，促进文学蓬勃发展的局面产生，使两汉文学呈现出多元化的发展趋势。

两汉的主要文学成就包括：汉赋、散文和诗歌。两汉诗歌以乐府诗和文人五言诗成就最为突出。汉乐府是继《诗经》和楚辞之后的诞生的又一新诗体，《孔雀东南飞》就是汉乐府中最具光华的明珠，《古诗十九首》则代表了汉代五言诗的最高成就。两汉散文以历史散文和政论散文为主，尤以历史散文最为突出。司马迁的《史记》创立了纪传体史书的新样式，既是对先秦散文的继承，又开辟了传记文学的新纪元，辉耀千古。作为一代之文学的汉赋，是一种新兴的文体，它介于诗歌和散文之间，韵散兼行，是诗的散文化，散文的诗化。其博采《诗经》、楚辞、先秦散文等诸种文体之所长，形成了一种容量宏大且颇具表现力的综合型文学样式。在汉代，也涌现出了贾谊、司马相如、班固等一批优秀的汉赋作家。

两汉文学既有对前代文学的继承与发展，也闪烁着嬗变和革新的光芒，在价值取向、审美风格及文学体式等诸多方面为后世文学的发展树立了典范。

一、汉乐府民歌及《古诗十九首》

继《诗经》和楚辞之后，诗歌在汉代又出现了一种新的形式，即汉乐府民歌。乐府是古代的音乐机关，正式成立于西汉汉武帝时期，职责是收集编纂各地民间音乐、整理改编与创作音乐、进行演唱及演奏等。汉乐府指由汉时乐府机关所采制的诗歌。这些诗，原本在民间流传，经由乐府保存下来，汉代叫做“歌诗”，魏晋时始称“乐府”或“汉乐府”。后世文人仿此形式所作的诗，亦称“乐府诗”。

汉乐府民歌中女性题材作品占重要位置，它用通俗的语言构造贴近生活的作品，由杂言渐趋向五言，采用叙事写法，刻画人物细致入微，创造人物性格鲜明，故事情节较为完整，而且能突出思想内涵着重描绘典型细节，开拓叙事诗发展成熟的新阶段，是中国诗史上五言诗体发展的一个重要阶段。在文学史上，汉乐府有极高的地位，其与诗经、楚辞可鼎足而立。

“感于哀乐，缘事而发”是汉乐府的创作方法。创作主体往往是有感而发，具有很强的针对性。激发乐府诗作者创作热情和灵感的是日常生活中的具体事件，乐府诗所表现的也多是人们普遍关心的敏感问题，道出了那个时代的苦与乐、爱与恨。如《东门行》中“盎中无斗米储，还视架上无悬衣”，逼得男主人公不得不割舍夫妻之爱、儿女之情，最后拔剑而起，走上反抗道路;《妇病行》中妇病连年累岁，垂危之际把孩子托付给丈夫；病妇死后，丈夫不得不沿街乞讨，遗孤在家里呼喊着母亲痛哭。病妇临终遗嘱伤心刺骨，而丈夫无力赡养遗孤的愧疚、悲哀，渗透于字里行间;《孤儿行》中孤儿受到兄嫂虐待，尝尽人间辛酸。因不堪忍受非人的待遇，竟然有生不如死的想法，小小年纪便对命运已经完全丧失信心。这些作品用白描的笔法揭示平民百姓经济上的贫穷，生活的疾苦，劳作的艰难，并且还通过人物的对话、行动、内心独白，表现他们心灵的痛苦，感情上遭受的煎熬。另外，也有展示与苦难世界完全不同的景象，把人带进另一个天地的诗歌。如《相逢行》中，作者犹如一位导游人员，两度把人引入侍郎府。这是一个既富且贵的家庭，而且宝贵程度非同寻常。黄金为门，白玉为堂，是富爵王侯的标志，不是一般的富，而是巨富。侍郎是皇宫的禁卫官或天子左右侍从，是皇帝信任的近臣，其特殊地位不是普通朝廷官员所能相比。再如《鸡鸣》和《长安有狭斜行》把表现对象的显赫地位渲染得更加充分，或云：“兄弟四五人，皆为侍中郎”，或云：“大子二千石，中子孝廉郎。小子无官职，衣冠仕洛阳。”把表现平民疾苦和反映富贵之家奢华的乐府诗同时收录，这就形成对比鲜明、反差极大的两幅画面。一边是饥寒交迫，在死亡线上挣扎；一边是奢侈豪华，不知人间还有忧愁事。这两组乐府诗的客观效果是引导读者遍历天堂地狱，领略到人间贫富悬殊、苦乐不均的两极世界。

爱情婚姻题材作品在汉乐府诗中占有较大比重，这些诗篇多是来自民间，或是出自下层文人之手，因此，在表达婚恋方面的爱与恨时，直接地坦露和表白，显得大胆泼辣、毫不掩饰。如《上邪》是女子自誓之词，用语奇警，别开生面。先是指天为誓，表示要与自己的意中人结为终身伴侣。接着便连举五种千载不遇、极其反常的自然现象，用以表白自己对爱情的矢志不移。《有所思》反映的就是未婚女子这种由爱到恨的变化及其表现。女主人公思念远在大海之南的情人，她准备了珍贵的“双珠玳瑁簪，用玉绍缭之”，想要送给对方。听到对方有二心，她就毅然决然地毁掉这份礼物，果断地表示：“从今以往，勿复相思。”她爱得热烈，恨得痛切，她的选择是痛苦的，同时又斩钉截铁，义无反顾。

而《孔雀东南飞》所描写的是另一种类型的爱与恨。焦仲卿和刘兰芝是一对恩爱夫妻，他们之间只有爱，没有恨。他们的婚姻是被外力活活拆散的，焦母不喜欢兰芝，她不得不回到娘家。刘兄逼刘兰芝改嫁，太守家又强迫其成婚。刘兰芝和焦仲卿分手之后进一步加深了彼此的了解，他们之间的爱愈加炽热，最后双双自杀，来反抗包办婚姻，同时也表明他们生死不渝的爱恋之情。还有像《陌上桑》和《羽林郎》这样的诗。男女双方根本没有任何感情基础，是素不相识的陌生人，男方企图依靠权势将自己的意愿强加于女方。于是，出现了秦罗敷怒怼使君、胡姬誓死回绝羽林郎的场面。这两首诗的作者也是爱憎分明，对秦罗敷和胡姬给予充分的肯定和高度的赞扬，嘲笑了好色无行的使君和金吾子。

汉乐府最大、最基本的艺术特色是它的叙事性。这一特色是由它的“缘事而发”的内容所决定的。这是它现实主义创作方法的体现。但也有一些作品具有不同程度的浪漫主义色彩，运用了浪漫主义的表现手法。如《上邪》中那种如山洪暴发似的激情和高度的夸张；《战城南》中让死人现身说法；《枯鱼过河泣》中让腐臭了的鱼哭泣，写信等这些丰富奇特的幻想，便都是浪漫主义的表现。正如陈本礼《汉诗统笺》评《铙歌十八曲》所说：“其造语之精，用意之奇，有出于三百、楚骚之外者。奇则异想天开，巧则神工鬼斧。”

随着汉乐府的流行，文人开始仿作五言，中国诗歌从民间歌谣走向了文人写作，到汉末便呈现出五言诗大兴的局面。这是中国诗歌史上民歌影响文人创作的一件值得彰明显著的大事。汉末的许多五言诗，因为作者姓名不可考，自晋代以后就被称为《古诗》，其中有十九首被萧统编入《昭明文选》，没被选择的就只能在历史风尘中消失殆尽，而保留下来的十九首，后代合称之为《古诗十九首》，它代表了当时五言诗创作的最高成就。

《古诗十九首》主要表现了夫妇、朋友间的离情别思，士人宦游失意之感，有的作品还流露出人生短促、及时行乐的消极情绪，在很大程度上反映东汉后期政治混乱、社会动荡环境下知识分子的心态。哀怨虽深，却平平说出，娓娓道来。它长于抒情，善用事物来烘托，寓情于景，情景交融，语言朴素自然，描写生动真切，决无虚情与矫饰，更无着意的雕琢，诗境清和平远，风格浑然天成，后人把它们奉为五言抒情诗的典范，给予了相当高的评价，如刘勰誉之为“五言之冠冕”（《文心雕龙·明诗》），钟嵘称其“惊心动魄，一字千金”（《诗品》）。

二、汉代散文

汉代散文保持和发展了先秦散文的繁荣局面。两汉王朝400余年，是中国历史上的强盛时期，统观整个汉代散文的发展，经历了西汉，东汉两个时期，散文创作文质相生，异彩纷呈。

两汉时期，除了涌现出一大批以《史记》为突出代表的优秀历史散文外，政论哲理散文也得到了长足发展。同时，不同时期又有所变化。

汉代的政论哲理散文在先秦诸子散文的基础上表现出新的发展。这些发展体现在内容、形式、风格、语言等各个方面。这些继承与新变，也使得两汉政论散文成为了后世学习和效仿的典范。这一时期的政论哲理散文总体上表现出以下特点：其一，汉代政论哲理散文从现实政治需要的角度出发，密切反映和研究现实。政论家们以手中的笔为武器，深入研究现实的政治问题，指出现实社会的种种弊端，提出改革方案；其二，结构完整，逻辑严密，已经发展成为完全成熟的议论文；其三，语言日趋骈偶化。骈偶首先是在辞赋中发展起来的，而后逐渐影响汉代散文。

西汉初年的政论哲理散文继承先秦诸子散文的传统，内容上多联系亡秦的历史教训，研究现实的政治状况，提出长治久安之术。文风上多纵横驰骋，有战国游士说词之风。这类文章成就最突出者，当数贾谊和晁错。

贾谊是西汉前期著名的政治家和文学家，写了不少总结历史经验的文章，其中最具代表性的是《过秦论》和《陈政事疏》。《过秦论》一文总结秦亡的教训，以为汉代巩固政权之借鉴。《陈政事书》直指现实政治之缺点和弊端。这些文章总的特点是气势宏大，笔锋犀利，言辞激切，结构严密，富于辞采，颇有纵横家文章的风格。

晁错最著名的文章是《贤良文学对策》《论贵粟疏》《守边对农疏》等。这些文章均善于从历史事实出发，分析时政之利弊得失，见解深刻，其文采虽不及贾谊，但亦疏直急切，尽其所言。

贾谊、晁错这些忧时济世之文，议论实在，感情充溢，既有说服力，又富鼓动性。鲁迅称，贾谊、晁错的奏疏“皆为西汉鸿文，沾溉后人，其泽甚远”。

西汉初年的散文与战国末期的散文风格有明显的相似之处。但随着中央集权的巩固和儒学一尊局面的形成，文章风格也随之发生变化，适应这种变化的一位重要作家就是汉武帝时新儒学的代表人物董仲舒。董仲舒擅长承汉武帝意旨作命题文章，其代表作有《举贤良对策》和《春秋繁露》。其文章纲目清楚，首尾一贯，语言平易质朴，表现了一种典雅醇正的书生风度，颇为宋代理学家真德秀、朱嘉等所称道。这种文风至成帝时得以发展，文章平平，无可称述。在这段时间内，值得一提的是昭帝时桓宽的《盐铁论》，其文章虽平实质朴，但依然颇富论辩精神。至西汉末年的成、哀之世，政治危机日深，学风、文风又有变化，其突出代表是刘向、刘歆和扬雄。刘向主张经学复古、文章复古，其代表作有《列女传》《新序》《说苑》等以及一些奏疏、序录之文，言论大胆，看法新颖。刘歆继承父业，继续不遗余力地反今学，复古学。扬雄也力主文章复古，写了不少文章，语言朴茂，气势流畅，其模仿《论语》所写的《法言》，有意学习先秦诸子文章特点，言简义丰，对唐宋一些古文家影响很大。

两汉之交的桓谭是一位反迷信的典型学者，其文章颇有特点，如其代表作《新论》，纵意而谈，语言不追求藻饰，通俗似口语，又表现了由文转质的新趋向。王充是东汉时期反神学迷信最有力的论说文作者，其代表作是《论衡》一书。他在文风上反对复古，认为文章应该有真实的内容，应该有补于世用，强调文章内容应与形式统一，并提倡独创精神，反对古奥艰涩的文章语言。故其《论衡》一书独抒己见，大胆创新，贯通古今，文辞浅近。然而，过于繁复和不重文采，也是其文的缺点所在。从桓谭到王充，重质而不重文，使文章的发展走向了一个极端。

东汉末年，有一批文人学者写了一些指责时弊的文章，如王符的《潜夫论》、荀悦的《申鉴》、仲长统的《昌言》、崔寔的《政论》等，这些文章多暴露黑暗，吐露不平之气，然而略显空泛迂阔，多少有一点“清议”色彩，且明显受辞赋影响，日趋骈偶化。

历史散文在两汉的发展极为辉煌，其最杰出的代表是司马迁的《史记》和班固的《汉书》。

《史记》是中国第一部纪传体通史。司马迁忍辱含垢，发愤著书，写出了“成一家之言”的《史记》。《史记》不虚美，不隐恶，这种“实录”精神仍是继承了先秦的文风，因其“是非颇谬于圣人”，故有人称之谓“谤书”，而鲁迅却赞其为“史家之绝唱”。《史记》敢于直写事实，直言君王过失，并于叙事写人之中寄托自己的感情，表现自己的爱憎褒贬，这显然是继承了诸子“发愤著书”和屈原发愤抒情的传统，故鲁迅誉之为“无韵之《离骚》”。《史记》在文学上的最成功之处是它记载了各色各样的、形象鲜明的人物形象。作者力避抽象的梗概叙述，而是从突出人物的主要思想品格出发，来对材料加以详实的记录，通过人物在尖锐激烈的矛盾斗争中的具体言行或典型细节，突现其形象和性格；语言也力求用符合人物身份的口语、谚语和俗语，生动有力地表现人物的神态、心理和性格特征。《史记》作为传记文学的典范，在中国散文史上起着承前启后的重要作用。不但后世的“正史”均承《史记》的体制，而且唐以后的传奇文、文言笔记小说、人物小传等，均受其影响，司马迁的散文是唐宋以来古文家学习的楷模，并成为他们反对华艳繁缛或古奥艰涩文风的旗帜。

《汉书》是中国第一部纪传体的断代史。班固奉诏修史，书中比较明显地表现了汉王朝的正统思想。虽然从总体成就看，《汉书》不及《史记》，然从文章价值的角度来看，《汉书》也自有其特点。一是历史文献特征更加明显，增加了有关学术、文献的事迹，更有意为学者立传，附录了一些辞赋和“经世之文”，使其文章更具有学术气息；二是作为史传文学，《汉书》也留存下许多优秀的人物传记，并使忠臣、奸臣这两个类型的人物成为立传的重点；《汉书》叙事虽不及《史记》鲜活生动，但却简练整饬，严密详实，且语言典雅，多骈偶语句。

《史记》是汉代早期的史传之文，代表着儒术尚未一统时的文风；《汉书》是东汉时代的史传之文，代表了汉王朝正统思想的文风。《史记》之驰骋纵横，《汉书》之周密严谨，正体现了汉代史传文章的发展变化。

除政论哲理散文和历史散文外，汉代的书信体散文（如司马迁的《报任安书》、李固的《遗黄琼书》、秦嘉的《与妻徐淑书》等）以及其他杂文（如王褒的《僮约》，朱穆的《崇厚论》、马第伯的《封禅仪记》等）均各有特色，对后代文章亦颇有影响。

秦汉两代，不仅文章的篇章结构日趋完整严谨，而且文章的类别也日渐增多，至东汉而各体兼备。文章语言也日渐丰富，作家开始有意为文，注重语言工丽，有意用典，开始注意刻画和描写，把散文的发展推向了一个新水平。

三、汉代辞赋

辞赋，古代的一种文体。辞赋盛于汉朝，故世称汉赋。汉代辞赋，根据其样式和内容的差别，可以分为三种类型：以抒情为主的骚体赋、以描写状物为主的散体大赋、东汉中后期出现的抒情小赋。

“赋”作为文体名称最早见于荀子的《赋篇》。它的文体是诗和文的综合体，《诗经》、楚辞、先秦散文都是赋的源泉。这些影响构成了汉赋基本的一些文体特征：从音律上说，有音节而不入乐，所谓“不歌而诵谓之赋”；从体式上说，骈散不拘，韵否不定。类似散文、骈文、韵文之混合；从风格上说，善于铺陈夸饰，《文心雕龙》所谓“极声貌以穷文”；从组织上说，采用主客问答的形式，便于反复渲染，驰骋铺张；从功用上说，继承儒家诗教传统，重视讽谏作用。

西汉辞赋是汉代文学最具有代表性的样式，它介于诗歌和散文之间，韵散兼行，可以说是诗的散文化，散文的诗化。西汉辞赋对诸种文体兼收并蓄，形成新的体制。西汉辞赋兴起后形成了两种基本形式，就是骚体赋和散体赋。它们以抒情、叙事、体物构成西汉辞赋的基本状态，并涌现出贾谊、枚乘、司马相如、扬雄等一批卓有成就的辞赋家。他们以辞赋表现自我的情怀和社会景观，又在铺陈、夸饰中展示自我的学养和艺术想象力，使西汉辞赋在当时的文坛上独具光彩，引导着其后辞赋的发展。

西汉的骚体赋以哀婉为基调，或抒发自我的人生失意之情。因屈原的《离骚》而得名，继承了楚辞的抒情性、铺陈的表现手法极其典型的楚语“兮”标识，也更接近于传统的抒情之“辞”，而不是体物之“赋”。以贾谊为先驱，主要仿屈原的《九章》而成的“九体”。西汉辞赋家在创作上因袭楚辞主要有两方面的原因。一是帝王的好尚和楚声的传播；二是一些文人因仕途坎坷，有感于屈原、宋玉的人生际遇，接受楚辞的表现形式和风格，抒发自我人生失意的情感。西汉骚体赋最具有代表性的作家是贾谊，代表作是《吊屈原赋》，其情调、风格与《离骚》相似，只是篇幅短小且没有屈原那样丰富的想象、浪漫的情思及死节之志向。贾谊在这篇赋里控诉社会的贤愚倒置，将自己的失志不平尽于其中，既有对屈原自沉汨罗的惋惜，又有对自我人生的哀悯和思考，悲慨沉郁，发人深省。

西汉散体大赋产生的原因较之于骚体赋要复杂的多，不像骚体赋直接袭用楚辞的表现形式和风格，而是受到诸多文学手法与风格的影响。其一是《诗经》的影响；其二是楚辞的影响。除了文学的传承之外，西汉散体赋的产生还受到了社会环境的影响。散体大赋普遍采用虚拟人物进行主客问答的方式，引出后面的大段描写，末尾又总是以一方压倒一方而结束。这种写法是古代隐语和战国散文留下的痕迹，在散体赋形成了固定的程式；赋的中间用铺陈夸张的手法对事物进行穷形尽相，绘声绘色的描写，极力表现客观对象广阔性、无限性、丰富性，渲染其种类之多，形态之美、变化之繁复，从而形成宏大的结构、令人眼花缭乱的画面和惊心动魄的气势；散体大赋往往辞藻丰富华丽，作者常在赋中堆砌大量生僻词汇，又喜欢把很多同一偏旁的字罗列在一起，造成强烈的视觉效果。句式以散体为主，灵活多变，但也有不少四字句和骚体句。句子的节奏感很强，有的地方还押韵，非常便于朗读。散体大赋的代表作有枚乘的《七发》、司马相如的《子虚赋》《上林赋》、扬雄的《长杨赋》《羽猎赋》、班固的《两都赋》、张衡的《两京赋》等。其中枚乘的《七发》标志着散体大赋的正式形成，司马相如的作品代表此类作品的最高成就。

东汉中期以后，以张衡《归田赋》为发端，赋体创作向着贴近现实人生、篇幅短小和抒情言志的方向发展。抒情小赋字句温婉，多写作者的亲身感受和真实所想，读来情真意切。文章篇幅一般不长，但精炼耐读，引人入胜。在艺术上继承着大赋的铺排手法，但语言较汉大赋朴素得多，手法精巧灵活、风格多样，有的清丽自然，有的感情激切，汉末的抒情小赋还体现出诗意化的倾向。内容上大致分为纪行赋、述志赋、托物言志赋、爱情赋四种类型，从中也折射出当时的时代精神和文人心态，即强烈的愤激情绪、冷静的理性精神、现实的入世精神和无为自然的道家思想。代表作主要有张衡的《归田赋》、赵壹的《刺世疾邪赋》、蔡邕的《述行赋》、祢衡的《鹦鹉赋》等。

拓展阅读

新时代的丝绸之路："一带一路"

丝绸之路穿越千年，是东西方文化交流的重要纽带。大汉盛世，张骞凿空之行，义无反顾；班超投笔从戎，再现丝路之盛。此后，伴随着清脆的驼铃声，商队络绎不绝。翻过连绵起伏的群山，穿过一碧万顷的草原，千邦进贡，万国来朝，大唐盛世，莫过于此；中华文明，声振寰宇。

古有丝绸之路，今有"一带一路"。"一带一路"是"丝绸之路经济带"和"21世纪海上丝绸之路"的简称。自从2013年9月"一带一路"倡议提出以来，中国积极发展与沿线国家的经济合作，共同打造政治互信、经济融合、文化包容的命运共同体。随着改革开放的深入，今天的"一带一路"不是要重建一条一模一样的丝绸之路，而是要全面开放，是与世界更紧密的友好合作。所以，它是前无古人的创新，并非简单的历史再现。

当前，共建"一带一路"正在向落地生根、持久发展的阶段迈进。研究和总结古丝绸之路上经济、政治、文化交往和不同文明互学互鉴的历史经验，对于推动"一带一路"建设走深走实、促进不同文明交流互鉴、构建人类命运共同体具有重要意义。

思考与练习

1. 刘勰在《文心雕龙·明诗》中赞誉《古诗十九首》为"五言之冠冕"，请陈述其理由。

2.《史记》被鲁迅先生称为"无韵之《离骚》"，它创作最成功的地方在哪里？

3. 汉代的政论哲理散文是后世学习和效仿的典范，主要的特点是什么？

第三节 魏晋南北朝文学

魏晋南北朝，上起汉献帝建安元年（公元196年）下迄隋朝建立（公元589年），前后近400年。这一时期历史情况复杂，文学发展也有许多变化。由于阶级矛盾、民族矛盾和统治阶级内部矛盾错综复杂，因而形成了长期大动乱、大分裂、南北对峙的局面。魏晋南北朝社会经济不断遭到破坏，发展缓慢而又不平衡。豪门贵族垄断政权，寒士被压抑、受屈辱，广大劳动人民生活十分艰苦。在思想领域和社会风气方面，玄学、清谈兴起，佛教、道教盛行。这些对文学的发展也产生了深远影响。这一时期文学的主要成就是诗歌，文人五言诗尤为卓越；南北朝乐府民歌继承并发扬了《诗经》和汉乐府的优良传统。魏晋南北的辞赋同汉赋相比，题材、内容有所扩大和充实。这期的散文虽然逐渐被骈文所代替，但也不断地发展变化。萌芽于先秦、两汉的小说，到了六朝开始兴盛。文学理论的兴盛和文学批评的发展，是这一时期文学重大建树之一。

一、魏晋南北朝诗歌

（一）从建安风骨到正始之音

建安时代，“三曹”“建安七子”并世而出，为中国诗歌打开了一个新的局面，并确立了“建安风骨”这一诗歌美学的典范。他们一扫汉末文人的颓唐，通过亲身体验，学习乐府民歌来反映国家的丧乱和人民的苦难，具有强烈的现实性。他们的不少诗篇，还表现了企求乘时建功立业、有所作为、名垂青史的奋发精神，大多情怀慷慨，意气风发，才调纵横。语言上深受乐府民歌影响，疏朗明白，不尚雕琢，具有清新刚健的风格。后人把建安诗歌这种建筑在慷慨情怀基础上的爽朗刚健的风貌，称为建安风骨，或者称之为汉魏风骨。唐代诗人曾经把追求建安风骨当作革新诗风的一个有力口号。

曹氏父子是建安文坛的领军人物，其中曹植所取得的艺术成就最高。他前期深受曹操喜爱，纵情任性，风流不羁；后期名为藩王，实际上遭到曹丕、曹叡的猜忌和迫害，常怀忧惧之心。他才华横溢，写诗颇多，通过各种题材，采用直写、比喻、象征等艺术手法，描写细致、词藻华丽，多方面抒写其内心世界的彷徨和抑郁。他的五言诗，“骨气奇高，辞采华茂”，在内容之深邃和艺术之精湛两方面，均超越前人，钟嵘《诗品》誉之为“诗中之圣”，成为后世文人五言诗创作的一个新范型。建安时代的诗，是从汉乐府发展到五言诗的转变关键，曹植是当时的代表诗人。他的诗受汉乐府的影响，但却比汉乐府有更多的抒情成分。

建安文学之后出现了正始文学，代表作家是阮籍、嵇康。在魏晋易代之际，为了反对司马氏集团的政治恐怖，嵇康直接抗争，诗文均愤世嫉俗，最终招致杀身之祸。阮籍不敢公然反对，外表佯狂放诞，内心十分痛苦。其五言《咏怀诗》82 首，远接《小雅》《楚辞》，近承《古诗十九首》，受“言不尽意”玄学思想和险恶政治环境的影响，大多采用比兴象征的手法，写得隐晦曲折，意旨遥深，归趣难求，创造了黑暗政治下用诗歌进行抗争的新形式。他的这种五言咏怀组诗的体制，也对后来的诗人产生了相当大的影响，如左思《咏史》、郭璞《游仙》、陶渊明《饮酒》、庾信《拟咏怀》、陈子昂《感遇》、李白《古风》等组诗，精神上都与之一脉相承。

（二）两晋诗坛

西晋时期，诗歌创作也逐渐走上形式主义道路，诗歌和现实的关系渐渐疏远，内容空泛，文人诗创作走入低谷。陆机、潘岳等人，于诗歌形式上用力颇多，文才斐然，然内容贫乏，骨力不振。只有左思继承和发扬“建安风骨”传统，能自出机杼，独立不群。他的《咏史诗》8 首，名为“咏史”，实为“咏怀”，借古事讽喻时事，思想性很强，把历史现象和个人遭际融为一体，批判当时的门阀制度，倾吐寒士的不平，辞情慷慨，风格遒劲，对后世咏史诗影响很大。

此后诗坛的复振，要到东晋、刘宋两代，代表作家是陶渊明、谢灵运。陶渊明，字元亮，曾更名潜。他受时代思想和风气的影响，早年就有爱好自然的一面，同时也有“大济于苍生”的想法。由于时局动荡，他迟迟没有出仕。后为贫穷所迫，先后做过州祭酒、参军、县令一类的小官。但是他深感官场险恶、政治污浊，于彭泽令上毅然弃官归田了。他的诗歌按内容可以分成田园诗和咏怀诗。田园诗是他的独创，他把田园生活、田园风光作为重要的创作题材，或表现诗人守志不阿的高尚节操，或表现诗人对淳朴的田园生活的热爱和自己怡然自得的心境，或歌颂劳动以及在劳动中与农民建立的友谊，代表作有《归园田居》《桃花源诗》等，为诗歌创作开辟了一个新天地。后人称之为“隐逸诗人”或“田园诗人”。他的咏怀诗围绕着出仕与归隐的矛盾，表现理想不能实现的苦闷以及不与统治者同流合污的崇高品格，代表作有《饮酒》《杂诗》《读山海经》等。他的诗歌出语平淡，不事雕琢，风格清新，意境淳美，是情、景、理的统一，为中国诗坛开辟了新天地，为古典诗歌开创了一个新境界，而且五言诗在他的手中得到高度的发展。他是中国文学史上最有影响的诗人之一，后代诗人像王维、李白、杜甫、苏轼、陆游等人，都从他身上学到人生品格，从他诗中得到艺术养料。

（三）南北朝文人诗及乐府民歌

南北朝时期是中国诗歌史上个重要的发展阶段，特别是南朝文人诗歌，其成就远远超过北朝，并成为唐诗全面繁荣的必要准备和过渡阶段。

南朝文人诗歌的发展大体上可分为三个阶段。

刘宋时期是第一阶段，即山水诗逐渐从东晋以来的玄言诗中独立出来，并蔚成风气的阶段。主要代表作家有谢灵运、颜延之和鲍照，被称为“元嘉三大家”。其中以谢灵运成就最高。

谢灵运是开创山水诗派的第一人。系东晋重臣谢玄之孙，袭封康乐公，世称谢康乐。刘宋代晋后，仕宦不得意，转而放情山水。他山水诗的两大特点“雕琢”和“自然”，杂糅并陈，是谢诗的“两面”：其一，谢诗是“自然”的，反映在其描摹景物的用词和其所描摹的景物的现实存在性。再者谢诗是“雕琢”的，主要集中在谢灵运对具体景物的细部刻画上，他在拟态的过程中，加入自身的主观色彩，使山水景物呈现出源自现实而又不同于现实的独特面貌。他又以炼句著称，像“池塘生春草”“白云抱幽石”等名句，都传诵一时。同时他也追求骈偶对仗，这间接推动了近体诗的出现。谢灵运是中国诗歌史上大力描写山水的第一人，开创了山水诗派，直接引领了谢朓、王维、孟浩然等人的山水诗创作。

齐及梁初为第二阶段，即“永明体”形成兴起的阶段。当时的著名诗人沈约、谢朓等人，将声韵学的成果运用到诗歌领域，遂形成讲求格律对偶的永明新体诗。他们提倡“声律说”，诗文力求谐调，对于形式技巧更加侧重。除了继承过去的传统之外，又从民歌中汲取了新的营养，各有新的创造，影响了后来诗歌的发展。

谢朓是“永明体”的代表作家，诗歌合律性高，有些作品已经和唐代的近体诗相似。他的一些五言四句短诗，出语天然，情深味长，对于唐人五言绝句极有影响。他的诗歌还继承了谢灵运描写山水的传统，但是摒弃了谢灵运铺排板滞的弊病，也绝少玄言的艰涩。虽然不事雕刻和藻绘，但能归于自然和清绮，所以风格秀逸，情致动人，使得唐代大诗人李白、杜甫也击节称赏。

梁中叶到陈末为第三阶段，即以梁简文帝萧纲、梁元帝萧绎为代表的“宫体诗”兴盛的阶段。“宫体诗”多描写女性和宫廷生活，风格轻绮柔靡，但在诗歌形式的发展上仍有一定积极意义。

北朝文人诗相对南朝远为逊色。后来，由于北人学南与南人入北的双向努力，北朝诗坛才有所变化，庾信也是在“宫体诗”创作氛围中成长起来的，且为“徐庾体”代表作家之一。但是，他在出使北朝、被羁不返之后，生活境遇大变，而能突破齐梁体的藩篱，融合南北诗风之长，由冶艳而刚健，成为南北朝诗歌艺术的集大成者。杜甫说：“庾信文章老更成，凌云健笔意纵横。”（《戏为六绝句》）庾信后期的诗歌以《拟咏怀》27 首为代表，深切地表现了故国乡关之思，羁身异域之痛，以及屈身从仕异国的愧耻不安的心境。他的诗用事贴切，造语新颖，在体制声律上更加接近律绝等近体诗的格调，启唐人之先鞭。

南北朝时期，诗歌创作的另一大成就是民歌的新发展。这时期的民歌不仅反映了新的社会现实，而且创造了新的艺术形式和风格。东晋、宋、齐是南方民歌产生最多的时期。南方民歌总的特点是篇幅短小，抒情多于叙事。南朝乐府保存下来的有 480 多首，一般为五言四句小诗，内容几乎全是关于男女爱情的情歌，代表作有《西洲曲》《华山畿》《读曲歌》等。这些作品情调哀怨缠绵，艳丽柔弱，且喜用双关谐音，语言活泼，当时文人仿作甚多。形成鲜明对比的是北朝民歌。北朝民歌数量远不及南朝，但内容之丰富、语言之质朴、风格之刚健则是南朝民歌远不能及的。如果说南朝民歌是谈情说爱的“艳曲”，那么，北朝民歌则是名副其实的“军乐战歌”。在体裁上，北朝民歌除以五言四句为主外，还创造了七言四句的七绝体，并发展了七言古诗和杂言体。其中最有名的是长篇叙事诗《木兰辞》，将叙事与抒情相渗透，细腻与粗犷相融合，代表了北朝民歌的最高成就。它与汉乐府《孔雀东南飞》并称为中国诗歌史上的“乐府双璧”。

二、魏晋南北朝辞赋、骈文及散文

魏晋南北朝是我国辞赋发展的一个重要转变时期。自东汉末年开始，以抒情咏物为主的小赋逐渐增多。魏晋南北朝时期，虽然仍有散体大赋，但咏物抒情小赋成为了这一时期辞赋创作的主流。

魏晋时赋的发展呈现出两种趋势。在内容方面是咏物赋增多，大多取材于草木虫鱼等世间万物，且一些作品中抒情成分增多，在形式方面则表现为除个别大赋外，作品的篇幅普遍短小，行文也日趋活泼，很大程度上摆脱了汉赋堆积名物辞藻的陋习。最能代表这一时期辞赋创作成就的，当推曹植、王粲、潘岳和左思等人。

曹植的《洛神赋》以浪漫手法，通过幻想境界，描写了一个神人相恋，而又无法结合，最终含恨分离的悲剧故事，充满着抒情气氛与神秘色彩。作者将这位水上女神的形象刻画得十分生动传神，给人以若真若幻的感觉，其中“翩若惊鸿，婉若游龙。荣曜秋菊，华茂春松。髣髴兮若轻云之蔽月，飘飖兮若流风之回雪”的描写现在仍为人所称道。

潘岳赋以长于抒情见称，《秋兴赋》《西征赋》《闲居赋》都是其颇负盛名的代表作。《秋兴赋》是潘岳 32 岁时所作。潘岳少年得志，因才高而招致怨恨，蹉跎 10 年，不得升迁。他沉沦下僚，内心苦闷，就写下了《秋兴赋》，此赋十分恬淡清婉，丽而不繁，柔而不靡，别具一种清丽的风格。

西晋时期，大赋的数量有所增加，比较有代表性的便是左思的《三都赋》。赋假设西蜀公子、东吴王孙与魏国先生三人论难，分别描写蜀国、吴国、魏都的山川城邑，物产风俗，田猎歌舞，典章制度。其特点在于强调真，所走的仍是汉大赋堆砌名称，铺张扬厉的老路。

南北朝时，辞赋的风气发生了明显的变化，变平淡为绮丽，变典雅为新奇，文益藻饰，色彩更为浓丽。这一阶段杰出的辞赋家首推鲍照，《芜城赋》是其最负盛名的代表作。这是一篇慨叹历史兴衰变化的吊古之作。此赋通过今昔盛衰的强烈对比，将一个“芜”字刻画得淋漓尽致，使人读后产生无限的悲伤与惆怅。

与其同时的谢惠连和谢庄，分别因《雪赋》和《月赋》驰名赋坛。他们将山水诗创作中的清新风格带入了赋的创作中，从而使得作品具有一种清高绝俗的意境。他们丰富了赋的咏物技巧，将咏物赋推向了一个发展的新阶段。

江淹也是南朝一位著名的赋家，他的《恨赋》《别赋》构思新颖，是南朝抒情小赋的名篇。《别赋》描写了富贵、任侠、从军、去国、夫妻、方外、恋情等各种离别情景。《恨赋》描绘帝王、列侯、名将、美人、才士、高人等各种人的遗憾，始终以情感为主线贯穿其中，赋中的藻饰恰到好处，文字清浅婉丽，汲取了《诗经》中国风的情韵。

庾信是由南入北的辞赋大家，他融合南北赋风为一体，其赋既具有南赋的流丽清绮，又具有北赋的贞刚气质，从而形成一种绮丽苍劲的风格。其最杰出的代表作是《哀江南赋》。此赋是他晚年在北周怀念故国、自悲身世的作品。全赋以个人身世为线索，以历史事件为中心，深刻地揭露了梁武帝的昏庸腐朽，梁元帝的自私忌刻，反映了梁朝覆亡前后的历史巨变。

骈文又称骈体文、骈俪文或骈偶文，是一种文体，起源于汉代，盛行于南北朝。骈文在句法上讲求对偶，句的字数趋向骈四俪六，在声律上讲求平仄，还多用典故、比喻、夸张、物色等技巧，是诗化的散文。因其常用四字句、六字句，故也称“四六文”或“骈四俪六”。

南北朝是骈文的全盛时期，这一时期的不少文人都生活在帝王、贵族周围，这使得他们的生活、思想、艺术趣味都受到很大的束缚，为了用华丽纤巧的形式来掩饰空虚贫乏的内容，骈文这种特别注意形式美的文体，自然受到了当时文人的推崇，盛行一时。

鲍照的《登大雷岸与妹书》，是文学史上较早的一篇用骈文写成的家书，开骈文体书信的先河。文章以锤炼精工的笔力，烘染大雷岸四周的景色，呈现出无限奇突壮伟的气势，描绘了一幅非常生动的重峦叠嶂图。

再如陶宏景的《答谢中书书》，语言清新，以骈为主，但求语意对称，不求对偶工整，读来清新峻拔，别具风格。

与这种清拔风格相对立的是徐陵、庾信体的秾丽。徐陵的文章今存者不少，最著名的为《玉台新咏序》，这是一篇最能代表徐庾体风格的文章。文中描绘了一位艳妆丽质的贵族妇人，全文几乎全用典故来叙写，语言极其华美，且复骈四俪六，隔句作对，与鲍陶之作呈现出完全不同的艺术风格。

在魏晋时期，也有一些好的散文篇章。如诸葛亮的《出师表》。

此表作于建兴五年，诸葛亮第一次出师北伐之时。主要劝导刘禅要广开言路，励精图治，严明赏罚，举贤授能，以完成刘备没有完成的统一事业，表明自己“兴复汉室”的坚定意志，表现了诸葛亮忠恳勤恪、贤明正振的思想性格和对蜀汉的无限忠诚。文章叙事详切，说理透彻，字里行间，感情充沛。全文以散句为主，插入一些骈句，使文章介于骈散之间，整齐而有变化。语言朴质，语气舒缓，与文章的感情色彩十分协调，因而受到历代推崇，成为千古名作。

南朝自齐梁以后，散文日已衰微。北朝时却出现了两部颇有文学价值的学术著作，这就是郦道元的《水经注》和杨衒之的《洛阳伽蓝记》。不过这些著作也或多或少受到了骈文的影响，与汉魏散文风格颇不相同。

《水经》原是三国时人写的一部记载全国水道的地理书，原书十分简略。郦道元经过许多实地考察和参考他所收集的400余种资料，对原书作了大量的阐述与补充，记载了水道两岸的名胜古迹、神话传说和风土人情，写成了《水经注》。全书共30万字，10倍于原作。这部书突出的成就是对各地秀丽的山川景物、自然风光作了生动的描述，是魏晋南北朝山水散文中的佳作。

北魏自公元495年迁都洛阳以后，统治阶级崇信佛教，大量修建佛寺。杨衒之在魏孝静帝武定五年，因行役到洛阳，有感于北魏统治阶层崇信佛教，大兴寺院，损害百姓，作《洛阳伽蓝记》，历叙洛阳佛寺沿革，兼及有关风俗景物、人物故事，揭露了贵族豪门的腐朽生活。全书语言洁净明快，描写生动细致，与《水经注》同为北朝散文中的优秀作品。

三、魏晋南北朝小说

小说，是魏晋南北朝时期产生的新的文学样式，是我国小说发展史上的重要阶段。

“小说”一词，最早见于《庄子·外物篇》：“饰小说以干县令，其于大达亦远矣。”此“小说”，指的是不合于大道的琐屑之谈、巷议之论，不属于文学体裁。东汉桓谭《新论》中说：“小说家合残丛小语，近取譬喻，以作短书，治身理家，有可观之辞。”这里“小说”只指一种文体，指形式短小的，内容是“街谈巷语，道听途说”而有利于治身理家的文章。《汉书·艺文志》将“小说家”列为十家之一，“小说家者流，盖出于稗官，街谈巷语，道听途说者之所造也”，这里的概念才稍与作为文学体裁的小说的意义相近。但是，在先秦时期和两汉的文学作品中，已经包含有小说的基本因素，即具有一定的故事性，具有一定程度的形象性，具有表现出故事的相对完整性和一定的虚构性。比如上古神话传说，寓言故事，诸子中所记述的人物的言行等，都具有小说的胚胎和雏形。而史传文学中的不少记载人物事件的篇章，如《左传》《战国策》《史记》等，都已有很强的小说意味。这些，都成为我国古代小说的源头。

总之，小说萌芽于先秦，发展于两汉，到魏晋南北朝时期已经初具雏形。

魏晋南北朝时期的小说，鲁迅先生把它分为志怪小说和志人小说两类。志怪小说记载神鬼怪异故事，志人小说记载人物的琐闻逸事。

东汉末期起，道教盛行，而佛教中的小乘佛教也渐在中国流行起来，信徒们常谈说神鬼灵异之事，以加强其宣传力量。于是志怪小说便兴盛起来。魏晋南北朝志怪小说的突出代表是东晋干宝的《搜神记》。干宝是东晋初年的历史家，著有《晋纪》20卷。他所著《搜神记》，自言是为"发明神道之不诬"。其中不少作品讲神仙道术，巫鬼妖怪，但其中也有很多优美的民间故事。如《韩凭夫妇》，写韩凭夫妇不畏宋康王的暴力，固执于爱情的坚贞品质。《李寄斩蛇》写女孩李寄奋不顾身为民除害，《三王墓》写楚国巧匠干将莫邪为楚王铸剑被杀，其子为父报仇的故事。鲁迅亦因此改编成故事新编《铸剑》。

志人小说，较著名的有晋葛洪托名汉刘歆所作的《西京杂记》，记述西汉的人物轶事，涉及宫室制度、风俗习惯等，也带有怪异色彩。南朝刘义庆所著的《世说新语》，是魏晋志人小说的集大成之作。

《世说新语》原称《世说》，后人称为《世说新书》，大约宋代开始称为《世说新语》。全书依内容分为德行、言语、政事、文学等36门。作品每节短小，每门多者数十条，少者数条，主要记载汉末到东晋人物的轶事和言谈，有相当的部分是描写"魏晋风度""名士风度"。通过这些记载，反映出了当时的社会现实。

《世说新语》的写人艺术，一是善于抓住典型事件进行概括描写，三言两语，寥寥几笔，就可使人物性格、神态，跃然纸上。如《忿狷门》"王蓝田性急"一章；二是记言记行紧密结合，它所记载人物语言，大多是生活化的口语，使人如闻其声，如"石崇要客燕集"一章；三是语言精练含蓄，隽永传神，常有一些隽语妙句，为人所传诵。

《世说新语》对后代的笔记小说的发展有很大影响，唐代以后有许多续作与仿作，而《世说》的许多故事，也为后代戏剧小说提供了丰富的素材。

拓展阅读

汉语热

荷兰教育国际化组织不久前宣布，本学年汉语已正式成为荷兰中学毕业考试的外语选考科目。事实上不只是荷兰，与中国一衣带水的日本，远在大洋彼岸的美国，南美大陆的巴西、阿根廷，非洲大地的摩洛哥、南非等都是如此，或是更甚。

汉语正受到世界各国越来越多人的青睐，全球“汉语热”还在持续升温中，这是不争事实。那么汉语究竟有多“热”呢？从一组数据能看得出来：截至 2017 年底，单是官方的孔子学院在全球就有 525 所，此外还有 1113 个中小学孔子课堂，这些学院和课堂分布在全球 145 个国家和地区，而民间的语言培训机构则更是多不胜数。由此可见，“汉语热”绝对是名副其实。

“汉语热”其实是一面镜子，映照出的是文化自信、大国担当和交流合作。全球“汉语热”其实皆因中国的国际地位和国际影响力的提升。当中国的发展成就不断聚焦世界的目光，世界也就更渴望了解中国发展背后的文明机制优势，期望能搭乘中国和地区经济增长的“快车”，而语言恰恰就搭起了这样一座桥。

我辈正处于一个伟大的新时代，面对日益蓬勃发展的祖国，面对风头日劲的全球“汉语热”，我们更应学好传统文化，弘扬传统文化，为民族复兴添砖加瓦。

思考与练习

1. 魏晋南北朝时期的时代背景极其复杂，这对文学发展产生了重大影响，请简要说明这一时期文学发展的总体特点？

2. 西晋时期的诗歌创作流于形式，左思的诗歌是如何摆脱这种影响的？

3. 南朝文人诗歌影响深远，请阐述其发展的过程。

第四节　隋唐五代文学

唐代是我国历史上又一个强盛和繁荣的时代，也是我国古典文学特别是古典诗歌大放异彩的时代。唐代繁荣稳定的社会环境为文学的发展提供了良好的土壤，国家的统一和政策的开放，也为文化的交流与融合创造了良好的条件，开放的社会氛围、乐观的社会心态、积极进取的精神，为文学，特别是诗歌带来了明朗健康、昂扬奋发的基调。前代文学的发展，如先秦两汉《诗》《骚》、乐府的优秀传统，魏晋以来文学理论的研讨，创作经验的积累和格律形式的探求都为文学的发展打下了坚实的基础，这些共同促进了唐代文学的空前繁荣，让文学在唐人手中绽放出绚丽之花，结下丰硕之果。

诗歌发展到唐代，迎来了高度成熟的黄金时代。首先体现在数量上。仅据清代康熙年间所编的《全唐诗》所录，作品接近 5 万首，共 900 卷。其次表现在庞大的创作群体上。有唐 300 年，有名姓诗人就有 2200 余人，上到帝王将相，下至贩夫走卒。更是涌现了李白、杜甫以及陈子昂、王维、孟浩然、王昌龄、高适、岑参、韩愈、柳宗元、刘禹锡、白居易、李贺、李商隐、杜牧等一大批优秀的诗人。再加上题材、形式和流派的多样性，创作手法的多元化，使唐诗达到了中国诗歌的高峰，唐诗的艺术水平超过了历史上的任何一个朝代。

一、唐诗：诗歌的黄金时代

（一）初唐诗歌

唐诗可分为初盛中晚四个时期。初唐诗歌上承南朝宫体诗而来，上官仪、沈佺期、宋之问等人是这一时期的代表，但他们都是文学侍从之臣，精研声律，探索出五七言新体诗各联间粘缀合韵的规律，促成了近体律诗的定型，在中国诗歌史上具有划时代的意义。开始冲破绮靡诗风牢笼的，是初唐四杰——王勃、杨炯、卢照邻、骆宾王。他们在继承南朝诗歌形式美的基础上，改造了宫体，题材和主题由宫廷的淫靡改变为都市的繁华和正常的男女之爱，由台阁应制扩大到写江山之美和边塞之情；风格也由纤柔卑弱变为明快清新。“四杰”之后，陈子昂明确提出反对齐梁诗风，力倡“汉魏风骨”。他从理论上对南朝以来衰弱的诗风提出批评，认为这类诗专门玩弄华丽的辞藻，内容空虚，抛弃了《诗经》重视思想性的传统。对此他耿耿于心，提倡学习“汉魏风骨”，恢复建安时代的诗风。他的《感遇》诗38首践行自己的主张，影响很大。他的《登幽州台歌》：“前不见古人，后不见来者；念天地之悠悠，独怆然而涕下。”苍凉辽阔，哀而不伤，被认为是怀古诗的绝唱。韩愈曾说：“国朝盛文章，子昂始高蹈”，评价了他在唐诗发展中的重要作用。经过他们的努力，初唐诗歌逐渐摒弃了轻浮绮靡的齐梁诗风，开始关注广泛的社会生活和重大的政治问题，逐步建立起高峻雄浑、刚健有力的新诗风。

（二）众星云集的盛唐诗坛

如果说唐诗是中国古典诗歌的高峰，那么，盛唐诗乃是这座高峰的顶峰。盛唐时期，诗坛名家辈出，风格多样，流派纷呈，其中最为杰出的代表当为“盛唐双子星”：李白与杜甫。

李白主要生活在大唐帝国最为辉煌的年代，是盛唐最杰出的诗人，是我国文学史上继屈原之后又一伟大的浪漫主义诗人。贺知章称李白为“天上谪仙人”，后人又将他尊为“诗仙”。但是，李白并不完全是一个超现实的浪漫主义者。开元、天宝时期的其他诗人往往在高蹈和进取之间徘徊，而李白却毫不掩饰他对功名事业的向往，同时又因为自己绝对无法接受取得富贵利禄的附加条件而弃之如敝屣。他热爱生活中一切美好的事物，而对其中不合理的现象毫无顾忌地投之以轻蔑。这种已被现实禁锢，却不愿意接受，反过来又想征服现实的态度，成为后人反抗黑暗现实与庸俗风气的一股强大的精神力量。

豪放飘逸是李白诗歌的主要特征。除了思想性格才情遭际诸因素外，李白诗歌采用的艺术表现手法和体裁结构也是形成他豪放飘逸风格的重要原因。善于凭借想象，以主观呈现客观是李白诗歌浪漫主义艺术手法的重要特征。几乎篇篇有想象，甚至有的通篇运用多种多样的想象。现实事物、自然景观、神话传说、历史典故、梦中幻境，无不成为他想象的媒介。他常借助想象，超越时空，将现实与梦境、仙境，把自然界与人类社会交织一起，再现客观现实。他笔下的形象不是客观现实的直接反映，而是其内心主观世界的外化，艺术的真实。他善于把拟人与比喻巧妙地结合起来，移情于物，将物比人。他还善于抓住事情的某一特点，在生活真实的基础上，加以大胆的夸张。他的夸张不仅想象奇特，而且总是与具体事物相结合，夸张得那么自然，不露痕迹；那么大胆，又真实可信，起到突出形象、强化感情的作用。有时他还把大胆的夸张与鲜明的对比结合起来，通过加大艺术反差，加强艺术效果。

李白最擅长的体裁是七言歌行和绝句。李白的七言歌行又采用了大开大合、跳跃宕荡的结构。如《将进酒》《蜀道难》《梦游天姥吟留别》等。诗的开头常突兀如狂飙骤起，而诗的中间形象转换倏忽，往往省略过渡照应，似无迹可循，诗的结尾多在感情高潮处戛然而止。

李白的五七言绝句，更多地代表了他的诗歌清新明丽的风格。如《早发白帝城》《送孟浩然之广陵》《静夜思》等，妙在“只眼前景、口头语、而有弦外音、味外味，使人神远”（《说诗晬语》上）。明代胡应麟就认为唐代五、七言绝句，以李白为最。

李、杜齐名，但他们的性格和诗风却很不相同。李白像狂放不羁的骏马，杜甫像忍苦载重的犍牛，各具风范，各有价值。杜甫出身于富有文化教养的家庭，祖父杜审言是著名诗人。他青年时期正值“开元盛世”，游历过南起吴、越，北至齐、赵等地。35 岁到长安求官，过了 10 年穷困落拓的生活，最后才得到一个八品小官。安史之乱爆发，长安沦陷，杜甫被拘城中，后逃出投奔肃宗李亨，任左拾遗。49 岁时，弃官携家入川，在成都郊外建草堂定居。流落四川 8 年，57 岁时出川，辗转流徙于湖北、湖南各地，59 岁病死于一只小船上。如此经历造就了他老成稳健，倾向现实主义的诗风。他的全部诗作，一方面反映了一个诚实的知识分子一生的遭际，同时也是唐帝国由盛转衰那段历史的真实写照。他以积极入世的精神，勇敢而忠实地反映了唐王朝由盛转衰的过程。他把个人的遭际和时代的不幸、民众的疾苦紧密联系在一起，描绘出时代的面貌和自己内心的悲哀。杜诗又被后人称为“诗史”，即本于此。

沉郁顿挫，忧国忧民是杜诗风格特征。他的诗词以古体、律诗见长，风格多样，格调大变。七言律诗在他手中正式成立，沉着而痛快。后人认为杜甫律诗为唐律之最，其中五律极尽声律、句法变化之能，浑融流转，无迹可寻，写来若不经意，使人忘其为律诗，如《春夜喜雨》。七律亦精炼而多创造，写得纵横恣肆，极尽变化之能事，合律而又看不出声律的束缚，对仗工整而又看不出对仗的痕迹。

如被杨伦称为“杜集七言律第一”的《登高》。全诗在声律句式上，又极精密、考究。八句皆对，首联句中也对。严整的对仗被形象的流动感掩盖起来了，严密变得疏畅。总之，他的诗歌博大精深，既有清新刻画的句子，又有议论和用典，有严肃也有诙谐，有柔情也有沧桑。所以，自中唐开始，杜甫就被称为“诗圣”，宋人更是推崇备至，谓“杜甫集开诗世界”，后人似乎从任何角度都能从中各取所需。杜甫是中国诗歌史上成就最高、影响最为深远的诗人之一。

李杜之外，盛唐诗坛还有两大诗歌群体特别引人注目。一是以孟浩然、王维、常建、储光羲等人为代表的山水田园诗人，一是以高适、岑参、李颀、王昌龄等为代表的边塞诗人。王、孟等人继承了陶渊明吟咏田园、谢灵运刻画山水的传统，又加以发展变化，以田园的情趣领略山水，以山水的眼光观赏田园，表达隐逸的思想和情怀，描摹自然幽静和生气之美。他们的诗多采用五古和五律的形式，色泽清淡，意境深幽。其中王维山水田园诗更是将诗情、画意、音乐美，与道家、禅宗的意趣结合起来，诗中有画，诗中有乐、诗中有禅，达到了很高的艺术境界。高、岑等人的边塞诗，其源出自鲍照、刘琨，以边塞战争题材为主，表现了边塞风情，军中苦乐，以及诗人建功立业的壮志豪情和慷慨不平之气，亦交织着儿女情肠。这些诗大都采用七言歌行和七言绝句的形式，景象开阔，气势宏大，情调悲壮，声韵激越。

（三）中唐及晚唐诗歌

中唐诗歌是盛唐诗歌的延续。这时期的作品以表现社会动荡、人民痛苦生活为主流。白居易是中唐时期最杰出的现实主义诗人。他继承并发展了《诗经》和汉乐府的现实主义传统，从文学理论上和创作上掀起了一个现实主义诗歌的高潮，即新乐府运动。元稹、张籍、王建都是这一运动中的重要诗人。元稹的主要作品是乐府古题 19 首和新乐府 12 首。无论从内容还是从形式来说，元诗都非常接近白居易的诗，语言通俗易懂，音律琅琅上口是他们共同的特色，这是源于他们文学观点的一致。张籍和王建虽无明确的文学主张，但他们以丰富的创作成为新乐府运动的中坚。同情农民疾苦是张籍乐府诗的主题，以《野老歌》最为著名。风格与上述几人十分相近的李绅诗作虽不多，但《悯农》诗二首却为他赢得了广泛的读者。

除新乐府运动之外，这一时期还另有一派诗人，就是韩愈、孟郊、李贺等人。

他们的诗歌艺术比之元、白另有创造，自成一家。韩愈是著名的散文家，他善以文入诗，把新的语言风格、章法技巧带入了诗坛，扩大了诗的表现领域。他还主张“不平之鸣”理论，喜押险韵、窄韵，意象壮伟瑰怪，诗境奇崛雄豪，追求险怪的风气。孟郊与贾岛都以“苦吟”而著名，追求奇险，苦思锤炼是他们的共同特点。李贺诗歌重在诉说怀才不遇的悲愤。在诗歌的形象、意境、比喻上不走前人之路，想象奇特，构思不拘常法，语言峭奇艳丽，诗境诡谲，拥有中唐独树一帜之风格，开辟了奇崛幽峭、浓丽凄清的浪漫主义新天地。《苏小小墓》《梦天》等都是充分体现他的独特风格之作。

此外中唐还有刘禹锡和柳宗元影响较大。刘禹锡是一位有意创作民歌的诗人，他的许多《竹枝词》描写真实，很受人们喜爱。此外，他的怀古诗和政治讽刺诗，语言平易，寓意深远也很有名。柳宗元的诗如他的散文一样，多抒发个人的悲愤和抑郁。他的山水诗情致婉转，描绘简洁，处处显示出他清峻高洁的个性，如《江雪》就历来为人们所传诵。

晚唐诗坛以李商隐、杜牧为代表。他们感慨盛世之不再，诗中充满迟暮黄昏的感伤情调，极尽幽艳晚香之美，也预示着一个诗歌创作伟大时代的结束。其中，李商隐诗学杜甫，擅长律绝，用典精巧，对偶工整，典雅华丽，情深意远。他的《无题》等爱情诗，内蕴深刻的世情和人生感慨，哀艳绵渺，堪称诗苑奇葩。杜牧的诗尤以七绝最为有名，《江南春》《山行》《泊秦淮》《过华清宫》等是他的代表作。这些诗于清丽的辞句、鲜明的画面中见俊朗的才思。他的咏史诗多议论政治得失，讽刺帝王荒淫，豪健跌宕，意气风发。

晚唐后期，出现了一批继承中唐新乐府精神的现实主义诗人，代表人物是皮日休、杜荀鹤等。他们的诗锋芒毕露，直指时弊。

二、古文运动及韩柳散文

除了诗歌，其他文体在唐代也得到了长足的发展。散文是唐代文学获得很高成就的一个方面。

贞元至元和年间，在韩愈的倡导以及柳宗元的大力支持下，文学领域出现了一次轰轰烈烈的以提倡古文、反对骈文为特点的文体改革运动，文学史上称之为“古文运动”。“古文”这一概念由韩愈最先提出，他把六朝以来讲求声律及辞藻、排偶的骈文视为俗下文字，“古文”，是对骈文而言的，指的是先秦和汉朝的散文。韩愈、柳宗元倡导这种文体，目的在于恢复先秦两汉以散行单句为特征的散文，推动散文的革新和发展。

古文运动的产生也是我国古代散文自身发展的必然结果。散文由先秦两汉的质朴逐渐走向六朝的华丽，由形式自由的单句发展为形式严整的排偶，本来是文学走向自觉的一种的进步，但到后来，骈文把形式美强调到了极致，本质上已经衍变成为一种以形式限制内容为特征的文体，日益走向凝固和僵化，很大程度上束缚了文章表达思想感情和反映社会生活的功用，这就使文体和文风变革成为一种必然趋势。

韩愈与柳宗元是唐代古文运动的领袖。他们不仅有成功的创作经验，而且有明确的宗旨和理论。唐代古文运动的胜利，与韩柳的理论建树密切相关，其总的精神是在继承古代优良传统的基础上大胆革新。

古文运动的主要理论主张可以概括为以下几点：首先，韩柳从当时的现实和政治需要的角度出发，明确提出了“文以明道”的原则，他们所提倡的“道”，就是以“仁义”为核心内容的儒家道统，强调散文的政教功能和实际社会功用；其次，继承和发展司马迁的“发愤著书”说，提出了“不平则鸣”的创作口号，认为文学要言之有物、内容充实，要求散文要具有现实意义；再者，提出了古文写作的具体要求：提出“文以行文本”，强调个人道德修养是作文的根本；提出兼收并蓄、博采众长，广泛学习先秦诸子散文；提出古文写作语言要“文从字顺”“词必己出”，反对堆砌词藻，绣绘雕琢，鼓励变革和创新。

韩愈是唐代成就最大的散文作家。他的散文创作也切实践行着古文运动的理论主张。他不仅恢复了先秦两汉的古文传统，而且在散文中表现了广阔的社会内容，提高了散文的审美品格。

韩愈散文具有充沛的逻辑力量和情感力量，气势雄伟，说理透彻，形成了汪洋恣肆的独特风格。韩文分论说、杂文、传记、抒情四类。他的论说文多以明儒道反佛教为主要内容，观点鲜明、锋芒毕露，《师说》《原毁》《争臣记》是代表作；他的小品文笔锋犀利、形式活泼，《杂说四·马说》充分体现了他的这一特点；韩愈的传记文继承《史记》传统，叙事中刻画人物，议论、抒情妥帖巧妙，《张中丞传后叙》是公认的名篇；他的抒情文中的《祭十二郎文》又是祭文中的千年绝调，具有浓厚的抒情色彩。韩愈是一个语言巨匠，他善于使用前人词语，又注重当代口语的提炼，得以创造出许多新的语句，其中有不少已成为成语流传至今，如“落井下石”“动辄得咎”“杂乱无章”等。

因其高超的文学成就和崇高的文学地位，韩愈被尊为“唐宋八大家”之首，杜牧把韩文与杜诗并列，称为“杜诗韩笔”；苏轼也称他“文起八代之衰”。

柳宗元以其思想的深刻和感情的深沉，形成了其散文独有的艺术风格。柳宗元散文风格从总体上说表现出雄深雅健，精警犀利，简古峭拔的特点。

柳宗元的散文众体兼长，都取得了很高的成就。其论说文思想深刻，论证充分，分析透辟，具有很强的说服力。其寓言大多构思精巧，语言简洁，形象完整，故事生动，笔锋犀利，寓意深长，耐人琢磨，具有深刻而精警的独特风格。他的寓言创作使先秦寓言从哲学的依附中分离出来，成为了独立的文体，为寓言文学的发展作出了重要的贡献。其散文创作尤以山水游记的艺术和审美成就最高，游记散文往往在对自然景物描写中融入悲凉凄婉之身世之感，体现了以景寓情，情景交融的特点。

柳宗元的论说文创作主要有哲学和政论两种。哲学论文体现了唯物主义的自然观、宇宙观和批判神学迷信的思想。代表作品有《天说》《天对》等。政论文多是针对历史与现实的问题而发，如其代表作《封建论》，论述了郡县制代替封建制的历史必然性；其寓言小品主要是批评和讽刺政治的腐朽和人情世态，具有很强的哲理性，其中以《临江之麋》《黔之驴》为代表;《永州八记》则体现了其山水游记类散文创作的最高成就。这些作品将山水景物描写和内心的悲愤抑郁之情融合，以虚静的心神，达到与自然合一，展现出一种如雪天琼枝般的清冷晶莹之美。

三、唐代传奇

唐传奇是指唐代流行的文言小说，作者大多以记、传名篇。因多以奇闻异事为题材，故名。“传奇”之名，起于晚唐裴铏小说集《传奇》。宋代以后，文人开始约定俗成用传奇代表唐人小说。唐传奇即为唐代的文言短篇小说。

中国小说在魏晋南北朝时期还处在萌芽阶段，当时大部分是记述神灵鬼怪的志怪小说，少数记载人事的小说如《世说新语》，则多记载上层人士的谈吐和轶事。这些小说，大抵篇幅短小，文笔简约，缺少具体的描绘。到唐代传奇产生，情况有了很大的改变。

在艺术形式上，篇幅加长，文辞更讲究藻饰，与六朝小说相比，有了很大的发展和演进，其中部分作品还塑造了鲜明生动的人物形象。唐代传奇的出现，标志着中国古代短篇小说于趋于成熟。宋洪迈说：“唐人小说，不可不熟。小小情事，凄惋欲绝，洵有神遇而不自知者。与诗律可称一代之奇。”

唐传奇兴起的原因可以概括为如下几点：其一：商业经济的繁荣。商业都会汇聚各色人物，纷繁的社会生活，各种异闻奇趣，为小说提供了丰富的现实素材；又由于市民阶层扩大，娱乐需求大增，刺激了传奇小说的发展；其二，作家队伍的变化。六朝小说作家多为贵族文人。唐代了解社会现实、积极进取，有较好的文学修养的中小地主阶级知识分子逐步成为政坛和文坛一支最重要、最活跃的力量；其三，各种文学形式的相互影响和促进。李杜的诗歌，元白的新乐府运动，韩柳的古文运动，增强了文学的现实主义精神，为传奇小说提供了最富表现力的语言形式。“说话”和“俗讲”，变文等都对唐传奇产生影响；其四，科举考试中“行卷”风气的盛行。士子们常于应试前以诗文投献名公巨卿，以求延誉，称“行卷”；数日后再投献，称“温卷”。传奇以叙事为主，文体近于野史，中间常穿插诗歌韵语，结尾缀以小段议论，即所谓“文备众体”。唐代传奇之盛，恐与此风不无关系。

唐传奇的发展，大体上分为三个阶段：初、盛唐时代为发轫期，也是由六朝志怪到成熟的唐传奇之间的一个过渡阶段，作品数量少，艺术表现上也不够成熟；中唐时代是传奇发展的兴盛期，名家名作蔚起，唐传奇的大部分作品都产生在这个时期。这个时期的繁荣还与此时期特殊的社会风尚紧相关联。中唐时期，通俗的审美趣味由于变文、俗讲的兴盛而进入士人群落，传奇在很大程度上已为人们接受和欣赏，已经有了广大的接受群；唐传奇在经过发展期的准备，兴盛期的火爆之后，终于在晚唐时代开始退潮，出现了由盛转衰的局面。

面向人生，反映现实，把现实生活中的人物、事物作为主要描述对象，这是唐传奇的重要特征，也是小说的重大发展。唐传奇的内容题材主要有以下几大类：第一，爱情婚姻题材。这是唐传奇中数量最多、最具思想深度的内容。如李朝威的《柳毅传》、白行简的《李娃传》、蒋防的《霍小玉传》、元稹的《莺莺传》等；第二，文人仕途题材。如沈既济的《枕中记》、李公佐《南柯太守传》等；第三，历史题材。如陈鸿的《长恨歌传》、郭湜的《高力士外传》、姚汝能的《安禄山事迹》、无名氏的《李林甫外传》等；第四，义侠题材。如杜光庭的《虬髯客传》、袁郊的《红线传》、裴铏的《聂隐娘》、薛调的《无双传》等；第五，神怪题材。如牛僧孺的《郭元振》、李复言的《李卫公靖》等。

总的来说，相比魏晋六朝小说，唐传奇开始进入自觉进行艺术虚构来塑造人物的阶段，其中塑造了不少性格鲜明的人物形象；构思新颖，情节生动，结构严谨。自觉地追求情节、结构的安排，也是其突出了的艺术成就；唐传奇均用当时流行的古文写成，但同时又适当吸收了骈文句法和新鲜活泼的民间口语，还在文中大量穿插诗词韵语，使小说语言精妙华美，生动活泼。

唐传奇标志着中国文言短篇小说的发展进入了成熟时期，揭开了我国现实主义小说的序幕，也开辟了古典小说独立发展的道路。唐传奇的艺术表现手法和语言技巧，成为我国文言短篇小说的基本体式，对后世的文言短篇小说、长篇文言小说以及白话小说，都产生了深远影响。

在我国古代文学发展史上，唐代文学不仅达到了前所未有的高度，而且承前启后，居于重要的地位。唐代古文运动创造了后世奉为典范的作品，为散文的健康发展开辟了宽广的道路。唐传奇直接影响了宋以后的文言小说、古典白话小说和戏曲。唐代文学的最大贡献，当然还在诗歌方面。唐代是中国诗歌史上的黄金时代，诗人们爱国忧民的情怀，批判现实的精神，娴熟精深的技巧，和他们所创作的大量诗歌作品，都成为了后人学习的光辉榜样，它深深地渗入散文、戏曲、小说等其他文学领域，也成为中华民族文化最核心也是最宝贵的精神遗产。

拓展阅读

盛唐：文化的交流与融合

唐朝，一个文化振兴的伟大时代，其空前的国力强盛、政治开明、经济繁荣、社会太平，造就了盛唐独特的文化艺术魅力，令人振奋，更令世界神往。唐朝文化的辉煌灿烂，独树一帜，创造了中华文化历史上的一个黄金时期。

盛唐的强盛不只是经济、政治的强盛，更表现在文化上。唐代文学是中国文学史上的一颗璀璨的明珠。诗词歌赋，千姿百态，盛极一时。唐代的诗歌更是中华千古之绝唱，其文学成就冠绝古今，可谓是中华文化中的一朵奇葩，更是后世弥足珍贵的文化财富。

其文学的高度成就，是经济繁盛，科举盛行的结果，但与中外文化交流与融合亦是难以分割。唐朝自建国以来，始终奉行开明的经济政策，与世界上多达70个国家有着不同程度的外交往来。再加上唐朝统治者开明的民族政策，中外文化交流、胡汉民族融合呈现出来空前绝后的发展趋势。唐太宗曾说过："自古皆贵中华，贱夷狄，朕独爱之如一。"在国家开放的内外政策下，各种外地文化、异域风俗，从衣食住行到宗教信仰，渗透到了唐朝社会的方方面面，如九姓胡人的歌舞、康国的胡旋舞、石国的胡腾舞、拓枝舞等等，在唐朝深受中原百姓追捧。"伎进胡音务胡曲"，"洛阳家家学胡乐"成为了一时社会风气。同时长安的街道上也是胡商林立，再加上当时唐朝酒文化的盛行，胡姬酒肆盛极一时，诗仙李白曾咏道"胡姬貌如花，当垆笑春风"，胡风文化的盛行，吸引了许多的文人墨客的到访，酒催诗兴，诗催酒香。文化和经济相互促进，相互发展，相互融合，为盛唐文化增添了异常绚丽的色彩。

思考与练习

1."李杜文章在，光芒万丈长。"李杜齐名，但他们的诗风截然不同，请简析两者的区别。

2.韩愈与柳宗元是唐代古文运动的领袖。他们倡导古文运动的理论主张主要有哪些？

3.唐传奇开辟了古典小说独立发展的道路，相比魏晋南北朝，唐传奇有哪些鲜明的特点？

第五节 宋代文学

宋代是继唐代以后文学发展的又一高峰。宋代文学在我国文学发展史上有着重要的特殊地位，它处在一个承前启后的阶段，即处在中国文学从“雅”到“俗”的转变时期。所谓“雅”，指主要流传于社会中上层的文人文学，指诗、文、词；所谓“俗”，指主要流传于社会下层的小说、戏曲。

宋代文学的表现形式有诗歌、散文、词、小说和戏曲。宋诗艺术旨趣和风格主要表现在理趣、精细和议论化三个方面。宋词也完成了词体的建设，艺术手段日益成熟，在题材和风格倾向上，开拓了广阔的领域，成为宋代最具有代表性的文学样式。流传于民间的小说、戏曲则为后世小说、戏曲的繁荣奠定了良好基础。

一、宋代诗歌

宋诗是在唐诗的基础上发展起来的，但又自具特色。宋诗好议论，重理趣，以文为诗。宋诗从发展到衰落，大致经历了以下几个阶段：

北宋前期，宋诗基本上沿袭唐风。主要流派有以王禹偁为代表的师法于白居易的“白体”；以魏野、林逋为代表的师法于贾岛、姚合的“晚唐体”；以杨亿、刘筠、钱惟演为代表的师法于李商隐的“西昆体”。三大流派中以王禹偁的个人成就为最大。他是宋代提倡向李白、杜甫、白居易学习的第一个诗人，写下不少关心民间疾苦的现实主义诗篇。就流派而言，以雕章丽句、多用典故的西昆体影响为最大。11 世纪初 20-30 年的诗坛，基本上为它所把持。

北宋中期，以欧阳修、梅尧臣、苏舜钦等为代表的青年诗人，反对杨亿、刘筠等片面追求堆砌、不重内容的西昆体唱和诗风，主张大量创作以反映国计民生的现实主义的古体诗，以配合当时的政治改革运动。如梅尧臣同情民间疾苦的名篇《田家语》《汝坟贫女》，苏舜钦反映宋廷积贫积弱社会问题的《城南感怀呈永叔》《庆州败》，欧阳修揭露官府腐败的《食糟民》等古体之作陆续问世，名重一时，朝野诗风为之一变。宋诗议论化、散文化的独特面目，也在此时初步形成。

随之而后，王安石、苏轼相继主盟诗坛，宋诗创作形成第一个高峰期。王、苏两人政治见解和诗歌主张多所不同，但锐意创新，力图建立个人风格的不倦追求则是相同的。王安石的《明妃曲》《乌江亭》等诗，就传统题材翻出新意，充分发挥了宋诗长于议论的特点，读后耐人回味。苏轼是北宋诗坛最有成就的诗人，他将欧阳修、梅尧臣等人开了头的“以文为诗”推进到“别开生面，成一代之大观”的地步。他才情豪迈，挥洒自如，富有创新精神。诗中充满谐趣，饶有禅理，比喻之丰富、新鲜，使人叹服不已，如《题西林壁》以丰富的哲理发人以深思，历久而传诵不衰。

北宋晚期，苏门弟子相继崛起，其中以黄庭坚、秦观、张耒和晁补之四人为代表。四人并成为“苏门四学士”，其中黄庭坚诗歌成就最高，与苏轼齐名，并称为“苏黄”。

黄庭坚论诗，强调推陈出新，要求诗人志向高远，体现了宋诗重筋骨思理趣的特色，而且总结出一些谋篇、造句、炼字等方面的规律，他“点铁成金”“脱胎换骨”“以故为新”的创作方法，得到了陈师道等人的响应，以此为定式，形成在南北宋之际影响十分巨大的江西诗派，对中国诗歌创作产生了长久的影响。

南宋前期，抗金北伐成为诗人表现的重大主题，爱国诗开始大量涌现，使宋诗在这方面成为超越前代并给后世以莫大影响的典范。以尤袤、杨万里、范成大、陆游（中兴四大家）等人为代表。他们从江西诗派的束缚下解脱出来，建立起自己的风格。杨万里诗写景最工，有机趣，重“活法”，被称为“诚斋体”。陆游继承陶渊明、李白、杜甫、岑参、白居易等大家的传统，植根于自己的生活实践，在平易晓畅中呈现出一股恢宏踔厉之气，是南宋诗坛当之无愧的盟主。南宋后期，再没有出现比较重要的诗人。先后活跃在诗坛上的“永嘉四灵”和“江湖诗派”，重新走宋初的沿袭晚唐诗风的老路，虽也写出一些清新可读的作品，但总的来说，宋诗也如当时的政局，已是风雨飘摇，每况愈下。直至宋末文天祥等爱国志士以血泪凝成的《正气歌》留名汗青，宋诗才最后迸出了一道引人注目的亮光。

二、宋词：一代之文学

较之于宋诗，更能代表宋代文学成就的是宋词。

词是一种音乐文学，它的产生、发展以及创作、流传都与音乐有直接关系。

词所配合的音乐是燕乐，又叫宴乐，主要用于娱乐和宴会的演奏，隋代已开始流行。而配合燕乐的词的起源，也就可以上溯到隋代。宋代王灼《碧鸡漫志》卷一里说："盖隋以来，今之所谓曲子者渐兴，至唐稍盛。"

词在唐代有所发展，敦煌曲子词中有一些是盛唐时期的作品，具有清新的民歌风格。但是，作为一种新兴的诗歌形式，不久便引起文人的注意和仿效。大约中唐时期，张志和、韦应物、王建、白居易、刘禹锡等人开始写词，把这一文体引入了文坛，为词体的建立作出了突出的贡献。到晚唐五代，文人词得到了长足的发展。以温庭筠、韦庄等人为首的花间派词人，在填词时往往取当前情事，表现艳遇怨慕与离愁别绪，形式藻丽浓艳，细美婉约。南唐是五代时期词坛的另一个创作中心，代表作家有冯延巳、李璟、李煜等人。其中冯延巳所表现的士大夫的忧生隐衷，李煜亡国后所抒写的迫烈沉痛的故国之思与深广的人生感慨，均已改变了五代词狭小的空间，眼界始大，感慨遂深。至此，词终于在诗之外别树一帜，成为中国古代最为突出的文学体裁之一。

（一）苏轼与北宋词人

北宋前期，以晏殊、欧阳修、范仲淹为代表的诗人承五代余绪，主要表现士大夫流连光景、感伤节序的闲愁淡怨及承平时代的享乐意识和乐极生悲后对人生的反思。他们以众多的艺术圆熟、意境浑成的典范之作，强化了温庭筠等花间词人开创且定型了的抒情范式，进一步确立了以小令为主的文本体式、以柔情为主的题材取向和以柔软婉丽为美的审美规范。同一时期的柳永，则主要是对五代词风的革命，其革新、创造多于因循。柳词能自辟门径，在乐调形式上开风气之先，他采用北宋流行的新曲，大力发展慢词来表现市井生活与羁旅情怀，并把赋的铺陈手法引入慢词，扩大了词的容量，同时充分运用俚词俗语，以适俗的意象、淋漓尽致的铺叙、平淡无华的白描等独特的艺术个性，为此后词体革新提供了足够驰骋才情的形式基础。其代表作有《雨霖铃·寒蝉凄切》《蝶恋花·伫倚危楼风细细》等。

北宋中晚期，苏轼及苏门词人登上词坛对宋词的发展产生了极深远的影响。特别是苏轼，他继柳永之后，对词体进行全面的改革的人。苏轼以前，这个改革过程是渐进的，至苏轼却是一种突飞猛进的演变。首先，苏轼词扩大了词境。刘辰翁《辛稼轩词序》说："词至东坡，倾荡磊落，如诗如文，如天地奇观。"苏轼词题材广泛，他将怀古、感旧、记游、悼亡、说理等诗中常见的题材引入词中。如他外出打猎，便豪情满怀地说“会挽雕弓如满月，西北望，射天狼”（《江城子·密州出猎》）。他望月思念胞弟苏辙，便因此悟出人生哲理“人有悲欢离合，月有阴晴圆缺，此事古难全”（《水调歌头·明月几时有》）。他登临古迹，便慨叹“大江东去，浪淘尽、千古风流人物”（《念奴娇》）。梦到亡妻，伤心地说“十年生死两茫茫，不思量，自难忘”（《江城子·乙卯正月二十日夜记梦》）。正如刘熙载所言：“东坡词颇似老杜诗，以其无意不可入，无事不可言也。”其次，苏轼词提高了词品。苏轼的“以诗入词”，把词家的“言情”与诗人的“言志”很好结合起来，文章道德与儿女私情并见乎词，在词中树堂堂之阵，立正正之旗。词至东坡，其体始尊。再次，苏轼改造了词风。出现于苏轼词中的往往是清奇阔大的景色，词人的旷达胸襟也徐徐展露在其中。传统区分宋词风格，有“婉约”“豪放”之说，苏轼便是“豪放”词风的开创者。他打破了前人“词为艳科”的狭隘传统，气象阔大，豪放飘逸。与苏轼同时代的秦观和周邦彦也是非常出色的词人。秦观善作小令，通过抒情写景传达伤感情绪的《浣溪沙》《踏莎行》《鹊桥仙》等是他的代表作。周邦彦不仅写词且善作曲，他创造了不少新调，词法上推陈出新，讲究谋篇，对词的发展贡献很大。他的词深受柳永影响，声律严整、适于歌唱、字句精巧、刻画细致，代表作有《过秦楼》《满庭芳》《兰陵王》《六丑》等。

（二）南渡词人群

南北宋之交，宋词以叶梦得、朱敦儒、李纲、李清照、张元干等南渡词人群为代表。其他比较著名的有陈克、陈与义、岳飞等词人。这些人经历了“靖康之难”，他们后半生就生活在这个亡国离乱，战火硝烟的时代，这彻底改变了他们的人生命运和创作倾向。他们在建炎南渡以后的词作，主要是表现战乱时代民族社会的苦难忧患和个体壮怀理想失落的压抑苦闷。动乱的岁月，苦难的生活，悲剧的时代，铸就了新的词风和词境。这阶段，李清照占有相当重要的一席之地。李清照的词以南渡为分水岭，前期的作品，或是歌咏自然，表现作者天真活泼的个性，和关心美好事物的高雅志趣。这类作品感情真挚，富有青春活力，风格清新、明快，如《如梦令·昨夜雨疏风骤》《点绛唇·蹴罢秋千》；或是写闺情生活，抒发离情别绪，表现伉俪之情和惜花伤春的忧愁之感。这类作品，思致深宛，风格流丽，如《减字木兰花·卖花担上》《丑奴儿·晚来一阵风兼雨》《一剪梅·红藕香残玉簟秋》等。南渡后的作品，她把自身颠沛流离和国破家亡、民族危难的痛苦紧密地联系在一起，感愤时事，怀念家国的情思时常流露在她所创造的幽深意境和悲苦的情调之中，富有爱国主义思想，如《武陵春·风住尘香花已尽》《永遇乐·落日熔金》《声声慢·寻寻觅觅》等。

（三）辛弃疾与南宋词人

南宋以后，民族矛盾尖锐，形成了以辛弃疾、陆游、张孝祥、陈亮、刘过等为代表的“中兴词人群”。其中辛弃疾成就最高。辛词不但数量居两宋词人之首，而且以文为词，将政治、军事、山水、田园以及个人的喜怒哀乐，大胆而自如地表现在词作中。他的词气盛言宜，无往而不利，感染力强，尤其是他那些抒写爱国激情的篇章，千古以来一直激励着后人，如《破阵子·为陈同甫赋壮词以寄之》《永遇乐·京口北固亭怀古》《贺新郎·同父见和再用韵答之》等。

南宋后期的词人以姜夔最为著名。姜词绝大多数是记游咏物之作。在他的词作中，更多的是慨叹身世的漂零和情场的失意，较有代表性的作品是《长亭怨慢》。他精研乐理，能自度曲，词风清空幽冷，内容欠充实。他的词沿袭了周邦彦的道路，于辛弃疾之外另立一宗，在南宋词坛的影响也很深远。

三、宋代散文

宋代散文承唐代韩柳所倡导的古文运动而来。从思想内容上来看，宋代散文多是以讲学为目的的言道之文，以论政为目的的政论之文和以记录见闻为目的的笔记之文。言道之文具有很强的哲学性，政论之文具有很强的时代性，笔记之文具有机很强的趣味性和学术性。

北宋初年，受晚唐五代的美学风尚的影响，辞藻华丽而内容单薄空洞的骈体文广为流行。进步的诗人、作家都希望改变这种文风，恢复韩柳的古文传统。与此同时，北宋政治革新也正在如火如荼地开展，迫切需要文学领域掀起一场革新与之相配合。由此，一场轰轰烈烈的诗文革新运动便应运而生了。

北宋的古文运动大体上历经了三个发展阶段：

太祖至真宗时期为酝酿阶段。主要先驱者有柳开、王禹偁、穆修等。这一阶段的重点是批判五代以来浮华卑弱的文风。这一时期理论上还有片面性，创作实践才刚开始。不过已经开始了对浮华文风的批判，树起了恢复韩柳古文的旗帜，拉开了宋代诗文革新运动的序幕。

宋仁宗时期是北宋诗文革新运动的高潮阶段。其中发挥关键作用的是文学大家欧阳修，欧阳修是这一阶段乃至整个诗文革新运动的领袖，他把诗文革新同范仲淹领导的政治改革结合起来，使古文、诗歌和文学理论批评为现实政治斗争服务；他主张作文须简而有法，流畅自然，反对模拟与古奥；作为当时的文坛领袖，他还积极改革科场积弊，罢黜四六时文，严格规定应试文章必须采用平实朴素的散文，坚决贬斥险怪奇涩和空洞浮华的文风。这些主张和举措影响甚广，使革新运动达到高潮，取得胜利。

欧阳修的散文重风神，有一唱三叹，情韵绵邈的韵味。其行文均有为而发，有感而作，《朋党论》引用大量历史事实，又连用排比，增加了说理的气势；《与高司谏书》言辞锋利，甚至出之以嬉笑怒骂；《五代史·伶官传序》《五代史·宦者传论》等序论文，吊古伤今，感慨遥深，每段都以“呜呼”二字开头；《醉翁亭记》从写醉翁亭的环境位置到山中四季景物的描写，再借此抒发“与民同乐”的情怀，使抒情写景融为一体。

英宗至哲宗时期是北宋散文革新运动的完成阶段，主要代表作家有王安石、曾巩、苏轼、苏辙以及黄庭坚、秦观等人。王安石、曾巩、苏辙等人，以其文学理论和创作实践在运动的深入发展中发挥了骨干作用。而苏轼是继欧阳修之后文坛领袖，苏轼批评地继承了前人的理论，特别是发展了欧阳修的文学理论，将诗文革新理论提高到了一个新的高度。他的创作代表了宋代散文的最高成就，对扭转当时文坛不良风气，推动北宋文学繁荣都作出了突出贡献。

苏轼的散文豪放自然，多姿多彩。他的议论文明晰透辟，雄辩滔滔，气势纵横，善于随机而发，翻空出奇，表现出高度的论说技巧，但他的是游记、杂记、随笔、文赋等文体也毫不逊色，做到了涉笔成趣，姿态横生。他往往把抒情、状物、写景、说理、叙事等多种成分糅合起来，随着自己的情感思绪信笔写去，看似漫不经心却自有匠心意脉。如《石钟山记》先是就命名缘由提出怀疑，而后自然转入游览探察过程，最后引发出“事不目见耳闻”则不可“臆断其有无”的议论，气脉在叙事、写景、议论之间从容流贯，不见人工安排的痕迹。他的《超然亭记》《放鹤亭记》《凌虚台记》《喜雨亭记》，也都是描写、叙述、议论错杂并用，而行文随意变化，曲折自如。苏轼文章写得最为自由洒脱的是杂记、随笔之类的短文。《记承天寺夜游》，全文仅80余字，意境超然，韵味隽永，富有诗意。苏轼的赋，也是下笔有行云流水之妙，《赤壁赋》在自夜及晨的时间流动、游览过程与情绪变化过程中，把写景、诵诗、问答、议论水乳交融地汇为一体，摆脱了赋体的拘束，流转自如，堪称优美的散文诗。

总之，北宋诗文革新运动以自己鲜明的文学主张和丰富的诗文创作实践彻底清除了宋初以来的形式主义颓风，使北宋的散文创作进入了繁盛时期，呈现出新的风貌。

南宋散文是沿着北宋散文开拓的道路继续发展的。南宋散文发展过程中虽然没有产生像欧阳修、苏轼那样的大家，但仍自有其不可磨灭的光彩。但是在政论文、小品文等某些特殊的文体中，南宋作家对前人有所发展甚至超越。

南宋始终面临着深重的外患，抗击外敌，捍卫国家领土主权是整个南宋一朝政事的焦点。因此，以呼吁抗敌御侮、谋划复国大计、反映时代潮流和民族精神的这类政论文成为南宋散文最突出的主题和内容，也取得了较高成就。这类散文政治功利目的明确，大都秉笔直书，义正词严。它们不过分追求文学技巧，讲究气势磅礴，言辞恳切，在欧、苏之外开辟了古文的新境界。其中最为著名的有岳飞的《五岳盟祠记》、胡铨的《戊午上高宗封事》、辛弃疾的《美芹十论》和陈亮的《上孝宗皇帝第一书》等，他们或誓师传檄，或上书言事，慷慨激昂，气壮山河，具有极大的战斗力和煽动力。如辛弃疾在《美芹十论》中全面而精辟地分析了当时的敌我形势，提出了进取的方案；陈亮在《上孝宗皇帝第一书》中力主恢复中原，告诫孝宗不可苟安而痛失良机。南宋的政论文大大提高了散文的政治功能和社会意义，其严密的逻辑和雄伟的气势相较于北宋散文有过之而无不及。

南宋的笔记散文也取得了不俗的成就。南宋的许多作家都撰有笔记专集，如陆游有《入蜀记》《老学庵笔记》、罗大经有《鹤林玉露》、洪迈有《容斋随笔》、范成大有《吴船录》等。这些笔记散文内容十分丰富，史事杂录、考据辩正、诗文评论、小说故事、名胜古迹、风土人情等，应有尽有。不少文章的文字表达生动有趣，具有很强的文学性。笔记散文虽然始于隋唐，北宋的不少文学家也已有笔记专集，但真正的广泛盛行还是在南宋。南宋的笔记集流传下来有近百种，其中的小品文成就尤高，对晚明小品文影响深远。

两宋理学发达，理学思想对当时的散文创作产生了深远影响。北宋的程颐、程颢两兄弟直接提出了“作文害道”和作文也是“玩物丧志”的观点，指出古文家宗道履道的不彻底性甚至虚伪。到了南宋，理学宗师朱熹在继承二程的文道观的基础上，对“文与道”的关系作了更深入的论述。首先，他强调“道”的重要性，道是根本，而“文”只不过是辅助手段而已。其次，朱熹不认为“文”与“道”是毫不相干的，他说:“道者，文之根本。文者，枝叶。惟其根本乎道，所以发之于文，皆道也。三代圣贤文章，皆从此心写出，文便是道。”他事实上承认了文学的价值。再次，在创作上，他强调作家的人品修养，承认感情在文学中的作用，多次强调“感物道情，吟咏情性”。最后，他还反对模拟，提倡创新，强调平淡，注重涵咏、曲折、风致，特别推崇比兴和温柔敦厚的风格。

朱熹的文论对南宋的古文创作产生了深刻的影响。一方面，散文被置于理学的规范之下，“文”成为从属于“道”的表现工具，这妨碍了作家对艺术作深入的研究，并导致了一些粗糙鄙俚的语录体散文的产生；另一方面，朱熹毕竟没有完全抹杀文学的价值，仍然为文学保留了一席之地。

宋代的小说主要是“话本”，它原是说书人说书的底本，即白话短篇小说。宋话本具有两个鲜明的特色，浓厚的市民文学的色彩和白话文学的特点。宋代的民间戏曲还处在戏曲的萌芽阶段但已是较为完整的戏曲样式，初具古代戏曲的基本特征，为之后戏曲发展奠定了良好基础。

总之，由于社会政治经济的发展向文学提出新的要求及文学本身发展的规律，中国古典诗、词和散文逐渐度过了它的黄金时代，失去其在文坛的支配地位，小说戏曲等文学样式正在酝酿着更大的文学高潮，逐步成为冉冉升起的新的文坛明珠。

第六节 元代文学

元代存在的时间不长，但在文学史上元代文学却有着划时代的里程碑意义。元代的诗文成就不高，大都是继承与沿袭前代的发展，内容上也多是感叹世事，抒发内心的苦闷彷徨，带有浓重的悲情色彩。元代文学的突出成就表现在戏曲方面，作为叙事性文学的戏曲第一次占领了文坛的主要地位，涌现出一大批优秀的剧作家和戏剧作品。自此以后，以戏曲、小说为代表的叙事性文学逐渐成为了文坛的主流。

一、元代散曲及诗词

一代有一代之文学，和唐诗、宋词一样，元代也出现了一种新的诗歌体裁——散曲，也称之为“乐府”或“今乐府”。它由宋词俗化而来，是配合当时北方流行的音乐曲调撰写的合乐歌词，是一种起源于民间新声的中国音乐文学，是当时一种雅俗共赏的新诗体。较之以往的诗词，形式更为灵活，文字更为通俗。在内容上，嬉笑怒骂，皆成文章，有很强的现实性。在风格上，尖锐泼辣，清新幽默，毫无酸腐之气。同时，因有大量的北方方言融入其中，又呈浓厚的北方地域色彩。就其体制而言，主要有小令、套数以及介于两者之间的带过曲三种。元代的散曲作家，约有 200 多人，存世作品小令 3800 多首，套数 470 余套。以元仁宗延年间为界，分为前后两个时期。

前期的创作中心在北方，以关汉卿、马致远、白朴、张养浩为代表。关汉卿散曲，今存约 49 首（一说 57 首），或描绘都市的繁华与艺人的生活，如〔南吕·一枝花〕《杭州景》与〔南吕·一枝花〕《赠朱帘秀》二散套，比较真实地反映了宋元时期杭州的景象。“百十里街衢整齐，万余家楼阁参差，并无半答儿闲田地。”正是：“水秀山奇，都市繁阜，人烟辏集，勾栏瓦舍星罗棋布，艺伎伶人大显身手。看了这壁觑了那壁，纵有丹青下不得笔。”或描写羁旅行役与离愁别绪，感情丰富而深沉，没有矫揉造作的虚假成分，一扫萎靡纤弱的曲风，所谓“以健笔写柔情”，是这部分作品的特色。或是自抒抱负的述志遣兴之作，如〔南吕·一枝花〕《不伏老》套数写得诙谐老辣，笔力横肆，充满自负、自嘲、自乐的情趣，是研究关汉卿生平思想的重要依据，也是元代散曲中不可多得的名篇。另一代表人物是马致远。他被誉为“曲状元”，也被视为散曲豪放派的代表作家。他的小令写得俊逸疏宕，别有情致。如脍炙人口的《天净沙·秋思》：“枯藤老树昏鸦，小桥流水人家，古道西风瘦马。夕阳西下，断肠人在天涯。”仅 28 字就勾勒出一幅秋野夕照图，特别是首三句不以动词作中介，而连用九个名词勾绘出九组剪影，交相叠映，创造出苍凉萧瑟的意境，映衬出羁旅天涯茫然无依的孤独与彷徨。全曲景中含情，情景交融，隽永含蕴。周德清《中原音韵》赞其为“秋思之祖”，王国维《人间词话》说它“寥寥数语，深得唐人绝句妙境”。

与前期散曲作家多为北方人不同，后期散曲作家的主体基本由南方人构成，因而散曲的创作中心也由北方转移到了南方。后期散曲创作风貌有了较大的变化，题材不断被开阔，表现领域得到极大扩张，使诗坛出现了诗、词、曲并立的格局。哀婉蕴藉的感伤情调代替了前期的激情喷发，逐步成为散曲创作的主流，风格从前期的豪放为主转为清丽为主。

这一时期成就较大的作家有张可久、乔吉、睢景臣等，代表作品如张可久的《人月圆·春晚次韵》、乔吉的《满庭芳·渔父词》等。

这一时期最重要散曲作家当属张养浩。他的散曲多寄情林泉，但也不乏关怀民众之作。如〔中吕·山坡羊〕《潼关怀古》：“峰峦如聚，波涛如怒，山河表里潼关路。望西都，意踟躇，伤心秦汉经行处，宫阙万间都做了土。兴，百姓苦；亡，百姓苦。”此曲为张养浩晚年在陕西赈饥时所作，它最为人称道的，是能一针见血地揭示出封建社会的历史本质：“兴，百姓苦；亡，百姓苦。”这八个字，鞭辟入里，振聋发聩，使全曲闪烁着耀眼的思想光辉。

但到后期，散曲作家竭力雕琢词句，追求典雅工整的形式美，向诗词的写法靠拢。这导致散曲的格律化和去市民化，失去了个性鲜明的市民文化血液，变得与宋词几乎无异，因而随之衰败，未能像唐诗宋词一样繁荣延续及后世。

散曲是元代诗坛上的一种新样式，与传统的诗词分庭抗礼，代表了元代诗歌创作的最高成就，但元代的诗词依然处于“正宗”的位置。

元诗与前代相比，显然处于低谷时期。然而，元代的诗人和作品的数量相当多，而且出现了许多擅长诗文的少数民族作家。

元代前期的诗文作家情况比较复杂，有由金入元者，如元好问、李俊民等；有由宋入元者，如方回、戴表元等；还有元王朝的开国功臣，如耶律楚材、郝经等；而著名的理学家刘因、许衡等在诗文创作上也颇有成就。作家成分的复杂化带来了创作上的多样性。就诗歌创作而言，这个时期是南北诗风交错、融合的时期，诗坛上呈现出多样化的思想倾向和艺术风格。由宋入元的方回，在元代诗坛上的影响比较深远。方回诗学黄庭坚，是宋代江西诗派的殿军，论诗推崇江西诗风。他的诗歌创作内容比较复杂，由于他降元后不久便被废弃，未受重用，心中颇多懊悔，同时又感到外界对他的精神压力，内心不无愧怍之感，这使他的诗作往往表达出低徊沉重的心情。艺术上，他大力发挥江西派的创作特点，在诗眼、句法上深致工夫，其诗以意象生新、境界老成为主要特征。

此外以契丹族的耶律楚材最为突出。耶律楚材虽然常常处于戎马倥偬之中，但他始终不废翰墨，存诗720余首。他曾随成吉思汗西征，驰骋万里，所以能在诗中描写奇瑰壮丽的西域风光，如《过阴山和人韵》等歌行，写得动荡开阖、气象万千。楚材擅写律诗，集中尤多七律。他的律诗句律流畅沉稳，风骨遒健。可惜他的诗应酬之作过多，往往流于率易，缺乏锤炼。但在元初的少数民族诗人中，他的成就仍是最值得重视的。

元代中期，社会逐渐稳定，民族矛盾有所缓和。在这种历史背景下，诗歌创作十分繁盛，出现了为数众多的诗人。这时的诗坛创作题材以歌咏升平为主导，诗风崇尚温柔敦厚。所以，诗坛上最流行的是歌功颂德、粉饰太平和赠答酬唱、题咏书画之作。仅有少数诗人偶尔能突破这种风气。被称为“元诗四大家”的虞集、杨载、范梈、揭傒斯是当时的代表。他们的创作成就并不高，不但不能与前代诗坛的大家相比，就是在元代诗坛上也并不一定是最优秀的诗人。之所以备受时人称誉，只不过是他们的诗歌典型地体现出当时流行的文学观念和风尚，在加之他们都是当时的馆阁文臣，长于写朝廷典册和达官贵人的碑版而享有盛名。

元代后期朝廷政治黑暗，民族矛盾又趋激化，反元暴动此起彼伏。动荡不安的社会背景影响了诗坛的风气，诗人们的题材选择和风格追求有了很大的变化，写实倾向大大增强，以王冕、杨维桢、萨都剌为代表。元末诗坛具有写实倾向的代表作家当推王冕，他出身农家，毕生未仕，这样的人生经历使他对元末的社会现实有真切的了解。在当时他以题画诗闻名，但写得最好的作品是反映社会现实之作。元末社会的种种现状，诸如连年的水旱灾害、朝廷的急征暴敛、人民的辗转呻吟、官吏豪富的骄奢淫逸等，都在他的诗中得到尖锐的揭露和真切的描写。如《江南民》《冀州道中》等。

元末最具艺术个性的诗人当属杨维桢。杨维桢个性狂狷，主张诗是个人性情的表现，强烈主张艺术创作个性化。他力图打破元代中期缺乏生气，面目雷同的诗风，追求构思的超乎寻常和意象的奇特不凡，从而创造了元代诗坛上独一无二的“铁崖体”。最能体现“铁崖体”特色的，是他的乐府诗。这些诗多半是咏史、拟古之作，题材内容并不很新鲜，但在艺术风格上却使人耳目一新。如他的《鸿门会》，模仿李贺《公莫舞歌》，意象之奇崛与原作相仿佛，而气势之雄放则有过之无不及。但他有时一味求奇，不免有诡异晦涩的缺点。回族诗人萨都剌以写宫词、乐府诗著名，这些作品受晚唐温庭筠、李商隐诗风的影响颇深，但在秾艳细腻中渗入自然生动的清新气息，则是他自己的特色。如《上京即事》《过嘉兴》等，都堪称清丽之作。此外，萨都剌描写山水景物和地方风情的诗也比较出色。

元词未能继承和发展两宋的成就，出现了“极盛难继”的状况，但也出现了许多词人。唐圭璋所编《全金元词》中收录了元代 212 位词家的 3721 首词，其中不乏名篇佳句，表现出时代特点。大致可分为两个时期，第一时期包括出生于元代一统以前蒙古时期的词人的词作；第二时期包括出生于元一统之后到元亡之前的词人的词作。

第一时期的词人，大体上包括由南宋入元的词人，由金入元的词人和在蒙古王朝统治下的北方词人三部分。由于这一时期的词人大多有着亡国和战乱的经历，所以，他们的词中最有价值的部分是抒写怀念故国的黍离之悲，表现由人世变迁引起的荆棘铜驼之感的词作。南宋入元的词人，如赵孟頫，曹伯启等，他们的词作大都表现了对故国的怀思，以及国破家亡的隐痛。这部分词大多以充实的思想内容和真切的感情取胜。由金入元的词人，如元好问等，他们的词作多半是抒写在战乱兵燹、颠沛流离中的痛苦，表现对古往今来人事变迁的感伤。例如元好问的《木兰花慢》，透露出伤时悯乱的悲哀和因故国废圮引起的寂寞荒凉之感。

第二时期的主要作家有虞集、王旭、张雨、萨都剌、张翥等。他们大抵出生于忽必烈改元之后，没有经历过大的战乱，但由于元代蒙古贵族的黑暗统治，更多的文人感到现实没有出路，未来无法把握，却又难以释然，于是，他们对眼前的功业，身后的名誉，常发出貌似旷达而又不无愤激的议论。如虞集在《无俗念》中写：“见古今成败，几多豪杰，谁会谁能谁不济，故纸数行明灭。”吴镇在《沁园春》中说“古今多少风流，想蝇利蜗名几到头……都只到邙山土一丘。惺惺汉，皮囊扯破，便是骷髅”，充斥着一种看破红尘极度失望的情绪。这一时期最负盛名的词人是张翥。他的词首要特色在于注重细腻感情的抒写，这与元词普遍着重记事、议论，对自然的感受能力迟钝，对内心感情的捕捉也不敏锐的情况相比，要高人一筹。其次，张翥对于感情的揭示和抒写，善于运用形象的手段，抓住一时一地情景的特点，作个性化的刻画描绘，从而传达出自己独特的感受。例如他的《瑞龙吟》《水龙吟》《解连环》等，就都具有意境含蓄，描写细腻的特点。

纵观元词，虽说前期的作品中不乏内容充实的佳品，后期的张翥、萨都等人的作品也表现出一定的艺术魅力和艺术特色，但由于思想艺术俱臻上乘的词作在数量上很少，不足以改变整个元词内容贫乏、艺术平庸的局面。所以，清代陈廷焯《白雨斋词话》认为“元词日就衰靡，愈趋愈下”，这个评论并非夸张之辞。

二、元杂剧及代表作家

作为一代之文学的元曲，实际上是由叙事体的剧曲和抒情性的散曲，即杂剧和散曲两部分构成。散曲我们前一部分已经详细论述过，此处不再赘述。而杂剧的繁荣，既是时代的产物，也是中国历史上各种表演艺术发展的结果。元杂剧是以宋杂剧和金院本为基础，融合宋金以来的音乐、说唱、舞蹈等艺术而形成的戏曲艺术，它是以中国北方流行的曲调演唱的，因此也称北曲或北杂剧。

元杂剧之所以能在很短的时间内迅速崛起并兴盛一时，主要是在于以下几个方面：首先，城市经济的繁荣、通俗文艺的发展以及广大市民的娱乐需求，为元杂剧的繁盛提供了必要的物质条件和群众基础；其次，前代提供了杂剧形式上的各种借鉴，元代以前各种戏曲艺术的发展为元杂剧的产生提供了丰富的借鉴；再者，元朝的贵族阶层对歌舞戏曲的爱好和提倡，也很大程度上鼓励了元杂剧的发展；最后，当时的文化政策下，大批具有较高文化修养的文人沦落下层，成为了剧本的创作者，他们的直接介入，大大提高了元杂剧的艺术品位。这是元杂剧得以繁盛的根本保证。

元杂剧具有完整、严密的结构体制，尽管其唱法久已失传，但根据流传下来的资料和记载，可以归纳出以下特点：其一，元杂剧的基本结构形式为四折一楔子。“折”相当于现代戏剧的“幕”“场”，在音乐上用同一宫调的一个完整套曲，一折即一个剧情段落，大致暗含了故事的发生、发展、高潮和结局四个段落。“楔子”是指对戏剧情节的补充，一般放在第一折之前相当于序幕。其二，元杂剧的角色分为末、旦、净、外、杂四大行。其三，以曲辞为主要部分，说白只起到次要作用。其四，元杂剧以宾白和科泛为辅助部分，曲辞、宾白、科泛和题目正名共同组成了完整的剧本形式。曲辞主要用于抒情、叙述情节，是塑造人物形象的基本手段，也起渲染气氛、描写景物的作用，宾白指剧中人物的说白部分，科泛主要是演员的动作、表情以及舞台效果的提示，而题目正名是指剧本结尾处用来总结或作为全场收束语的两句或四句韵语。

元杂剧的发展也经历了自盛而衰的过程，大体同这个过程相当，杂剧作家的创作活动，也可以分为前、后两期。前期约为元世祖至元初至成宗大德末年。这是杂剧发展的鼎盛时期，人才辈出，名作如林。因其活动中心主要在大都一带，也称为大都时期。主要代表作家关汉卿、王实甫、白朴、马致远、纪君祥等。他们的作品大都具有深刻的思想内容和浓厚的生活气息，表现出豪放质朴的风格。

后期约自武宗至大年间至元末。这一时期是元杂剧创作的衰微时期，创作中心由大都移向杭州。虽然作家还不断出现，作品也产生不少，但多数作家的作品都比较平庸，缺少亮点，艺术上也开始从早期的质朴本色转向追求词藻的典丽工巧，其中郑光祖、宫天挺等人的作品较有特色，成就颇高，然而总的成就远不及前期。

在诸多的元杂剧作家中，关汉卿、白朴、郑光祖、马致远四者代表了元代不同时期不同流派杂剧创作的成就，因此往往被并称为“元曲四大家”。

关汉卿，元代杂剧奠基人，“元曲四大家”之首。关汉卿的剧作，内容丰富多彩，格调清新刚劲，充满着浓郁的时代气息，具有很高的艺术价值。其代表作《窦娥冤》《望江亭》《单刀会》《拜月亭》《鲁斋郎》《调风月》等，数百年来长演不衰。关汉卿塑造的“我是个蒸不烂、煮不熟、捶不匾、炒不爆、响珰珰一粒铜豌豆”（《不伏老》）的形象也广为人所称道，被誉为“曲圣”。

白朴，原名恒，字仁甫，后改名朴，字太素，号兰谷。元代著名的文学家、曲作家、杂剧家。主要代表作《唐明皇秋夜梧桐雨》《董秀英花月东墙记》《裴少俊墙头马上》等，这些作品在他生前就已编订成集，名曰《天籁集》。其作品主要是历史题材，剧情多为名人、才子韵事，承袭元好问长短句格调，跌宕沉详，天然古朴。

马致远，字千里，号东篱。他的年辈晚于关汉卿、白朴等人，作品以反映退隐山林的田园题材为多，风格兼有豪放、清逸的特点，代表作有《汉宫秋》《青衫泪》《荐福碑》等。

郑光祖的作品内容离现实较远，主要以男女爱情和历史题材为主，代表作主要有《迷青琐倩女离魂》《刍梅香骗翰林风月》《醉思乡王粲登楼》《辅成王周公摄政》《虎牢关三战吕布》等。郑光祖从小就受到戏剧艺术的熏陶，青年时期置身于杂剧活动，所作杂剧在当时“名闻天下，声振闺阁”，享有盛誉。

除元曲四大家外，对后世影响深远的当属王实甫。王实甫，名德信，大都（今北京）人。著有杂剧十四种，现存《西厢记》《丽春堂》《破窑记》三种。五本二十一折的《西厢记》不仅是他的代表作，而且是元代杂剧创作中最优秀的作品之一。《西厢记》取材自唐代传奇《莺莺传》，以金代董解元《西厢记诸宫调》为蓝本，演化为五本二十一折的长剧。在当时杂剧中，号为“天下夺魁”，对后世影响很大。《破窑记》写刘月娥和吕蒙正悲欢离合的故事，有人怀疑不是王实甫的手笔。另有《贩茶船》《芙蓉亭》二种，各传有曲文一折。

王实甫的作品全面地继承了唐诗宋词精美的语言艺术，又吸收了元代民间生动活泼的口头语言，创造了文采璀璨的元曲词汇，成为中国戏曲史上“文采派”的杰出代表。

元杂剧是中国文学史上通俗文学的第一次大规模的发展。从此以后，通俗文学便以矫健的雄姿活跃在文坛艺苑上，扮演着举足轻重的角色。同时，元杂剧也为中国文学史奉献出一笔极其丰厚的精神遗产，不仅使中国古代叙事文学发展到了一个新的里程碑，也为中国古代文学思想提供了不可多得的宝贵资料。

拓展阅读

戏曲文化的形成与发展

我国戏曲的形成，最早可以追溯秦汉时代。但其形成过程十分漫长，到了宋元年间才得以成型。成熟的戏曲要从元杂剧算起。戏曲文化经历明、清不断的发展成熟而逐渐进入现代，经历了800多年繁盛不败，现今有360多个剧种。我国古典戏曲在其漫长的发展过程中，曾先后出现了宋元南戏、元代杂剧、明清传奇、清代地方戏及近、现代戏曲等基本形式。

先秦时期是我国戏曲文化的萌芽期。《诗经》里的“颂”，《楚辞》里的“九歌”，就是来祭神时歌舞的唱词。从春秋战国时期到汉朝时期，娱神的歌舞逐渐演变成娱人的歌舞。从汉魏时代到中唐时代，又先后出现了以竞技为主的“角抵”、以问答方式表演的“参军戏”和扮演生活小故事的歌舞“踏摇娘”等，这些都是最早时期萌芽状态的戏剧。唐朝中后期是我国戏曲的形成期。中唐以后，我国戏曲文化飞跃发展，戏剧艺术也逐渐形成。宋金时期是我国戏曲文化的发展期。宋代的“杂剧”，金代的“院本”和讲唱形式的“诸宫调”，从乐曲、结构到内容，都为元代杂剧沉淀下了稳固的基础。宋元时期，在浙江温州以及福建泉州、福州一带产生了南戏，是我国戏曲文化的成型。

元朝时期是我国戏曲文化的成熟期。元杂剧也叫北曲杂剧，它具备了戏的基本特点，标志着我国戏曲文化正式进入成熟的阶段。明清传奇是由宋元南戏发展而成的戏曲形式，它的鼎盛时期主要在产生于元朝末期，在明初广为流传，到了明嘉靖年间兴盛，至万历而极盛，并延至明末清初，作品之多号称“词山曲海”。中国话剧文化则只有百年的历史。从西方引入中国，20世纪初期曾叫“文明新戏”，依然具有一些早期戏曲的特点。后重新照原样引进西方戏剧，称之为“新剧”。约1928年起称“话剧”，沿用至今。

思考与练习

1. 元杂剧具有完整、严密的结构体制，请简要归纳其特点。
2. 关汉卿被称为元代杂剧奠基人，他的作品风格和代表作是什么？
3. 王冕的诗歌是元末诗歌写实的代表，请选择他的一首诗歌对此加以分析。

第七节　明清文学

元代是我国古代文学由“雅”到“俗”的转变时期，明清两朝沿袭元代文学的发展趋势，仍然以通俗文学见长。明清时期，随着市民阶层的壮大，新的读者群和作家群的形成，以及文学的世俗化、商业化等因素，小说这一文学品类高度繁荣，充分显示出其社会作用和文学价值，打破了传统诗文对文坛的垄断，取得了与唐诗、宋词、元曲并列的地位。这一时期的诗文创作成就相较小说来说略微逊色，总体上呈现出由衰微到振兴的发展趋势。

一、明清诗词

（一）明清诗文

到明清时期，虽然以诗文为代表的传统文学逐渐让位于以小说、戏曲为代表的通俗文学，但是诗文的数量以及涌现出的流派依旧很多。因明清时期时间跨越较长，故以大致的分期为界来简述明清时期有代表性的诗文流派。

明初统治者对待知识分子，在采取高压政策、大兴文字狱、进行严密统治的同时，又实行以八股文取士的制度，禁锢知识分子的思想。这一阶段诗文创作进入衰微冷落的时期。较有成就的当属称为“吴中四士”的高启、杨基、张羽、徐贲四人。他们都经历过元末的社会动乱，故诗歌及散文中都有反映战争之作，且基调凄凉。四人中高启成就最大，才华最高，风格豪迈，但不到四十就被杀，影响有限。继之而起的是以杨士奇、杨荣、杨溥为代表的“台阁体”。三人都官高位尊，历事几代帝王，受宠达数十年。他们生当所谓“太平盛世”，其诗文大都是应制之作，以歌功颂德、粉饰现实为内容，工丽典雅，思想贫乏。但在台阁体风靡文坛之际，有少数作家敢于反潮流，于谦就是其中之一。他写出了一些具有现实内容和艺术特色的作品，在诗文创作上能独树一帜。如他抒写高尚情怀的《石灰吟》；反映人民疾苦的如《荒村》；表达爱国之情的《入塞》《立春日感怀》等，其诗文创作的现实主义精神值得肯定。

明中期产生了以李梦阳、何景明为中心，包括康海、王九思、边贡、王廷相、徐祯卿的文学群体，称为“前七子”。他们提出了复古主张，对打击“台阁体”千人一面，千篇一律的平庸萎弱诗风和文风，起到了进步作用。但他们并没有真正认识到学习传统与创作革新的正确关系，特别是像李梦阳那种只求句摹字拟的泥古主张，更是走上了另一条舍本逐末的形式主义道路。总之，他们的作品多是摹拟之作，内容或唱酬，或赠答，反映生活面狭窄，思想缺乏深度，没有真切的生活感受。但是由于他们比较关心现实，因而部分作品中能较真实地反映当时的某些社会现实，具有一定的思想内容。如李梦阳、何景明都写过《玄明宫行》，揭露了宦官刘瑾穷奢极欲的罪恶。此外李梦阳还有《士兵行》《博浪沙》《秋望》等作品，何景明有《东门赋》《津鱼打诗歌》《罗女曲》等作品，反映了现实，表露了真实的情感。之后又形成了以李攀龙、王世贞为代表，包括谢榛、宗臣、梁有誉、徐中行和吴国伦的文学创作群体，称为“后七子”。他们仍然不脱“复古”窠臼，从而再一次掀起复古运动。他们的诗作摹拟之气极重，有些从字句到立意，如同抄袭一般，真是做到了李梦阳所要求的恰如写字的“临摹贴”。这些诗内容空虚，文字板滞，毫无生气和诗意。唯有李攀龙的少数近体诗如《于郡城送明卿之江西》，俊洁响亮，语近情深，比较可读；王世贞有时用古词、古调写时事如《击鹿行》，还有一定的现实意义。前后七子的散文拟古倾向更加明显，但成就尚不及诗歌。但何景明的《何子》、宗臣的《报刘一丈书》以及康海的《拟廷臣论宁夏事状》能对现实弊病和官场腐败尖锐批判、慷慨陈词，思想价值较高。

为反对前、后七子的复古主义，到明朝后期，形成了以袁宗道、袁宏道、袁中道兄弟三人为首的“公安派”。提出“独抒性灵，不拘格套”的创作主张，强调写诗为文必须“任性而发”，“非从自己胸中流出，不肯下笔”，要表达真实的思想感情，“若哭若骂”都应允许。公安派的“性灵说”，强调文学之贵在于真。公安派的理论向来很受重视，但对他们的诗文创作，人们的评价不高。他们只把文学看作是抽象性灵的自我表现，而忽视了其反映现实生活的特点。正由于这种局限，三袁在创作上往往把自己禁锢在主观世界的狭小天地里，致其作品，虽有愤懑之语，却缺乏深刻的社会内容。

在公安派锋芒消退的情况下，以湖广竟陵（今湖北天门）人钟惺、谭元春为代表的“竟陵派”遂趁势崛起，风行一时，成为影响很大的诗派。竟陵派在理论上接受了公安派“独抒性灵”的口号，同时从各方面加以修正。他们提出“势有穷而必变，物有孤而为奇”（钟惺《问山亭诗序》），即反对步趋人后，主张标新立异。竟陵派和公安派相比，提出“深幽孤峭”的风格来纠正公安派的俚俗、浅露、轻率。所以，竟陵派的诗偏重心理感觉，境界小，主观性强，喜欢写寂寞荒寒乃至阴森的景象，语言又生涩拗折，常破坏常规的语法、音节，使用奇怪的字词，每每教人感觉气息不顺。如谭元春的《观裂帛湖》。这是晚明个性解放的思潮遭受打击以后，文人心理上的病态在美学趋向上的反映。

晚明小品文的兴起，可以说是公安派、竟陵派反复古运动的积极成果。晚明的散文作家以“独抒性灵，不拘格套”为创作宗旨，他们不代圣贤立言，不讲大道理，更多的是抒写自然景物及身边琐事，表达文人雅士的闲淡情怀和闲情逸致。他们在作品中表现出鲜明的个性和强烈的自我意识，从而使文章形成了一种自由洒脱、随性适意的风格特点。晚明文人创作的这类散文大都篇幅短小，所记之事细小，多以小见大，从细微处出发来叙述议论，因此称之为小品文。

最能代表晚明小品文创作特点和成就的是张岱。他的散文题材广泛，涉及社会生活的各个方面。《西湖七月半》将写景与世态人情相结合，既是一幅风景画，也是一幅社会风俗画，其中《湖心亭看雪》《柳敬亭说书》更是传世的名篇。

明末清初，江山易主对诗人心灵的冲击很大，诗文创作亦起波澜。钱谦益、吴伟业、龚鼎孳号为“江左三大家”。吴伟业在继承元、明诗歌的基础上，形成了自成一体的七言歌行体叙事诗，声律妍丽，被称为“梅村体”。梅村体以明清易代的史实为题材，反映社会变故，感慨朝代兴亡，抒发身世之憾。代表作如《圆圆曲》。康熙年间，有王士祯、朱彝尊、赵执信等“国朝六家”。其中以王士祯为代表，提出“神韵说”诗歌创作理论。神韵即风神韵味，王士祯极欣赏司空图在《诗品》中提出的“冲淡”“自然”“清奇”以及严羽在《沧浪诗话》中提出的“兴会”“神到”之说。故其神韵说提倡“不着一字，尽得风流”，要求诗歌有幽静淡远的境界和含蓄隽永的语言。雍正、乾隆年间，名家迭起，诗歌创作理论众多，沈德潜提出“格调说”，要求诗人写诗须讲究格律声调，要写得含蓄、蕴藉；袁枚主“性灵说”，提倡“提笔先须问性情”，尊重人的自然本性，要求“不失赤子之心”，追求“真”；翁方纲倡“肌理说”，认为“为诗必以肌理为准”，要求以学问材料（肌理）为根底，并将它与思想意义（义理）、组织结构（文理）统一起来，如他在《志言集序》中说：“义理之理，即文理之理，即肌理之理。”

此外，龚自珍当属这一阶段成就最高的诗人。龚自珍是首开近代新诗风的杰出诗人。他透过乾嘉盛世的外表，相当深刻地看到了整个社会潜伏着的严重危机。他的诗歌紧紧围绕着现实政治这个中心，或批判，或抒慨，富有社会历史内容，为有清一代所罕见，一新诗坛面貌。他诗歌最大的特色，就是构思奇特，想象丰富，文辞瑰伟，形式多样。龚自珍自称“庄骚两灵鬼，盘踞肝肠深”，他接受了庄子、屈原的影响较大，同时又受到中晚唐诗风的影响，常采用生动奇特的艺术形象、一泻千里的气势、瑰丽多姿的语言，表达他自由奔放的感情。龚自珍的诗歌大都是政治诗，围绕社会政治着议抒慨，基本倾向是重意而多陈述的笔墨，但既富有概括力，含义深远，又多出以象征隐喻，富有形象性。思想的深刻性和艺术的独创性，使龚诗别开生面，不同于唐宋诗，开创了诗的一个新的历史时代。晚清诗坛，流派众多，影响最大的是以郑珍、陈三立等人为代表的“同光体”。而后黄遵宪、康有为、梁启超等人，倡导“诗界革命”和对“新体诗”的提倡，真正在思想上和艺术上对传统诗坛发起攻击，对中国近现代诗歌尤其是白话诗的出现产生了重要的影响。

清代散文，作家辈出，佳作极多，流派分明。其成就虽然不及唐宋，但在元明之上。在古代散文史上清代散文占有重要地位。

清代散文的发展大致可分为三个阶段：清初散文，涌现出如黄宗羲、顾炎武、王夫之和侯方域、魏禧、汪琬为代表的散文大家，他们反对明代纤巧空疏、内容空洞的文风，提倡经世致用的文章，强调文章要言之有物，反映社会现实，提出要效法唐宋古文。他们的创作实践，有利于扭转明代纤佻文风，同时也为桐城派的繁荣奠定了基础。清中叶的文坛是桐城派的天下，桐城派的代表人物是方苞、刘大櫆和姚鼐。其中方苞是奠基者，其理论主张的核心是“义法”，“义”是内容，“法”是形式，他要求散文创作必须做到内容和形式相统一。方苞的散文静重博厚，雅洁精严，其作品中碑铭传记一类写得最好，最有价值的当数《狱中杂记》。作者因受同乡戴名世“南山案”牵连而入狱，文章记载了狱中的种种黑暗现象，真切深透又条理分明，可见其功力。刘大櫆，上承方苞下启姚鼐，是桐城派“三祖”之一。他在方苞“义法”论的基础上提出“神气”说，强调文章的风格、意境。其文章多怀才不遇之感，指摘时弊之言，才气较足，奇宕雄肆，清丽多变，拟古痕迹较重。

姚鼐是桐城派的核心人物，他扩大了方苞的“义法”论，提出了“义理、考据、辞章”三者的统一，又发扬了刘大櫆的“神气”说，提出了“神、理、气、味”与“格、律、声、色”相统一的理论，就文章的构思选材、谋篇立意、语言声调、风格气势等方面都提出了自己的要求和主张，同时，他还总结概括历代文章的风格论，发展了“阳刚阴柔”相辅相成的美学观。姚鼐是桐城派理论的集大成者，是桐城派发展到成熟阶段的代表性人物，在桐城派中地位最高。其散文简洁严整，纡徐明润，所编著的《惜抱轩集》《古文辞类纂》在当时流传极广、影响很大，《登泰山记》是他的代表作。

清代后期，西方列强的入侵、社会局势的严峻以及新思想的输入和传播都直接或间接地影响着散文的发展，新的风格和流派不断涌现，桐城派独霸天下的局面不断受到挑战和冲击。严重的内忧外患使得许多有识之士提出要把文章同社会现实联系起来，利用文章来反映和解决有关国计民生的重大问题。当时以龚自珍、魏源为代表的经世文派影响较大，他们的创作一般都与时事政治相关，有积极的现实意义，以龚自珍的《病梅馆记》文学成就较高。随着资产阶级改良派和革命派登上政治舞台，为了宣传的需要，他们急需一种更为通俗易懂的散文出现，新体散文便应运而生了。这种新体散文以康有为、谭嗣同、梁启超为先锋，语言上或文或白，或骈或散，自由无定式，情感上直抒胸臆，奔腾而出，气势上汪洋恣肆，倾泻而下，具有极强的感染力。这种新体散文适应时代发展的需要，跳脱出了传统古文的束缚，是一种积极的探索，也为白话文运动开辟了先路。

（二）明清词作

词作方面，明前期词仍承袭元词风气。这时期的重要词人有刘基、杨基等台阁重臣以及高启等不愿被御用的刚直文士。他们或表达寰区大定、四海清一的愿望，或抒发怀才不遇、报国无门的悲哀；或描摹旖旎风景；或反映绮思闺怨。作品风格多样，有的气势恢弘，有的婉丽清雅。如刘基的《水龙吟·鸡鸣风雨潇潇》，托物寄兴，抒发其为朝廷命运担忧，为个人前途而苦苦思索的郁志，有着壮心不已的英雄本色。在表达上化刚为柔，出豪情于婉约，显得蕴藉深沉。再如杨基的《清平乐·欺烟困雨》，立意与韩愈“草色遥看近却无”完全相同，但词人将早春之景写得更加生动具体，充满了对新生事物的深情。高启词风疏旷，代表作《念奴娇·策勋万里》正面抒发自己待时而动，准备积极用世的抱负。而其咏物词则往往随物赋形，托物兴寄，有极强的感染力。著名的《沁园春·燕》咏物不即不离，用典自然妥帖，说尽世道的艰难，人心的险恶，表现出对明初统治者的高度防范和警惕，充满韬光匿迹之意。既反映了词人自己的人生感慨，也概括了当时不少文人的共同心态。

明中期词作以小令为主，多写艳情，较少反映社会现实生活。词风显得纤弱软媚。然而，即使在这一时期，仍有一些气势恢宏论理透辟的杰作传世，如文征明的《满江红·拂拭残碑》，杨慎的《临江仙·滚滚长江东逝水》等。

明后期，腐朽统治最终导致明王朝土崩瓦解。与此相反，词学跌入衰敝的谷底而又绝境逢生。在一片颓废之中，以陈子龙、李雯、宋征舆为核心的云间词派，为词风的转变作出了巨大的努力，也为清词的中兴拉开了序幕。他们推崇南唐、北宋的词，词题以闺情、咏物、感怀居多，但亦讲究寄托。如陈子龙的《浣溪沙·杨花》《点绛唇·春日风雨有感》等，以隐托的物象写家园的艰危，借自然之事传颠覆之忧。

与陈子龙、夏完淳同时的还有一批抗清志士，虽不属于云间词派，亦以其血透纸背、磊落悲壮的爱国词章，敲响了末世警钟，震动了晚明词坛。如孙承宗的《塞翁吟》《水龙吟》，吴易的《满江红》，徐石麒的《拂霓裳》还有张煌言的《满江红》等。

清词素有“中兴”之誉，几百年间，各派并出。陈维崧、朱彝尊、纳兰性德为清初三大家。陈维崧才力卓著，推崇苏轼、辛弃疾的豪放派，开创了阳羡词派。他们以豪情抒悲愤，互相唱和。朱彝尊推崇南宋词人姜夔、张炎，以婉约为正宗，标榜醇雅、清空，为浙西词派的宗师。以纳兰性德、曹贞吉、顾贞观等人为核心的京华词派，推崇南唐、北宋风格，上承云间词牌。其中以纳兰性德成就最高。

纳兰性德是一介贵公子，官至一等侍卫，深受康熙宠信，他的生活经历也相当平静，除了前妻的亡故和几次出使边陲，无多周折。但他却是一个极其敏感的人，内心世界非常丰富。他厌倦随驾扈从的仕宦生涯，也厌恶官场上、满清贵族甚至皇族之间的勾心斗角，产生了“临履之忧”的恐惧和志向难酬的苦闷，每日读《左传》《离骚》以自我排遣。他的词绝少接触现实社会，大多抒写个人生活的各种闲愁和哀怨，如命运无常、人生如梦、相思之情、离别之恨、花月之感、悼亡之情等。他既无意于音律，也不讲求形式和派别，他的词，语言是白描的，风格是自然朴素的，内容是真切的，情绪是感伤凄婉的。词风如李煜一样凄婉哀伤，运笔如行云流水，纯任感情在笔端流淌。王国维说他“从自然之眼观物，以自然之舌言情……北宋以来，一人而已”(《人间词话》)。况周颐甚至把他推为“国初第一词人”(《蕙风词话》)，评价很高。纳兰性德的词情致缠绵，婉丽凄清，具有很强的感染力，因此流传极广，曾出现“家家争唱饮水词”的情况。代表作《长相思》《蝶恋花》《木兰花令》等。

浙西词派的势力从清初一直延伸到清中叶，厉鹗继朱彝尊成为其支柱。厉鹗论词，推崇朱彝尊“醇雅”说，向往“清空”的境界，认为清婉深秀胜于慷慨豪放，以“远而文，淡而秀，缠绵而不失其正”为“骋雅人之能事”（《群雅词集序》）。他的词作以纪游、写景及咏物为多，擅长山光水色的描写，选取的意象大抵华丽而幽冷，多孤寂的情调，音律和文辞都很工丽。嘉庆年间，张惠言以治经方式说词，开创常州词派，与浙西词派对立。张惠言反对把词作为“小道”，力图提高词的地位，使词与风骚同科。他强调词必须以比兴寄托为主，强调意内言外。稍后的周济，进一步推衍常州词派的理论，使常州词派真正地风靡开来，影响广泛而深远，笼盖了清后期的词坛。

清后期的词人、词作数量之多，超过了清前期和中期。至于流派，更为纷繁。除了人多势众的常州词派继续主盟词坛外，清初的阳羡词派、浙西词派仍有余响。追随纳兰性德的词人，亦有相当大的声势。但更值得注意的是，清代后期的词人面临更加危险窘迫的国势，不少人通过词作来表现时代精神，或谴责清廷的丧权辱国，或轸念民生疾苦，或要求改革旧的社会制度，或倡言民族革命，从而开拓了词的表现领域。这其中以王鹏运、郑文焯、朱孝臧、况周颐为代表，他们四人被称为晚清四大词人。

王鹏运是常州词派的后期领袖，在理论上他提倡“重、拙、大”之说，力尊词体，崇尚格律，使常州词派理论发扬光大。他早年多写身世之感，戊戌变法前后，写了不少感慨国事、轸念民生之作，透露出伤感的情调。风格苍凉悲壮，近似辛弃疾。朱孝臧词风近似姜夔、吴文英，形成自己独特的风格。他早年所写之词，颇多感怀时事之作，如表达对戊戌变法中六君子之一刘光第的悼念，对庚子事变的愤慨，对光绪和珍妃不幸遭遇的同情等，苍劲沉着，具有较高的艺术水平。不过，朱孝臧的词作多闪烁其辞，不易理解，词语有时也伤于雕刻，不大自然。郑文焯词最精音律，词风近姜夔、周邦彦，内容多表现作为一个遗老对于故国覆亡的痛切。况周颐致力于词前后达 50 年，在强调寄托的同时，还突出“性灵”，提出“以吾言写吾心，即吾词”的主张。他的词有不少感时伤世、悲愤沉郁的内容，特别是在甲午战争期间，词作反映现实的苦难，风格沉郁顿挫。

晚清四大词人之外，这一时期文廷式的词作较多地反映了现实的内容，更富有时代感。文廷式是一个支持光绪皇帝变革、反对中日和议而被革职的爱国志士，戊戌变法失败后被迫流亡日本，回国后抑郁以终。他的词作学苏轼、辛弃疾，多激昂慷慨之气。

二、明清小说

从上古到明清，我国古代小说呈现出清晰的发展脉络。上古到先秦两汉的神话传说、寓言故事以及史传文学促成了小说的孕育和形成；魏晋南北朝时期的志人、志怪小说，虽然情节结构比较简单、粗略，但已经初具小说的雏形；唐传奇的出现，标志着中国古代小说走向成熟；宋代的话本则进一步推动了古代小说的发展，这些都为明清小说的繁荣奠定了良好基础。而商业经济的繁荣，不断扩大的市民对文化娱乐的需要，印刷业的发达以及程朱理学对思想的禁锢都客观上把明清小说的发展推向了高潮，从而使小说成为了明清时期最光华璀璨的艺术瑰宝。

（一）明代小说

明代小说创作无论是长篇还是短篇都呈现出空前繁荣的状态。

明代的长篇小说按题材和思想内容，主要可以历史演义小说、神魔小说、世情小说、英雄传奇小说和公案小说分为五大类。

历史演义小说往往是以一朝一代的历史事实作基础，吸取野史杂谈和民间传说的内容，进一步衍化扩充而成。“七分事实，三分虚构”是其最主要的特点。元末明初罗贯中的《三国演义》是最典型的历史演义小说，也是中国的第一部历史演义小说，代表了历史演义小说的辉煌成就。其中，描写了从东汉末年到西晋初年之间近百年的历史风云，以战争描写为主线，叙述了东汉末年的群雄割据混战和魏、蜀、吴三国之间的政治和军事斗争，最终司马炎一统三国，建立晋朝的故事。反映了三国时代各类社会斗争与矛盾的转化，概括了这一时代的历史巨变，塑造了一群叱咤风云的三国英雄人物。在《三国演义》的影响下，历史演义小说大量出现。较著名的有《列国志传》《全汉志传》等。

英雄传奇小说则以明初施耐庵所著的《水浒传》为最突出的代表作。与历史演义小说，英雄传奇小说不拘泥于某一朝代的历史事件的演变，而是将重点放在写传奇式的英雄人物的塑造上，小说的主角多为历史上的英雄人物或在一定历史背景下虚构的英雄人物。《水浒传》一书通过描写讲述北宋山东梁山泊的绿林好汉由被迫落草，发展壮大，直至受到朝廷招安，东征西讨，最终消亡的宏大故事，反映了中国历史上梁山泊起义从发生、发展直至失败的全过程，深刻揭示了起义的社会根源，歌颂了起义英雄的反抗斗争和他们的社会理想，也阐释了起义失败的内在历史原因。这一巨著标志着中国古典小说现实主义艺术趋于成熟。

明中叶以后，小说创作步入了新的天地，我国第一部杰出的浪漫主义神魔小说《西游记》，第一部由文人独创的世情小说《金瓶梅》相继问世，为中国长篇小说的发展开拓了新领域。

神魔小说总的来说都不同程度地受到了宗教影响，内容涉及鬼神魔怪，充满奇异浪漫的幻想，背景或为虚幻或为海外某地假托，综合宗教、神话等民间喜闻乐见的形式，多有影射世情之意。《西游记》描写了孙悟空出世及大闹天宫后，遇见了唐僧、猪八戒和沙僧三人，西行取经，一路降妖伏魔，经历了九九八十一难，终于到达西天见到如来佛祖，最终五圣成真的故事。小说以“唐僧取经”这一历史事件为蓝本，通过作者的艺术加工，深刻地描绘了当时的社会现实。

世情小说则是指那些主要以普通男女的生活琐事、饮食大欲、恋爱婚姻、家庭人伦关系、家庭或家族兴衰以及社会各阶层众生相等为题材，来反映社会现实的小说。《金瓶梅》是中国第一部文人独立创作的长篇小说，书名由书中三个女主人公潘金莲、李瓶儿、庞春梅名字中各取一字合成。小说通过对兼有官僚、恶霸、富商三种身份的市侩势力代表人物西门庆及其家庭罪恶生活的描述，再现了当时社会民间生活的面貌，描绘了一个上至朝廷擅权专政的太师，下至地方官僚恶霸乃至市井地痞、流氓、帮闲所构成的鬼蜮世界，揭露了明代中叶社会的黑暗和腐败，具有深刻的认识价值。《金瓶梅》开始摆脱了历史故事、历史传说对小说创作的束缚，转向现实题材，对日常生活进行细致的描写，这在中国小说发展史上有着重要的意义。

明后期描写冤狱诉讼的公案小说风行一时，这实际上是是社会黑暗、政治腐败的反映。这类小说大多以在歌颂清官，揭露当时黑暗的社会政治和尖锐的阶级矛盾为主要内容，追求故事情节的离奇曲折。而在人物性格和形象的塑造刻画上有所欠缺忽视，因而艺术成就不高。

明代的短篇小说也十分兴旺发达。明代短篇小说的主要形式是拟话本，这是一种模仿民间话本而创作的案头文学。以冯梦龙的“三言”和凌蒙初的“二拍”为代表，具体包括冯梦龙编著的《喻世明言》《警世通言》和《醒世恒言》以及凌濛初创作的《初刻拍案惊奇》和《二刻拍案惊奇》。作品无论在思想内容的深度广度和艺术成就上，都比前代有很大进步。作品多涉及明代社会生活的各个方面，描写世俗的人情百态。随着晚明商业和手工业的发展，商人、小贩、作坊主、工匠等更多地成为小说中的主角，特别是商人，作为当时商品经济中最活跃的分子，在“三言”“二拍”中作为正面的主人公频频亮相，这在中国小说史上无疑是一个巨大的进步，如《李秀卿义结黄贞女》《吕大郎完金还骨肉》《刘小官雌雄兄弟》等。此外，歌颂婚恋自由，张扬男女平等的作品在“三言”“二拍”中占有很大比重。最精彩的篇章有《杜十娘怒沉百宝箱》《卖油郎独占花魁》等。

（二）清代小说

清代小说发展承袭了明代小说的繁盛之貌，表现出极高的成就。数量和质量、内容和形式、风格和流派与前代相比都有较大发展，清代小说基本是文人的创作，作品多反映广阔的现实生活，描写世态人情现实生活，笔法更加细腻生动，结构以及对人物形象的塑造上也日趋成熟，较充分地体现了作者个人的意愿。

清代的长篇小说成就辉煌，其中以吴敬梓的《儒林外史》和曹雪芹的《红楼梦》影响最大。《红楼梦》又名《石头记》《情僧录》《风月宝鉴》《金陵十二钗》等，与《三国演义》《水浒传》《西游记》并称为中国古代小说四大名著。小说以贾、史、王、薛四大家族的兴衰发展为背景，以富贵公子贾宝玉为视角，以贾宝玉与林黛玉、薛宝钗的爱情婚姻悲剧为主线，描绘了一批举止见识出于须眉之上的闺阁佳人的人生百态，展现了真正的人性美和悲剧美，是一部从各个角度展现女性美以及中国古代社会世态百相的史诗性著作。《红楼梦》是一部在世界文学史上都具有巨大影响力的人情小说，代表了中国古典小说创作的巅峰，它历来被视为中国封建社会的百科全书，是当时社会生活的各个方面。如官场制度、等级观念、文化思想等等都高度浓缩地体现在曹雪芹的笔下。20 世纪以来，学术界因《红楼梦》异常出色的艺术成就和丰富深刻的思想底蕴而产生了以《红楼梦》为研究对象的专门学问——红学。

《儒林外史》是一部以知识分子为主要描写对象的长篇小说，它代表了中国古典讽刺小说的高峰。全书以写实主义的笔法描绘了各类人士对于“功名富贵”的不同表现，对当时科举制度下的士人心态进行了深刻的批判和嘲讽。书中的情节虽没有一个主干，可是有一个中心贯穿其间，那就是反对科举制度和封建礼教的毒害，讽刺因热衷功名富贵而造成的极端虚伪、恶劣的社会风习。《儒林外史》的思想内容，在当时具有其重大的现实意义和批判意义，加之其纯熟自如白话语言，栩栩如生的人物塑造，优美细腻的景物描写，辛辣犀利的讽刺艺术，使得其成为了中国古代讽刺文学的典范。

统观清代短篇小说的发展，虽然白话短篇小说的创作成就不及明代，但文言短篇小说取得了巨大成功。蒲松龄的《聊斋志异》集志怪传奇之大成，代表了我国文言短篇小说的最高成就。“聊斋”是蒲松龄的书斋之名，“志异”即记述异闻，这就是书名的含意和来历。全书共有短篇小说 490 余篇，它们或者揭露封建统治的黑暗，或者抨击科举制度的腐朽，或者反抗封建礼教的束缚，具有丰富深刻的思想内容。《聊斋志异》中，质量比较高的是描写爱情婚姻的故事，在全书中数量也相当多，它们从不同角度、不同侧面反映了作者反抗封建礼教束缚的思想和精神。

此外，清代还产生了数量很多的文言笔记小说，其中以纪昀的《阅微草堂笔记》最有代表性。而嘉庆年间产生的《三侠五义》则把公案侠义派小说推向顶峰，对后世武侠小说的兴起和繁荣产生了深远影响。

三、明清戏曲

明代戏剧是在元杂剧高度繁荣的基础上进一步发展壮大的。明代戏剧的品种繁多，但总的来说，是沿着杂剧和传奇两条主线发展。明代杂剧的元杂剧的余波，是在剧种、剧目、题材等方面，都超过了元代，取得了较大的发展。元杂剧中的历史、爱情、神仙道化之类的题材，明杂剧也同样具备，同时还出现了一批讽刺喜剧和反映当时社会事件的时事剧。体制和形式上，明杂剧也体现出新的变化，元杂剧中的一些重要规则几乎都被打破。但是在文学价值和意义上，明杂剧的成就却不如元代，宣扬封建道德，鼓吹教化成为一时的潮流，对社会现实的反射和映照反而缩小。其中最为突出的代表作是徐渭的《四声猿》，《四声猿》包括四部杂剧:《狂鼓史渔阳三弄》《玉禅师翠乡一梦》《雌木兰替父从军》《女状元辞凰得凤》。《四声猿》的取名应取自巴东三峡民谣“猿鸣三声泪沾裳”一句，意思是猿鸣三声足以让人落泪，何况四声？这四个剧本情节离奇、想象生动，借奸雄死后也无法逃脱诅咒、和尚不妨破戒、妓女得道升天以及巾帼不让须眉等故事情节传达出强烈的抗争意识，表达了对封建传统思想的反叛和不满。

明代戏剧的主要成就还是在传奇方面。传奇在唐代是指文言短篇小说，而明清传奇则是指一种由南戏演变而来，以唱南曲为主的戏曲形式。明中叶以后，由南戏演变而来的传奇十分盛行，剧坛呈现了蓬勃发展的局面，涌现出一大批优秀的传奇作家，戏曲创作流派也正式形成。这一阶段影响较大的戏剧流派有以沈璟为代表的强调格律的吴江派、以汤显祖为代表的重视内容辞采的临川派以及邵灿为代表的讲究辞藻用事的骈俪派。剧作的题材也非常广泛，有的取自本朝的现实题材，有的采自历史或民间故事，还有用寓言题材创作而成的。明代传奇在戏曲形式和表现手法方面不断革新与变化，各种戏曲形式争相出现，戏曲理论也得到了长足的发展。

明代传奇作品中成就最高、影响最大的当属汤显祖的《牡丹亭》，全称为《牡丹亭还魂记》。该剧描写了官家千金杜丽娘与书生柳梦梅梦中相遇继而倾心相爱，因为相思所苦，竟伤情而死，死后的丽娘化为魂魄继续寻找现实中的爱人，历经波折又与柳梦梅重逢并起死回生，最终永结同心的故事。故事始终围绕着一个“情”字展开，汤显祖赋予了“情”一种可以凌驾时空、超越生死的博大力量，在他的笔下，“情”可以让生者就死，死者复生，挣脱所有现实和世俗的束缚。《牡丹亭》的主题思想有着强烈的时代意义，作者运用大胆的想象、艺术的夸张和曲折离奇的戏剧情节，将现实社会同阴曹地府统一起来，将人与鬼统一起来，塑造了高度理想化的人物形象，表达了自己的理想和愿望，也宣告了对封建礼教、程朱理学的反叛。后世常把《牡丹亭》与《西厢记》《桃花扇》和《长生殿》合称为“中国四大古典戏剧”。

清初剧坛，承袭明代戏剧的繁荣景象，进一步向横向和纵向发展，戏剧创作和戏剧理论都取得了较高成就。这一时期影响最大的是苏州派剧作家，苏州派在题材上跳出了儿女情长的狭小范围，贴近社会人生，关注时事政治；在思想上倾向于揭露和反映黑暗现实，具有鲜明的伦理教化指向；在人物塑造上，富于平民色彩，刻画了许多鲜活生动的下层小人物形象。苏州派以李玉、朱佐朝、朱素臣、张大富等为代表，其中以李玉成就最高。

李玉是苏州派的的领袖，也是明清传奇作家中写作剧本及存留剧本最多的作家。他的创作以明代灭亡为界分为前后两个阶段。前期作品主要是描写世态人情，以《一笠庵四种曲》最负盛名，包括《一捧雪》《人兽关》《永团圆》《占花魁》四部剧作。后期作品更多以历史上的政治斗争或明末苏州的现实生活为题材，影响最大的是《清忠谱》,《清忠谱》以明末东林党人及苏州市民同魏忠贤阉党斗争的史实为底本，真实地再现了轰轰烈烈的群众斗争场面，塑造了颜佩韦等五位义士的英雄形象，充分肯定了这些市井平民举足轻重的历史地位，这是《清忠谱》在思想和题材上的重大突破。

这一时期的戏剧理论影响较大，较为系统的有李渔的《闲情偶寄》，其中《词曲部》论述戏曲创作理论,《演习部》论述舞台艺术，李渔关于戏剧理论的论述层次清楚，轻重分明，把我国戏曲理论和批评推进到一个新的高度。在进行戏曲理论研究的同时，李渔也用自己的创作实践践行着自己的理论主张，他的《笠翁十种曲》情节曲折，关目新颖，结构巧妙，充满着浓郁的喜剧色彩和世俗本色。

最能代表清代传奇创作成就的还是洪昇的《长生殿》和孔尚任的《桃花扇》。这两部作品都是借爱情故事来反映一代的兴亡,《长生殿》以安史之乱前后的社会政治为背景，描写了唐明皇和杨玉环之间至死不渝的爱情悲剧，作者的创作意图是言情，但其中又插入了很多历史事件和反映百姓疾苦的内容，把李杨爱情置于安史之乱的重大的历史事件和动乱的社会背景来展现，这使作品在表达对生死情缘的歌颂和赞美之外，还表现出强烈的现实意义和讽刺意义。也正是因为这种复杂性和深刻性才使这部作品历经千年仍然具有饱满旺盛的生命力。

《桃花扇》记录了南明弘光朝一代覆亡的悲剧历史，剧中以复社文人侯方域和秦淮名妓李香君悲欢离合的爱情故事作为主线，但想要传达的绝不仅是对侯李爱情的歌颂，更是有着更广泛、更深刻的社会内容。作者“借离合之情，写兴亡之感”，将爱情故事与明末一些重大历中事件结合起来，反映了整个时代的面貌，展现了当时存在的民族的、阶级的以及统治阶级内部的复杂而又尖锐的矛盾，揭示弘光王朝兴亡的原因。

清中期以后，随着昆曲的衰落，传奇创作也进入低潮。但具有浓厚乡土色彩的地方戏却在全国各地蓬勃发展，它们以粗犷的形式、生动的内容博得了广大群众的喜爱，也为清末京剧的兴起奠定了基础。

思考与练习

1. 于谦在明初诗文创作上能独树一帜，他诗歌的特色主要体现在那些地方？

2. 请简述“公安派”“性灵说”的创作主张与不足之处。

3. 小说是我国明清时期最光华璀璨的艺术瑰宝。请分析它兴盛的具体原因？

第二章　古典诗文鉴赏方法

课前导读

诗文是语言艺术，是抒情文学。古典诗文鉴赏就是还原其手法，体会其情感的一个审美过程。掌握正确有效的古典诗文鉴赏方法是每个语文教师必备之技能，也是汲取古代智慧，加强自身修养的重要途径。

本单元重在结合实例详细介绍古典诗文的鉴赏方法。学习本单元要求整体把握古诗文的鉴赏方法，形成一个完整系统，能够独立分析和鉴赏古典诗文，提升学生的鉴赏能力。

第一节　“知人论世”与“以意逆志”

一、知人论世

知人论世，源出《孟子·万章下》：“颂其诗，读其书，不知其人可乎？是以论其世也，是尚友也。”孟子认为，和品德高尚的古人交朋友，应该要知其人、论其世。所谓“知其人”，就是要了解作者的身世、经历、思想感情、为人品格和创作动机等；所谓“论其世”，就是要了解作者所生活的时代及社会环境。孟子的本意是讲交友的方法，但是，由于说到“知其人”“论其世”与读书、论诗的关系，所以被后世文艺评论家们视作理解诗文的方法，并逐渐发展成为诗文评论的方法。

一个作家的作品，总是与他个人的处境及他所处的时代密切相关，所以，要理解一部文学作品，必须考察作者的思想和经历，了解其所处时代的特点及其对作品的影响，做到“知其人”“论其世”，才能避免孤立地主观地去附会作者的意图。这种文艺评论和欣赏原则，对中国古代文艺批评产生了极为深远的积极影响。中国诗歌有“诗言志”的传统，诗歌表达诗人的内心情感，而诗人的情感离不开他所处的时代，所以，鉴赏诗歌，定要知人论世。

诗人所处的时代特点，可直接或间接地影响诗人，进而反映在诗歌里面。例如，唐朝诗人朱庆馀的《近试上张籍水部》：

洞房昨夜停红烛，待晓堂前拜舅姑。

妆罢低声问夫婿，画眉深浅入时无？

通过本诗的标题，我们可以判断出诗歌内容决不像诗文字面所表现出来的那么简单。所以只有和当时的时代联系起来才能正确深入的了解这首诗。

唐代的科举考试，实行行卷制度。主考官除了要审阅考生的卷子外，还要考虑此人在社会上的名气、品行及地位，更重要的是，还要看有无达官贵人推荐。因此，唐时的士人应试前，往往用自己的诗文“干谒”朝中有名望的人，希望得到赏识推荐，在社会上代为宣扬，一旦成名，登第就有把握。如我们所熟知的白居易《赋得古原草送别》就是这种情况下创作出来的诗。

《近试上张籍水部》一诗，也是一首典型的干谒诗，也叫行卷诗。这首诗歌的外在含义和真实意图之间并无实质性联系，但诗人却巧妙用笔，通过新颖的比喻，委婉含蓄地把二者统一在一起：自己的命运操纵在主考官的手中，能否金榜题名，取决于自己的应试文章是否适合主考官的口味。朱庆馀虚心地向张籍询问，其临深履薄之心由此可见一斑。这种心情和第一次拜见公婆时，新娘的郑重其事和忧虑紧张作比，寓意自明，恰到好处，使人读后叹为观止，为诗人的笔力所折服。正如欧阳修所说：“状难写之景，如在目前；含不尽之意，见于言外”。了解到唐朝科考的这一特点之后，也就可以理解孟浩然的《望洞庭湖赠张丞相》：

八月湖水平，涵虚混太清。
气蒸云梦泽，波撼岳阳城。
欲济无舟楫，端居耻圣明。
坐观垂钓者，徒有羡鱼情。

诗歌鉴赏时的“知人论世”还要求我们了解作者的为人，他的生活经历、性格特点及其形成的人生观，价值观等。比如：爱国忧民的杜甫可以写出“戎马关山北，凭轩涕泗流”的真情流露，写出“安得广厦千万间，大庇天下寒士俱欢颜”的雄浑悲慨；内向温婉的李清照就有了“倚门回首，却把青梅嗅”的闺情天真，有了“满地黄花堆积，憔悴损，如今有谁堪摘？”的绵密悱恻；曹操横槊赋诗，《观沧海》慷慨悲凉；曹丕志得意满，《燕歌行》志深笔长；曹植少年才俊，《白马篇》英逸豪迈。即使同为盛唐山水田园派诗人，王维追求隐逸，诗中有画，佛理透彻；孟浩然追求入世，语淡而意长。即使是同一个人，在不同的时期，经历不同的事情，亦会有很大的变化，如《望岳》里杜甫的豪气冲天、《春望》里杜甫的感时忧国、《登高》里杜甫的悲己伤怀。

因此，不论是我们自己在品读、鉴赏诗歌，还是在课堂上给学生讲解古诗词，都要花费一定的时间来查阅各种史传材料，了解作品的作者和时代背景，弄清作品创作的具体时间，当时的社会状况，当时作者的经历和遭遇等，争取全面理解作者的心灵历程和精神世界。这对理解和把握作品无疑是有帮助的。

二、以意逆志

以意逆志，源出《孟子·万章上》：“故说《诗》者，不以文害辞，不以辞害志，以意逆志，是为得之。”孟子不满当时社会上流行“赋诗断章，余取所求”的风气，人们随意摘取《诗经》中的某些诗句来表达自己的见解，从而背离了原诗的意旨。孟子提出了“以意逆志”的观点。虽然孟子的本意不在探讨文学阐释的方法，但经后人不断探讨、总结，“以意逆志”成为了文学释义、诗词鉴赏的重要方法。

学术界对“以意逆志”的理解有不同看法。首先，对于“意”的本义的理解一直有分歧，概括起来有三类：一是读者之意，即读者以自己阅读的感受和思考、发挥主观能动性去解读作品之意。东汉赵岐认为，“人情不远，以己之意逆诗人之志，是为得其实矣”。二是古人之意，即创作者自身的创作意图和思想感情。如清吴淇的“以古人之意求古人之志，乃就诗论诗，犹之以人治人也”。三是古人之意和读者之意结合，即主观与客观的统一。从实际情况看，多数人认为将“意”理解为读者之意。其次，对于“志”的解释也莫衷一是，认为“志”有“诗人之志”“作者之志”或“古人之志”的意思，但多数人认为“志”应该为“诗人之志”。因此，“以意逆志”就是指以“读者之意”去探求“诗人之志”，即用自己的心灵去追寻诗人的心灵的踪迹，明了诗人之用心所在，而不是一味地拘泥于字面之意义。

“以意逆志”作为古诗词欣赏的方法就是指我们在欣赏诗歌的时候避免就表面意思去理解字词，避免从个别字眼去理解诗句，应该从作品的整体出发，由表及里、由浅入深地探求诗歌的主旨，用自己的切身体会、真切感受去求索作者的本意。

比如，鉴赏陶渊明的《饮酒·其五》：

结庐在人境，而无车马喧。
问君何能尔，心远地自偏。
采菊东篱下，悠然见南山。
山气日夕佳，飞鸟相与还。
此中有真意，欲辨已忘言。

要彻底理解这首诗里陶渊明所表达的“物我两忘”“天人合一”的境界，就要用到“以意逆志”的鉴赏方法。比如“采菊东篱下，悠然见南山”两句，诗人在东篱采菊，直腰抬头猛然看到秀丽挺拔的南山。王国维以“无我之境”来概括这句诗的艺术成就，深得其韵。我们在描写自然时，往往局限在描写自然之景，抒发情感无非也在于爱，喜欢等。这是站在自然之景外来欣赏自然，人与自然是分离的。而陶渊明这两句却没有主客体之分，完全达到了人与天地自然的和谐统一，天人合一。

再如对“心远地自偏”的理解，也需要“以意逆志”的方法。我们的房子都是建造在人世间，而唯独陶渊明可以做到不受世俗喧哗吵闹的影响，究其原因就在于我们不能做到“心远”，不能够放下欲望，放弃对功名富贵的追求。两厢比较之后，陶渊明的境界就凸显出来，我们也理解的更为透彻了。

再比如对白居易《长恨歌》主题的理解，至今尚无定论。主要有“爱情说”“讽喻说”“双重主题说”“作者寄托说”等观点。这些观点的焦点主要集中在作者的创作意图究竟是歌颂李、杨之间坚贞的爱情，还是讽喻唐玄宗的重色误国，所以考察诗歌中李、杨之间是否有真爱情是确定诗歌主题的关键。但对于“真爱情”的理解是仁者见仁智者见智，这就需要读者自己根据自己的生活中情感经历或书本上了解到的情感知识去做判断了。

从自己的切身体会出发能形成真切的理解，能发现字词表象下难以发现的意味。诗词鉴赏家叶嘉莹“兴发感动”的诗词观也要求鉴赏者从自己的切身体会出发。所谓“兴发感动”，即善于从感发与联想中体验并发掘诗人动人魂魄而又含蕴不尽的意境。

“以意逆志”的诗歌鉴赏方法就是充分发挥鉴赏者的“心意”，或鉴赏者对作品的意度、推想和体味，来推测、体悟作品的意旨。该鉴赏诗歌的方法连接了诗歌的鉴赏者与写作者，是探究诗歌意旨的基本方法之一。

三、“知人论世”与“以意逆志”的关系

孟子的“知人论世”和“以意逆志”并非同时提出。后人将二者引入文学批评、文学鉴赏领域。作为文学赏评方法论，两者之间互相联系，互为补充。要“以意逆志”，就必须“知人论世”。否则，“以意逆志”就容易失去客观基础，往往会流于主观随意性。后来逐渐形成了“知人论世”基础上的“以意逆志”的规范标准。如王国维在《玉溪生诗年谱会笺》中论道：“是故由其世以知其人，由其人以逆其志，则古人之诗虽有不能解者，寡矣。”

但有时候，在鉴赏某些作者作品时，“以意逆志”得出的“作者之志”与“知人论世”所表现的“作者之人”出现互相矛盾的情况。最著名的例子就是李绅和他的《悯农二首》。

《悯农二首》说尽了农民遭剥削之苦，与剥削阶级不知稼穑艰难之事，表达了诗人对农民真挚的同情之心。但李绅其人，做官后丧失了悯农之心，逐渐变成了一个花天酒地、滥施淫威的腐官酷吏。随着官职的升高，李绅“渐次豪奢”，对百姓疾苦极为漠视。在李绅治下的百姓，终日惶惶不安，纷纷渡江淮而逃难。刘禹锡诗《赠李司空妓》就是描写李绅宴会之奢华，“司空见惯”一词由此产生，原意

是指李绅（李司空）对当时官场上奢华的风气，对当时宴会上的排场，已经见怪不怪了，却不理会普通百姓的艰难生活，含贬意。由“知人论世”得出的结论与《悯农二首》“以意逆志”得出的结论显然是矛盾的。“知人论世”并不能帮助我们加深对作品思想情感的理解，反而会消解作品所表达出来的韵味。在这种情况下，我们应该坚持“以意逆志”的独立地位、主体地位。

思考与练习

1. 思考当“知人论世”与“以意逆志”得出的结论发生矛盾时，为什么要坚持“以意逆志”的主体地位？简述自己的理解。

2. 运用“知人论世”和“以意逆志”的知识，鉴赏下面一首诗。

蜀相

杜甫

丞相祠堂何处寻？锦官城外柏森森。
映阶碧草自春色，隔叶黄鹂空好音。
三顾频烦天下计，两朝开济老臣心。
出师未捷身先死，长使英雄泪满襟。

第二节　意象与意境

一、意象

“诗言志，词言情”是中国诗词历来的传统，而人类的思想、情感也是非富多彩的，比如有婉转而不得的爱情，有夜不能寐的思恋，有郁郁难伸的怀才不遇，有家国之思，有悲秋，有伤春，有怀古等。这些情感就叫做“意”。诗词中的“意”诉诸于文字语言才能表达出来，但“书不尽言，言不尽意”，纯粹的语言是无法完整表达人的情感的。那么，要把人的感情表达出来，必须要依靠生活里的人、物、景、事等。这些客观的现实存在就称之为“象”。

因此，意象就是“意中之象”，是指带有作者主观色彩的客观物象，其中“意”是指作者的主观情感，“象”是指具体事物。

每个意象都有一个独特的形成过程。起初它只是被成功地使用过一次，但它出彩的表意形式，被同时代或以后的其他诗人反复运用，逐渐约定俗成，使这个形象被固定在一个或几个特定意义上。比如“东篱”这一艺术形象，最初出自陶渊明《饮酒·其五》：“采菊东篱下，悠然见南山。”陶诗中的“东篱”，纯系实写，别无他意，但后来诗人反复使用，并渐渐赋予其特定意义，以至于一提到“东篱”，或是隐逸的代表，如柳永的《玉蝴蝶·重阳》词，“西风吹帽，东篱携酒，共结欢游”；或是产生超尘脱俗之感，如李清照《醉花阴》：“东篱把酒黄昏后，有暗香盈袖。”这些词中的“东篱”已不再是实指，已有了特定的意义，“东篱”就成为一个意象了。

诗词中的意象，不胜枚举，举几个常见的例子：“杨柳”，是一个关乎离别的意象；“菊花”是一个关乎“隐逸者”的意象；“明月”，是一个关乎“思乡”“思人”的意象，古人有“对月思人”之说；“白云”，是一个关乎“思友”的意象，古人有“望云思友”之说；“清秋”，是一个关乎“感伤”“悲秋”的意象；“杜鹃”，因其叫声凄厉，又其声如言“不如归去”，最终成为一个关乎“思归”的意象。

意象，对于诗人抒发感情，有着独特的作用。懂得意象的知识，当然也有助于我们理解诗歌的内容及诗人的感情，因此，对一些常见意象，需要多做一些积累与识记的功夫。

二、意境

意境这个词最早出自于王昌龄。王昌龄说：“诗有三境：一曰物境。欲为山水诗，则张泉石云峰之境，极丽极秀者，神之于心，处身于境，视境于心，莹然掌中，然后用思，了然境象，故得形似。二曰情境。娱乐愁怨，皆张于意而处于身，然后用思，深得其情。三曰意境。亦张之于意而思之于心，则得其真矣。”从王昌龄的论述中可知，意境是高于诗歌中的物境和情境的。物境是诗歌中的景，情境是诗歌中的情感，如果情景交融浑然天成的话，就形成了意境。

意境要比意象复杂的多，历来没有一个非常权威而广泛接受的定义。从字面上看，“意”就是情意，是主观的思想感情；“境”就是境界，是立体感的艺术图画。在文学作品中，“意”不能赤裸裸地说出，需借象（意象）来表现；众多的意象汇集在一起就形成了一个艺术世界，称之为“境”。所以，“境”不能是纯客观的物象，需由意触发。因此，所谓“意境”，是指寄托诗人情感的物象（即意象）综合起来构建的让人产生想象的耐人寻味的艺术境界。

古诗词中常见的意境有雄浑壮丽、开阔苍凉、高远辽阔、幽清明净、沉郁孤愁、和谐静谧等。而诗词中常用的意境创造模式有三种：

一是触景生情。比如李白看到天上一轮明月，触发了他的思乡之情（《静夜思》)。天上的明月与李白的思乡之情，就构成了诗歌中的意境。再比如杜甫的《登高》：

风急天高猿啸哀，渚清沙白鸟飞回。
无边落木萧萧下，不尽长江滚滚来。
万里悲秋常作客，百年多病独登台。
艰难苦恨繁霜鬓，潦倒新停浊酒杯。

这首诗被誉为“七律之冠”。56岁的杜甫当时寄寓夔州，生活困苦，身体多病，一天他独自登上夔州白帝城外的高台，面对秋天萧瑟苍茫的景色，面对大河奔流无边落木的景色，不禁悲从中来，从而表达出穷困潦倒、年老多病、流寓他乡的悲哀之情。这种压抑的苍凉的悲伤的感受，就是杜甫触景营造出来的意境。

二是移情入景。诗人在未写诗之前，心中早已弥漫着某种情绪，这种情绪一定要找到一个出口，诗人就把这种情感转移到某种景物上面，这种沾染了诗人情感的景物是意象，而多个意象在一起，就组成了诗人的艺术世界，这就是意境。比如，“感时花溅泪，恨别鸟惊心”，就是典型的移情入景的造境艺术。本来花儿与鸟儿是没有情感的，但杜甫在安史之乱中的仓皇与茫然，转移到花儿与鸟儿的身上，他仿佛看到了花儿在流泪，看到鸟儿在伤心。再如杜牧《赠别·其二》：

多情却似总无情，唯觉樽前笑不成。
蜡烛有心还惜别，替人垂泪到天明。

这首着重写惜别，描绘与一位歌女的筵席上难分难舍的情怀。前两句实写，分别时情感沉重、气氛压抑。后两节移情于景，把蜡烛拟人化了，彻夜流溢的烛泪，就是在为男女主人的离别而伤心，表达了悱恻缠绵的情思，风流蕴藉，意境深远，余韵不尽。

三是情景交融。情感与景象完美地融合在一起，景中含情。如王维的《竹里馆》：

独坐幽篁里，弹琴复长啸。
深林人不知，明月来相照。

这首小诗总共四句。拆开来看，既无动人的景语，也无动人的情语；既找不到哪个字是诗眼，也很难说哪一句是警策。且诗的用字造语、写景（幽篁、深林、明月），写人（独坐、弹琴、长啸）都极平淡无奇。然而它的妙处也就在于以自然平淡的笔调，描绘出清新诱人的月夜幽林的意境，夜静人寂融情景为一体，蕴含着一种特殊的美的艺术魅力，使其成为千古佳品。

国学大师王国维对意境的描述，代表了中国诗词意境艺术的最高水平。他说：有有我之境，有无我之境。“泪眼问花花不语，乱红飞过秋千去”“可堪孤馆闭春寒，杜鹃声里斜阳暮”，有我之境也。“采菊东篱下，悠然见南山”“寒波澹澹起，白鸟悠悠下”，无我之境也。有我之境，以我观物，故物我皆著我之色彩。无我之境，以物观物，故不知何者为我，何者为物。

总之，意境是一座立交桥，它一面连接的是诗歌本身用意象组合以来的艺术世界，一方面连接的是诗歌作者所要表达的情感，更为重要的是，意境连接着读者的心理接受。读者在诗歌中得到的情感体验和共鸣，都是从诗歌的意境中来。所以，把握诗歌意境对鉴赏诗歌有重要作用。

拓展阅读

透过现象看本质

习近平总书记在2020年秋季中央党校中青年干部培训班开班式上强调：“要能够透过现象看本质，做到眼睛亮、见事早、行动快。”这一重要论述，不仅是对中国共产党历史经验的继承，更为我们成事成才指明了努力方向。社会日新月异，世事纷繁复杂，我们只有善于透过现象看本质，善于抓住事物的根本和关键，坚持按照客观规律办事，才能更好地推动工作。

回望历史，透过现象看本质是我们党一贯倡导的科学认识方法，也是我们党取得如此伟大成就的重要经验总结。作为新时代的见证者、建设者，不管是现在的学习，还是以后的工作，我们都要避免被问题的表象牵着鼻子走，甚至被假象所迷惑，总是被动应付，辛苦忙碌而收效甚微。我们应该不断学习和掌握新理论、新知识，坚持深入实际、注重实践，借助科学方法，去粗取精、去伪存真、由此及彼、由表及里，从而逐层深入地认识本质，揭示事物的规律。

意象与意境的学习就要有“透过现象看本质”的本领，能够通过诗人所选取的一个或几个物象，发现并体会作者的情感。这要依赖于平时对意象、意境特征的把握与积累，更在于生活中以敏锐的眼光，丰富的想象，发现意与象、意与境之间的隐形联系。

思考与练习

1. 理解“意象”与“意境”的概念，及其区别。

2. 从意象与意境的关系角度，鉴赏下面诗歌：

逢雪宿芙蓉山主人

刘长卿

日暮苍山远，天寒白屋贫。

柴门闻犬吠，风雪夜归人。

第三节　炼字与炼句

古诗词的语言是一种特殊的文学语言，它具有高度凝练的特点，它追求诗意的创造和心灵的发现，以传达主客观交融的审美信息为宗旨，属于最纯粹，最有艺术魅力的抒情话语。所以，在鉴赏诗歌语言时，应始终围绕一个“情”字展开，它和一般意义上的日常生活的普通话语是迥然有异的，因此，在具体的赏析过程中，应着力分析其特殊之处，进而挖掘作者为什么要选取这种特殊的语言形式，这样便易于理解作者炼字与炼句的技巧。同时，还要注意，炼字、炼句不仅仅是个语言技巧问题，它更主要的是锤炼作者的思想情感，也即古人所强调的“精练意魄”。

一、炼字

人们常提及的“春风又绿江南岸”中的“绿”字用得好，好在生动、形象，把春风吹拂、草绿花香、一派生机的形象生动地描绘出来，同时，“绿”字中蕴含着诗人对春天来到的欣赏之情。如用“来”“到”等词，只是叙述，不能收到以情动人，以形象感人的效果，也难以勾起人们的联想。作者用“绿”字是经过了反复推敲、锤炼的，这就是“炼字”。炼字颇见诗人的语言功底和写作技巧，古时便有，“吟成一个字，捻断数茎须”之说。

炼字就是对“诗眼”的赏析。诗眼是指一首诗或某联、某句中最能体现作者思想观点、情感态度的，具有概括性、生动性、或情趣性的能统摄全篇、全联或全句的词语，它是读者窥探诗歌内容的窗口。比如，杨万里的《三江小渡》：

溪水将桥不复回，小舟犹倚短篙开。

交情得似山溪渡，不管风波去又来。

这首诗是一首送别诗，前两句，作者简单描绘了三江小渡口周边的环境，营造了一种送别友人，依依不舍的氛围。后两句，作者直抒胸臆，写出了诗人对于友情天长地久，不为风浪所阻的期盼。

全诗围绕“交情”展开描写，采用对比、比喻以及象征等表现手法，用“溪水将桥不复回”与“不管风波去又来”进行对比，以“山溪渡”比喻“交情”，赋予“山溪渡”“风波”象征意义，从而表达了友情恒久不变，能经得起风浪考验的主旨。所以，这首诗的诗眼就是“交情”或“交情得似山溪渡”。把握这首诗的诗眼，是理解这首诗情感的突破口。

根据诗眼与整句或整首诗的关系，可以分为“诗中眼”和“句中眼”。诗中眼是指点明整首诗主旨的关键字或关键句。如上文提到的杨万里《三江小渡》里的“交情”或“交情得似山溪渡”就是一个诗中眼。句中眼是指一句诗中最精辟、最灵动、最关键的字或词。比如杜甫《登岳阳楼》里“吴楚东南坼，乾坤日夜浮”中的“坼”和“浮”。诗人以这两个字概括出洞庭湖的磅礴气势和雄辉壮阔的图景。

炼字大多使用一些修辞（拟人、双关、比喻），或者有活用现象，又或者色彩浓烈。一般是动词或形容词，还有一些副词、叠词、拟声词等。

比如“星垂平野阔，月涌大江流”中的“垂”和“涌”就是两个动词，极好的渲染出一幅雄浑壮阔的意境。“感时花溅泪，恨别鸟惊心”中的“溅”和“惊”也是两个动词，但使用了拟人手法，将情感赋予花和鸟，烘托出凄凉的意境，而且增添了诗人感时恨别的内心痛苦。“大漠孤烟直，长河落日圆”中的“直”和“圆”是形容词，将直线之美与浑圆之美融为一体，画面雄伟壮观。“两个黄鹂鸣翠柳，一行白鹭上青天”使用了色彩浓烈对比的词“黄”与“白”“翠”与“青”，用了四种颜色，画面静中有动，富有鲜明的立体节奏感，勾画出春意勃发的画面，表现了作者沐浴在初春美景中愉悦舒畅的情绪。“流光容易把人抛，红了樱桃，绿了芭蕉”中的“红”和“绿”，同样是色彩浓烈的形容词，但“红”与“绿”都是使动用法，诗人通过樱桃转红、蕉叶转绿的动态，既增加了画面的色彩感，又道出了感叹时序匆匆，春光易逝的情绪，抒写了对时光流逝的惋惜之情。“蜂蝶纷纷过墙去，却疑春色在邻家”中的“纷纷”是叠词，不仅增强了语言的韵律感，而且生动地描写出蜂忙蝶乱的景象。令人动情地表现出晚春雨后特有的美景。抒发了对春天的喜爱之情。“无边落木萧萧下，不尽长江滚滚来”中的“萧萧”“滚滚”是拟声词，模拟落叶瑟瑟飘落的声音，状写长江汹涌澎湃之状，突出周围环境的凄清，渲染出沉郁悲凉的意境，使人有身临其境之感。“闺中少妇不知愁，春日凝装上翠楼。忽见陌头杨柳色，悔教夫婿觅封侯”中的“忽”是个副词，写少妇经过梳妆打扮之后，兴冲冲地登上翠楼，去赏春景。这时候，作者用了一个“忽”字，取不经意之意：闯入眼帘的柳色，使她想起了当年与丈夫折柳送别的场景，想起了丈夫，不禁伤感。这是一位满脸稚气的少妇，“忽”字将这种情绪上的变化写得淋漓尽致，而这正是本诗耐人寻味之处。

二、炼句

“炼句”即锤炼句子，古有“二句三年得，一吟双泪流”之说，即讲炼句的艰辛。如“鸡声茅店月，人迹板桥霜。”六种物象，无一个联结词，组成一幅画面：一个贫寒的人投宿于一间茅店里，第二天，晨鸡还在鸣叫，天还没有亮，就起床赶路了。他冒着严霜，踏着木板桥前行，板桥上留下了深深的足迹。这十个字，生动逼真，倾注了作者的同情之心。如用散文至少要多上几倍。这就是“炼句”。

古代诗歌的语言属于抒情话语系统，高度凝练，导致诗歌语言成为一种变形的语言，即我国古代诗评家所说的“诗家语”。诗歌的语言之所以要做变形处理，完全是由作者表情达意的需要和诗词格律的要求决定的。那么，古诗词作品是如何“炼句”，对句子做变形处理的呢？从以下几个方面做简单介绍。

（一）使用修辞手法炼句

常用的修辞手法都可出现在诗词创作过程中，后文有详细陈述。现在暂举几例简单说明。

巧用互文手法炼句。互文，也叫互文见义，是古诗文中的一种特殊的修辞手法。如王昌龄的《出塞》：

秦时明月汉时关，万里长征人未还。
但使龙城飞将在，不教胡马度阴山。

这里的“秦时明月汉时关”就是互文成句的句子。意思是说，这明月还是秦汉时的明月，这边关还是秦汉时的边关。言外之意在于说明，设立关防，阻胡入侵，代代如此。也使征人看到月照边关而顿起思归之心，想到历史上的征人，也同样望月寄情，思归怀远。使用了互文，使诗句更加含蓄精炼，隽永有致。

巧用语义双关炼句。如刘禹锡的《竹枝词》：

杨柳青青江水平，闻郎江上踏歌声。
东边日出西边雨，道是无晴却有晴。

其中，“道是无晴却有晴”是巧用双关炼句的典型例子。诗中写一个淳朴敏慧的姑娘正爱着一个唱歌郎，听到他的歌声，也觉得好像是对自己谈情似的。“东边日出西边雨”原是一种半晴半雨、时晴时雨的自然现象。可是，这眼前的风光，奇雨的景象，却被这个聪慧的少女巧妙地用来映衬自己的内心世界。“道是无晴”就是少女在喜疑心情下故作试探的流露，“却有晴”是少女闻歌知郎将来相会的喜悦之情的表白。这里以“有晴”与“无晴”来暗示有感情与无感情，巧妙地运用双关和谐音传情，很符合一个初恋少女的性情，显得含蓄蕴藉，意味深长。

巧用通感手法炼句。通感又叫“移觉”，是把不同感官的感觉沟通起来，借联想引起感觉转移，“以感觉写感觉”。如宋祁《玉楼春》中的“红杏枝头春意闹”，传诵千古，炼字、炼句俱佳。王国维《人间词话》说：“着一‘闹’字而境界全出。”春光明媚，春景华茂应是人们看到的，属于视觉，但词人用通感手法，化成是听觉的，热闹非凡，一派花枝烂漫的嬉闹景象。“闹”字不仅表现了花枝静态的美，而且表现了花枝动态的美。使人想到花间蝴蝶翩翩，蜜蜂嗡嗡，杏花怒放，明艳如火。也仿佛使人听到杏花在枝头发出春天的欢呼。更使人想到词人喜迎春色的兴奋心情。这样动静交织的景色，达到相得益彰的效果。如果不用“闹”字，换成“春意浓”“春意好”或“春意美”，也就缺少了动静映衬的生机美了。

巧用叠字炼句。叠字，又名“重言”，是指由两个相同的字或词组成的词句，可以使语音和谐悦耳，节奏明朗，韵律协调，具有传情达意的形象性。如李清照的《声声慢》：“寻寻觅觅，冷冷清清，凄凄惨惨戚戚。”这三句连用七对叠字，极为出色地写出了愁态、愁境和愁绪。国难家忧，流离失所，使作者痛楚万分，于是东寻西觅，仿佛想找一点什么东西来填补精神的空虚。而“冷冷清清，凄凄惨惨戚戚”则是“寻寻觅觅”的环境，也是“寻寻觅觅”的结果。可见作者心灵的寂寞，生活的孤单。如果不用叠字，只用“寻觅，冷清，凄惨”来表达，那就平淡如水，无令人感动之处了。

（二）使用特殊词句结构炼句

巧用词语错综颠倒的方式炼句。词语的错综颠倒是指古代诗歌词语的运用，打破了一般语法上的固有顺序。其具体情形大致有二：一是词语在单个诗句内的错综颠倒。如崔颢《黄鹤楼》中的颈联：“晴川历历汉阳树，芳草萋萋鹦鹉洲。”这是“汉阳树晴川历历，鹦鹉洲芳草萋萋”的倒装变形。若按常规词序表达，一者不能与上下其他联众的“楼、悠、愁”押韵，二者不能形成七言律诗常用的223节奏。三者“晴川历历、芳草萋萋”的视觉画面得不到强调突出，就难以引出渺茫的乡愁了。所以，这个倒装是押韵和节奏的需要，也是整首诗表情达意的需要。再如杜甫《秋兴八首·其八》中的“香稻啄余鹦鹉粒，碧梧栖老凤凰枝”。按常式应为“鹦鹉啄余红豆粒，凤凰栖老碧梧枝”。但诗人为了突出当时京城长安景色之美，使用倒装方法，把描绘的重点放在“红豆”“碧梧”上，同时也满足了诗歌格律的要求。二是词语在两个诗句之间的跳跃变换。如王翰《凉州词》中的：

"葡萄美酒夜光杯，欲饮琵琶马上催。"第一句的"葡萄美酒"是第二句"欲饮"的对象，这种跨句位移，极大地强化了"葡萄美酒"这一形象感觉呈现的力量。让五光十色、琳琅满目的筵席盛况直接撞击读者的视神经，视觉效果强烈。这种词序颠倒变形的跨度相当之大，往往是由此句跳跃到彼句，弹跳力极佳。

巧用词语的反常搭配炼句。所谓反常搭配是指词语突破了常规的搭配习惯，表面上有悖于生活逻辑，实则具有极强的艺术感染力，合乎诗意的真实。以这种方式创造的句子最能表现出诗人的独特感受。如张孝祥《西江月·黄陵庙》中的"满载一船秋色，平铺十里湖光"，就属于词语反常搭配，锤炼颇佳的句子。"秋色"居然可以"满载"，"湖光"居然可以"平铺"，这似乎有悖于生活逻辑，但它却获取了极大的艺术真实性。词人巧妙地将抽象与具象嫁接在一起，便有了化抽象为形象的感染力。这起首二句不仅点明了行船的季节，描写了洞庭湖上风浪未起的景色，而且营造了一种烟波浩渺的雄阔意境，这与词人达观豪迈的胸襟是极为相称的，为下面写作者不畏风浪险阻的胸怀做了很好的渲染，奠定了整首词作的情感基调。再如李清照《武陵春·春晚》中的"只恐双溪舴艋舟，载不动许多愁，"都是此类炼句。

巧用词语排序法炼句。这种方法是指把能反映作者情感的词语简单地排列组合起来，收到意想不到的绘景或抒情效果。如本部分开头处提到的温庭筠《商山早行》中的颔联"鸡声茅店月，人迹板桥霜"用就是排叙法炼句，极见功力。全句由"鸡、声、茅、店、月，人、迹、板、桥、霜"十个名词排列起来，简练地省去了"闻""望""见"等动词，以及主语"我"。按常理句意当为：我闻鸡声，出茅店，见残月一弯，上板桥，踏秋霜，留下足迹。减省相应成分，使诗句既含义深刻，又精炼明白。在这里，鸡声为暗景，残月为远景，茅店为近景，板桥人迹为主景，早春霜天为背景。层次分明，形象生动，造境优美。欧阳修说此句："道路辛苦，羁旅愁思，岂不见于言外乎？"道出了此句的言外之意。再如马致远《天净沙·秋思》中的"枯藤老树昏鸦，小桥流水人家，古道西风瘦马"，全由名词直接组成，不仅画面感强，而且想象空间也非常丰富，渲染出悲凉冷清的艺术氛围。

巧用句子的反常组合炼句。古诗词中，句子与句子之间的组接顺序也可以突破常规，它不一定会遵循时间的先后顺序、事物的前因后果、情感的次第演进等方面的逻辑规律。这样反而能收取突兀奇警、引人入胜的艺术效果。如欧阳修《戏答元珍》中的："春风疑不到天涯，二月山城未见花。"诗人先提出疑问，再交代生疑之由，此即因果倒装。再如，李颀《送魏万之京》中的"朝闻游子唱离歌，昨夜微霜初渡河"诗人先说"昨夜"，再说"今朝"。诗人把朝闻离歌之事置于句首，虽然违背时间先后顺序，但却更能表现出与朋友别离的悲凉氛围。

古代诗词作家炼字、炼句的过程，实际上是一个"沙里淘金"的语言筛选过程。细致的观察，亲身的体验，纯熟的技巧，使诗人达到用词极精确造语极得体的程度，使古诗词显得灿烂多姿，含蓄隽永，成为宝贵的文学财富。学习它们，可以让我们陶冶思想情操，提高文学鉴赏能力，从而积累具有生命力的语言。

拓展阅读

推敲

贾岛，人称"诗奴"，是唐朝著名的苦吟诗人。什么是苦吟诗人？就是以徘徊吟诵的心境和殚精竭虑的态度进行创作，对每个字词进行仔细推敲锤炼的诗人。他们耗费心血，花费工夫，用几个月，甚至几年时间做一首诗。

贾岛曾赴考到京（长安）。一天，他骑着驴走在京城长安的大街上，随口吟得两句诗："鸟宿池边树，僧敲月下门。"吟完之后，又想将"敲"字改用"推"字，但犹豫不决。于是，他一边琢磨，一边用手反复做着推门与敲门的动作。结果冲撞了韩愈的马队，被左右随从押到韩愈面前。韩愈询问缘由，贾岛如实地将自己刚刚所得之句告之，还把因为斟酌"推"与"敲"二字而来不及回避的情形讲了一遍。韩愈听后，转怒为喜，深思片刻后便说"敲字好！"还说："在万物沉静得没有一点声息的时候，声音更显得夜深人静。"贾岛连连拜谢，把诗句定为"僧敲月下门"。

韩愈邀其还家，两人并骑而行，一起讨论诗文写作的方法心得。两人因此结下了深厚的友谊。

词语"推敲"就是源于此典故。在求学的过程中，我们就要秉承诗人"炼字与炼句"的信念，对学问或问题要反复琢磨思考，精益求精，力求最优解。

思考与练习

1. 陶渊明《饮酒 · 其五》第三句“采菊东篱下，悠然见南山”，有的版本是“采菊东篱下，悠然望南山”，一“见”一“望”，从炼字的角度分析孰优孰劣？

2. 从炼句的角度，分析下面一首诗结句的表达效果。

休暇日访王侍御不遇

韦应物

九日驱驰一日闲，寻君不遇又空还。

怪来诗思清入骨，门对寒流雪满山。

第四节 抒情方式

诗是用高度凝练的语言，表达作者内心情感的一种文学体裁，《毛诗 · 大序》记载：“诗者，志之所之也。在心为志，发言为诗。”南宋严羽《沧浪诗话》说：“诗者，吟咏性情也。”抒情性是诗歌的根本特征。诗人情动于衷，感发兴起，把自己的七情六欲诉诸笔端，通过恰当的艺术形象表现出来就有了诗。如刘勰《文心雕龙 · 知音》篇指出：“夫缀文者，情动而辞发，观文者披文以入情，沿波讨源，虽幽必显。”由此可见，“情”是联系作者和读者的重要纽带。因此，了解诗歌常用的抒情方式是鉴赏诗歌的基础前提。下面就古诗词中常见的抒情方式做简单介绍。

一、直接抒情

直接抒情，又叫直抒胸臆，是指作者或文中人物，不借助任何外物，不借助别的手段，运用生动形象的语言，直诉肺腑，直剥胸臆，直接、明朗地表白自己思想感情，以感染读者。如孟郊《登科后》：

昔日龌龊不足夸，今朝放荡思无涯。

春风得意马蹄疾，一日看尽长安花。

诗人两次落第，到 46 岁那年才进士及第，就仿佛一下子从苦海中超度出来，登上了欢乐的顶峰。所以，诗一开头就直接倾泻心中的狂喜，说以往那种生活上的困顿和思想上的不安再也不值得一提了，终于扬眉吐气，自由自在，说不尽的畅快。满心按捺不住得意欣喜之情，便化成了这首别具一格的小诗。再如又如杜甫《望岳》“会当凌绝顶，一览众山小”，《茅屋为秋风所破歌》中的“安得广厦千万间，大庇天下寒士俱欢颜，风雨不动安如山？呜呼！何时眼前突兀见此屋，吾庐独破受冻死亦足”等也都是由眼前景或事而直接抒发自己心情。

二、借景抒情

借景抒情是指诗人的万千思绪借助景物描写来抒发，它是古诗词中使用频率最高的一种抒情方式。或触景生情。如孟浩然《早寒有怀》：

木落雁南渡，北风江上寒。

我家襄水曲，遥隔楚云端。

乡泪客中尽，归帆天际看。

迷津欲有问，平海夕漫漫。

全诗选取典型的秋天景象来抒情。北风萧萧，木叶摇落，大雁南飞，遥望归帆。在这样的氛围之中，孤独的诗人面对迷茫的江水，怎能不引发思乡之情呢？再如元稹的《闻乐天授江州司马》：

残灯无焰影幢幢，此夕闻君谪九江。

垂死病中惊坐起，暗风吹雨入寒窗。

元稹贬谪他乡，又身患重病，心境本来就不佳。现在忽然听到挚友也蒙冤被贬，内心更是极度震惊，万般怨苦，满腹愁思一齐涌上心头。作者借残灯、黑影、凄风苦雨这些凄凉之景，抒发了内心无限哀伤之情。

或运用融情于景的手法，达到情景交融的地步。如谢灵运的“池塘生春草，园柳变鸣禽”，从池水边的青青春草中，从园中的丝丝垂柳和欢愉嬉戏的鸣禽中，诗人感受到春天的蓬勃生机，透露出无限喜悦之情。再如白居易的《钱塘湖春行》：

孤山寺北贾亭西，水面初平云脚低。
几处早莺争暖树，谁家新燕啄春泥。
乱花渐欲迷人眼，浅草才能没马蹄。
最爱湖东行不足，绿杨阴里白沙堤。

这是一首描绘西湖美景的名篇。此诗处处紧扣环境和季节特征，把刚刚披上春天外衣的西湖，描绘得生机盎然，恰到好处。从孤山、贾亭开始，到湖东、白堤止，一路上，在湖青山绿，那美如天堂的景色中，诗人饱览了莺歌燕舞，陶醉在鸟语花香，最后，才意犹未尽地沿着白沙堤，在杨柳的绿阴底下，一步三回头，恋恋不舍地离去了，这首诗的妙处，不在于诗人穷形尽相的工笔描绘，而在于寓情于景，从生意盎然的早春湖光中，体现出作者游湖时的喜悦心情，写出了自然之美所给予人的集中而饱满的感受。

或以景结情，绵绵韵味无穷。如王昌龄《从军行七首》(其二)：

琵琶起舞换新声，总是关山旧别情。
缭乱边愁听不尽，高高秋月照长城。

前三句极写边愁。随着舞蹈的变换，琵琶又奏出新的曲调，但不管怎么变换，在内心充满思亲怀故愁绪的人听来，似乎“总是”在弹奏出“关山”别离的悲歌苦调，徒增心中纷乱的“边愁”和“不尽”的“别情”。诗歌至此，已将愁说尽，不能自已，再深掘愁思，已无余地。如何作结，更见功力。王昌龄不愧是“七绝圣手”，结语施以奇笔，突奏异响，以“高高秋月照长城”的雄伟壮阔之景，将征人浓郁的边愁一笔撇开，翻出豪宕情怀：古老雄伟的万里长城绵亘起伏，秋月高照，何其壮阔而悲凉！面对此景此境，征人会生出怎样的感慨呢？是无限的乡愁，还是立功边塞的雄心和对于现实的忧怨？也许，还应加上对于祖国山川风物的深沉的爱吧？很显然，诗人在这里采用了以景结情的方式，因而给读者留下了无限的想象空间。

借景抒情，一般情况下景与情是对应的，即乐景抒乐情，哀景抒哀情，如上文提到的白居易《钱塘湖春行》，是乐景抒乐情；元稹《闻乐天授江州司马》是哀景抒哀情。但也有乐景抒哀情或哀景衬乐情。如元稹《行宫》：

寥落古行宫，宫花寂寞红。
白头宫女在，闲坐说玄宗。

这首诗历来被看作是乐景写哀情的经典之作。诗人着意描写“宫花红”，用红花那热烈的色彩、盛开的景象，与“古行宫”“白头宫女”构成极大反差，盛开的红花和寥落的行宫相映衬，让人有一种时移事迁的盛衰之感，春天的红花和宫女的白发相映衬，表现了红颜易老的人生感慨；红花美景与凄凉的心境相映衬，突出了宫女被禁闭的哀怨情绪。红花，在这里起了很大的作用，这是利用好景致与坏心情的矛盾，突出中心思想。以乐景反衬哀情，其情之哀更增。但也有哀景衬乐情，如司空曙《喜外弟卢纶见宿》：

静夜四无邻，荒居旧业贫。
雨中黄叶树，灯下白头人。
以我独沉久，愧君相见频。
平生自有分，况是蔡家亲。

这首诗的前四句描写静夜里的荒村，陋室内的贫士，寒雨中的黄叶，昏灯下的白发，通过这些，构成一个充满着辛酸和悲哀的生活画面。这是哀景。但后四句直揭诗题，写表弟卢纶来访见宿，在悲凉之中见到知心亲友，因而喜出望外。这是乐情。前半首和后半首，一悲一喜，一正一反，互相生发，互相映衬，使所要表现的主旨更深化了，更突出了。这就是“哀景衬乐情”达到的艺术效果。

三、借事抒情

借事抒情，是指诗歌通过对生活中某一细节、场景、片断和事件的叙述来抒发情感。如白居易《蓝桥驿见元九诗》：

蓝桥春雪君归日，秦岭秋风我去时。
每到驿站先下马，循墙绕柱觅君诗。

这首绝句，乍读只是平淡的征途叙事，至多不过表现白与元交谊甚笃，爱其人及其诗而已。可细细品味，这貌似平淡的二十八字，却暗含着诗人心底的万顷波涛。可贵的友情无限，可泣的相同遭际，诗中概不明抒，只是让读者自己去寻觅包含在春雪秋风中的人世变化，去体会诗人那沉痛凄怆的感情，较之直接抒情显然更为耐人寻味。再如张籍《秋思》：

洛阳城里见秋风，欲作家书意万重。
复恐匆匆说不尽，行人临发又开封。

这首诗通篇叙事，抓住“行人临发又开封”的细节，把羁旅漂泊之人对家乡，对亲人那种无限牵挂的微妙心理，表现的淋漓尽致。

四、借物抒情

诗人往往借助自然界具体某物来表达志向或情感，这就叫借物抒情。需要和“借景抒情”作一区分，这里的“物”不是“景”，咏物不是写景，而是借助具体某物的某一特性委婉曲折地表达作者情感。比如借物抒情诗的代表作，虞世南的《蝉》：

垂緌饮清露，流响出疏桐。
居高声自远，非是藉秋风。

这首诗里的“蝉”具有浓郁的象征性。句句写的是蝉的形体、习性和声音，而句句又暗示着诗人高洁清远的品行志趣，物我互释，咏物的深层意义是咏人。特别是三四句是全篇比兴寄托的点睛之笔。它是在上两句的基础上引发出来的诗的议论。蝉声远传，一般人往往以为是借助于秋风的传送，诗人却别有会心，强调这是由于“居高”而自能致远。这种独特的感受蕴含一个真理：立身品格高洁的人，并不需要某种外在的凭借（例如权势地位、有力者的帮助），自能声名远播。再如于谦《石灰吟》：

千锤万凿出深山，烈火焚烧若等闲。
粉骨碎身浑不怕，要留清白在人间。

这首《石灰吟》可以说是于谦生平和人格的真实写照。诗人以石灰作比喻，表达自己为国尽忠，不怕牺牲的意愿和坚守高洁情操的决心。

五、借史抒情

咏史抒怀，借古讽今是咏史诗常用的手法。诗歌通过对历史人物、历史事件进行叙述、评价、凭吊或借国家兴亡寄托个人抱负，抒发个人情感。如刘禹锡的《乌衣巷》：

朱雀桥边野草花，乌衣巷口夕阳斜。
旧时王谢堂前燕，飞入寻常百姓家。

这首诗写诗人对盛衰兴败的深沉感慨。昔日车水马龙的朱雀桥，衣冠往来的乌衣巷，而今已经荒凉冷落，笼罩在寂寥惨淡的氛围之中。东晋时势盛一时的王导、谢安两大世族家堂前的燕子，如今却飞到了普通百姓家。从中我们可以清晰地感受到作者对这一变化发出的世事沧桑、盛衰变化的无限感慨，用笔尤为曲折。再如苏轼的《念奴娇·赤壁怀古》、杜牧《赤壁》等，都是借助某一历史事件或人物来抒发自己的情感。

六、借典抒情

借用典故来抒发自己的感情，讽刺时事，表达自己的思想感情。如辛弃疾的《永遇乐·京口北固亭怀古》：

千古江山，英雄无觅孙仲谋处。舞榭歌台，风流总被雨打风吹去。斜阳草树，寻常巷陌，人道寄奴曾住。想当年，金戈铁马，气吞万里如虎。

元嘉草草，封狼居胥，赢得仓皇北顾。四十三年，望中犹记，烽火扬州路。可堪回首，佛狸祠下，一片神鸦社鼓。凭谁问：廉颇老矣，尚能饭否？

整首词基本上句句用典，但用得天衣无缝，恰到好处。上片赞扬了在京口建立霸业的孙权和率军北伐气吞胡虏的刘裕，表示要像他们一样金戈铁马为国立功。下片借讽刺刘义隆来表明自己坚决主张抗金但反对冒进误国的立场和态度。全词豪壮悲凉，义重情深，放射着爱国主义的思想光辉。再如王维的《山居秋暝》：

空山新雨后，天气晚来秋。
明月松间照，清泉石上流。
竹喧归浣女，莲动下渔舟。
随意春芳歇，王孙自可留。

尾联化用王孙典故。本来《楚辞·招隐士》说："王孙兮归来，山中兮不可久留！"诗人的体会恰好相反，他觉得"山中"比"朝中"好，清净纯朴，可远离官场而洁身自好，所以就情不自禁地生出归隐之意了。

总之，古人在创作诗词时，创造了多种抒情方式，没法一一穷尽，只挑选以上几种简要说明。但需知道，一首诗词中可以只有一种抒情方式，也可以多种抒情方式并用，一切以作者情感表达为要。

拓展阅读

智子疑邻

宋国有个有钱人，一天下大雨，把他家的墙壁冲塌了一块。他的儿子说道："不赶快修补起来，一定会有小偷爬进来的。"邻人之父也这样警告他。

当天夜里，他家果真被盗贼偷走了大量的财物。

这个有钱人的一家人都夸他的儿子有先见之明，却怀疑邻人之父是个盗贼。

这则寓言出自《韩非子》，意在劝戒人们，听取意见应该客观判断正确与否，不要看提意见的人是什么人，对人不能持主观偏见。如果不尊重事实，只用亲疏和感情作为判断是非的标准，就会主观臆测，得出错误的结论，生活中的很多误解和矛盾就是由此而来。

人际交往过程中，我们要以事实为依据，少些猜测。对自己不了解的事情，不妄加评论，做人做事公平正直，实事求是。

思考与练习

1. 除了文中提到的六种抒情方式之外，你还知道其他的抒情方式吗？试结合具体诗词分析。

2. 从抒情角度鉴赏下列宋词。

武陵春·春晚

李清照

风住尘香花已尽，日晚倦梳头。物是人非事事休，欲语泪先流。

闻说双溪春尚好，也拟泛轻舟。只恐双溪舴艋舟，载不动许多愁。

第五节　艺术手法（一）

任何艺术创作都离不开技巧方法，古代诗词创作同样如此。刘熙载《艺概·词曲概》说："词之章法，不外相摩相荡，如奇正、空实、抑扬、开合、工易、宽紧之类而已。"方东树的《昭昧詹言》则称："有法则体成，无法则伧荒。率尔操觚，纵有佳意佳语，而安置布放不得其所，退之所以讥六朝人杂乱无章也。"掌握诗词的艺术手法是鉴赏古代诗词的一个重要前提。下面从四个方面介绍古代诗词创作常用的手法，取其"常用"，不求完备。

一、表达方式

表达方式是指诗文的写作方法，以及这种方法表现出来的语言形式特点。表达方式有五种，分别是记叙、议论、描写、抒情、说明。诗词创作中常用的是前四种，说明极少使用。下面就前四种表达方式简单介绍。

（一）记叙

记叙就是叙述事情发展的过程和人物的经历。往往包含着时间、地点、人物、事件的发展过程及其结果等几方面。叙述要求清楚明白，通顺流畅，有主有次，详略得当，富于变化。

在中国古代诗歌中，叙述的节奏比叙事性散文要快，主要是由诗歌的内容和形式所决定，所以，表现出叙述的简约性、精炼性和跳跃性等特点。以记叙为主要表达方式的诗词很多的，比如：《孔雀东南飞》《木兰辞》《观刈麦》《卖炭翁》《琵琶行》《长恨歌》等。再如杨万里《稚子弄冰》：

稚子金盆脱晓冰，彩丝穿取当银钲。
敲成玉磬穿林响，忽作玻璃碎地声。

本诗以顺叙叙述了儿童脱冰、穿冰、敲冰、冰碎的整个过程。全诗形色兼具以感目，声意俱美以悦耳赏心，绘声绘色地表现出儿童以冰为钲、自得其乐的盎然意趣。南宋周益公题《诚斋集》时对这首诗的评价："写人情意，则铺叙纤悉，曲尽其妙，笔端有口，句中有眼。”可谓是中肯评价。再如杜甫的《茅屋为秋风所破歌》就是一首以叙述为主的歌行体古诗。此诗叙述作者的茅屋被秋风所破以致全家遭雨淋的痛苦经历。全篇可分为四段，第一段写面对狂风破屋的焦虑；第二段写面对群童抱茅的无奈；第三段写遭受夜雨的痛苦；第四段写期盼广厦，将苦难加以升华。前三段是写实式的叙事，诉述自家之苦，情绪含蓄压抑；后一段是理想的升华，直抒忧民之情，情绪激越轩昂。

与记叙有关的还要注意叙述的顺序（顺叙、倒叙、插叙、补叙）和叙述的角度（第一人称、第二人称、第三人称）等。如晏几道《临江仙·梦后楼台高锁》：

梦后楼台高锁，酒醒帘幕低垂。去年春恨却来时。落花人独立，微雨燕双飞。

记得小蘋初见，两重心字罗衣。琵琶弦上说相思。当时明月在，曾照彩云归。

词的上阕写出午夜梦回，楼台高锁，想到去年春恨，孑然一人。下阕则是追忆当年初见时，小萍的穿着及演奏情景。最后再回到现在，“当时明月在”。整诗采用插叙方法，表现小萍离去后，词人的苦恋之情和孤寂之感。

（二）议论

议论就是作者对人和事物进行评价、论说，通过事实材料和逻辑理来阐明观点、见解的一种表达方式。在中国古代诗歌中，议论也包含着揭示事物外在与内在的哲理或者与其它事物之间的关系。也就是说，诗人对诗歌中的人和事物的好坏、是非、价值、特点、作用等直接阐述观点、表明态度。如杜甫的《望岳》：

岱宗夫如何？齐鲁青未了。
造化钟神秀，阴阳割昏晓。
荡胸生层云，决眦入归鸟。
会当凌绝顶，一览众山小。

最后一句“会当凌绝项，一览众山小”是议论，充满了哲理思想。又如，元稹的《菊花》：

秋丛绕舍似陶家，遍绕篱边日渐斜。
不是花中偏爱菊，此花开尽更无花。

第一句写屋外所种菊花之多，第二句写赏菊兴致之浓，第三句以否定句式陡地一转，指出自己并非没来由地钟情菊花，第四句道出了原委，表明了时至深秋，百花尽谢，唯有菊花能凌风霜而不凋，独立支持，为世界平添了盎然的生机。可以说，诗歌通过议论来赞颂了菊花高洁的操守、坚强的品格。

（三）描写

描写就是用生动形象的语言对人物、事件、环境所作的具体描绘和刻画。需从描写角度和描写手法两个方面进行阐释。一是描写角度，包括方位顺序和感官方面两部分。描写过程中方位顺序是指在描写某个人物、事件或环境时遵照由上及下、由左到右、由里到外、由点到面等某种顺序进行。如毛泽东《沁园春·长沙》中的“看万山红遍，层林尽染；漫江碧透，百舸争流。鹰击长空，鱼翔浅底，万类霜天竞自由”。这几句诗人按照从远到近，从上到下，仰视到俯视，选择了几种典型景物进行描写，远近相间，动静结合，对照鲜明，为下面的抒情提供了背景，烘托了气氛。再如周德清《塞鸿秋·浔阳即景》：

长江万里白如练，淮山数点青如淀。

江帆几片疾如箭，山泉千尺飞如电。

晚云都变露，新月初学扇。塞鸿一字来如线。

此曲写浔阳江边清秋晚景。全篇七句四十五字，一句一景，宛如七幅山水屏画，七个风景镜头，千姿百态，各放异彩。开头两句属于远眺，大江万里浩荡，江面开阔，同遥远的淮山呈现出的“数点”形成了空间形象上的悬殊对比。三、四两句移近了视界，俯瞰脚下，江上点点白帆，轻疾如离弦之箭；仰望高崖瀑布，飞流直下快如闪电。五、六、七句是仰观所见，晚云变露，新月学扇，写从塞外归来的大雁，排成长长的一字形掠过烟波浩渺的江天，仿佛就像一条细长晶莹的银色丝线。这首写景的小令，作者选择了独特的视觉角度，按照由远及近、自下而上，由俯到仰的空间顺序，为读者勾画了一幅生动传神的浔阳江动态秋景图。

描写角度的感官方面是指绘景过程中从人的视听嗅味触等感官入手，多角度多感官来描写景物。如白居易的《夜雪》：

已讶衾枕冷，复见窗户明。

夜深知雪重，时闻折竹声。

这首小诗中既没有色彩的刻画，也不作姿态的描摹，初看简直毫不起眼。但细细品味，便会发现它新颖别致，立意不俗。咏雪诗极少描写夜雪，这与雪本身的特点有关。雪无声无味，只能从颜色、形状、姿态见出分别，而在沉沉夜色里，人的视觉全然失去作用，雪的形象自然无从描摹。诗人正是从这一特殊情况出发，全用侧面烘托，依次从触觉（冷）、视觉（明）、感觉（知）、听觉（闻）四个层次叙写，一波数折，从而生动传神地写出一场夜雪来。全诗朴实自然，而韵味十足，充分体现了诗人通俗易懂、明白晓畅的语言特色。

二是描写手法。古诗词中描写手法众多，大致包括正面描写和侧面描写，动态描写和静态描写，细节描写、动作描写、渲染、虚实结合等。创作文章过程中的描写方法大体上都可适用于诗词创作。有的描写手法归在表现手法里面，故放在表现手法章节介绍，下面就几种古诗词中常用描写手法做简单举例说明。

正侧面描写。如岑参《发临洮将赴北庭留别》：

闻说轮台路，连年见雪飞。
春风曾不到，汉使亦应稀。
白草通疏勒，青山过武威。
勤王敢道远，私向梦中归。

从“连年见雪飞”至“青山过武威”写景，但诗人并没有直接说环境多么寒冷和恶劣，而是通过描写春风不来、人烟稀少、植被稀疏来衬托北庭“连年见雪飞”的苦寒的恶劣环境。“连年见雪飞”写气候之寒冷，“春风曾不到”写其荒凉，“白草通疏勒”写其萧瑟，“汉使亦应稀”写其地距中原之遥远，通过这些侧面描写，揭示出西域戍边的艰苦性，进而抒发诗人不辞路途遥远艰苦，尽力国事的高昂的思想感情。对比岑参另外一首边塞诗《白雪歌送武判官归京》中“忽如一夜春风来，千树万树梨花开”就是对“胡天八月即飞雪”的正面描写。再如汉乐府《陌上桑》中对秦罗敷的描写：

头上倭堕髻，耳中明月珠。缃绮为下裙，紫绮为上襦。行者见罗敷，下担捋髭须。少年见罗敷，脱帽着帩头。耕者忘其犁，锄者忘其锄。来归相怨怒，但坐观罗敷。

作者没有像《卫风·硕人》一样直接描写秦罗敷的美，而是使用侧面烘托的方法，描写她的穿着及他人见到秦罗敷时的反映。这样的描写韵味悠长，引人想象，这是正面描写所不及的地方。

细节描写。细节描写就是指抓住生活中的细微而又具体的典型情节，加以生动细致的描绘，它具体渗透在对人物、景物或场面描写之中。细节描写在刻画人物形象方面具有不可替代的作用，甚至可以说是没有细节描写，就没有活生生的、有血有肉有个性的人物形象。成功的细节描写会让读者印象深刻，提高文章的可传读性。诗词亦是如此。如赵师秀《约客》：

黄梅时节家家雨，青草池塘处处蛙。

有约不来过夜半，闲敲棋子落灯花。

这首诗是写诗人约客对弈而客因雨所阻不能按时赴约的情景。而诗人巧妙抓住“闲敲棋子落灯花”这一细节着力描写，极为细腻地刻画了诗人在烦人的梅雨中焦灼期待的心情和闲闷无聊的神态，因而很好地表达了约客未至的一种怅惘和诗人落寞失望的情怀。再如李清照的《点绛唇·蹴罢秋千》：

蹴罢秋千，起来慵整纤纤手。露浓花瘦，薄汗轻衣透。

见客入来，袜刬金钗溜。和羞走，倚门回首，却把青梅嗅。

此词为李清照早年作品，写尽少女纯情的神态。上片写荡完秋千的精神状态，下片写少女乍见来客的情态。“和羞走”三字，真实地写出少女的娇态。然而更妙的是“倚门回首，却把青梅嗅”二句。“倚门”有所期待，加以“回首”一笔，少女窥人之态宛然眼前，作者以极精湛的笔墨描绘了这位少女怕见又想见、想见又不敢见的微妙心理。最后她只好借“嗅青梅”这一细节掩饰一下自己，以便偷偷地看他几眼。这里以动作细节写心理，几个动作层次分明，曲折多变，真切自然而又充满新鲜感，把一个少女惊诧、惶遽、含羞、好奇以及爱恋的心理活动，细致入微地刻画出来，可谓妙笔生花。由此可见，诗词创作中捕捉典型细节多么重要。

动作描写。动作描写是刻画人物形象的重要方法之一。从典型动作中可以看出人物的身份、地位，或者能反映人物心理活动的进程，或者可以表现人物的性格特征。这是因为人的每一行动都是受其思想、性格制约的，具体细致地描写某一人物在某一情况下的反应——主要是动作反应，就势必显示出了这一人物的内心活动、处世态度、思想品质。如李白《行路难·其一》中“停杯投箸不能食，拔剑四顾心茫然。”诗人被“赐金放还”时，友人设下盛宴为之饯行，但他却放下杯筷，无心进餐。他离开座席，拔下宝剑，举目四顾，心绪茫然。停、投、拔、顾四个连续的动作，生动地表现了诗人内心的苦闷抑郁，感情的激荡变化。再如《古诗十九首·明月何皎皎》：

明月何皎皎，照我罗床帏。
忧愁不能寐，揽衣起徘徊。
客行虽云乐，不如早旋归。
出户独彷徨，愁思当告谁！
引领还入房，泪下沾裳衣。

此诗通过皎皎明月抒发主人公的愁思。其主题有两种解读：一说塑造了一个久客异乡、愁思辗转、夜不能寐的游子形象；一说刻画了一个独守空闺、愁思难寐、徘徊辗转的思妇形象。但不管是游子形象还是思妇形象，动作描写在其中有不可替代的作用。

明月皎皎，夜已深沉，他辗转反侧，难以入眠。不是过于耀眼的月光打扰他的睡眠，而是"忧愁不能寐"。他怎么也睡不着，便索性"揽衣"而起，在室内徘徊起来。游子"看月""失眠""揽衣""起床""徘徊"这一连串的动作，说明他醒着的时间长，实在无法入睡；同时说明他心中忧愁之深，内心痛苦之剧烈。"客行虽云乐，不如早旋归。"这是全诗的关键语，画龙点睛，点明主题。这两句虽是直说缘由，但语有余意，耐人寻味。最后四句又像开头四句那样，通过主人公的动作进一步表现他心灵最深层的痛苦。前面写到"揽衣起徘徊"，尚是在室内走走，但感到还是无法排遣心中的烦闷，于是他走出户外，他像梦游似的，独自在月下彷徨，更有一阵孤独感袭上心头。于是诗人情不自禁地向远在千里之外的所思引领而望，可是又不能获得"远望可以当归"的效果，反而引起了更大的失望。他实在受不了这种感情上的折磨了，他又回到室内去。从"出户"到"入房"，这一出一入，把游子心中翻腾的愁情推向顶点，以至再也禁不住"泪下沾裳衣"了。全诗共十句，除了"客行"二句外，所描写的都是极其具体的行动，而这些动作是一个紧接着一个，是一层深似一层，细致地刻画了游子（或思妇）的心理状态，手法极为高明。

（四）抒情

抒情就是表达作者强烈的爱憎、好恶、喜怒、爱乐等主观感情。抒情方式有直接抒情，也有间接抒情。直接抒情又叫直抒胸臆，间接抒情方式较多，比较常用的有借景抒情、借物抒情、借事抒情、借史抒情、借典抒情等。关于抒情方式前文已有细述，此处不在赘述。

二、表现手法

表现手法，也叫写作方法，是指在文学创作中塑造形象、反映生活所运用的各种具体方法和技巧。在实际运用中，表现手法和表达方式及修辞手法多有重叠，比如抒情与描写，既可以是表达方式也可以是表现手法，再如想象，既可以是表现手法也可以是修辞手法。但三者是有明显区分的，表达方式是就文章的写作内容而言，表现手法是就文学作品写作的具体技法而言，而修辞手法是就语言修辞效果而言。因为角度不同，说法也就有一定差异，对此应注意区分。

在阅读和鉴赏古诗词时，我们常遇到的表现手法多达几十种，比如：比兴、铺陈、衬托、烘托、渲染、用典、点化（化用）、留白、想象、联想、曲笔、逆笔、伏笔、照应、倒装、铺垫、象征、抑扬（先抑后扬、先扬后抑）、正侧结合、虚实结合、动静结合、化动为静（以动衬静）、以小见大、借景抒情、以乐景写哀情、寓情于景、情景交融、直抒胸臆、托物起兴、托物言志、借古讽今、卒章显志、白描与工笔、开门见山等等。现就几种常见的前文没有解释过的做简单阐释。

（一）比兴

比兴起源于《诗经》，是后代诗词创作中常用的一种手法。所谓比，就是比喻，比拟。所谓兴，就是在诗的开头“先言他物”，以引出后面的正文。如汉乐府《孔雀东南飞》的开头“孔雀东南飞，五里一徘徊”就是运用了比兴的手法，从孔雀因顾恋配偶徘徊不前的情形，引出焦仲卿和刘兰芝的不忍分离又不得不分离，最后双双殉情的故事，为全诗奠定了凄凉悲伤的感情基调。再如辛弃疾《摸鱼儿·更能消几番风雨》：

更能消、几番风雨，匆匆春又归去。惜春长怕花开早，何况落红无数。春且住，见说道、天涯芳草无归路。怨春不语。算只有殷勤，画檐蛛网，尽日惹飞絮。

长门事，准拟佳期又误。蛾眉曾有人妒。千金纵买相如赋，脉脉此情谁诉？君莫舞，君不见、玉环飞燕皆尘土！闲愁最苦！休去倚危栏，斜阳正在，烟柳断肠处。

这首词鲜明的艺术特点就是继承屈原《离骚》的优良传统，用男女之情来反映现实的政治斗争，善用典故和比兴来表现作者对祖国的热爱和对时局的关切。

上片以惜春、怨春、留春寄寓复杂情感。词以“更能消”三字起笔，提出了“春事将阑”，还能经受得起几番风雨摧残这样一个大问题。表面上，“更能消”一句是就春天而发，实际上却是就南宋的政治形势而言的。本来，宋室南渡以后，曾多次出现过有利于爱国抗金、恢复中原的大好形势，但是，由于朝廷的昏庸腐败，投降派的猖狂破坏，使抗战派失意受压，结果抗金的大好时机白白丧失了。南宋王朝处于风雨飘摇之中。“匆匆春又归去”，就是这一形势的形象化写照，抗金复国的大好春天已经化为乌有了。这是第一层。

但是，作者是怎样留恋着这大好春光啊！“惜春长怕花开早，何况落红无数”这两句一起一落，表现出理想与现实之间的矛盾。“落红”，就是落花，是春天逝去的象征。同时，它又象征着南宋国事衰微，也寄寓了作者光阴虚掷，事业无成的感叹。这是第二层。

面对春天的消失，作者并未束手无策。相反，出于爱国的义愤，他大声疾呼：“春且住！见说道、天涯芳草无归路。”这一句，实际是向南宋王朝提出忠告，它形象地说明：只有坚持抗金复国才是唯一出路，否则连退路也没了。词里，表面上写的是“惜春”，实际上却反映了作者恢复中原、统一祖国的急切心情，反映了作者对投降派的憎恨。这是第三层。

从“怨春不语”到上片结尾是第四层。尽管作者发出强烈的呼唤与严重的警告，但“春”，却不予回答。春色难留，势在必然；但春光无语，却出人意外。所以难免要产生强烈的“怨”恨。然而怨恨又有何用！在无可奈何之际，词人又怎能不羡慕“画檐蛛网”？即使能像“蛛网”那样留下一点点象征春天的“飞絮”，也是心灵中莫大的慰藉了。这四句把“惜春”“留春”“怨春”等复杂感情交织在一起，以小小的“飞絮”作结。

上片四层之中，层层有起伏，层层有波澜，层层有顿挫，巧妙运用比兴体现出作者复杂而又矛盾的心情。下片借陈阿娇的故事，写爱国深情无处倾吐的苦闷。作者以陈皇后长门失宠自比，揭示自己虽忠而见疑，屡遭谗毁，不得重用和壮志难酬的不幸遭遇。“君莫舞”三句是第二层，作者以杨玉环、赵飞燕的悲剧结局比喻当权误国、暂时得志的奸佞小人，向投降派提出警告。“闲愁最苦”至篇终是第三层，以烟柳斜阳的凄迷景象，象征南宋王朝昏庸腐朽、日落西山、岌岌可危的现实。

（二）铺陈

铺陈，即《诗经》表现手法中的“赋”，它指的是对事物的特点不厌其烦地多角度地进行铺排陈述，在我国古代很早就有使用。它能淋漓尽致地描绘事物、丰富细腻地表达感情，达到良好的艺术效果。元人陈绎曾在《文荃》中对铺陈解释说：“详叙事语，极意铺陈”。铺陈与排比往往是结合在一起用的，简称为铺排，在篇幅较长的诗作中经常出现。如《孔雀东南飞》开头对刘兰芝的描写：“十三能织素，十四学裁衣，十五弹箜篌，十六诵诗书。十七为君妇，心中常苦悲。”这是纵的铺陈，按时间顺序，突出刘兰芝多才多艺、有教养的特点。罗列数字，应作为互文看，交叉表述。写刘兰芝被遣时的装扮：“鸡鸣外欲曙，新妇起严妆。著我绣夹裙，事事四五通。足下蹑丝履，头上玳瑁光。腰若流纨素，耳著明月珰。指如削葱根，口如含朱丹。纤纤作细步，精妙世无双。”这段描写由足至头、至腰、至耳、至指、至口、至步，一连串夸张性的铺陈，旨在描写她的美，表现她的从容镇定，也是她对焦母的抗议与示威。写太守办喜事时豪华排场：“交语速装束，络绎如浮云。青雀白鹄舫，四角龙子幡。婀娜随风转。金车玉作轮。踯躅青骢马，流苏金镂鞍。赍钱三百万，皆用青丝穿。杂彩三百匹，交广市鲑珍。从人四五百，郁郁登郡门。”浓墨重彩地描写物品之丰盛与贵重，人员之众多，都是为了显示刘兰芝不为富贵所动的节操。本诗的铺陈排比多次出现，有利于塑造人物形象，也为诗歌带来了声律和色彩之美。

再如屈原《九歌·湘夫人》中湘君准备爱巢的过程，极尽铺排之能事：

筑室兮水中，葺之兮荷盖。
荪壁兮紫坛，播芳椒兮成堂。
桂栋兮兰橑，辛夷楣兮药房。
罔薜荔兮为帷，擗蕙櫋兮既张。
白玉兮为镇，疏石兰兮为芳。
芷葺兮荷屋，缭之兮杜衡。
合百草兮实庭，建芳馨兮庑门。
九嶷缤兮并迎，灵之来兮如云。

这是一个令人目不暇接、眼花缭乱的神奇世界。建在水中央的庭堂用奇花异草香木修饰，其色彩之缤纷、香味之浓烈、装饰之精美、用心之备至，无与伦比。作者在这里一口气横向罗列了荪、椒、桂、兰、辛夷、药、薜荔、蕙、石兰、芷、杜衡等十多种植物，来极力表现爱巢的华美，目的在于以流光溢彩的外部环境来烘托充溢于人物内心的欢乐和幸福，来表现湘君对湘夫人的如海深情。

铺陈的方法很多，可以按照时间先后顺序，也可以按照空间顺序，抑或是词性、物类、颜色等等，可以根据创作之需要，灵活安排。此处不在一一列举。

（三）渲染与烘托

渲染和烘托都是诗词创作过程中使用频率很高的两种方法，都是为了充分地描写客观事物，突出客观事物某一方面的特征，但是，就表达效果而言，两者也有不同，渲染过度强调，给人酣畅淋漓的感觉，烘托借物描写，使人感觉含蓄隽永。

渲染本来是国画的一种技法，是指用水墨或淡的色彩涂抹画面，以期达到强调的效果。诗词创作过程中的渲染是指对环境或景物等做多方面的正面描写形容，以突出形象，营造意境。换言之就是一首诗词中作者为了突出事物或是环境某一方面的特征，一而再再而三地进行描写铺陈，给读者酣畅淋漓的感受。这些描写多是正面描写，以突出特点。如赵师秀《约客》中的“黄梅时节家家雨，青草池塘处处蛙”，交代了时令和环境。诗人以“黄梅”“雨”“池塘”“蛙”“家家”“处处”，渲染出江南梅雨季节的夏夜之景，读来使人如身临其境，仿佛细雨就在身边飘，蛙声就在身边叫。再如杜甫《登高》：

风急天高猿啸哀，渚清沙白鸟飞回。
无边落木萧萧下，不尽长江滚滚来。
万里悲秋常作客，百年多病独登台。
艰难苦恨繁霜鬓，潦倒新停浊酒杯。

这是已 56 岁的杜甫在极端困窘的情况下独自登上夔州白帝城外的高台，登高临眺，百感交集。望中所见，激起意中所触；萧瑟的秋江景色，引发了他身世飘零的感慨，渗入了他老病孤愁的悲哀。此诗前四句写登高见闻。首联诗人围绕夔州的特定环境而写。夔州向来以猿多著称，峡口更以风大闻名。秋日天高气爽，这里却猎猎多风。诗人登上高处，峡中不断传来“高猿长啸”之声。诗人移动视线，由高处转向江水洲渚，在水清沙白的背景上，点缀着迎风飞翔、往来回旋的鸟群。颔联诗人仰望茫无边际、萧萧而下的木叶，俯视奔流不息、滚滚而来的江水。前四句写景可谓是出神入化，诗人以多种景物反复强调，虽有磅礴之势，但更多的是透出来的沉郁悲凉之情。后四句抒情，诗人借“万里、百年、作客、多病、繁霜鬓、独登台”等来铺陈强调自己国难家愁、异乡飘泊、多病残生之情。整首诗诗人反复铺陈渲染所达到的抒情效果也是彰显其超凡绝伦的章法技巧的一面。

与渲染不同，烘托则多属于侧面描写，作为陪衬，使所需要的事物鲜明突出。也就是不说本意，只说与此有关的其他事物，达到突出本意的目的。清人刘熙载《艺概》所说：“山之精神写不出，以烟霞写之；春之精神写不出，以草木写之。”此法引入诗歌创作中，指从侧面用笔，对事物进行描述、铺排，使被“托”之物更加突出。可以是以人烘托人，如《陌上桑》中借“行者”“少年”“耕者”“锄者”见到秦罗敷时的反应来烘托秦罗敷惊人的美貌；也可以是以物烘托物，如李峤的《风》：“解落三秋叶，能开二月花。过江千尺浪，入竹万竿斜。”诗人不着眼描写对象“风”，而是把笔墨转移到与之有关的旁的事物“三秋叶、二月花、千尺浪、万竿斜”，烘托方法的使用不仅避免了情趣上的单调、内容上的单薄，同时也使全诗更为含蓄凝练、生动传神；更多的是以景物烘托人物或情感。如韦应物的《赋得暮雨送李胄》：

楚江微雨里，建业暮钟时。
漠漠帆来重，冥冥鸟去迟。
海门深不见，浦树远含滋。
相送情无限，沾襟比散丝。

此诗除了首句提到“微雨”以外，下面都没有直接写雨，而是通过别的事物把雨写出来：船上的布帆变得重了，鸟儿飞得不那么轻巧了，天灰蒙蒙的一片，远处都看不真切，而江边的树却显得十分滋润。颔联和颈联虽未直接写雨，但烘托手法的运用使我们感到，在船帆上，在鸟羽上，在天际，在树上，全都是蒙蒙的细雨。

但是，很多时候渲染、烘托可以合用，尤其是在借景抒情的诗歌作品中，往往是先用渲染的手法描摹景物塑造意境，再通过景物（意境）来烘托人物情感。

所以，鉴赏诗词时我们常说：渲染气氛，烘托情感。如前面提到的韦应物的《赋得暮雨送李胄》一诗，但从写雨的角度看使用了烘托手法，从侧面描写送别时微雨的情貌，但从抒情的角度看，这里面还有渲染。诗人描写烟雨薄暮之景，形成了浓重的阴沉压抑的氛围，是为了烘托诗人送别友人时的离愁别绪：此时此景，诗人抑止不住自己的感情，潸然泪下，离愁别绪喷涌而出“相送情无限，沾襟比散丝。”再如柳永的《雨霖铃》，起首“寒蝉凄切，对长亭晚，骤雨初歇”三句写送别的环境，点出离别时的季节是萧瑟凄冷的秋天，地点是汴京城外的长亭，具体时间是雨后阴冷的黄昏。作者浓墨重彩，通过这些景物描写，极力渲染了一种凄凉的气氛，烘托出作者内心的离愁别恨。

（四）留白与想象

留白源于国画，是以“空白”为媒介进而渲染出美的意境的艺术。就如古画《寒江独钓图》：整幅画中，一叶扁舟，上有一位老翁俯身垂钓，船旁以寥寥数笔勾出水纹，四周都是空白。但观赏者却能感受到烟波浩渺，满幅皆水。诗歌作为一种语言艺术，其文本有实写部分（文本明确表现出来的）和虚写部分（文本没有表现出来的）组成。这种虚实结合的创作手法和中国画的留白艺术一脉相承。因此，在鉴赏诗歌作品时，不仅要理解作者的实写部分，更要对其留白部分（虚写部分）进行填充，即要通过联想和想象重构诗歌完整的艺术世界。经历如此过程，对诗歌魅力才会体验深切，获得更高层次的审美享受。

王国维先生以“意境”来鉴赏古诗词，其实，意境的构造离不开诗歌的留白艺术，而意境的再现和感悟却离不开想象。了解诗歌留白，运用联想想象，这是享受诗歌美妙艺术，提升诗歌鉴赏能力的必由路径。下面就几种常见的诗歌留白艺术进行简单说明。

结构留白，是指在诗歌的完整画面或某一情节中留出空白空间，达到“无中生有”的效果。如王之涣的《登鹳雀楼》：

白日依山尽，黄河入海流。
欲穷千里目，更上一层楼。

王之涣创作这首诗时，他站得比较高，眼睛平视正前向，可以看到“白日”依“中条山”而尽的场景。而“黄河入海流”的场景，他是不可能看到的，无论他站得多高，都绝对不可能看到。这是由鹳雀楼所处的地理位置所决定的。这是作者想象的部分，是诗歌留白艺术所在。破解之道就是要发挥个人想象，重构黄河奔腾入海，河海相汇的壮观与空阔，雄大与厚重的画面，想象其如在眼前，可睹其景，可听其声。并且这个想象是“不设限”的想象，唯有如此，方可体会到王之涣所登鹳雀楼之高，方可体会王之涣喊出“更上一层楼”时的那种积极向上的精神和高瞻远瞩的愿望，方可体会诗歌整体所焕发的向上进取的力量，方可体会它代表的盛唐气韵。

意境留白。诗歌是抒情性文体，抒情是其本质。诗歌的抒情往往是通过对意境的构建来实现的。而多数诗歌构造的意境则需读者深切的想象，于内心的还原方可感受。大诗人王维是这方面的高手，苏轼称之为“诗中有画，画中有诗”便有这方面的韵味。如他的《竹里馆》：

独坐幽篁里，弹琴复长啸。
深林人不知，明月来相照。

此诗以诗人月下独坐、弹琴长啸来写自己的悠闲情趣及闲适生活，遣词造句简朴清丽，表现的境界却清幽宁静、高雅绝俗。此种效果的体现取决于作者用留白艺术对意境的构建。

全诗只有三个意象：“幽篁、深林、明月”。人物活动也只有三个词：“独坐、弹琴、长啸”。“幽篁”与“深林”在于渲染环境的幽静，“独坐”二字没有描写独坐者的外在形态，没有描写喜怒哀乐之情，但和“明月”意象结合，则可会意出内心活动，感受一个悠然独处者的形象。如此人物在如此环境里做着两件事情，即“弹琴”与“长啸”。既没有点明弹琴长啸的乐曲，也没有描写其音调与声情，但在此种环境下的“弹琴”和“长啸”显然不是供人欣赏的，而是抒发自己的情感。全诗的主题就是诗人对这种常人难以忍受的“孤独”生活的享受。全诗不以单字单句取胜，而以整体见美。它的美在神不在貌，在深不在表，此乃留白之力。如果要领略和欣赏它的美，就需依赖想象，遗貌取神，还原其意境。

意象留白。何为意象？意象就是带着作者主观情感的客观物象。其本质是某一艺术形象被成功使用过一次后，再被反复渲染，反复使用后而形成的约定俗成的一种或几种附加意义。因此，古诗里出现意象往往就不单纯是客观事物，而是作者表情达意、渲染气氛或寄托言外之意的一种手段。此种意在深处的韵味与留白艺术的效果高度契合。鉴于此，鉴赏诗歌就要破此意象留白。如古诗中常用意象“杨柳”：其一，“柳”与“留”谐音，故常作留客之意。又因柳丝柔长，风吹飘摇而有缠绵难舍之状。知此，便可理解古人折柳送别、望柳思人之意。如柳永《雨霖铃》中“今宵酒醒何处？杨柳岸，晓风残月。”以“杨柳岸”配“晓风、残月”等意象，加之本为虚写，便把自己与情人分别的凄惨之意描绘得淋漓尽致。此外，暮春，柳絮漫天纷飞，飘忽不定，故常作愁苦的凭借，如贺铸《青玉案》中“若问闲愁都几许？一川烟草，满城飞絮，梅子黄时雨”，形象地诠释了其忧愁的深刻程度及难以排解之状。再者，柳以“既垂且长”之貌，而有婀娜妩媚之姿，故常以柳喻人。如清代诗人厉鹗的《杨柳枝词》：“玉女窗前日未曛，笼烟带雨渐氤氲。柔黄愿借为金缕，绣出相思寄与君。”此诗写女子相思，但妙在以柳喻人。那笼烟带雨、柔弱缠绵的杨柳，正是悠悠相思、情意绵绵的少女绝妙写照。凡此种种，“柳”作为一个客观物象，出现在诗词中，便融入了诗人的人格情趣、美学理想和思想情感。于是，缘“柳”抒情的诗作也就纷纷地飘入我们的世界。

意蕴留白。有的诗我们百读不厌，就像吃橄榄，越嚼越有味道，这是为什么呢？就是因为作者将丰富的生活内容和思想感情，深含于艺术形象之中，进而用生动的艺术形象去感染读者，让读者去回味，思索，体会，领悟，达到余韵不绝的效果。这就是意蕴留白。对比李白的两首送别诗便可体会到意蕴留白的魅力。

赠汪伦

李白乘舟将欲行，忽闻岸上踏歌声。

桃花潭水深千尺，不及汪伦送我情。

黄鹤楼送孟浩然之广陵

故人西辞黄鹤楼，烟花三月下扬州。

孤帆远影碧空尽，唯见长江天际流。

《赠汪伦》中诗人具象了汪伦的送别之情，读完尽觉比喻之生动，对其送别时的深情难以久久回味。而第二首诗的却全然不同，诗人没有明说送别之情，却写了送别后的表现：孟浩然乘船在长江里已然远行，而作者依然站在岸上看啊看，呆呆地看着船帆在遥远的碧空里消失不见了，只剩下长江水，在天边上流。这里作者站在岸上的时间有多长就同孟浩然的感情有多深。所以，第二首诗的韵味要远胜于《赠汪伦》，给读者的感悟也要更为深层。

所以，为达到鉴赏诗歌的目的就必须填充诗人事先的留白。但填充诗歌留白是一种复杂的精神活动，需以传统文化素养，多彩的人生体验为依据，调动全身审美心理机制，特别是要运用丰富的想象才能体悟诗歌的艺术魅力，完成鉴赏活动。

（五）曲笔与逆笔

曲笔，是中国古典诗词创作中常见的一种艺术手法，是指创作诗文时故意不直接去写本题本意，而是写与之相关的其他事物的笔法。运用曲笔来抒写感情，描摹事物，可以达到婉转、含蓄，意境深邃的效果。在诗词中常用的一种曲笔方式就是从对方着笔来曲折地表达。如在思乡怀人类的诗词中，作者常常借助想象，从对方着笔，写家人如何思念自己的，从而使自己的感情表达得婉转曲折，深沉动人，如王维《九月九日忆山东兄弟》中的后两句“遥知兄弟登高处，遍插茱萸少一人。”诗人可谓是奇思异想，打破时空，不写自己对家人的思念，而写远在故乡的兄弟们，重阳登高，佩戴茱萸，忽然发现少了一个人（即诗人自己）。如果诗人承接上两句的直抒胸臆，还从自己角度切入，说是遥想兄弟登高插遍茱萸，而自己独在异乡不能参与。这样就显得平淡直白，没有什么新意了。再如杜甫的《月夜》：

今夜鄜州月，闺中只独看。
遥怜小儿女，未解忆长安。
香雾云鬟湿，清辉玉臂寒。
何时倚虚幌，双照泪痕干。

此诗写在天宝十五年，安史叛军攻进潼关，诗人去投奔刚在灵武继位的唐肃宗，途中被叛军捉住，送到沦陷后的长安。诗人望月思家，写下了这首千古传诵的名作。全诗别出心裁，言在彼而意在此，将诗人自身对妻子的思念之情通过想象妻子思念他的情景而更加深刻地表现出来，这就是曲笔。诗人想象，在这个时候，自己的妻子定当和自己一样也在“望月怀人”。接着诗人进一步想象妻子独自望月时的情景，尚未懂事的小儿女，不明白母亲为何如此痴痴地望着天上的明月，是什么如此吸引母亲。妻子望月时间之久，想必夜雾已打湿了她的头发，清凉的月光会让她感到一丝寒意。诗人运用曲笔手法，明写妻子，暗写自己，借妻子对自己的思念担心来传达作者对妻子儿女的思念关怀之情。与直接从自己着笔来写相比，这样写，超乎常情，婉转含蓄，更能打动人心。

与曲笔写法相似的还有一种手法叫逆笔，即诗人本欲表现某一种情感，但在表达时却故意反其道而行之，故意从反面落笔，通过反弹琵琶的方式来表现诗人的情感。有人称之为曲笔的一种表现形式。如南宋诗人戴复古的《江阴浮远堂》：

横冈下瞰大江流，浮远堂前万里愁。
最苦无山遮望眼，淮南极目尽神州。

这首诗前两句意境平平，写登上横冈，俯视大江，又在浮远堂上远望万里山河，只觉得忧愁郁结，无法排解。但后两句如神来之笔，打破了历来登高望远类诗的惯套。大凡登高，没有不希望看得远的，因而总是对眼前山或云遮断视线而表示伤感，如李白："总为浮云能蔽日，长安不见使人愁。"但这两句采用逆笔手法，偏说希望有山能遮住视线，免得望见中原大地。诗人并不是真的不想"极目尽神州"，而是通过不想看来更深沉地表达对中原的怀念，对山河沦丧的一种极度伤痛。这是一种望之则不忍，不望又不能的情感。

还有一种观点认为，逆笔又叫"倒转法"，句子或用词之间不按常理顺序排列组合，比如先写果再写因，先写整体再写部分等，类似于修辞中的倒装。诗词中采用逆笔手法，多是押韵、平仄、对仗的需要，或是诗人为了增强气势或吸引读者而故意为之。如王维《观猎》中："风劲角弓鸣，将军猎渭城"就是采用逆笔手法。在强劲的寒风中，羽箭嗖嗖作响，原来是将军在渭城原野上打猎。作者先写"风劲角弓鸣"，就能显出气势雄健，先声夺人。如按正常顺序写就显得平淡无奇，索然寡味了。再如，杜甫《登楼》中的"花近高楼伤客心，万方多难此登临"，先说花好楼高但依旧是"伤客心"，再说出原因是"万方多难"。这里亦是逆笔手法。

（六）白描与工笔

白描，是国画画法的一种，即纯用线条勾画，不加彩色渲染，类似于西方画中的素描。用在文学作品中，是指不用形容词和修饰语，也不用精雕细刻和层层渲染，更不用曲笔或陪衬，而是抓住描写对象，用准确有力的笔触，明快简洁的语言，朴素平易的文字，干净利索地勾画出事物的形状、明暗、声响等，以表现作者对事物的感受。白描在诗歌中经常运用，无论写景、写人、还是叙事，都能有言简意赅的效果。

白描写景，用语节俭，神形尽显。如马致远的《天净沙·秋思》：

枯藤老树昏鸦，小桥流水人家，古道西风瘦马。夕阳西下，断肠人在天涯。

这首小令，大家耳熟能详，被人津津乐道，广泛传颂，原因就在于全曲虽仅有 28 个字，但作者用白描手法，描绘了一幅秋郊黄昏行旅图，让天涯游子骑一匹瘦马出现在一派凄凉的背景上，从中透出令人哀愁的情调，抒发了一个飘零天涯的游子在秋天思念故乡、倦于漂泊的凄苦愁楚之情。在景物的选择上，他为了突出与强化凄惨凉悲苦的情感，选取了最能体现秋季凄凉萧条景色，最能表现羁旅行人孤苦惆怅情怀的十个意象入曲，对于这些意象作者不加说明，它们各自的动态与形状，全靠读者根据意象之间的组织排列顺序以及自己的生活经验去把握，但也丝毫不影响读者对作者欲表达情感的领悟。

白描写人，生动传神，直击灵魂。如唐代诗人李端的《拜新月》：

开帘见新月，便即下阶拜。

细语人不闻，北风吹裙带。

此诗纯用白描勾勒人物，通过娴美的动作、轻柔的细语和亭立的倩影，将人物一片虔诚纯真之情烘托而出，读之余音袅袅，如见其人，如闻其声。前两句写闺中女子掀帘见月，立刻下阶便拜，写出她的急切而微妙的心理。开帘前女子似未有拜月之意，然开帘一见新月，立即下阶随地而拜，如此急切，不拘形式，可知其有许多心事，许多言语，无人诉说，无奈之下，只能托之于明月。后两句刻画女子感情丰富而又不想让外人知道的娇羞神态。女子内心隐秘，不欲人闻，故以细声细语说出，所以，“细语”二字，惟妙惟肖地写出少女娇嫩含羞的神态。末句纯属客观描写，但人物内心之思绪荡漾，却从飘动的裙带中尽显无遗，让人情思萦绕，意蕴不绝。

白描叙事，言简意赅，耐人寻味。如唐代诗人聂夷中的《田家》：

父耕原上田，子斫山下荒。

六月禾未秀，官家已修仓。

乍一看，此诗的内容平淡、语言明白、字句简单，没什么奥妙可言，正因如此，它能以最少的文字取得很大的效果，显得十分耐读。此诗写作目的就在于揭露封建社会对农民无情榨取，沉重的赋税这一黑暗现实，如果直接从官吏收租盘剥下笔，所费笔墨必多而实际效果未必就好。但此诗别开生面，使用白描手法，寥寥数语就勾勒出了父子辛勤劳作、官家修筑粮仓的画面，不加评判，点到为止，留给读者去想。作者不费气力，用极简的文字，表现了封建统治者残酷剥削、压榨农民的深刻主题。这正是白描手法在此诗中彰显的魅力。

和白描相对的一个描写方法是工笔，也叫工笔细描，原本也是国画的一种技法，是指不但要细笔勾勒，还要浓墨重彩地表现事物。在文学创作中，工笔就是在刻画事物的时候，不厌其烦地使用绚丽华美的文字，或者运用比喻、拟人等各种修辞手法，追求一种跃然纸上、呼之欲出的效果。如《诗经·卫风·硕人》（节选）：

硕人其颀，衣锦褧衣。齐侯之子，卫侯之妻。

东宫之妹，邢侯之姨，谭公维私。

手如柔荑，肤如凝脂。领如蝤蛴，齿如瓠犀。

螓首蛾眉，巧笑倩兮，美目盼兮。

《硕人》的前两章使用的就是工笔细描的手法，不厌其烦地吟唱了有关“硕人”的方方面面。第一章主要介绍“硕人”的出身——她是齐侯的爱女，是卫侯的新娘。她是太子的胞妹，是邢侯的小姨，谭公又是她姊丈。这个介绍可谓详细。第二章描写“硕人”的容貌——对手、皮肤、脖颈、牙齿、眉毛、笑容、眼睛一一进行形容，可谓全面。这个工笔描写，艺术效果明显，永恒定格了中国古典美人的曼妙姿容。再如杜甫的《江畔独步寻花·其六》：

黄四娘家花满蹊，千朵万朵压枝低。

留连戏蝶时时舞，自在娇莺恰恰啼。

这是一首工笔细描的写景小诗。黄四娘家花园小路上花团锦簇，长满花朵的枝条被压得低垂下来，花瓣之上是流连忘返的彩蝶，自由自在的小黄莺也在花间不断欢唱。读完整诗，我们仿佛身临其境：看到了五彩缤纷的花朵，嗅到了浓郁的花香，有翩翩起舞的彩蝶，有清脆啼鸣的黄莺。整幅明丽纷繁的画面，给人一种轻松愉悦的感觉。

在有的古诗词中，白描和工笔可以结合起来使用，效果奇佳。如杜甫的《绝句二首·其一》：

迟日江山丽，春风花草香。

泥融飞燕子，沙暖睡鸳鸯。

整首诗描绘了一幅明丽和谐的春色图：阳光普照，水碧山青，草木复苏，万象更新。清风拂面，送来百花的芳香，带来春草的清馨。河滩上，溪岸边，冰雪融尽，泥土潮湿而松软，燕子轻盈地飞来飞去，衔泥筑巢。水暖沙温，美丽多情的鸳鸯相依相偎，恬然静睡，娇态可爱。诗歌的前二句用白描手法，用“迟日”“江山”“春风”“花草”粗线勾勒一个大场景，并在句尾以“丽”“香”突出诗人强烈的感觉；后二句则是工笔细描的特定画面，既有燕子翩飞的动态描绘，又有鸳鸯慵睡的静态写照。飞燕的繁忙蕴含着春天的勃勃生机，鸳鸯的闲适则透出温柔的春意，一动一静，相映成趣，和谐优美，给人以春光旖旎之感。

（七）伏笔与铺垫

伏笔：是指文章或文艺作品中，在前文为后文所作的提示或暗示。也可以理解为前文为后文埋伏线索。诗文强调前后内容要有内在联系，前面埋伏笔，后面就得有照应。这样，诗歌前后才能情节连贯、脉络清晰、结构紧凑，读者读到下文内容时，不至于产生突兀怀疑之感，更容易掌握全诗的脉络。因此，伏笔常常和照应同时使用。如韦庄晚年写的《江外思乡》：

年年春日异乡悲，杜曲黄莺可得知。

更被夕阳江岸上，断肠烟柳一丝丝。

这首小诗的构思和写作手法，非常独特，句句有伏笔，感情委婉深厚。首句直接点明自己是为思乡而悲伤，但诗人特意埋下的伏笔，为何都是在每年春天思乡？第二句诗人再次埋了一个伏笔，为何我的思乡之情家乡的黄莺是知道的？诗人用了“可”字，就是说他确信家乡的黄莺是可以知道的。后两句照应了前文的两处伏笔，在夕阳的江岸上，我痛断的思乡心肠就像被撕扯成了一丝丝柳条。夕阳江边的柳树就是被思念家乡的悲伤情绪所笼罩的诗人自己，柳树、黄莺都是春天的象征，黄莺喜欢栖居在柳树上面鸣叫，所以，黄莺和柳树是对春天的照应，柳树也是对黄莺的呼应。伏笔照应交融全诗，使得诗歌节奏紧凑，韵味悠长。再如苏轼的《念奴娇·赤壁怀古》，上阙提到“风流人物”“周郎赤壁”即是伏笔手法，下阙对周瑜的赞颂是对上阙伏笔的照应。上阙伏笔，下阙照应，使得整首词在结构上有浑然一体之感，也能更能突出主题。

伏笔与铺垫经常并举，经常混为一谈，但两者是有明显区别的。伏笔是“隐性”的，是对将要出现的人物或事件预作提示或暗示。而铺垫是“显性”的，是为了突出后面要出场的主要人、物或要发生的主要事件，先对次要的人、物、事件进行铺陈描述来烘托、引出重要的情节和内容的一种表现手法。通俗地说，先描述的内容就是为主要内容做准备、打基础、作陪衬的，是为主要情节蓄积酝酿气势的，也可以突出主旨，增强作品的表现力和艺术感染力。如柳宗元的小诗《江雪》：

千山鸟飞绝，万径人踪灭。

孤舟蓑笠翁，独钓寒江雪。

这首五言绝句大约作于柳宗元谪居永州（今湖南零陵）期间。他在精神上受到很大刺激和压抑，于是，他就借描写山水景物，借歌咏隐居在山水之间的渔翁，来寄托自己清高而孤傲的情感，抒发自己在政治上失意的郁闷苦恼。为了突出寄寓自己情感的“蓑笠翁”这一主要形象，诗人不惜用一半篇幅去描写它的背景，而且使这个背景尽可能广大寥廓，几乎到了浩瀚无边的程度。背景越广大，主要的描写对象就越显得突出。首先，诗人用“千山”“万径”这两个词，目的是为了给下面两句的“孤舟”和“独钓”的画面作陪衬。没有“千”“万”两字，下面的“孤”“独”两字也就没有什么感染力了。其次，诗人把山上的鸟飞，路上的人踪，放在“千山”“万径”的下面，再加上一个“绝”和一个“灭”字，构造了一个绝对幽静、绝对沉寂的背景。有了这个背景的铺垫，后面渔翁的那种摆脱世俗、超然物外的清高孤傲的形象愈为突出。

在古典诗词中，往往都是先写景再抒情，写景就是为抒情做铺垫，酝酿气势的。再如王安石的《登飞来峰》：

飞来山上千寻塔，闻说鸡鸣见日升。

不畏浮云遮望眼，自缘身在最高层。

在该诗中，首句写飞来峰上古塔之高，突出自己的立足点之高；第二句则巧妙地虚写出在高塔上看到的旭日东升的辉煌景象，表现出诗人朝气蓬勃，对前途充满信心。这两句写出了奇幻、雄伟、生机勃勃的景象，为后两句进行蓄势。紧接着，诗的后两句承接前两句写景议论抒情，是前两句的升华，使诗歌既有生动的形象又有深刻的哲理。古人常有浮云蔽日、邪臣蔽贤的忧虑，而诗人却加上“不畏”二字，表现了诗人在政治上高瞻远瞩，不畏奸邪的勇气和决心。作者借景抒情，表现出作者内心雄心万丈，对前途充满信心。

（八）开门见山与卒章显志

这是两种体现诗歌主旨的方式，开门见山是指诗歌开头就直奔正题，不拐弯抹角。运用这种方法开头，就为全文指明了“航标”。如杜审言的《和晋陵陆丞早春游望》：

独有宦游人，偏惊物候新。
云霞出海曙，梅柳渡江春。
淑气催黄鸟，晴光转绿蘋。
忽闻歌古调，归思欲沾巾。

诗首句开门见山，直接点题，写出诗人的感慨：只有离别家乡，奔走仕途的游子，才会对异乡的节物气候感到新奇而大惊小怪。在这“独有”“偏惊”的强调语气中，生动表现出诗人宦游江南的矛盾心情。中间两联就是对“惊新”的描述，表面看，是写江南新春伊始至仲春二月的物候变化特点，表现出江南春光明媚、鸟语花香的水乡景色；实际上，诗人是从比较故乡中原物候来写异乡江南的新奇的，在江南仲春的新鲜风光里有着诗人怀念中原暮春的故土情意，句句惊新而处处怀乡。尾联诗人巧妙地表达出陆丞的诗在无意中触到诗人心中思乡之痛，因而感伤流泪。整首诗首尾两联，构思奇特，开门见山与首尾呼应并用，中间展开照应主题，结构圆合，这就是这首诗最精彩之处了。

和开门见山相对的是卒章显志，是指诗人往往在诗歌的结尾才表达自己的心志或情怀。恰当运用这种结构方式可以增强诗歌的深刻性、感染力和结构美，收到“画龙点睛”的艺术效果。如骆宾王《在狱咏蝉》：

西陆蝉声唱，南冠客思深。
不堪玄鬓影，来对白头吟。
露重飞难进，风多响易沉。
无人信高洁，谁为表予心。

这首诗是骆宾王任侍御史时，因上书纵论天下大事，得罪了武则天，蒙冤下狱后所作。首联起兴，以蝉声逗引客思，颔联和颈联似写蝉实写自己，尾联诗人愤情冲天，脱去了前三联罩裹诗句的“蝉身”，勃发“龙吟”，喷出蕴蓄许久的真情，希望得到援救、昭雪冤狱，使人看到自己洁纯无瑕的报国诚心。这种手法便是卒章显志。

（九）动与静

所谓的“动与静”是指对事物或景物特征做动态或静态的描写，两者互相映衬，形成一种情趣。在诗词运用中，存在几种情况，分别是：以动衬静，或以静衬动，或化静为动，或化动为静，或动静结合。下面我们利用具体诗歌略做分析。

以动衬静，是反衬手法的一种，即通过对景物或事物动态的描写，渲染反衬出静态，也就是在动态描写里显出静态。如王维的《鸟鸣涧》：

人闲桂花落，夜静春山空。

月出惊山鸟，时鸣春涧中。

这首诗是王维山水诗中的代表作品之一。它的精妙之处在于“动与静”巧妙使用下的诗情画意。首句“人闲桂花落，夜静春山空”，采用了通感的手法，以声写景，将“花落”这一动态情景与“人闲”结合起来。花开花落，都属于天籁之音，唯有心真正闲下来，放下对世俗杂念的执着迷恋，才能在深夜无法看到桂花飘落的景致下，用心感受（听到）到桂花从枝头脱落、飘下、着地的过程。末句“月出惊山鸟，时鸣春涧中”，便是以动写静，一“惊”一“鸣”，看似打破了夜的静谧，实则用声音的描述衬托山里的幽静与闲适：月亮从云层中钻出来，静静的月光流泻下来，几只鸟儿从睡梦中惊醒了过来，不时地呢喃几声，和着春天山涧小溪细细的水流声，更是将这座寂静山林的整体意境烘托在读者眼前。总之，这首诗主要写春山夜静。花落、月出、鸟惊、鸟鸣，都是动态的，作者用的是以动衬静的手法，收到“蝉噪林逾静，鸟鸣山更幽”的艺术效果。

再如唐代李华的写景小诗《春行即兴》：

宜阳城下草萋萋，涧水东流复向西。

芳树无人花自落，春山一路鸟空啼。

这首小诗是在安史之乱后，作者经过宜阳，对眼前景物有所感触，为抒发“国破山河在”的愁绪，即兴而作。诗前两句直接写景，为下文铺垫，后两句更进一层，“花自落”“鸟空啼”表面上刻画了“花落”“鸟啼”的热闹景象。但是“自”和“空”却透出了无人欣赏之意，从而显出了山中的宁静、荒芜，以动衬静，写出了诗人面对大好山河的无限寂寞之感。

化动为静，是指把动态之景化为静态之状，达到出人意料的新奇效果。如李白《望庐山瀑布》：

日照香炉生紫烟，遥看瀑布挂前川。

飞流直下三千尺，疑是银河落九天。

第二句“遥看瀑布挂前川”中，前四字是点题，照应题目；“挂前川”是“望（遥看）”的第一眼形象，瀑布像是一条巨大的白练高挂于山川之间。“挂”字很妙，化动为静，惟妙惟肖地表现出倾泻的动态的瀑布在“遥看”中的静态形象。

化静为动，是指将本来是静止的景物加以刻画，使之具有动态感，静物写活，从而使作品富有生气，充满活力，情趣盎然。最擅此法的莫过于王安石，如他的“春风又绿江南岸，明月何时照我还”，一个“绿”字，将静态的视觉形象动态化，写出了春风的气势、力量和作用，境界开阔，色彩鲜明，给人以春意盎然，生机勃勃的美感。又如他的《书湖阴先生壁》：

茅檐长扫净无苔，花木成畦手自栽。

一水护田将绿绕，两山排闼送青来。

诗的三四句，“一水护田”加以“绕”字，可见那小溪曲折生姿，环绕着绿油油的农田，这恰像一位母亲双手护着小孩的情景。至于“两山排闼”着一“送”字，更是神来之笔。它写出了山色不只是青翠欲滴，还似扑向庭院而来。这种描写创造的美感极为新鲜、生动。尤其动人的，是写出了山势若奔，仿佛刚从远方匆匆来到，兴奋而热烈。此诗对于“一水”“两山”的拟人化，山水赋予人的感情，化静为动，生动表现出门前的青山见到庭院这样整洁，主人这样爱美，也争相前来为主人的院落增色添彩：推门而入，奉献上一片青翠。诗人以神来之笔，成为古今传诵的名句。

李白的另一首诗歌《访戴天山道士不遇》中，也有类似的意境。诗歌的颈联“野竹分青霭，飞泉挂碧峰。”前一句用一个“分”字，化静为动，使人可联想到随山冈徐徐移动的云雾，不断从野竹梢头飘过的情景。后一句用一个“挂”字，化动为静，使人联想到山峰的陡峭和山泉垂直落下的景象。

以静衬动，即通过对景物或事物静态的描写，渲染反衬出动态，也就是在静态描写里显出动态。如白居易《琵琶行》里的“东舟西舫悄无言，唯见江心秋月白”。以周围鸦雀无声，只有水中倒映着一轮明月的静态反衬琵琶女高超的技艺和令人入迷的演奏效果。再如唐代诗人李颀的《琴歌》：

主人有酒欢今夕，请奏鸣琴广陵客。

月照城头乌半飞，霜凄万木风入衣。

铜炉华烛烛增辉，初弹渌水后楚妃。

一声已动物皆静，四座无言星欲稀。

清淮奉使千余里，敢告云山从此始。

此诗的七、八句从听者反应的角度写演奏者的高超技巧。一声琴弦拨动，顿时万籁俱寂，满座为之陶然沉醉。“皆静”二字形象地写出人们倾耳聆听琴歌的专注着迷的神态。愈是言其静，就愈突出琴音勾魂夺魄的心灵穿透力，就愈烘托出“广陵客”出神入化的演奏技巧。在这曼妙琴音的洗涤下，人们似乎忘记了尘世的辛酸，漠然了黑夜的漫长。苍茫的高天之上，星星越来越少，天将放白，他们还沉浸在优美的旋律中，怅然自失。

动静结合，是指在诗歌中既有动态的描绘，又有静态的刻画，两者结合，往往使作者笔下的景物显得丰富多彩，而且对比辉映，相得益彰。如宋代诗人刘攽《雨后池上》：

一雨池塘水面平，淡磨明镜照檐楹。

东风忽起垂杨舞，更作荷心万点声。

此诗前两句以“水面平”“明镜”“照檐楹”等写出了雨后荷花池塘幽静迷人的静态；后两句用“忽起”“垂杨舞”以及垂杨叶上的雨滴被风吹到荷叶上发出的“万点”声响等，表现了雨后池上的动态美。诗既写出了静态，又写出了动态，动静结合，组成了一幅雨后池塘春景图。再如辛弃疾《西江月·夜行黄沙道中》：

明月别枝惊鹊，清风半夜鸣蝉。稻花香里说丰年，听取蛙声一片。

七八个星天外，两三点雨山前。旧时茅店社林边，路转溪桥忽见。

词的上阕着重于“面”的渲染，一、二两句静中有动，而偏重于静境的描绘，“鹊惊”“蝉鸣”，则愈益显出环境的幽静；三、四两句动静交混，而着重于动境的点染，蛙声一片，稻香一片，又闹又静，烘托出一片浓郁的“丰年”喜庆气氛。下阕一、三两句写静，二、四两句写动。全词挑选了明月、惊鹊、清风、鸣蝉、稻花、蛙声、星斗、夜雨、茅店、溪桥等典型的农村景物，以动衬静，以静衬动，动静相映，构成了一幅夜色清幽、气氛恬静、优美动人，又富有野趣、欢快活泼、丰收在望的江南乡村月夜图。

（十）虚与实

虚实结合，是指现实的景、事与想象的景、事互相映衬，交织一起表达同一样的情感，它是诗词创作中最常用的表现手法之一。这里的虚和实是相对而言的。就方法而言，详细为实，简略为虚；具体为实，抽象为虚；有据为实，假托为虚；有行为实，徒言为虚。就对象而言，景为实，情为虚；眼见为实，想象为虚；有者为实，无者为虚；显者为实，隐者为虚；当前为实，过去和将来为虚；客观为实，主观为虚；已知为实，未知为虚等。

简言之，所谓的“实”，是指客观世界中存在的实物、实事、实境，是可以通过视觉、听觉等感觉捉摸到的部分。所谓的“虚”，是指诗词中表现的存在于人的思想意识之中的部分。对“虚”的准确把握，往往是鉴赏诗歌的关键一步。“虚”的构建离不开诗人的联想和想象，根据联想与想象内容的来源，大致可分三类：神仙鬼怪世界和梦境，已逝之景之境，设想的未来之境。

神仙鬼怪世界和梦境。诗人往往借助这类虚无的境界来反衬现实。如李白《梦游天姥吟留别》中写到“日月照耀金银台”“霓为衣兮风为马”“虎鼓瑟兮鸾回车”“仙之人兮列如麻”等，描绘一个美好的仙境，实际上是对黑暗现实的反衬。又如《蜀道难》，诗人以虚写实，从蚕丛开国说到五丁开山，由六龙回日写到子规夜啼，天马行空般地驰骋想象，创造出了让人惊叹不已的蜀道形象。再如李商隐的《锦瑟》，诗人运用“庄生晓梦迷蝴蝶，望帝春心托杜鹃。沧海月明珠有泪，蓝田日暖玉生烟”四个典故，以虚写虚（过去的经历、梦想、挫折等），让后人畅想不已，捉摸不定。

已逝之景之境。这类虚景是作者曾经经历过或历史上曾经发生过的景象，但是现在却不在眼前。如李煜《虞美人》中“雕栏玉砌应犹在，只是朱颜改”，句中“故国”的“雕栏玉砌”存在，但此时并不在眼前，也是虚景。作者将“雕栏玉砌”与“朱颜”对照着写，颇有故国凄凉，物是人非之感。再如苏轼的《念奴娇·赤壁怀古》中：“谈笑间，樯橹灰飞烟灭。”想象历史上火烧赤壁这一事件，显然不是发生在眼前，故也是虚景。

设想的未来之境。这类虚境是还没有发生的情境，它表现的情将一直延伸到未来而不断绝。因其属未来，故写愁，倍增其愁；写乐，倍增其乐。如柳永《雨霖铃》中：“今宵酒醒何处，杨柳岸晓风残月。”这是设想别后的情境：一舟离岸，词人酒醒梦回，只见习习晓风吹拂萧萧疏柳，一弯残月高挂柳梢。将分别后的悲痛欲绝描写的深入人心。

诗词中的虚与实，根据虚景与实景的关系，虚实结合手法可分为虚实对比和虚实衬托两种。

虚实对比是指虚景和实景相反相成形成强烈对比，从而突出主旨。如姜夔的《扬州慢·淮左名都》中：“过春风十里，尽荠麦青青。”此句中虚景是指“春风十里”，写往日扬州城十里长街的繁荣景象；实景是“尽荠麦青青”，写词人今日所见的凄凉情形。由这一虚一实两幅对比鲜明的图景，寄寓着词人昔盛今衰的感慨。再如李白《越中览古》：

越王勾践破吴归，义士还乡尽锦衣。

宫女如花满春殿，只今惟有鹧鸪飞。

这首诗的前三句是虚写：首句点明题意，想象勾践带领军队破吴而归；二、三两句分写战士还家、越王勾践还宫的情况，可以感受到越王勾践卧薪尝胆破吴后富贵威武、繁盛热闹的情景。最后一句是实写：写过去曾经存在过的一切如今所剩下的只是几只鹧鸪在王城故址上飞来飞去的眼前之景。一虚一实，虚实对比，表达了今昔盛衰无常之感。

虚实衬托是指虚景和实景相辅相成形成渲染烘托，达到委婉含蓄的抒情效果。可分两类，一类是以虚衬实，也叫“对写法”。特别是在思乡怀人的诗词中，诗人从描写家人思念自己的角度抒发深挚的思亲怀人之情。如高适《除夜作》：

旅馆寒灯独不眠，客心何事转凄然。

故乡今夜思千里，霜鬓明朝又一年。

本诗一二句实写自己除夕之夜在清冷旅馆中寒灯下影只形单，那孤寂凄然之感便油然而生了。第三句虚写，诗人撇开自己，从对面写来：“故乡今夜思千里。”“故乡”是借指故乡的亲人；“千里”借指千里之外的自己。那意思是说，故乡的亲人在这个除夕之夜定是想念着千里之外的我，想着我今夜不知落在何处，想着我一个人如何度过今夕，其实，这也正是“千里思故乡”的一种表现。诗人以虚衬实，虚实相生，把深挚的思乡之情抒发得更为含蓄。

另一类是以实衬虚，类似于侧面描写。如欧阳修的《踏莎行・候馆梅残》：

候馆梅残，溪桥柳细。草薰风暖摇征辔。

离愁渐远渐无穷，迢迢不断如春水。

寸寸柔肠，盈盈粉泪。楼高莫近危阑倚。

平芜尽处是春山，行人更在春山外。

词的上阙以实衬虚：开头三句写离家远行的人在旅途中的所见所感，旅舍旁的梅花已经开过了，只剩下几朵残英，溪桥边的柳树刚抽出细嫩的枝叶。暖风吹送着春草的芳香，远行的人就这美好的环境中摇动马缰，赶马行路。“梅残、柳细、草薰、风摇征辔”，这是以实景暗示、烘托离别情。四五句则由丽景转入对离情的描写，化虚为实，以水喻愁，即景设喻。“虚”的离愁，化为“实”的春水，无形无影的愁绪，化为可视可感的形象，写得自然贴切而又柔美含蓄，大大加强了艺术效果。词的下阙是虚写，想象离别后，闺中少妇对漂泊游子的深切思念。过片两句，由行人转笔写闺中人。“柔肠”而说“寸寸”，“粉泪”而说“盈盈”，显示出女子思绪的缠绵深切。从“迢迢春水”到“寸寸肠”“盈盈泪”，其间有一种自然的联系。接下来一句“楼高莫近危阑倚”，是行人心里对泪眼盈盈的闺中人深情的体贴和嘱咐，也是思妇既希望登高眺望游子踪影又明知徒然的内心挣扎。最后两句是游子想象闺中人凭高望远而不见所思之人的情景。不但写出了楼头思妇凝目远望、神驰天外的情景，而且透出了她的一往情深，正越过春山的阻隔，一直伴随着渐行渐远的征人飞向天涯。行者不仅想象到居者登高怀远，而且深入到对方的心灵对自己的追踪。如此写来，情意深长而又哀婉欲绝。

拓展阅读

创新成就未来

国际空间站是以美国和俄罗斯为首，包括加拿大、日本、巴西等16个国家参与研制出来的，象征着各国之间存在着合作共赢，从国际空间站展现出来的这些成就来看，也无不诠释着这一点。但这些成就都和中国无关，因为中国被排斥在国际空间站之外。美国甚至还发布了专门的法案（沃尔夫修正案），明确表示禁止我国参加，也反对任何国家邀请我国参与。

在这样的国际背景下，从1956年启动我国航天事业到1970年中国第一颗人造地球卫星发射，从1999年发射神舟一号到2021年神舟十三号，从2007年发射嫦娥一号到2019年嫦娥四号，从2011年的天宫一号到2016年天宫二号，从气象卫星、通讯卫星到北斗导航系统，从被不公正地排挤到现在的航天强国，这些过程中，满满的都是几代中国航天人的自主创新，勇于登攀的辛勤汗水。如果没有创新，没有全力拼搏的决心和勇气，一味想要依靠他国施舍援助，何来今天的大国气象！文化与科技一样，只有不断创新，才能成就更辉煌的未来。

思考与练习

1. 阅读下面唐诗，从描写的角度分析诗歌是如何表现蜀僧弹琴技艺高超的？

听蜀僧濬弹琴

李白

蜀僧抱绿绮，西下峨眉峰。
为我一挥手，如听万壑松。
客心洗流水，馀响入霜钟。
不觉碧山暮，秋云暗几重。

2. 请从虚实结合的角度鉴赏下面这首诗。

偶成

饶节

松下柴门闭绿苔，只有蝴蝶双飞来。
蜜蜂两股大如茧，应是前山花已开。

第六节　艺术手法（二）

一、修辞手法

修辞手法是指在写作过程中，对所使用的语言进行修饰、加工、润色，以增强语言表达效果的方法。在很大程度上，没有修辞就不能表现出语言的美感效果。因此，在创作的过程中，作者适时恰当使用修辞手法，可以更好地塑造形象、抒发情感、体现文章的主旨。诗词是一种语言艺术，更离不开修辞手法。诗词创作过程中可见到的修辞手法很多，如：比喻、比拟、衬托、倒装、叠字、顶真、对比、对偶、翻新、反复、反问、仿化、互文、借代、设问、排比、列锦、夸张、双关、指代、用典、谐音、象征、婉曲、通感等。下面就几种诗词中常见的修辞手法举例说明。

（一）比喻

比喻是一种古老又富有生命力的修辞手法，堪为辞格之首。人们表达感情、说明道理、写人状物、述事描景皆离不开比喻，可以达到传形传神、绘声绘色的效果。古典诗词运用比喻，可以用来写景、抒情、寓理及刻画人物，即通常所说的喻事、寓情、喻人、寓理。

适时且恰当地使用比喻可以收到良好的效果。首先可以化抽象的东西变得具体，可视可感。比如“愁”是一种抽象的心理，在诗词中，诗人使用多种比喻使这种抽象的情绪变得具体，可视可感。如在李白的诗中“愁”有长度“白发三千丈，缘愁似个长”（《秋浦歌》）；在陆游诗中“愁”不但有长度“狂吟烂醉君无笑，十丈愁城要解围”（《山园》），还可以有体积“倾家酿酒三千石，闲愁万斛酒不敌”（《草书歌》）；甚至还有范围“世言九州外，复有大九州。此言果不虚，仅可容吾愁”（《江楼吹笛饮酒大醉作》）；在李清照词中“愁”还可以到处移动“一种相思，两处闲愁。此情无计可消除，才下眉头，却上心头”（《一剪梅·红藕香残玉簟秋》）；在李煜词中，“愁”像江水那样滚滚东去，不可遏止“问君能有几多愁，恰似一江春水向东流”（《虞美人·春花秋月何时了》）；又像是春天的青草到处蔓延“离恨恰如春草，更行更远还生”（《清平乐·别来春半》）；贺铸《青玉案》则用五种形象化的事物烟、草、风、絮、雨来显示闲愁的繁多、浓重、绵延不绝“试问闲愁都几许？一川烟草，满城风絮，梅子黄时雨”，形成一种博喻。

其次，比喻可以使具体形象变得优美动人。比如写“雪”，岑参说是“忽如一夜春风来，千树万树梨花开”（《白雪歌送武判官归京》）；徐陵的“三晨喜盈尺，六出儛崇花”（《咏雪诗》）；骆宾王的“龙云玉叶上，鹤雪瑞花新”（《咏雪》）；吴均的“萦空如雾转，凝阶似花积”（《咏雪》）；卢梅坡的“梅须逊雪三分白，雪却输梅一段香”（《雪梅》）；张元的“战罢玉龙三百万，败鳞残甲满天飞”（《雪》）等。这些关于“雪”的比喻除了准确外，或是优美，或是雄奇，都给人美的享受。

再次，用比喻抒情可以使情感更加充沛，更加感人。如贺铸《半死桐》：

重过阊门万事非。同来何事不同归？
梧桐半死清霜后，头白鸳鸯失伴飞。
原上草，露初晞。旧栖新垅两依依。
空床卧听南窗雨，谁复挑灯夜补衣！

这是一首悼亡词，表现作者对亡妻赵氏的深挚追怀，以情思缠绵，婉转工丽见长。诗中通过旧地重游抒发感情，追念与亡妻长期同甘共苦的生活中培育出来的深厚爱情。出语沉痛，情真意切，哀怨凄婉，动人肺腑。诗中除了上阙起首二句直抒胸臆外，多用比喻，比喻使其哀怨思念之情更加凄婉、更加深沉。首先，“半死桐”比喻失去了自己的另一伴，就像梧桐半死一样，本身就是个极为准确形象的比喻。“头白鸳鸯失伴飞”化用李商隐的“鸳鸯两白头”(《石城》)与“梧桐半死清霜后”，不仅形成工整的对句，形式更为精美，而且情感上也更为哀怨、动情。紧接着的“原上草，露初晞”化用汉乐府丧歌《薤露》篇中的“薤上露，何易晞”，与“梧桐半死清霜后”两句共同构成博喻，由对亡妻的悼念进入人生苦短又“去日苦多”的更为深沉的悲哀。从中不仅再一次感到贺铸深厚的文学修养，化用前人成句的功力，也看到词人运用比喻的极为高明技巧。

最后，用比喻说理可以使诗中的人生哲理更为丰厚，更为深沉。但诗词中用比喻说理和说理散文里的比喻有所不同，说理散文中的比喻本身不是道理，只是为了说明道理，而诗词中的说理比喻，是诗词形象中的一部分，寓意就在形象之中，而不在形象之外。如苏轼的《和子由渑池怀旧》：

人生到处知何似，应似飞鸿踏雪泥。
泥上偶然留指爪，鸿飞那复计东西。
老僧已死成新塔，坏壁无由见旧题。
往日崎岖还记否，路长人困蹇驴嘶。

此诗中，苏轼感慨人生的不可知性，也夹杂着生命短促、世事苍黄、物是人非的慨叹，充满一种迷茫不可预测的哲学思辨。起因是苏轼和其弟苏辙赴京应试路经渑池，同住县中僧舍，同于壁上题诗。后来苏轼到陕西赴任，重过故地，当初接待他们的老僧却早已死去，当年兄弟俩题诗的那堵墙壁也塌坏了。看到物非人也非的变化，苏轼百感交集，写了这首诗。前两联的比喻在这首诗中起了穿全篇的关键作用。在苏轼看来，人生在世犹如飞鸿，充满了不可知性。人生踪迹就像鸿雁在飞行过程中偶然在一块雪地上留下了爪印。等到鸿飞雪化后，一切又都不复存在了。然而，它毕竟飞过了，飞鸿踏雪的轻盈，不计何处的洒脱，惊鸿一瞥的浪漫，还有那翩然来兮的无悔，飘然归去的无迹，这就是苏轼理解的最优美的人生态度！

（二）比拟

比拟可分两类：把物当作人来描写叫拟人；把人当作物来描写叫拟物。比拟有促使读者产生联想，使描写的人、物、事表现的更加形象生动的作用。

拟人，就是通过想象把事物人格化，即赋予人以外的他物以人的特征，使之具有人的思想、感情和行为。把物人格化，既能生动形象地写出事物的某个特点，又能准确地表达出作者的情感，让读者感到所描写的物体更活泼、亲近，表意更加丰富。如杜甫的《春夜喜雨》（节选）：

好雨知时节，当春乃发生。

随风潜入夜，润物细无声。

这是描绘春夜雨景，表现喜悦心情的名作。一开头就用一个“好”字赞美“雨”，接着把雨拟人化，说它“知时节”，懂得满足客观需要。其中“知”字用得传神，简直把雨给写活了。春天是万物萌芽生长的季节，正需要下雨，雨就下起来了，它的确很“好”。三、四句仍然用的是拟人化手法。“潜入夜”和“细无声”相配合，不仅表明那雨是伴随和风而来的细雨，而且表明那雨有意润物，无意讨好。如果有意讨“好”，它就会在白天来，就会造一点声势，让人们看得见，听得清。惟其有意润物，无意讨好，它才会选择了一个不妨碍人们工作和劳动的时间悄悄地来，在人们酣睡的夜晚无声地、细细地下。这四句巧妙使用拟人，把“春雨”人格化，形象表现春雨“润物无声”的高贵品质。再如林逋的《山园小梅·其一》：

众芳摇落独暄妍，占尽风情向小园。

疏影横斜水清浅，暗香浮动月黄昏。

霜禽欲下先偷眼，粉蝶如知合断魂。

幸有微吟可相狎，不须檀板共金樽。

本诗的颈联使用拟人手法，前句极写白鹤爱梅之甚，它还未来得及从树上飞下，就迫不及待地先偷看梅花几眼。“先偷眼”三字写得很是传神，赋予“霜禽”人的情感。后句则用设想之词，来写假托之物，意味深邃。而“合断魂”一词更是写得凄苦凝重，因爱梅而至销魂，这就把蝴蝶对梅的喜爱夸张到了顶端。通过把“霜禽”“粉蝶”人格化，更进一步衬托出作者对梅花的喜爱之情和幽居之乐。

拟物，是通过想象使人具有物的动作或者情态，或者把甲物当作乙物，使甲物具有乙物的某种特性，表达某种强烈的爱憎感情。如《孔雀东南飞》中刘兰芝与焦仲卿告别的时候说："君当作磐石，妾当作蒲苇。蒲苇韧如丝，磐石无转移"，此处即运用了拟物手法，把两个人当作"磐石""蒲苇"来写，以"磐石""蒲苇"的坚定坚韧来表达二人感情执着，不易改变。白居易的《长恨歌》的结尾处："在天愿作比翼鸟，在地愿为连理枝。天长地久有时尽，此恨绵绵无绝期。"此处比相爱的二人为比翼鸟和连理枝，同样是运用了比人为物的拟物手法。

以物拟物，直接把甲物当作乙物来写，在诗词里不是很好判断。再如宋代周晋《点绛唇·访牟存叟南漪钓隐》：

午梦初回，卷帘尽放春愁去。昼长无侣。自对黄鹂语。

絮影苹香，春在无人处。移舟去。未成新句。一砚梨花雨。

此词开头就使用了以物拟物的手法，"春愁"本无形，主人公却卷起帘子放它出去，化无形为有形，使抽象的春愁变得具体且形象。此句和李清照的"只恐双溪舴艋舟，载不动许多愁"（《武陵春·春晚》），有异曲同工之妙。

不管是拟人还是拟物，在表现人物或事物时，都能够使描绘之物更加生动形象、富有感染力。但在鉴赏古诗词时，还要区别比拟和比喻的不同。比喻手法，除了少数是带有比喻词的明喻外，通常都是借喻，即直接在该出现本体的地方用喻体代替，本体与喻体有相似处；这也是比喻成立的前提。而比拟则更加直接地把甲当作乙来写，把描述甲的动词或形容词直接用来描述乙，使甲具有乙的某个特征，而甲与乙不需存在相似性。

（三）借代

借代，就是不直接说某人或某事物的名称，借用和它密切相关的其他名称去代替。被替代的叫本体，替代的叫借体，本体不出现，用借体来代替。借体和本体之间需有某种联系，同时还要考虑替代的正当性与通用性，尽量化繁为简，并且要让文义通顺。根据借体和本体之间的关系，借代可分以下几种常见类型：如"朱门酒肉臭，路有冻死骨"（杜甫《自京赴奉先咏怀五百字》）中，用"朱门"代显贵之家，这是以特征来代替本体；"安能摧眉折腰事权贵，使我不得开心颜"（李白《梦游天姥吟留别》）中，以"摧眉"代卑躬屈膝，这是以部分代替整体；"想当年，金戈铁马，气吞万里如虎"（辛弃疾《永遇乐·京口北固亭怀古》）中，以"金戈铁马"来代精锐的部队，这是以具体代替抽象；"清新庾开府，俊逸鲍参军”（杜甫《春日忆李白》）中，以“开府”代庾信，以“参军”代鲍照，这是以官职代替本人；“抱剑辞高堂，将投霍将军”（李白《送张秀才从军》）中，以“高堂”代父母，这是以处所代替人物；“春风举国裁宫锦，半作障泥半作帆”（李商隐《隋宫》）中，以“障泥”代马鞯，这是以功能代替事物。因为马鞯垫在马鞍的下面，两边下垂至马蹬，用来挡泥土。

在古典诗词中，恰当地运用借代可以引人联想，使语句拥有形象突出、特点鲜明、文笔精炼、具体生动的效果。如李清照的《如梦令·昨夜雨疏风骤》：

昨夜雨疏风骤，浓睡不消残酒。
试问卷帘人，却道海棠依旧。
知否，知否？应是绿肥红瘦。

这首词历来为世人所称道，末了的“绿肥红瘦”一语，更是全词的精绝之笔。妙用借代，巧显对比。句中用“绿”代替叶，“红”代替花，还是两种颜色的对比；“肥”形容雨后的叶子因水份充足而茂盛肥大，“瘦”形容雨后的花朵因不堪雨打而凋谢稀少，是两种状态的对比；“红瘦”也表明春光渐渐消逝，而“绿肥”象征着绿叶成荫的盛夏即将来临。原本平常的四字经词人的搭配组合，竟显得如此色彩鲜明、形象生动，引人想象，曲折委婉地表达了词人的惜花伤春之情。这种极富概括性的语言，又实在令人叹为观止。再如姜夔写新柳，有这样的句子：“看尽鹅黄嫩绿，都是江南旧相识。”（《淡黄柳·空城晓角》）他借柳叶在初春时特有的颜色“鹅黄嫩绿”来代指杨柳，何等形象！同样，他写荷的凋谢，有“鱼浪吹香，红衣半狼藉”（《惜红衣·簟枕邀凉》）之句。借“红衣”来代荷花，又何等生动！若是直书“新柳”“残荷”等词语，势必大为逊色。

（四）夸张

夸张是古典诗词中经常运用的一种修辞手法。它是作者运用丰富的想象，在客观现实的基础上，夸大或缩小事物形象或某种性质、程度，借以突出事物的某种特征，进而抒发作者某种强烈情感的修辞格式。夸张犹如放大镜，使人们能够更直接、更清楚地看到事物的本质和特性，获得鲜明的印象和具体深刻的感受。在诗歌中，夸张用于描写可以使形象更加新奇生动，用于抒情能将情、景、物融为一体，也可以使语言壮美，或增添幽默、讽刺的情味，收到良好的表达效果。下面结合具体诗词举例说明夸张的艺术效果。

夸张以变形的手法，改变事物原有的人们熟悉的面貌，创造出一种陌生的全新形象，这一形象是读者未经历和感受过的，因而能够给人一种愉悦的新奇感受，产生独特的艺术魅力。如李白的“飞流直下三千尺，疑是银河落九天”“桃花潭水深千尺，不及汪伦送我情”“举手可近月，前行若无山”“噫吁嚱，危乎高哉！蜀道之难，难于上青天！”读完这类极显夸张的诗句后，对庐山瀑布的壮观、对朋友的情谊，对太白峰的高峻和蜀道的艰难都会产生从未有过的新奇独特的感受，从而留下极其深刻的印象。再如李白写山高的名篇《题峰顶寺》：

夜宿峰顶寺，举手扪星辰。
不敢高声语，恐惊天上人。

此诗首句点明了人物和事件，次句以夸张的技法来烘托峰顶寺的高耸入云霄。一举手就可以摸到天上的星星，不用说高，人们能想象出其高来。三四句“不敢”与“恐惊”的心理，促使人去想象“峰顶寺”与“天上人”的相距之近。这样，峰顶之高也就不言自明了。“扪星辰”“惊天人”，借助大胆想象夸张，这些新奇形象，把峰顶寺的高耸和夜晚的恐惧写得活灵活现，给人以丰富的联想和身临其境的感觉。

抒情是诗词的价值所在，利用夸张抒情，可以充分表达作者情感，达到情景物融为一体的艺术效果。如李白“君不见黄河之水天上来，奔流到海不复回。君不见高堂明镜悲白发，朝如青丝暮成雪”(《将进酒》)，空间的极度夸大与时间的极度缩小，那种人生苦短的悲哀，那种狂放深沉的愁绪，如排山倒海而来，产生强烈的感染力！再如柳宗元《江雪》：

千山鸟飞绝，万径人踪灭。
孤舟蓑笠翁，独钓寒江雪。

诗人将冬日雪原的荒漠苍凉，天地无语死一般的沉寂，渔翁寒江独钓的孤独与执着。通过夸张，景和情融为一体，让读者视野产生强烈震撼，从而深深感受到诗人在政治改革失败后，壮志未酬又身处荒州的旷世孤独之情感。

以粗犷、激扬、刚健、雄浑、浩瀚等为特征的壮美是一部分诗歌追求的语言效果，如盛唐的边塞诗。而夸张手法是产生这种壮美的主要手段之一，因为它可以把描写的对象放大，把情感表现得更热烈；它可以创造出比外部世界更加博大的天地，更加强劲的气势，进而把人带进崇高的境界。如边塞诗人岑参的《热海行送崔侍御还京》：

侧闻阴山胡儿语，西头热海水如煮。
海上众鸟不敢飞，中有鲤鱼长且肥。
岸旁青草长不歇，空中白雪遥旋灭。
蒸沙烁石燃虏云，沸浪炎波煎汉月。
阴火潜烧天地炉，何事偏烘西一隅？
势吞月窟侵太白，气连赤坂通单于。
送君一醉天山郭，正见夕阳海边落。
柏台霜威寒逼人，热海炎气为之薄。

全诗十六句，以夸张的手法写热海无与伦比的奇热。“西头热海水如煮”用滚烫开水作比，既是比喻，也是夸张，使人很容易想象热海的水热的程度。因为热海奇热无比，所以第三句说“海上众鸟不敢飞”，亦是夸张。接下来诗人抓住与海水密切关联的具体物象——鲤鱼长肥、岸旁青草、空中白雪、沙石虏云和浪煎汉月来描写热海虽热，但风光奇异。七、八句共十四字中，用了蒸、烁、燃、沸、炎、煎六个动词，夸张地描绘出热海的威力：蒸热了沙子，熔化了岩石，点燃了天边云朵，煮沸了细浪，烤热了波涛，煎烫了高空明月，充分显示出诗人炼字之工和大胆而奇异的想象。接下来四句诗人突发奇想：蕴藏在地下的火，以天地为炉，阴阳为炭，常燃不息，为什么偏偏把这西边一角烧得这么热？最后诗人点明作诗缘由及对朋友的临别赠言。整首诗语言瑰丽，想象奇特，夸张巧妙，把西北边塞的苍茫、粗犷、奇特；戍守将士们的英勇、慷慨和悲壮的献身精神宣泄得热烈而又充分，让读者在新奇的感受中受到强烈的震撼，从而产生一种壮美感受。

最后，夸张往往把事物的某一特点推到极致，使之变形，从而就和事物的真实面貌发生矛盾冲突，可达到幽默讽刺的喜剧效果。如无名氏的《嘲贪汉》：

一粒米针穿着吃，一文钱剪截充，但开口昧神灵。看儿女如衔泥燕，爱钱财似竞血蝇。无明夜攒金银，都做充饥画饼。

这首小令开头就用两个极端夸张，勾画出贪汉可笑可鄙的神态，形象鲜明，一语中的。“但开口昧神灵”，进一步揭穿了贪汉性格的本质。他们为了钱财，无时无刻不昧着良心。接下来，作者用两个比喻形容贪汉对待子女和对待钱财的两种态度，他们不惜损人利己，拼命地攫取钱财。如此贪婪，但结果却是：“无明夜攒金银，都做充饥画饼！”没日没夜的积累钱财，其实金银财宝，什么都不是，最后只是“画饼充饥”，全是一场空。作者借助贴切的比喻进行适当的夸张，把贪财汉的举止、心境描绘得淋漓尽致，极尽讽刺意味。

（五）设问

设问就是故意先提出问题，然后自问自答，或是提出问题不需给予答案，让读者去思索体会的修辞方法。其基本特点是“无疑而问”。恰当运用设问，能引人注意，启发思考；有助于层次分明，结构紧凑；可以更好地描写人物的思想活动。开篇用设问提出问题，接着自已把看法说出，那就能达到启人思考，带动全篇的效果。如苏轼的《水调歌头·明月几时有》：

明月几时有？把酒问青天。不知天上宫阙，今夕是何年？我欲乘风归去，又恐琼楼玉宇，高处不胜寒。起舞弄清影，何似在人间！

转朱阁，低绮户，照无眠。不应有恨，何事长向别时圆？人有悲欢离合，月有阴晴圆缺，此事古难全。但愿人长久，千里共婵娟。

此词上阙望月。以设问起篇，起得突兀，问得离奇，不免引人思考：为什么这样问？结合苏轼的创作心理，此词作于丙辰年，当时苏轼因反对王安石新法而自请外任密州。时逢中秋，一饮而醉，意兴阑珊之时，把酒问月，既可以显示他豪放的性格和不凡的气魄，也能说明他把明月当作自己的朋友，倾诉对朝廷政局的强烈关注，期望重返汴京的复杂心情。

接着，继续以设问推进，“今夕是何年”，既是对前一问的承接，又引出了下文。从明月诞生的时候起到现在已经过去许多年了，不知道在月宫里今晚是一个什么日子。他很想去看一看，所以接着说：“我欲乘风归去，又恐琼楼玉宇，高处不胜寒。”此处的设问出现在中间，承上启下，使词结构紧凑。下阙中的“何事长向别时圆”亦是如此作用。再如朱熹的《观书有感·其一》：

半亩方塘一鉴开，天光云影共徘徊。

问渠那得清如许？为有源头活水来。

此诗的一、二句描绘“方塘”如镜子一样，澄明清澈，“天光云影”都反映出来了。第三句承接上文提出问题，问它为什么这么“清”，能够反映出“天光云影”来。第四句回答了问题答案。第三句的设问承上启下，使诗歌层次分明，结构紧凑。

在结尾处设问，能够达到深化主题，韵味悠长的艺术效果。如辛弃疾《永遇乐·京口北固亭怀古》：

千古江山，英雄无觅孙仲谋处。舞榭歌台，风流总被，雨打风吹去。斜阳草树，寻常巷陌，人道寄奴曾住。想当年，金戈铁马，气吞万里如虎。

元嘉草草，封狼居胥，赢得仓皇北顾。四十三年，望中犹记，烽火扬州路。可堪回首，佛狸祠下，一片神鸦社鼓。凭谁问：廉颇老矣，尚能饭否？

此词最后借助典故加以设问，引人深思，内蕴丰富，一者表明决心与能力，自已会像廉颇侍奉赵国一样对国家忠心耿耿，一旦起用，将效死沙场，抗金报国。二者表明忧患，担心自已年老，报国无门。

经常与设问并提的一个修辞手法是反问。反问是指把答案隐藏在问句里面，无需回答，但态度明了。反问的作用是加强语气，把本来已经确定的思想表现得更加强烈、鲜明与突出。如王安石的《乌江亭》：

百战疲劳壮士哀，中原一败势难回。

江东子弟今虽在，肯与君王卷土来？

诗歌开篇就以史实扣题，点明丧失人心是项羽失败的主要原因。如今大势已去，就算还有“江东子弟”，也不能够卷土重来了。诗歌最后以反问的方式，加以辛辣的语言强调，即使项羽真的重返江东，江东子弟也是不会替他卖力的，道出了历史的残酷与人心向背的变幻莫测。

（六）象征

象征是指用具体的事物来表现某种抽象的概念、思想和情感。其特点是象征物和被象征物之间存在某种相似之处，读者可以通过联想或想象把它们的意义联系起来，自已去意会，进而获得美的享受。如梅花以妍丽耐寒的特点象征着高尚坚毅的品格，菊花以秋季百花凋落后独自开放的特性象征不与世人同流合污的隐士及高洁孤傲的品格等等，都是古典诗词中常见的象征例子。

使用象征手法，运用眼前之物，寄托深远之意，可以把抽象的事理变得具体可感。如黄巢的《不第后赋菊》：

待到秋来九月八，我花开后百花杀。

冲天香阵透长安，满城尽带黄金甲。

这首菊花诗是封建社会农民起义英雄的颂歌。整诗利用比喻和象征手法，以等待重阳节到来的菊花象征被压迫的劳苦大众，以“百花”象征腐朽的晚唐统治集团，加以“杀”字，寓意一旦农民起义爆发，统治者会像“百花”遇霜一样枯萎残败。三、四句诗人以菊花盛开象征起义最终成功，使诗人推翻唐王朝腐朽统治的决心和信心这一抽象事理变得形象可感。

使用象征手法，以物写人，可以使诗歌含蓄隽永，立意高远。如于谦的《石灰吟》：

千锤万凿出深山，烈火焚烧若等闲。
粉骨碎身浑不怕，要留清白在人间。

此诗通俗易懂，托物言志。表面上是在讲石灰的锻造过程，而“若等闲”“浑不怕”“清白”等都表明，它实际上是在吟咏人的道德情操。结合于谦的生平历史，不难发现诗人是以石灰自喻，表达自己为国尽忠，不怕牺牲的坚守及光明磊落，清白为人的人格。此诗通篇使用象征手法，似写物而意在人，把物的特点和人的性格融为一体，达到意深远、言浅俗的艺术魅力。

（七）通感

通感又叫“移觉”，是指在描写客观事物时，用形象的语言将人的视觉、嗅觉、味觉、触觉、听觉等不同感觉互相沟通、交错，彼此挪移转换的一种修辞方法。感觉的交互转换是一种高级的精神活动，因为心有所感，所以会动用整个身心去感知万物并使之相通。如通感范句“红杏枝头春意闹”(《玉楼春·春景》)，“红杏枝头”是视觉，杏花怒放，春意正浓。而一个“闹”字，不仅写出红杏的众多，而且似有杏花争鲜斗艳的声音，是听觉，给人一种欣喜之情。正如王国维所说：“著一‘闹’字，而境界全出。”

诗词运用通感手法，可以突破语言的局限性，把形象感觉的有限性和无限性结合起来，促进读者的审美再创造，把读者从一个美的境界引入另一个美的境界，两个境界的融合，可使读者获得强烈的美感愉悦。如白居易《琵琶行》(节选)：

大弦嘈嘈如急雨，小弦切切如私语。
嘈嘈切切错杂弹，大珠小珠落玉盘。
间关莺语花底滑，幽咽泉流冰下难。
冰泉冷涩弦凝绝，凝绝不通声暂歇。
别有幽愁暗恨生，此时无声胜有声。
银瓶乍破水浆迸，铁骑突出刀枪鸣。
曲终收拨当心画，四弦一声如裂帛。

这十四句把音乐变化的节奏，美妙的旋律描写的出神入化，写它由快速到缓慢，到细弱，到无声，再到突然而起的疾风暴雨，最后一划，戛然而止。诗人用急雨、私语、珠落玉盘、间关莺语、幽咽泉流、银瓶破裂、刀枪齐鸣、裂帛来比琵琶声，这是以声写声，是比喻。但听觉往往可以唤起视觉，因此，上面提到的用来比喻琵琶声的声音可以唤起对应的形象，如急雨、私语、珠落玉盘直到刀枪齐鸣和裂帛都有具体的视觉形象，即在此刻，听觉和视觉相通了。再有“滑”和“冷涩”是触觉，此刻与听觉相通。“幽咽泉流”的“幽”是感觉，此刻与听觉相通。总之，诗人把比喻和通感复合运用，把抽象的飘忽不定的听觉感受音乐写的可视、可触、可感。只有把听觉、视觉、触觉、感觉融合起来，深入联想与体味，方可得到美感愉悦。

（八）互文

诗词是一种语言艺术，讲究语言的精炼，同时还受到格律、平仄等方面的限制，所以，作者在进行创作时，由于某方面的需要，会把一个完整的意思拆开分别放在几个词组或者句子中，互相照应，互相补充，这种手法就是互文，也称为互文见义。如非常有名的两句互文见义的诗句，杜牧的“烟笼寒水月笼沙”（《泊秦淮》）和王昌龄的“秦时明月汉时关”（《出塞》）。如果不按照互文理解，这两句就逻辑不通。并非烟只笼着寒水而不笼沙，月也并非是只笼着沙而不笼寒水。明月不单是秦朝的，边关也不单是汉朝的。正确的理解要把句子的前后交互起来，相互补充，相互渗透着看，应该是“蒙蒙烟雾和淡淡月色笼罩着寒水和岸沙”“秦汉时的明月，秦汉时的边关”。

恰当使用互文，可以使句子精简，用最少的文字表达复杂的内涵，达到“文略而意存”的效果。如杜甫的《客至》：

舍南舍北皆春水，但见群鸥日日来。
花径不曾缘客扫，蓬门今始为君开。
盘飧市远无兼味，樽酒家贫只旧醅。
肯与邻翁相对饮，隔篱呼取尽余杯。

这是一首充满生活气息的诗歌，表达诗人好客的心情。颔联从形式上看两句各言一事，互不干扰，但仔细分析，上句有始无果，下句有果无始，拆开理解，诗义不通。这是因为颔联使用了互文手法，上下两句要参互补充着去理解。全句的意思是：花径不曾缘客扫，今始为客扫；蓬门不曾为客开，今始为客开。两句中的“客”与“君”理应为同一人，即今日远道而来的朋友。诗义原本繁复，但互文见义，不仅使语言精简，也使得句子对仗工整，韵律和谐。

恰当使用互文，可以避免语句呆板，使句子形式工整，紧凑生动，气势连贯，更加准确地表达情感。如《木兰辞》对木兰准备出征器物的描写：“东市买骏马，西市买鞍鞯，南市买辔头，北市买长鞭。”若按字面理解，木兰到一个市场只买一件东西，这与理不通。应该按照互文见义的方法去想，正确的理解，简言之，应该是木兰跑遍了东西南北的市场才把出征的器物准备齐全。作者故意把它们分开写，是为了诗句整齐，韵律和谐，也更能表现出木兰准备器物的过程及辛苦。再如《孔雀东南飞》开头对刘兰芝的描写：“十三能织素，十四学裁衣，十五弹箜篌，十六诵诗书。”不能理解为何刘兰芝一年只学一样，而应该是在这个时间段内，刘兰芝学会了这些技艺。按照互文手法，拆开了写更能表现出兰芝之聪慧能干，贤良淑德。

（九）双关

双关是指在一定的语言环境里，利用词的多义或同音条件，有意使语句具有两种意思，言在此而意在彼的一种修辞手法。可分为两种形式：谐音双关和语义双关。在古典诗词中，创作者经常使用双关手法，对语言精雕细琢，一者追求“言有尽而意无穷”的诗味，二者追求含蓄且新颖的抒情效果。

谐音双关是民歌里常使用的一种重要手法，特别是魏晋南北朝时期的南朝民歌。如《子夜歌·高山种芙蓉》：

高山种芙蓉，复经黄檗坞。
果得一莲时，流离婴辛苦。

“芙蓉”即莲花，乃水生植物，但诗却说种在高山上，理应很难成功。“芙蓉”谐音“夫容”，整句寓意爱情难以成功。“莲”谐音“怜”，意为爱情。三、四句的意思是，如果能够得到爱情，纵然颠沛流离，遭受辛苦亦是值得的。这首诗构思巧妙。表面看来，通篇是对芙蓉的铺陈叙述，而实际上则是写对爱情的执着追求，其间作者成功运用了谐音双关的手法，成为二者的桥梁，从而使一首歌咏高山种莲花之难的诗歌，变成了表达爱情获得艰难的诗篇。再如刘禹锡的《竹枝词·其一》：

杨柳青青江水平，闻郎江上唱歌声。

东边日出西边雨，道是无晴却有晴。

整首诗描写了一个少女在杨柳青青、江平如镜的春日里，听到情郎的歌声所产生的内心活动。一、二句是环境与叙事。三、四句写少女在听到情郎的歌声时起伏难平的心潮，运用了谐音双关的手法，既写了江上忽雨忽晴的天气，又把这个少女的迷惑、眷恋和希望一系列的心理活动巧妙地描绘出来。“东边日出”是“有晴”，“西边雨”是“无晴”。“晴”和“情”谐音，“有晴”“无晴”即是“有情”“无情”。“东边日出西边雨”，表面是“有晴”“无晴”的说明，实际上却是少女听了情郎的歌，不知是“有情”还是“无情”时，内心感到难以捉摸，忐忑不安的比喻。但她是一个聪明的女子，她从最后一句辨清了情郎对她是有情的，因为句中的“有”“无”两字中，着重的是“有”。因此，她内心又不禁喜悦起来。

语义双关是指诗人透过表面意思传达的更深层次的意义或是根据诗韵挖掘出来更深得语义。如《子夜歌·始欲识郎时》：

始欲识郎时，两心望如一。

理丝入残机，何悟不成匹。

这首民歌明白如话。一、二句直接胸臆，写两人初相识时希望两心如一。三、四句里，“丝”谐音“思”，而“匹”既指布匹，又指“匹偶”，暗喻二人不能称为匹配。这是语音双关，既指以棉丝织成布匹，也用来比喻有情人结为佳偶。整诗表达了女子对男子背约负心的痛心谴责。再如李商隐《登乐游原》：

向晚意不适，驱车登古原。

夕阳无限好，只是近黄昏。

“夕阳”句典型的语义双关，需要结合诗人所处时代，创作时代背景，综合理解。从字面上可以解释为，黄昏时光是美好的，但毕竟接近晚上，是短暂的；从深层上说，有不同的观点。有人理解说是对自己接近年老而一事无成的感叹；有人理解说是对晚唐短暂繁荣后消沉没落的感叹。

（十）叠词

叠词是指把两个或两个以上相同的字重叠而构成的词，也称之为“叠字”，是汉语独有的一种修辞方法。运用叠词，不仅可以增强诗歌语言的韵律美、音乐美，而且在内容上对写景或抒情都有更丰富的内涵和积极的作用。所以在古典诗歌中叠词的使用频率很高，特别是《古诗十九首》堪称这一方面的典范。如《迢迢牵牛星》：

迢迢牵牛星，皎皎河汉女。
纤纤擢素手，札札弄机杼。
终日不成章，泣涕零如雨。
河汉清且浅，相去复几许。
盈盈一水间，脉脉不得语。

全诗共十句，运用了六组叠词：迢迢、皎皎、纤纤、札札、盈盈、脉脉。这些叠词，不仅使整首诗韵律和谐，富有音乐美，而且形象塑造了织女娇美姿态、勤劳能干、被迫分离、孤寂苦闷的人物形象，抒发了因爱情遭受挫折而痛苦忧伤的心情。整首诗细腻委婉，意蕴深沉，使人有身临其境之感。

唐宋诗词里把叠词使用的出奇制胜，无雕琢之感的当推李清照的《声声慢·寻寻觅觅》：

寻寻觅觅，冷冷清清，凄凄惨惨戚戚。乍暖还寒时候，最难将息。三杯两盏淡酒，怎敌他晚来风急！雁过也，正伤心，却是旧时相识。

满地黄花堆积，憔悴损，如今有谁堪摘？守着窗儿独自，怎生得黑！梧桐更兼细雨，到黄昏点点滴滴。这次第，怎一个愁字了得！

此词开篇十四字，七组叠词，劈空而来，极不寻常。首先，在内容上恰如其分地表达了词人自己遭受不幸后的精神状态，为全词奠定感情基调。这七组叠词，由浅至深，可分三层。开篇“寻寻觅觅”，侧重写动作，心神不定，怅然若失，那种给人孤寂空虚之感是单用“寻觅”二字难以达到的。接着“冷冷清清”，侧重写感受，既是词人“寻觅”一番无所获的抑郁苦闷的心理描写，也是她闺房独处清冷环境的描写，较上一层更为凄寂。最后“凄凄惨惨戚戚”侧重写心境，是她坐卧不宁、心事难言的悲凉心境的形象化描写。三者以“情”贯之，景情并茂，出神入化。其次，在声律上急促跳动，铿锵有韵，富有节奏感、音乐美，读完久久不散，余味无穷。

词的下阙，“点点滴滴”四字含意甚深，形式上与开头一样用叠词，内容上与“正伤心”照应，对一个愁绪满怀的人来说，这如愁细雨不但滴在耳中，而且滴在心里。整个黄昏，细雨滴落梧桐，淅淅沥沥，滴个没完，实言自己愁绪没个了结。

这首词最大的成功在于叠词的巧用，浑然天成，深邃哀婉，鲜活生动地写出了词人经历国破家亡，再婚失败后的凄凉孤寂。

二、篇章结构

诗词的篇章结构，又叫章法，是指作者对作品内容的组织安排方式。对诗词篇章结构的把握是整个诗词鉴赏活动的起始点，可以从以下三个角度分析。

（一）内容布局

诗词都是抒情文学，情感的抒发往往要借助于景、物或事件。那么作者在对这些对象和情感布局时存在一个孰先孰后的问题，是先绘景、写物、叙事再议论抒情还是先抒情议论再绘景、写物、叙事。下面就以诗词中占比最高的景和情的关系来举例说明，景和情前文已有论述，此处只做简单陈述。

先景后情。多数诗词都是先写景造境，然后再议论抒情。作者不把描绘景物作为诗词表现重点，而是以所见或所想的景物为作者思想情感的抒发做铺垫或进行气氛渲染。这样的手法，可以使诗人情感有依靠，使读者身临其境而产生共鸣。如王禹偁的《村行》：

马穿山径菊初黄，信马悠悠野兴长。
万壑有声含晚籁，数峰无语立斜阳。
棠梨叶落胭脂色，荞麦花开白雪香。
何事吟余忽惆怅，村桥原树似吾乡。

诗歌的前六句中有山路、晚籁、山峰，有菊花、海棠、梨树、荞麦花，有黄色、胭脂色、白色，完全是一幅诗情画意的秋日山村晚晴图。诗的最后两句由写景转入抒情。前句设问，写诗人沉浸美景，吟诗之后，忽然感到闷闷不乐；后句作答，原来是因为诗人蓦然发现山村桥头原野上的树像极了自己故乡的景物而产生了思乡之情。这样写，就使上文的景物描写有了着落，传神地反映出了诗人的心情由悠然至怅然的变化，拓深了诗意。

先情后景。有的诗词，下笔就写情，直抒胸臆，然后以景物来折射或深化诗人情感。这样做可达到含蓄深刻，耐人寻味的艺术效果。如李煜的《望江南》：

多少恨，昨夜梦魂中。

还似旧时游上苑，车如流水马如龙。花月正春风。

“多少恨”陡然而起，开门见山。接着描绘昨夜梦境：还像从前一样，在上苑游乐，车马奔驰，如水似龙，络绎不绝。繁花在春风中摇曳，明月在春风中映照，景象多么旖旎啊！作者运用以乐景衬哀情的手法：梦境越是繁华热闹，梦醒后的悲哀便越是浓重；对旧日繁华的眷恋越深，今日处境的凄凉越不难想见。这是对开头情感“恨”的具化、深化。读完意犹未尽，耐人寻味。

以景结情。有的诗词在议论或抒情的过程中，戛然而止，转而写景，以景作结，使读者从景物描写中驰骋想象，体悟意境，达到“言尽而意犹未尽”的效果。如，王勃《山中》：

长江悲已滞，万里念将归。

况属高风晚，山山黄叶飞。

这是一首抒写羁旅思归的小诗。一、二句借景抒情：长江不会停滞，也无悲感，这一切都是作者情感的映射，究其原因，乃是诗人滞留此地太久，对家乡思念太深。三、四句从字面看是单纯写景，但其实是通过秋风萧瑟、黄叶飘零的凄凉景色表达自己滞留他乡而思念家乡的凄楚悲凉心情。就整首诗来说，这两句所写之景是对一、二两句所写之情起衬映作用的。同时，把纯景色描写的句子安排在篇末，在写法上就是以景结情。由于情在诗结尾处藏于景中，所以意境含蓄而耐人寻味。如南宋词评家沈义父在《乐府指迷》中说：“结句须要放开，含有余不尽之意，以景结情最好。”这首诗的结句就有宕出远神之妙。

除了以上几种情况外，有的诗歌是议论抒情性诗歌，其在情感抒发上存在欲扬先抑或欲抑先扬的变化。如叶绍翁的《游园不值》：

应怜屐齿印苍苔，小扣柴扉久不开。

春色满园关不住，一枝红杏出墙来。

诗的前两句写诗人乘兴游园，被拒之门外；后两句却写出诗人另有所得，看到了满园春色，前后感情有个落差，前面遗憾，后面高兴。这里采用了欲扬先抑法。此种手法，可以使诗歌波澜起伏，情节多变，形成鲜明对比，更容易抒发诗人的情感，也更容易给读者留下深刻印象。

与欲扬先抑相对的是欲抑先扬，如李商隐的《贾生》：

宣室求贤访逐臣，贾生才调更无伦。
可怜夜半虚前席，不问苍生问鬼神。

诗的前两句从正面着笔，丝毫不露贬意，高度颂扬汉文帝求贤若渴，虚怀若谷，及对贾生的赞叹。可是读了后面两句，才恍然大悟，原来郑重求贤，虚心垂询，乃至“夜半虚席”，不是为了寻求治国安民之道，却是为了“问鬼神”！这究竟是什么样的求贤，对贤者又究竟意味着什么啊！这就是欲抑先扬的手法，达到讽刺辛辣，感慨深沉的艺术效果。

（二）主旨显现

诗词的主旨是通过诗词的内容体现出来的，方式可以多种多样，如开门见山、卒章显志、以小见大、对比等。开门见山与卒章显志是两种相对且常见的主旨显现方式，在表现手法里已有论述，此处不缀述。现举例说明另外两种方式。

以小见大。在表现大题材时，诗人往往不去叙述大场面、大事件、大人物，而是会着眼于小事情、小景象、小人物，通过小事、小物、小景来反映大境界、大主题，这种手法就叫做以小见大。如杜牧的《赤壁》：

折戟沉沙铁未销，自将磨洗认前朝。
东风不与周郎便，铜雀春深锁二乔。

这首诗一、二句叙述，诗人发现“沉沙”多年，锈迹斑斑的“折戟”，因此他要磨洗干净辨认一番，发现是赤壁之战时的兵器。这使诗人思绪万千，为下文的进一步抒怀奠定铺垫。三、四句是议论，诗人不从正面议论，而是从反面落笔，以想象“铜雀春深锁二乔”这一小事件来构想，若没有“东风”的便利，周郎失败后东吴面临的屈辱和曹操的骄恣。“二乔”是东吴统治阶级中最高阶层的两名贵妇人，以她们的身份和地位来代表东吴作为一个独立政治实体的尊严。这就是以小见大。以小人物、小事件来表现大主题，使读者对主旨的把握更能够找到一个把手，引人思考，使诗歌主题得以深化。

对比。诗人往往会在创作的过程中把两个相对或相反的事物或同一事物相对的两个方面放在一起进行比较，使其中某一方面的特点更为突出鲜明，这就是对比。在古典诗词创作过程中，恰当使用对比手法，可以使诗歌主旨更为鲜明，更能表现出事物或事理的美丑善恶，是非曲直。如梅尧臣的《陶者》：

陶尽门前土，屋上无片瓦。

十指不沾泥，鳞鳞居大厦。

这首诗主要是反映社会现实和民生疾苦。一、二句描写贫者的生活。陶者“陶尽门前土”与“屋上无片瓦”相对比，付出如彼，所得如此，人间之不公尽在其中。三、四句描写富者的生活。富者“十指不沾泥”与“鳞鳞居大厦”对比，付出如彼，所得如此，人间之不公可想而知。前二句以对比道出，后二句亦以对比道出，前二句与后二句更以对比鲜明令人惊叹。整首诗以三层环环相扣的对比，鲜明地道出了劳动人民劳而无获的辛酸，辛辣地讽刺了不劳而获的剥削者。

（三）结构组配

结构组配指的是诗词句与句或联与联之间的关系，或是句或联在整首诗词中的作用。恰当处理句或联之间的关系，不仅可以使诗歌层次分明，结构紧凑，还更能抒情议论，表达诗词主旨。下面就几种常见的句或联之间的关系举例说明。

重章叠句。这种方法历史悠久，在《诗经》中，特别是“风”中，常常采用重章叠句的形式，即重复的几章间，意义和字面都只有少量改变，借此强化感情的抒发，造成一唱三叹的效果。如《周南·芣苢》：

采采芣苢，薄言采之。采采芣苢，薄言有之。

采采芣苢，薄言掇之。采采芣苢，薄言捋之。

采采芣苢，薄言袺之。采采芣苢，薄言襭之。

这是一首劳动的欢歌，是当时人们采芣苢时所咏唱的歌谣。全诗三章十二句，只有六个动词——采、有、掇、捋、袺、襭——是不断变化的，其余一概不变，反复地表达劳动的过程，劳动成果的由少至多也就表达出来，充满了劳动的欢欣，洋溢着劳动的热情。

因此，重章叠句是指诗词的上下句或上下段用相同或相似的结构形式反复咏唱的一种表现手法。在反复咏唱的过程中，加深印象，渲染气氛，深化诗的主体，增强诗的音乐性和节奏感，使感情得到尽情的抒发。后世诗人继承了这一创作手法，频繁地出现在诗词中。如辛弃疾《丑奴儿·书博山道中壁》：

少年不识愁滋味，爱上层楼。爱上层楼，为赋新词强说愁。

而今识尽愁滋味，欲说还休。欲说还休，却道天凉好个秋。

词的上阙写的是年轻时候无所事事，无病呻吟的“闲愁”，下阙写的是而今关怀国事报国无门的“哀愁”。在词的结构技巧上，作者除了处处注意上下两阙之间的对比外，着重体现在了两处叠句上：两个“爱上层楼”和两个“欲说还休”。上阙中的“爱上层楼”前一个为上句的果，后一个是下一句的因，避开了一般的泛泛陈述还把上下两句巧妙的联系了起来。而下阙的“欲说还休”同样有此作用，不但和上阙的“爱上层楼”巧妙呼应，而且“欲说还休”四字重复出现，总结了上句中的“识尽愁滋味”，更用叠句的形式渲染了“有苦无处诉”的气氛，充分的表达出作者的愁绪之深和欲说难言的矛盾。同时，两处叠句也是词在语言上更具有音乐美，读来朗朗上口，给人印象深刻。

过渡。文章的各部分都是通过过渡关联起来的，过渡是使文章连贯、结构严谨的一种手段。其作用是承上启下，在结构上可以增加文章的条理性和语言的流畅性；在内容上，既是对上文的总结，也是对下文的引领。诗词创作中也可使用过渡，可以使诗词结构和内容上更为连贯，情感抒发更为顺畅。如司空曙的《云阳馆与韩绅宿别》：

故人江海别，几度隔山川。
乍见翻疑梦，相悲各问年。
孤灯寒照雨，湿竹暗浮烟。
更有明朝恨，离杯惜共传。

这是首惜别诗。诗写乍见又别之情，不胜黯然。诗一开端由上次别离说起，接着写此次相会。其中颔联地位特殊，与首联构成因果：上次别后，已历数年，山川阻隔，相会不易，所以才生出此次相见时怀疑是在梦中的情绪。同时，颔联与后两联再成因果：因为此次相见之难，那么再次分别之痛就更为明显。后两联借凄凉之景来渲染伤别的气氛及诗人悲凉暗淡的心情。所以，颔联在全诗中起承上启下的过渡作用，很自然地将别后的思念和重逢后的彻夜长谈及再次分别联系在一起，使整首诗结构完整，情感顺畅感人。

铺垫与照应也是诗词结构方面常用的技法，前文已有叙述，可作参看。

拓展阅读

联系

几十年前，广东沿海发生了一次海潮，是台风引起的，许多田地和村庄被海水淹没了。这场洪水过后，接连几年，当地庄稼总是收成不好，即使风调雨顺，也是如此。后来，老人们想出了一个办法，他们托人去外地买了一批蛇，然后全部放到田里。说也奇怪，那一年庄稼就获得了丰收。大家不明白这是什么道理。有个老人说破了秘密，原来那场洪水把深藏在洞里的蛇都给淹死了，田鼠却游到树上或山坡上，保住了性命。后来洪水退了，田鼠回到田里，却没有蛇来捕捉它们，它们繁殖得特别快，庄稼都让田鼠给糟蹋了。现在田里又有了蛇，大量的田鼠让蛇给吃掉了，因而庄稼又得到了好收成。

故事虽然简单，但却说明一个哲理，就是事物之间的普遍联系。我们生活在一个又一个的关系网中，维持良好的人际关系才能确保关系网不破裂。学习亦是如此，付出与得到，勤奋与成绩，行动与理想等，无一不是在联系之中。

思考与练习

1. 从修辞手法角度，鉴赏下列诗歌。

兰溪棹歌

戴叔伦

凉月如眉挂柳湾，越中山色镜中看。

兰溪三日桃花雨，半夜鲤鱼来上滩。

2. 从诗歌结构方面，鉴赏下面这首词如何体现“江南好”主旨的？

菩萨蛮

韦庄

人人尽说江南好，游人只合江南老。春水碧于天，画船听雨眠。

垆边人似月，皓腕凝霜雪。未老莫还乡，还乡须断肠。

第七节　平仄与诵读

诗歌发展到了唐代，它的字数、行数、平仄或轻重音、用韵等格式走向严格的规范化，形成一种新诗体，称为格律诗。

其实早在南北朝，诗歌创作就注意音调和谐，如南齐永明年间盛行的“声律说”，要求诗歌讲究声律，讲究对仗。到唐朝初年出现了不少合乎声律要求的作品，如“初唐四杰”、陈子昂等人已有符合声律的优秀作品。到高宗武后时期，沈佺期、宋之问等人在从前人和当代人应用格律创作的实践中，把已经成熟的格式固定了下来，完成了格律诗规范化的任务，使以后作诗的人有明确的规则可循。唐人称符合格律要求的诗为“近体诗”或“今体诗”，而称此前的诗歌为“古体诗”或“古诗”“古风”。自此以后，近体诗与古体诗有了明确的界限。所以，我们在鉴赏诗歌时首先要明确其为古体诗还是近体诗。需要注意的是，不能单纯以时间区分，因为后人有很多模仿古体诗而创作的古体诗。

下面我们就从平仄和诵读两个角度简单介绍近体诗的鉴赏，以期能在诵读的过程中，感受诗歌抑扬顿挫的音律和谐之美，完成鉴赏活动。

一、平仄

了解平仄之前，先要了解近体诗的分类。一般是根据字数和句数分类：五字一句，叫五言诗；七字一句，叫七言诗。句数有三种：四句的，叫绝句；八句的，叫律诗；八句以上的（最少十句），叫排律，也叫长律。字数和句数分类结合起来，近体诗可分六类：五言绝句（五绝）、七言绝句（七绝）、五言律诗（五律）、七言律诗（七律）、五言排律（五排或五长）、七言排律（七排或七长）。

明确了字数和句数之后，就是对每个字平仄的要求。欲了解平仄，先了解“四声”。对于“四声”，我们并不陌生。《汉语拼音方案》里，普通话有“阴平、阳平、上（shǎng）声、去声”四种声调，但格律诗里使用的“四声”，指的是古汉语的“四声”，即“平、上、去、入”四种声调。古今的“四声”虽然不对等，但它们之间有紧密的联系。概括起来大致就是“平分阴阳，浊上归去，入派四声”。①

“平分阴阳”，也就是古音里的平声在普通话里分成了阴平和阳平两种声调（也有少数例外）。“浊上归去”，是指上声中的浊辅音归为去声，和古汉语去声字合流，而上声字中的清辅音仍然念上声。这部分变化一般不影响平仄关系，因为上、去声的字同属于仄声。“入派四声”，就普通话而言，按王力先生的说法，入声字根据语音变化划入阴平、阳平、上声、去声。这一部分是判断平仄的难点。

理解了古今四声的区别，平仄就很容易掌握了。古人在做诗填词时把古汉语的四声又分为平仄两类，平声归为平，上、去、入归为仄。按照普通话的四声，大致是指阴平、阳平归为平，上声、去声归为仄，但有例外。具体情况可课后自行延伸学习。

近体诗不管是五言还是七言，一般都是两字一节拍，后一字为一个节奏点。因此，五言诗有三个节奏点：第二、四和最末一字；七言诗有四个节奏点：第二、四、六和最末一字。平仄和节奏点有关系。平仄的总体要求是：句中交替、句间相对、联间相粘。

句中交替是指每句诗中节奏点上的字，除句末一字外，第二字用平类字，则第四字用仄类字，第六字又换平类字。反之亦然。句间相对是指一联的上下两句之间，节奏点上的字，除句末一字外，在平仄上要相对。如七言中，第二、四、六个字如果是“平仄平”，那么下句对应位置上就应该是“仄平仄”。反之亦然。联间相粘是指上联的末一句，与下联的第一句，节奏点上的字的平仄必须相同。

格律诗除了平仄的严格要求之外，还有押韵和对仗。押韵简单地说，就是不管是五言还是七言，绝句还是律诗，首句可押韵也可不押韵，偶数句必须押韵，并且要一韵到底，中间不得出韵、转韵、重韵，并且押韵要押平声韵。关于律诗的对仗，颔联和颈联必须对仗，首联和尾联可对仗也可不对仗。对仗要词性相同、句式相同、平仄相反。不能用同字相对，要避免合掌对。

结合平仄、押韵和对仗，我们举例说明。

第一种，仄起，首句不入韵。

① 古今四声的对应关系是音韵学的内容，较为复杂。此处仅为平仄区分，做简化处理。

闻官军收河南河北

杜甫

剑外忽传收蓟北，仄仄平平平仄仄
初闻涕泪满衣裳。平平仄仄仄平平（韵）
却看妻子愁何在，平平仄仄平平仄
漫卷诗书喜欲狂。仄仄平平仄仄平（韵）
白日放歌须纵酒，仄仄平平平仄仄
青春作伴好还乡。平平仄仄仄平平（韵）
即从巴峡穿巫峡，平平仄仄平平仄
便下襄阳向洛阳。仄仄平平仄仄平（韵）

第二种，仄起，首句入韵。

书愤

陆游

早岁那知世事艰，仄仄平平仄仄平（韵）
中原北望气如山。平平仄仄仄平平（韵）
楼船夜雪瓜洲渡，平平仄仄平平仄
铁马秋风大散关。仄仄平平仄仄平（韵）
塞上长城空自许，仄仄平平平仄仄
镜中衰鬓已先斑。平平仄仄仄平平（韵）
出师一表真名世，平平仄仄平平仄
千载谁堪伯仲间。仄仄平平仄仄平（韵）

第三种，平起，首句不入韵。

客至

杜甫

舍南舍北皆春水，平平仄仄平平仄
但见群鸥日日来。仄仄平平仄仄平（韵）
花径不曾缘客扫，仄仄平平平仄仄
蓬门今始为君开。平平仄仄仄平平（韵）
盘飧市远无兼味，平平仄仄平平仄

樽酒家贫只旧醅。仄仄平平仄仄平（韵）
肯与邻翁相对饮，仄仄平平平仄仄
隔篱呼取尽余杯。平平仄仄仄平平（韵）

第四种，平起，首句入韵。

左迁至蓝关示侄孙湘

韩愈

一封朝奏九重天，平平仄仄仄平平（韵）
夕贬潮州路八千。仄仄平平仄仄平（韵）
欲为圣明除弊事，仄仄平平平仄仄
肯将衰朽惜残年！平平仄仄仄平平（韵）
云横秦岭家何在？平平仄仄平平仄
雪拥蓝关马不前。仄仄平平仄仄平（韵）
知汝远来应有意，仄仄平平平仄仄
好收吾骨瘴江边。平平仄仄仄平平（韵）

二、诵读

平仄交替、押韵严格、对仗工整等一系列格律诗要求，目的是让诗歌的声音高低起伏，灵动悦耳，富有音乐美；使诗歌结构严整，节奏鲜明，富有建筑美。为了体会到诗歌的美，就需要对诗歌进行反复的诵读，在诵读的过程中感受诗歌语言、韵律的和谐。

诵读不能等同于朗读、熟读、背诵。朗读只是把书面文字转化为口头语言，以便传播，或从听觉角度强化记忆，多次朗读进而达到熟读、背诵的地步。而诵读指的是“诵”和“读”，“诵”可理解为朗诵，要求读者借助一定的动作、表情、情感等通过表演把书面文字表达出来，达到声情并茂的效果。由此可见，诵读是在朗读的基础上更高层次的要求，要在理解文本内涵的基础上进行朗诵。

按照从浅到深可以把诵读分为三个层次，即感知式诵读、分析式诵读、欣赏式诵读。下面结合李白的《将进酒》进行分析。

感知式诵读是指看到一篇古诗词时，通过诵读对诗歌的体裁、题材、内容、情感、节奏等有一个整体的感知。如《将进酒》。了解其是古体诗，即没有严格的句式、平仄、押韵等方面的要求。知道李白是在赐金放还之后和朋友的一次宴会上所做，是一首劝酒诗。结合李白的浪漫主义及奇特的想象与夸张，把握诗歌节奏。如诗歌前两句要用3/4/3/2/2/1/2的节奏，“黄河之水天上来，奔流到海不复回”要读出黄河水从天而降，惊心动魄的气势，语气的处理上前半句要激情高昂，后半句低沉缓慢，突出时光一去不复返的意思。“高堂明镜悲白发，朝如青丝暮成雪”要以慷慨生悲的语气读出时光易逝，人生短暂的意味。这两句重音要落在“不、悲、朝、暮、雪”等字上。“人生得意须尽欢，莫使金樽空对月”要以4/3的节奏，语调要明快，读出及时行乐的洒脱。为了表现这种情感可以把“尽、欢”二字读的短促有力，把“空”音拖长。“天生我材必有用，千金散尽还复来”适合以2/2/1/2的节奏，表现出满满的自信感，重音要落在后面。接下来要重读“烹羊宰牛且为乐”以便突出“会须一饮三百杯”的豪爽之气。“三”字音可适当拖长，重音强调“三百杯”，并且可以辅以动作。“主人何为言少钱”这句诗要以2/2/3节拍，宜轻读，为下面重读“径须沽取对君酌”“呼儿将出换美酒”蓄势，以期能够完美表现出李白酒酣时的豪放洒脱之姿。而最后一句，更需特别表现。“与尔同销万古愁”要采用2/2/1/1/1的节拍，放慢语速，抬高语调。特别是“万古愁”三字，可加入适合的动作，要一字一顿，适当拖长字音，发泄出诗人满怀愁怨，把整首诗感情推向高潮。

在对诗歌的节奏、情感等有了大致了解之后，就要进入分析阶段，要思考作者选取了什么样的意象，意象是如何排列组合的，为什么要选择这样的意象，构造了怎样的意境等。要从第一阶段的感知进入理性的分析。如诗歌中的“黄河之水”“高堂白发”，用来隐喻时间流逝，人生短暂。诗中使用陈王曹植的典故，隐喻怀才不遇的痛苦。此外，诗歌中的夸张，如首两句中夸张及多次出现的巨额数目字，“千金”“三百杯”“斗酒十千”“千金裘”“万古愁”等，使整首诗的情感由悲转乐，转激愤，转狂放。在诵读的过程中，经过理性的分析，产生情感共鸣，心灵悸动，继而走进诗人世界，和诗人进行一次心灵对话。

接着进入欣赏式诵读阶段，不在着眼于意象意境、遣词造句等，而是从整体上感受诗歌的音乐美、情感美，并与之融为一体。诵读过程中，我心即诗人心，那一句句诗句犹出在我口。诗词的平仄、音调的高低起伏、语速的快慢疾缓等全不用刻意，而是一种自由的流动。那一个个意象，一个个画面全在头脑中闪现活跃出来，这是一场高层次的审美体会。

拓展阅读

诗词传播新形式

汉语是音乐性语言，有着独特的声调、韵律要求。所以，中国诗词从一产生就和音乐有千丝万缕的联系，中国诗词原本就是可以配乐歌唱的。只是后来在诗词文人化的过程中，摆脱了音乐束缚。加之白话文盛行，古典诗词离我们的生活越来越远了。

2018年中央电视台为落实十九大报告中“推动中华优秀传统文化创造性转化、创新性发展”的精神，推出全新文化音乐节目——经典咏流传。用“和诗以歌”的形式将传统经典诗词与现代流行音乐相融合，兼顾诗词文化上的意境悠远和表现形式的通俗易懂。在注重节目时代化表达的同时，也挖掘诗词背后的内涵，讲述文化知识，阐释人文价值，解读思想观念，为现代文明追本溯源，树立文化自信。

新时代，我们更应该使用科技的力量推进古典诗词文化的传播，形成全社会的“人人知诗词，人人爱诗词”的良好氛围。作为大学生，我们有义不容辞的责任。作为未来的老师，我们更应该身体力行，肩负使命。

思考与练习

1. 自查资料，积累有关诗词平仄押韵等音韵方面的知识，结合苏轼的《江城子·密州出猎》体悟诗词的音韵美。

2. 诵读白居易的《琵琶行》，了解诗歌节奏，把握诗歌情感。

附录一　古诗词常用意象释义解读

1. 月亮：对月思亲，引发离愁别绪，思乡之愁。如李白《静夜思》“举头望明月，低头思故乡”。 又如李煜《虞美人》：“小楼昨夜又东风，故国不堪回首月明中”。望月思故国，表明亡国之君特有的伤痛。

2. 柳树：由于“柳”“留”谐音，古人在送别之时，往往折柳相送，以表达依依惜别的深情。如“今宵酒醒何处，杨柳岸，晓风残月”来表达别离的伤感之情。

3. 蝉：以蝉喻品行高洁。由于蝉栖于高枝，餐风露宿，不食人间烟火，则其所喻之人品，自属于清高一型。骆宾王《在狱咏蝉》：“无人信高洁。”

4. 草木：以草木繁盛反衬荒凉，以抒发盛衰兴亡的感慨。如姜夔《扬州慢》“过春风十里，尽荠麦青青。”又如杜甫《蜀相》：“阶前碧草自春色，隔叶黄鹂空好音。”诗人借助“青草、春色、黄鹂”慨叹往事空茫，深表惋惜。

5. 南浦：在中国古代诗歌中，南浦是水边的送别之所。屈原《九歌·河伯》：“与子交手兮东行，送美人兮南浦。”古人水边送别并非只在南浦，但由于长期的民族文化浸染，南浦已成为水边送别之地的一个专名了。

6. 长亭：陆上的送别之所。李白《菩萨蛮》：“何处是归程？长亭更短亭。”柳永《雨霖铃》：“寒蝉凄切，对长亭晚。”很显然，在中国古典诗歌里长亭已成为陆上的送别之所。

7. 芳草：喻离恨，如李煜《清平乐》：“离恨恰如春草，更行更远还生。”以远接天涯、绵绵不尽，无处不生的春草，来比喻离别的愁绪。

8. 芭蕉：常常与孤独忧愁特别是离情别绪相联系。如李清照的：“窗前谁种芭蕉树，阴满中庭。阴满中庭，叶叶心心舒卷有舍情。”把伤心、愁闷一古脑儿倾吐出来，对芭蕉为怨悱。

9. 梧桐：在中国古典诗歌中和芭蕉差不多，大多表示一种凄苦之音。白居易《长恨歌》：“春风桃李花开日，秋雨梧桐叶落时。”秋日冰冷的雨打在梧桐叶上，好不令人凄苦。

10. 梅花：梅花是高洁人格的象征。张耒："何以伴高洁，清晓颂黄庭。"陆游："零落成泥碾作尘，只有香如故。"他们都在对梅花的描写中寄托了一种高洁的品格。另外，如菊花象征高洁的品质，桃花象征美人，牡丹寄寓富贵，杨花有飘零之意。

11. 松柏：《论语·子罕》中说："岁寒，然后知松柏后凋也。"后世诗歌常用松柏象征孤直耐寒的品格。如刘禹锡："后来富贵已凋落，岁寒松柏犹依然。"

12. 结草：比喻真心实意地感恩报德。李密《陈情表》："臣生当陨首，死当结草。"

13. 鸦：在中国古典诗词中常与衰败荒凉的事物联系在一起。如秦观《满庭芳》："斜阳外，寒鸦万点，流水绕孤村。"马致远《天净沙·秋思》："枯藤老树昏鸦。"

14. 猿啼：出现在诗歌中常常象征着一种悲伤的感情。杜甫《登高》："风急天高猿啸哀。"郦道元《水经注·江水》中渔者歌曰："巴东三峡巫峡长，猿鸣三声泪沾裳。"

15. 关山：关塞山河，有实指和虚指之分，实指是指地名，虚指是指关隘和山川这些意象。多与思乡怀人有关，或多写苍凉豪迈、征戍离别之情。如高适《塞上吹笛》："借问梅花何处落，风吹一夜满关山。"

16. 羌笛：出自古代西部的一种乐器，它所发出的是一种凄切之音，多比喻思乡的愁苦。唐代边塞诗中经常提到，如王之涣《凉州曲》："羌笛何须怨杨柳，春风不度玉门关。"李益《夜上受降城闻笛》："不知何处吹芦管，一夜征人尽望乡。"

17. 白云：见月怀人，望云思友，是古代诗词中常用手法。杜甫诗《恨别》："思家步月清宵立，忆弟看云白日眠。"

18. 水：在中国古代诗歌里和绵绵的愁丝连在一起。李煜："问君能有几多愁，恰似一江春水向东流。"流水与离愁关合，也是古典诗歌中常用的一种表现方式。如秦观《踏莎行》："离愁渐远渐无穷，迢迢不断如春水""化作春江都是泪，流不尽，许多愁。"

19. 琴瑟：（1）比喻夫妇感情和谐，亦作"瑟琴"。《诗·周南·关雎》："窈窕淑女，琴瑟友之。"（2）比喻兄弟朋友的情谊。陈子昂《春夜别友人诗》："离堂思琴瑟，别路绕出川。"

20. 射天狼：天狼，星名。古人以为主侵掠。后以“射天狼”比喻打击入侵的异族。苏轼《江城子·密州出猎》：“会挽雕弓如满月，西北望，射天狼。”

21. 神器：指帝位、政权。《老子》：“将欲取天下而为之，吾见其不得已。天下神器，不可为也。”

22. 梦蝶：也称“化蝶”。战国时庄子有一次做梦，自己变成了蝴蝶。后比喻做梦、梦幻。如陆游《闲游》之三：“困卧幽窗身化蝶，醉题素壁字栖鸦。”李商隐《锦瑟》：“庄生晓梦迷蝴蝶，望帝春心托杜鹃。”

23. 秋水：喻指眼睛，形容盼望的迫切。《西厢记》第三本第二折：“望穿他盈盈秋水，蹙损他淡淡春山。”春山，指眉。

24. 金乌：传说太阳里有三足乌。后以“金乌”作为太阳的代称。韩愈《李花赠张十一署》：“金乌海底初飞来，朱辉散射青霞开。”

25. 青梅竹马：出自李白的《长干行》：“郎骑竹马来，绕床弄青梅。同居长干里，两小无嫌猜。”后来用“青梅竹马”形容男女小的时候天真无邪，也指幼小时就相识的伴侣。

26. 问鼎：《左传·宣公三年》：“楚子伐陆浑之戎，遂至于雒，观兵于周疆。定王使王孙满劳楚子，楚子问鼎之大小轻重焉。”三代以九鼎为传国宝，楚子问鼎，有觊觎周室之意。后遂以问鼎比喻图谋帝王权位。

27. 逐鹿：《汉书·蒯通传》载：“且秦失其鹿，天下共逐之。”颜师古注引张晏曰：“以鹿喻帝位。”后来用逐鹿比喻群雄并起，争夺天下。魏征《述怀》：“中原初逐鹿，投笔事戎轩。”

28. 三尺：法律的代名词。古代把法律写在三尺长的竹简上，所以也称“三尺法”。

29. 秦晋：春秋时，秦晋两国互为婚姻，后称两姓联姻为“秦晋之好”。《西厢记》第二本第一折：“倒赔家门，情愿与英雄结婚姻，成秦晋。”

30. 燕子：燕子有眷恋旧巢的习性，成为古典诗词表现时事变迁，抒发人事代谢的寄托。如“旧时王谢堂前燕，飞入寻常百姓家”。此外，燕子还是春天的象征，表示喜庆。如“几处早莺争暖树，谁家新燕啄春泥”。

31. 献芹：《列子·杨朱》载：从前有个人在乡里的豪绅面前大肆吹嘘芹菜如何好吃，豪绅尝了之后，竟“蜇于口，惨于腹”。后来就用“献芹”谦称赠人的礼品菲薄、或所提的建议浅陋。也说“芹献”。高适《自淇涉黄河途中作》：“尚有献芹心，无因见明主。”

32. 执牛耳：指盟主。古代诸侯订立盟约，要每人尝一点牲血，主盟的人亲自割牛耳取血，故用“执牛耳”指盟主。《左传·哀公十七年》：“诸侯盟，谁执牛耳？”后常指在某一方面居领导地位。如黄宗羲《姜山启彭山诗稿序》：“太仓之执牛耳，海内无不受其牢笼。”

33. 浮云：往往与远行的游子相联系。如李白《送友人》：“浮云游子意，落日故人情。”有时也比喻阻碍历史前进的势力或小人。如王安石《登飞来峰》：“不畏浮云遮望眼，只缘身在最高层。”李白《登金陵凤凰台》：“总为浮云能蔽日，长安不见使人愁。”

34. 红豆：即相思豆，借指男女爱情的信物。《南州记》称为海红豆，史载：“出南海人家园圃中”。《本草纲目》称其为“相思子”。王维《相思》：“红豆生南国，春来发几枝。”诗人借生于南国的红豆，抒发了对友人的眷念之情。清人朱彝尊《怀汪进士煜》：“安床红豆底，日日坐相思。”即睡在相思树下，日日思念汪进士。后世常用以象征爱情或相思。

35. 击楫中流：也作“中流击楫”，出自《晋书·祖逖传》：“（逖）中流击楫而誓曰：‘祖逖不能清中原而复济者，有如大江。’”文天祥《贺赵侍郎月山启》：“慨然有神州陆沉之叹，发而为中流击楫之歌。”又称“中流誓”，如陈亮《念奴娇·登多景楼》：“正好长驱，不须反顾，寻取中流誓。”

36. 岁寒三友：指松竹梅。松象征孤直顽强、坚贞不屈。如《论语》：“岁寒，然后知松柏之后凋也。”竹苍翠挺拔、蒸蒸日上、不屈不挠。如郑板桥《竹石》：“咬定青山不放松，立根原在破岩中。千磨万击还坚劲，任尔东西南北风。”梅象征高洁、不屈不挠的品格。如陆游《卜算子》：“零落成泥碾作尘，只有香如故。”借梅花来比喻自己备受摧残的不幸遭遇和不愿同流合污的高尚情操。

37. 莲：由于“莲与怜”音同，所以古诗中有不少写莲的诗句，借以表达爱情。如南朝乐府《西洲曲》：“采莲南塘秋，莲花过人头。低头弄莲子，莲子青如水。”

38. 三味：其一是对读书感受的一种比喻，“读经味如稻粱，读史味如肴馔，读诸子百家味如醯醢。”三种体验合称为“三味”；其二是出自宋代李淑《邯郸书目》:“诗书味之太羹，史为折俎，子为醯醢，是为三味。”这是把诗书子史等书籍比作佳肴美味，比喻为很好的精神食粮。

39. 洗耳：典出汉蔡邕《琴操·河间杂歌·箕山操》。许由听到尧让位给自己而感到耳朵受到了污染，因而临水洗耳。后遂以“洗耳、许由洗耳”等表示以接触尘俗的东西为耻辱，心性旷达于物外。

40. 青鸟：传说西王母有三青鸟，一只选遣为信使，另外两只随西王母而来，并服侍在王母身旁。南唐中主李璟有诗:“青鸟不传云外信，丁香空结雨中愁。”李商隐诗云:“蓬山此去无多路，青鸟殷勤为探看。”青鸟在此已成为传书的信使。

41. 斑竹：湘妃竹。舜的妃子娥皇和女英，舜死后在湘水上啼哭，眼泪洒在竹子上，竹竿上都生了斑纹。后作为咏悲戚或咏帝王之死。如刘禹锡《泰娘歌》:“如何将此千行泪，更洒湘江斑竹枝。”

42. 尺素:《饮马长城窟行》载:“客从远方来，遗我双鲤鱼。呼童烹鲤鱼，中有尺素书。”后为书信的代称。秦观《踏莎行》:“驿寄梅花，鱼传尺素，砌成此恨无重数。”

43. 班马：班马为离群之马。春秋时，晋、鲁、郑伐齐，齐军趁夜间撤走。晋国大臣刑伯听到齐军营里马叫，推测道:“有班马之声，齐国军队一定连夜撤走了。”后送别诗多用以抒发惜别之情。如李白《送友人》:“挥手自兹去，萧萧班马鸣。”

44. 西楼：是一个象征性的概念，或指代闺房，或指代曾经聚会之所，或指代孤独寂寞的居所，或指代登高望月怀远的地点。在诗词中，西楼多属泛指，常指伤心地，是排遣忧伤或遥望故国、爱人、友人的处所。如李煜《乌夜啼》:“无言独上西楼，月如钩。”李清照《一剪梅》:“云中谁寄锦书来？雁字回时，月满西楼。”

45. 辞第：汉时，北方匈奴贵族经常骚扰边境。一次汉武帝要为大将霍去病修建府第，霍去病辞谢道:“匈奴未灭，无以家为也。”后以喻为国忘家。杜甫《奉和严中臣西城晚眺十韵》:“辞第输高义，观图忆古人。”

46. 钓鳌：传说古渤海东面有五座大山随海波漂流，上帝叫十五只大鳌顶住，山才固定不动。友伯国有一巨人，抬起脚来跨出没几步，就到了五座山的地方，他一下钓去了六只鳌，因此，有两座山就沉入海底了。后以喻豪迈的举止、远大的抱负或非凡事业。如李白《赠薛校书》:“未夸观海作，空郁钓鳌心。”

47. 汗青：古时字写在竹简上，先用火烧竹简，使其干燥，叫“杀青”。因竹简被烘干时出水如汗，故叫“汗青”。后指书稿、史书。如文天祥《过零丁洋》:“人生自古谁无死，留取丹心照汗青。”

48. 还珠：古时合浦地主盛产珍珠，但是地方官员很贪，珍珠都自动移到别的地方去了。东汉的孟尝到这里来当太守，革除贪污流弊，珍珠又回到合浦来了。故以“还珠”喻官吏为政清廉。杜牧《春日言虢州李长侍十韵》:“今日还珠守，何年执戟郎？”

49. 金鸡：古代流传天鸡星动就要大赦，所以古人便在大赦日竖起长竿，在竿上立一金鸡，把该赦的罪犯集中在一起，向他们宣布大赦令。后便以“金鸡”借指大赦令。李白《流夜郎赠辛判官》:“我愁远谪夜郎去，何日金鸡放赦回？”

50. 画眉：西汉张敞夫妻恩爱，曾为其妻画眉。后以此形容夫妻相爱。朱庆馀《近试上张水部》:“妆罢低声问夫婿，画眉深浅入时无？”

51. 青眼：相传三国时期魏国的名士阮籍，能为青白眼，对所讨厌的人，眼睛向上或向旁边看，露出眼白，表示轻视或憎恨。对喜爱或尊敬的人，就对他正视，青黑的眼珠在中间，表示尊重。他见到嵇康的哥哥嵇喜，就以白眼相待，见到嵇康就用青眼，后以“青眼”指对人喜爱或器重。杜甫《短歌行》:“仲宣楼头春色深，青眼高歌望吾子。”

52. 高山流水：也作“流水高山”。相传春秋俞伯牙善于弹琴，钟子期善于听琴。当伯牙弹描写高山、流水的曲调时，钟子期就感到他的琴声犹如巍峨的高山、浩荡的江河。钟子期死后，伯牙叹无知音，不再弹琴。后常借指知音或乐曲的高妙。唐寅《世情歌》:“清风明月用不竭，高山流水情相投。”辛弃疾《谒金门》:“流水高山弦断绝，怒蛙声自咽。”

53. 哀鸿：比喻哀伤苦痛、流离失所的人。考其源流，“哀鸿”一语出《诗·小雅·鸿雁》:“鸿雁于飞，哀鸣嗷嗷。维此哲人，谓我劬劳。”诗歌写使臣行于四方，见流民如鸿雁飞集于野，流民喜使者到来，皆合词倾诉，如鸿雁哀鸣之声不绝。后来以鸿雁在野、哀鸿遍野喻指百姓流离失所。龚自珍《己亥杂诗》:“三更忽轸（悲痛）哀鸿思，九月无襦淮水湄。”写的就是人民痛苦流离的生活。

54. 白衣苍狗：亦叫白云苍狗，比喻世事变幻无常。出自杜甫《可叹》:“天上浮云似白衣，斯须改变如苍狗。古往今来共一时，人生万事无不有。”人事变化，犹如浮云，一会儿像白云，一会儿像灰狗。

55. 吴钩：泛指宝刀、利剑。出自汉赵晔《吴越春秋·阖闾内传》。比喻渴求建功立业。如辛弃疾《水龙吟·登建康赏心亭》：“落日楼头，断鸿声里，江南游子。把吴钩看了，栏杆拍遍，无人会，登临意。”

附录二　古诗词常用典故释义

1. 投笔:《后汉书》载：班超家境贫寒，靠为官府抄写文书来生活。他曾投笔感叹，要效法傅介子、张骞立功边境，取爵封侯。后来“投笔”就指弃文从武。如辛弃疾《水调歌头》:“莫学班超投笔，纵得封侯万里，憔悴老边州。”

2. 长城:《檀道济传》载：檀道济是南朝宋的大将，权力很大，受到君臣猜忌。后来宋文帝借机杀他时，檀道济大怒道:“乃坏汝万里长城！”后来就用“万里长城”指守边的将领。如陆游的《书愤》:“塞上长城空自许，镜中衰鬓已先斑。”

3. 楼兰:《汉书》载：楼兰国王贪财，多次杀害前往西域的汉使。后来傅介子被派出使西域，计斩楼兰王，为国立功。以后诗人就常用“楼兰”代指边境之敌，用“破（斩）楼兰”指建功立业。

4. 折腰:《宋书·隐逸传》载：陶渊明曾作彭泽县令，因不肯“为五斗米折腰向乡里小儿”而弃官归隐。“折腰”意为躬身拜揖，后来喻指屈身事人，而诗人常反其义用之。如李白《梦游天姥吟留别》:“安能摧眉折腰事权贵，使我不得开心颜？”

5. 梨园：原是皇帝禁苑中的果木园圃，唐玄宗开元年间，将其作为教习歌舞的地方，且在这里培养出了大批优秀的音乐舞蹈表演人才，在历史上产生了深远的影响。国此，后世的戏曲班社常以“梨园”为代称，戏曲艺人称“梨园弟子”。

6. 抱柱：相传古代尾生同一女子相约在桥下见面。他等了很久，不见女子到来，这时河水猛涨，淹没桥梁，尾生为了坚守信约，不肯离去，抱住桥柱，淹死在水里。后以喻坚守信约。李白《长干行》:“常存抱住信，岂上望夫台。”

7. 鸿雁:《汉书·苏武传》载：匈奴单于欺骗汉使，说苏武已死，而汉使者故意说汉天子打猎时射下一只北方飞来的鸿雁，脚上拴着帛书，是苏武写的。单于只好放了苏武。后来就用“红雁”“雁书”“雁足”“鱼雁”等指书信、音讯。如晏殊《清贫乐》:“红笺小字，说尽平生意。红雁在云鱼在水，惆怅此情难寄。”

8. 蓬莱：传说中的海上神山，仙人的居所。在诗词中用“蓬莱”，多比喻皇家宫殿，或比喻歌舞楼榭，有时也指仙人居所。总而言之，在诗词中，“蓬莱”多借用形容环境美好，犹如仙境一般。也作“蓬壶”“蓬岛”。如李清照《蝶恋花》:“好把音书凭过雁，东莱不似蓬莱远。”

9. 青鸾:《山海经》载：西王母每次出行，都先让一只青鸾报信。后人便用“青鸾”“青鸟”借指传递书信的人。如李商隐《无题》:“彭山此去无多路，青鸟殷勤为探看。”

10. 双鲤：古乐府《饮马长城窟行》:“客从远方来，遗我双鲤鱼，呼童烹鲤鱼，中有尺素书。”后来“双鲤”就用作书信的代称。如李商隐《寄令狐郎中》;“嵩云秦树久离居，双鲤迢迢一纸书。”

11. 五柳：陶渊明《五柳先生传》载:“宅边有五柳树，因以号为焉。”后来“五柳”就成了隐者的代称。

12. 东篱：陶渊明《饮酒》:“采菊东篱下，悠然见南山。”后来多用“东篱”表现辞官归隐后的田园生活或娴雅的情致。如李清照《醉花阴》:“东篱把酒黄昏后，有暗香盈袖。”

13. 三径：陶渊明《归去来兮辞》:“三径就荒，松菊犹存。”后来“三径”就用来指代隐士居住的地方。如白居易《欲与元八卜邻先有是赠》:“明月好同三径夜，绿杨宜作两家春。”

14. 劳歌：本指在劳劳亭送客时唱的歌。劳劳亭旧址在南京，是古代著名的送别之地。“劳歌”后来成为送别歌的代称。

15. 倒屣：急于迎客，把鞋穿倒，表示热情迎接宾客。《三国志·魏书·王粲传》载：蔡邕十分赏识王粲的文才，听说王粲上门求见，他来不及穿好鞋子，倒拖着就出门迎接。王维《辋川别业》:“披衣倒屣且相见，相欢语笑衡门前。”又作“倒履”。

16. 昆山玉：比喻杰出的人才。语出李斯《谏逐客书》："今陛下致昆山之玉，有随和之宝，垂明月之珠，服太阿之剑，乘纤离之马，建翠凤之旗，树灵鼍之鼓……"后来就以"昆山玉"比喻优秀人才。如刘禹锡《送李中丞赴楚州》："忆君初得昆山玉，同向扬州携手行。"

17. 阳关：王维《送元二使安西》："渭城朝雨浥轻尘，客舍青青柳色新。劝君更尽一杯酒，西出阳关无故人。"后来就把送别时唱的歌曲称作"渭城""阳关"。

18. 柳岸：古人送别有折柳的习俗，后来就用"柳岸"指送别的地方。如柳永《雨霖铃》："今宵酒醒何处，杨柳岸晓风残月。"

19. 风骚：原指《诗经》的《国风》和《楚辞》的《离骚》，后泛指优秀的文学作品或指文采。如毛泽东《沁园春·雪》："秦皇汉武，略输文采；唐宗宋祖，稍逊风骚。"

20. 雕虫：杨雄《法言》载："童子雕虫篆刻，状夫不为也。"后来比喻微不足道的技术，多指文学技巧。

21. 落红：指凋残的花，也叫乱红、残红。在诗人看来，落红是春天即将离开的信号，也是美好事物转眼成空的象征，它又仿佛是不幸者的命运写照。所以，常以落花比喻青春易逝或寄寓伤感、惋惜和无奈之情，如辛弃疾《摸鱼儿》："惜春长怕花开早，何况落红无数。"

22. 杜鹃：俗称布谷，又叫子规、杜宇、望帝。望帝传说是蜀地的君主，名叫杜宇，后来禅位退隐，不幸国亡身死，死后魂化为鸟，暮春苦啼，以致口中流血。后来多用"杜鹃"来渲染哀怨悲凄的气氛或思归的心情。如辛弃疾《定风波》："百紫千红过了春，杜鹃声苦不堪闻。"又如李白《蜀道难》："又闻子规啼夜月，愁空山。"

23. 鹧鸪：中华鹧鸪的鸣叫声似说"行不得也哥哥"，后多用来衬托处境的艰难或心情的惆怅。如辛弃疾《菩萨蛮》："江晚正愁余，山深闻鹧鸪。"

24. 黍离：《诗经·黍离》中有"彼黍离离"的句子，是说东周大夫经过西周故都，到处长满禾黍，由此悲叹宫室宗庙的毁坏。后来常用"黍离"表示对国家昔盛今衰的痛惜伤感之情。如许浑《登洛阳故城》："禾黍离离半野蒿，昔人城此岂知劳？"

25. 桑榆：《淮南子》载："日西垂，景在数端，谓之桑榆。""桑榆"指日落时余光所照之处，后比喻垂老之年。如王勃《滕王阁序》:“东隅已逝，桑榆非晚。”

26. 商女：杜牧《泊秦淮》:“商女不知亡国恨，隔江犹唱后庭花。”商女即歌女，后以此为不顾国家存亡而醉生梦死的典故。如王安石《桂枝香》:“至今商女，时时犹唱，后庭遗曲。”

27. 翠微：多形容山色青翠似在有无之间，也常作青山的代称。如杜甫《秋兴》中“千家山郭静朝晖，日日江楼坐翠微。”“坐翠微”是“面对翠微”之意，指代翠微的山色。另外，形容树色的青翠或者形容江湖水色的青绿缥缈，也叫做翠微，如晏几道《鹧鸪天》:“十里楼台倚翠微，百花深处杜鹃啼。”翠微即是形容树色。

28. 瑟瑟：愿为绿色宝石的名称，后来借指绿色。

29. 迟日：典出《诗经·豳风·七月》有“春日迟迟”的句子，“迟迟”表示和舒的样子。所以，后代诗人就用“迟日”表示融和的阳光。如杜甫《绝句》:“迟日江山丽，春风花草香。”如宋之问《春日陪宴诗》:“彩云歌处断，迟日舞前留。”

30. 鸡黍:《论语》载：子路随孔子出游时落了后，遇见一位正在劳动的老人，就向他打听，由于子路的态度非常恭敬，老人就留子路住宿，还杀鸡做黍米饭厚待他。后来就用“鸡黍”专指招待客人的饭菜。如孟浩然《过故人庄》:“故人具鸡黍，邀我至田家。”

31. 关山月：乐府曲调，多写征戍离别之情。如王昌龄《从军行七首》之二:“琵琶起舞换新声，总是关山旧别情。”

32. 梅花落：曲调名。如李白《与史郎中钦听黄鹤楼上吹笛》:“黄鹤楼上吹玉笛，江城五月落梅花。”诗人由笛声想到梅花飘落，由梅花的飘落产生凛然生寒的感觉，把听觉诉诸视觉，以通感的方式描绘出了冷落的感受。

33. 后庭花：即《玉树后庭花》，相传是南朝后主所制的乐曲，为绮靡之音，后世以此曲为亡国之音。如杜牧《泊秦淮》:“商女不知忘国恨，隔江犹唱后庭花。”

34. 杨柳曲：乐府曲调“杨柳枝”，也作“折杨柳”，主要写军旅生活，多为伤别之词，以怀念征人为多。如王之涣《凉州词》:“羌笛何须怨杨柳，春风不度玉门关。”如李白《塞下曲六首》其一:“笛中闻折柳，春色未曾看。”

35. 行路难：古曲名，多言世路艰难及离别伤悲之情。如李益《从军北征》:

“天山雪后海风寒，横笛遍吹《行路难》。”

36. 王孙：本意是贵族子弟，有时也指隐士。《楚辞·招隐士》：“王孙游兮不归，春草生兮萋萋。”

37. 请缨：汉武帝派年轻的近臣终军到南越劝说南越王朝。终军说：“请给一根长缨，我一定把南越王抓来。”后以喻杀敌报国。岳飞《满江红·遥望中原》：“叹江山如故，千村落寥。何日请缨提锐旅，一鞭直渡清河洛。”

38. 阑干：古代建筑物附加的木制栅栏。古代多用来形容星斗纵横错落。如贺铸《清平乐》：“夜潮洲渚生寒，城头星斗阑干”。也可用来形容泪水纵横或者纵横散乱的样子。如白居易《琵琶行》：“梦啼妆泪红阑干。”

39. 危栏：高处的栏杆，往往表示登高望远或者登临抒怀，多与忧国、伤怀、思人等有关。欧阳修《踏莎行》：“楼高莫近危栏倚。”辛弃疾《摸鱼儿》：“休去倚危栏，斜阳正在，烟柳断肠处。”

40. 陶朱：春秋时越国大夫范蠡的别号。相传他帮助勾践灭吴后，离开越国到陶，善于经营生计，积累了很多财富，后世因此以“陶朱”或“陶朱公”来称富商。

41. 谢家：唐宋诗词不达意处常用“谢家”之典，这些典故所指意义上主要有二：

（1）用谢安、谢玄家事。《世说新语·言语》载：谢安曾问子侄说：“为什么人们总希望自己的子弟好？”侄子谢玄回答说：“譬如芝兰玉树，欲使其生于阶庭耳。”这是说，谢安子弟讲究举止风度，其服饰端庄大方如芝兰玉树一般。故用其事指有风度的人。如辛弃疾《沁园春·叠嶂西驰》：“似谢家子弟，衣冠磊落，相如庭户，车骑雍容。”

（2）指山水诗人谢灵运之事。《宋书·谢灵运传》载：灵运于会稽山“修营别业，傍山带江，尽幽居之美”。后用此事指居家的幽美。

42. 南冠：指囚犯。《左传·成公九年》载：楚人钟仪囚于晋，仍然戴南冠，弹奏南国音乐，范文子称赞这是君子之行。后来一般文人以此指代怀有节操的囚徒生活。如骆宾王《在狱咏蝉》：“西陆蝉声唱，南冠客思亲。”如李白《流夜郎闻不预》：“北阙圣歌太康，南冠君子窜遐荒。”

43. 冯唐：汉朝冯唐身历三朝，到汉武帝时，举为贤良，但年事已高不能为官。感慨生不逢时或表示年寿老迈。

44. 黄金台：亦称招贤台，是战国时燕昭王在易水东南修筑的。传说他曾把大量黄金放在台上，表示不惜以重金招揽天下士。后用来形容招纳贤才的地方或人才荟萃之地，也表示对人才的渴望。如李贺《雁门太守行》："报君黄金台上意，提携玉龙为君死。"

45. 烂柯人：古代神话传说：晋人王质上山砍柴，遇见有几个小孩，在下棋唱歌。他被深深地吸引住了。过了一会儿，有个小孩催他回去，他站起来，发现斧头的木柄已全部腐烂。他回到家，家乡的人都已离世了。后便以"烂柯"喻离家年久。刘禹锡《酬乐天扬州初逢席上见赠》："怀旧空吟闻笛赋，到乡翻似烂柯人。"

46. 闻笛赋：指西晋向秀所作的《思旧赋》。向秀跟嵇康是好朋友，嵇康因不满司马氏集团而被杀，向秀经过嵇康故居时，听见有人吹笛，不禁悲从中来，于是作《思旧赋》。后用来表示对旧友的怀念。

47. 连理枝、比翼鸟：连理枝指连生在一起的两棵树。比翼鸟，传说中的一种鸟，雌雄老在一起飞。古典诗歌里用来比喻恩爱夫妻。如白居易的《长恨歌》："七月七日长生殿，夜半无人私语时。在天愿作比翼鸟，在地愿为连理枝。"

48. 李广难封：李广西汉时期的名将，亦称"飞将军"，多年抗击匈奴，军功很大，却终身没有封侯。后以之慨叹功高不爵，命运多舛。

49. 苌弘化碧：《庄子外物》载：苌弘是周朝的贤臣，无辜获罪而被流放蜀地。他在蜀地自杀后，当地人用玉匣把他的血藏起来，三年后血变成了碧玉。后来人们就常用"化碧"形容刚直中正的人为正义事业而蒙冤受屈。

50. 莼羹鲈脍：指家乡风味。刘义庆《世说新语·识鉴》载："（张翰）在洛，见秋风起，因思吴中菰菜羹、鲈鱼脍，曰：'人生贵得适意尔，何能羁宦数千里以要名爵？'遂命驾归。"后来文人以"莼羹鲈脍""莼鲈秋思"借指思乡之情。如辛弃疾《沁园春·带湖新居将成》："意倦须还，身闲贵早，岂为莼羹鲈脍哉？"徐自华《慧僧先生解职归见》："转瞬西风又起，忽摇动莼鲈乡思。"

第三章　小学古诗文鉴赏选编

课前导读

本单元古诗文均选自部编版1—6年级语文教材，从小学生学习认知的规律着手，围绕童心、明理、立志、爱国、思乡、怀友、自然、弘毅八个主题，全面系统地阐述了如何鉴赏小学古诗文。

学习本单元内容需要建立在了解中国古典诗文鉴赏方法的基础上，通过具体的小学古诗词篇目，对鉴赏方法进行综合运用，从而掌握鉴赏的一般规律，培养自身的鉴赏能力。

第一节　童心须呵护　天籁最堪忆

咏鹅

骆宾王

鹅，鹅，鹅，曲项①向天歌②。

白毛浮绿水，红掌拨③清波。

【注释】

①曲项：弯着脖子。

②歌：长鸣。

③拨：划动。

作者简介

骆宾王（约626年—约687年），字观光，汉族，婺州义乌人（今浙江义乌）。唐初诗人，与王勃、杨炯、卢照邻合称“初唐四杰”。

赏析

《咏鹅》是一首典型的咏物诗，相传是骆宾王在七岁时所作。儿童的眼光自是和成人不同。

第一句三个“鹅”字，既可以看作是小诗人对鹅的亲切呼唤，也可以理解为模仿鹅的叫声。第二句“曲项向天歌”，则写出了鹅弯着脖子在引吭高歌。这两句诗让人想象出一个七岁的儿童在对鹅作诗，他指着鹅说：鹅，鹅，鹅，弯曲着长长的脖子，朝着天空唱歌。先写鹅的神态动作（所见），再写鹅嘹亮的歌声（所听），富有层次感。

后两句描写的场景由陆地切换到水中，写鹅群到水中悠然自得游泳的情形。“白毛浮绿水”，鹅儿的毛是白的，而江水却是绿的，“白”“绿”对照，鲜明耀眼；“红掌拨清波”，鹅掌是红的，而水波是青的，“红”“青”映衬，十分艳丽。这两句属于当句对仗，同时两句中“白”“红”相对，“绿”“青”相对，又属于上下对仗。小诗人用一组对偶句，回环往复地从色彩方面来铺叙鹅群戏水的情况。什么情况呢？这里就必须提到到两个动词。“浮”字说明鹅儿在水中轻盈随意，悠然自得；“拨”字则说明鹅儿在水中用力划水，以至掀起了水波。这样，动静相生，又展现出了一种变化美。

古朗月行（节选）

李白

小时不识月，呼作白玉盘。

又疑瑶台①镜，飞在青云②端。

【注释】

①瑶台：传说中的神仙居处。

②青云：一作“白云”。

作者简介

李白（701 年—762 年），字太白，号青莲居士，又号“谪仙人”，唐代著名的浪漫主义诗人，被后人誉为“诗仙”，与杜甫并称为“李杜”。

赏析

《古朗月行》是唐代伟大诗人李白借乐府古题所作的一首五言古诗，大概作于安史之乱前不久。此诗先写儿童时期对月亮稚气的认识，写出了月亮初升时逐渐明朗和宛若仙境般的景致，接着写月亮渐渐地由圆而蚀，继而沦没而迷惑不清，心中感到忧愤不平。此处节选诗歌的前四句。

“小时不识月，呼作白玉盘。又疑瑶台镜，飞在青云端。”以“白玉盘”“瑶台镜”作比喻，生动地表现出月亮的形状和月光的皎洁可爱，使人感到非常新颖有趣。“呼”“疑”这两个动词极为精妙，描摹出儿童的天真烂漫之态。这四句诗，看似信手写来，却是情采俱佳。诗人运用浪漫主义的创作方法，通过丰富的想象，神话传说的巧妙加工，以及强烈的抒情，构成瑰丽神奇而含意深蕴的艺术形象。

池上

白居易

小娃撑小艇，偷采白莲回。

不解①藏踪迹，浮萍②一道开。

【注释】

①不解：不懂得或是没想到。

②浮萍：水生植物，椭圆形叶子浮在水面，夏季开白花。

作者简介

白居易（772 年— 846 年），字乐天，号香山居士，又号醉吟先生，是唐代现实主义诗人。白居易与元稹共同倡导新乐府运动，世称“元白”，与刘禹锡并称“刘白”。白居易的诗歌题材广泛，形式多样，语言平易通俗，有“诗魔”和“诗王”之称。

赏析

这是一首描写儿童生活的诗。据《白居易诗集校注》，这首诗作于大和九年（835 年）。诗人时任太子少傅，分司东都洛阳。一日游于池边，见山僧下棋、小娃撑船而作此组诗，这首诗是第二首。

全篇好比一组镜头，摄下一个小孩儿偷采白莲的情景。诗中的小主人公撑船进入画面，到他离去只留下被划开的一片浮萍，有景有色，有行动描写，有心理刻画，细致逼真，富有情趣。这个小主人公的天真幼稚、活泼淘气的可爱形象，栩栩如生，跃然纸上。整首诗如同大白话，但极富韵味，令人读后忍俊不禁、哑然失笑。诗中叙述一个小娃娃生活中的一件小事，准确地捕捉了小娃娃瞬间的心情，勾画出一幅采莲图。

莲花盛开的夏日里，天真活泼的儿童，撑着一条小船，偷偷地去池中采摘白莲花玩。兴高采烈地采到莲花，早已忘记自己是瞒着大人悄悄地去的，不懂得或是没想到去隐蔽自己的踪迹，得意忘形地大摇大摆划着小船回来，小船把水面上的浮萍轻轻荡开，留下了一道清晰明显的水路痕迹。诗人充满慈爱地观察着一切，没有打扰儿童，也由此可以看出诗人的爱幼之心。

小儿垂钓

胡令能

蓬头①稚子学垂纶②，侧坐莓苔③草映④身。

路人借问⑤遥招手，怕得鱼惊不应⑥人。

【注释】

①蓬头：形容小孩可爱。

②纶：钓鱼用的丝线。

③莓苔：莓，一种野草；苔，苔藓植物。

④映：遮映。

⑤借问：向人打听。

⑥应：回应，答应，理睬。

作者简介

胡令能（785年—826年），唐诗人，隐居圃田（河南中牟县）。唐贞元、元和时期人。家贫，年轻时以修补锅碗盆缸为生，人称“胡钉铰”。他的诗语言浅显而构思精巧，生活情趣很浓。

赏析

《小儿垂钓》是胡令能到农村去寻找一个朋友，向钓鱼儿童问路后所作。诗歌分垂钓和问路两层，前两句重在写垂钓（塑形），后两句重在写问路（传神）。

第一、二句诗人对这垂钓小儿的形貌不加粉饰，直写出山野孩子头发蓬乱的本来面目，使人觉得自然可爱与真实可信。“学”是这首诗的诗眼。这个小孩子初学钓鱼，所以特别小心。在垂钓时，“侧坐”姿态，草映其身，行为情景，如在眼前。“侧坐”带有随意坐下的意思。侧坐，而非稳坐，正与小儿初学此道的心境相吻合。这也可以想见小儿不拘形迹地专心致志于钓鱼的情景。“莓苔”，泛指贴着地面生长在阴湿地方的低等植物，从“莓苔”不仅可以知道小儿选择钓鱼的地方是在阳光罕见人迹罕至的所在，更是一个鱼不受惊、人不暴晒的颇为理想的钓鱼去处，为后文所说“怕得鱼惊不应人”做了铺垫。“草映身”，也不只是在为小儿画像，它在结构上，对于下句的“路人借问”还有着直接的承接关系——路人之向小儿打问，就因为看得见小儿。

第三、四句中“遥招手”的主语还是小儿。当路人问道，小儿害怕应答惊鱼，从老远招手而不回答。这是从动作和心理方面来刻画小孩，有心计，有韬略，机警聪明。小儿之所以要以动作来代替答话，是害怕把鱼惊散。小儿的动作是“遥招手”，说明小儿对路人的问话并非漠不关心。小儿在“招手”以后，又怎样向“路人”低声耳语，那是读者想象中的事，诗人再没有交代的必要，所以，在说明了“遥招手”的原因以后，诗作也就戛然而止。

在浩如烟海的唐诗中，写儿童的题材比较少，因而此诗显得尤为可贵。这首七绝写小儿垂钓别有情趣，就像一株清丽的出水芙蓉，在平淡浅易的叙述中透露出几分纯真、无限童趣和一些专注。此诗不失为一篇情景交融、形神兼备的描写儿童的佳作。

四时田园杂兴

范成大

昼出耘田[1]夜绩麻[2]，村庄儿女各当家[3]。

童孙未解[4]供[5]耕织，也傍[6]桑阴[7]学种瓜。

【注释】

①耘田：除草。

②绩麻：把麻搓成线。

③各当家：每人担任一定的工作。

④未解：不懂。

⑤供：从事，参加。

⑥傍：靠近。

⑦阴：树荫。

作者简介

范成大（1126 年—1193 年），字至能，号称石湖居士。南宋诗人。诗歌风格平易浅显、清新妩媚。诗题材广泛，以反映农村社会生活内容的作品成就最高。他与杨万里、陆游、尤袤合称南宋“中兴四大诗人”。

赏析

《四时田园杂兴》是诗人退居家乡后写的一组大型的田家诗，共 60 首，描写农村春、夏、秋、冬四个季节的景色和农民的生活，同时也反映了农民遭受的剥削以及生活的困苦。此诗为其中之一。这首诗用老农的口气来讲述农村夏日生活中的一个场景。

首句“昼出耘田夜绩麻”是说：白天下田去除草，晚上搓麻线。“耘田”即除草。初夏，水稻田里秧苗需要除草了。这是男人们干的活。“绩麻”是指妇女们在白天干完别的活后，晚上就搓麻线，再织成布。这句直接写劳动场面。次句“村庄儿女各当家”，“儿女”即男女，也就是指年轻人。“当家”指男女都不得闲，各司其事，各管一行。第三句“童孙未解供耕织”，“童孙”指那些孩子们，他们不会耕也不会织，却也不闲着。他们从小耳濡目染，于是“也傍桑阴学种瓜”，也就在茂盛成阴的桑树底下学种瓜。这是农村中常见的现象，却颇有特色。结句表现了农村儿童的天真情趣。

诗人用清新的笔调，对农村初夏时的紧张劳动气氛，作了较为细腻的描写，读来意趣横生。

村居[①]

高鼎

草长莺飞二月天，拂堤杨柳[②]醉[③]春烟[④]。

儿童散学[⑤]归来早，忙趁东风放纸鸢[⑥]。

【注释】

①村居：在乡村里居住时见到的景象。

②拂堤杨柳：杨柳枝条很长，垂下来，微微摆动，像是在抚摸堤岸。

③醉：迷醉，陶醉。

④春烟：春天水泽、草木等蒸发出来的雾气。

⑤散学：放学。

⑥纸鸢：泛指风筝，它是一种纸做的形状像老鹰的风筝。鸢：老鹰。

作者简介

高鼎（1828 年—1880 年），字象一，一字拙吾，清代诗人。有《拙吾诗文稿》。

赏析

这首描绘春天风光的小诗，是诗人闲居农村时的即景之作。

诗的前两句，诗人以轻快活泼的笔调，选取了这美丽春景中最富有特征的几项景物进行了描绘，点染出了一派美不胜收的融融春光。这两句的风景刻画，看似随手拈来，不费气力，实际上却很凝练概括，尽管诗中出现的仅是青草长、黄莺飞、杨柳春烟这些简单的事物，然而读来却使人似乎看到了一个生机蓬勃的春的世界，嗅到了花香袭人的春的气息。

“儿童散学归来早，忙趁东风放纸鸢。”“散学归来”用一“早”字，说明连孩子们也让这风和日丽的气候给打动。这两句主要写人物活动。描述了一群活泼的儿童在大好的春光里放风筝的生动情景。儿童正处在人生早春，儿童的欢声笑语，兴致勃勃地放风筝，使春天更加生机勃勃，富有朝气。儿童、东风、纸鸢，诗人选写的人和事为美好的春光平添了几分生机和希望。

全诗前半部分写景，后半部分写人，前半部分基本上是写的静态，后半部分则添加了一个动态。物态人事互相映衬，动态静态彼此补充，使全诗在村居所见的“春”景这一主题下，完美和谐地得到了统一。

所见

袁枚

牧童骑黄牛，歌声振[①]林樾[②]。

意欲[③]捕鸣蝉，忽然闭口立[④]。

【注释】

①振：振荡；回荡。说明牧童的歌声嘹亮。

②林樾（yuè）：指道旁成荫的树。

③欲：想要。

④立：站立。

作者简介

袁枚（1716 年—1797 年），字子才，号简斋，晚年自号仓山居士、随园主人、随园老人，清代诗人、散文家。袁枚是乾嘉时期代表诗人之一，与赵翼、蒋士铨合称“乾隆三大家”。

赏析

这首诗的第一句平平而起，不着痕迹。第二句调子突然高昂，旋律突然加快，从而形成一个高潮。一二句描写了小牧童的天真活泼、悠然自得的可爱模样和他的愉快心情，“骑”字直接写出了牧童的姿势，“振”字则间接点出他的心情。通过“骑”和“振”两个动词，把牧童那种悠闲自在、无忧无虑的心情和盘托出。他几乎完全陶醉在大自然的美景之中，不知世间还有“忧愁”二字。正因为心中欢乐，才不禁引吭高歌，甚至遏行云，“振林樾”。

三四句仍然是继续描写神态。第三句是过渡，是作势。写牧童的心理活动，交代了他“闭口立”的原因，也是全诗的转折点。第四句，急转直下，如千尺悬瀑坠入深潭，戛然而止。“忽然”一词，把这个牧童发现树上鸣蝉时的惊喜心情和机警性格栩栩如生地表现了出来。“忽然”发生了变化：由响而静、由行而停，把小牧童闭口注目鸣蝉的瞬间神态写得韵味十足。而“闭”和“立”两个动词，则把这个牧童天真的神态和孩子式的机智刻划得淋漓尽致。全诗纯用白描手法，紧紧抓住小牧童一刹那间的表现，逼真地写出小牧童非常机灵的特点，让人倍觉小牧童的纯真可爱。

这是一首反映儿童生活的诗篇，诗人在诗中赞美了小牧童充满童趣的生活画面。诗人先写小牧童的动态，那高坐牛背、大声唱歌的派头，何等散漫、放肆！后写小牧童的静态，那屏住呼吸，眼望鸣蝉的神情，何等专注！“此时无声胜有声”。这从动到静的变化，写得既突然又自然，把小牧童天真烂漫、好听多事的形象，刻画得活灵活现。这首诗正是在这种起伏变化中获得了巨大的艺术效果。诗的语言，明白如话，质朴无华，十分本色。至于下一步的动静，小牧童怎样捕蝉，捕到没有，诗人没有写，留给读者去体会、去遐想、去思考。

这首诗通过对自然环境和社会生活的描写，直接抒发生活的感受，看似闲情逸致，实则寄托情思。同时这首诗不顾及格律，活泼自由，语言浅显明了，形象自然生动。综观全诗，它所描绘的和平、宁静和优美如画的田园风光，所刻画的活泼、自在和天真无邪的牧童形象，表现了诗人的一种“真性情”。诗人曾经说过：“诗人者，不失其赤子之心也。”毋庸讳言，诗所描绘、所刻画的，正是诗人毕生追求的境界，也正是他所一再强调的“真性情”。

拓展阅读

香港回归

1841 年 1 月 26 日，第一次鸦片战争后，英国强占香港岛。1842 年 8 月 29 日，腐朽无能的清政府与英国签订不平等的《南京条约》，割让香港岛给英国。“遗民泪尽胡尘里，南望王师又一年。”香港人们时刻盼望回归祖国，正如爱国诗人闻一多先生所写的《七子之歌》所描述的一样："母亲呀，我哭泣号啕，呼你不应。母亲呀，快让我躲入你的怀抱！母亲！我要回来，母亲！"

1982年9月，英国首相玛格丽特·撒切尔夫人访华，邓小平就香港前途问题与其进行谈判。邓小平强调："关于主权问题，中国在这个问题上没有回转余地""应该明确规定：中国将于1997年收回香港。"双方最后达成共识，通过外交途径商谈解决香港问题。1997年7月1日香港回到祖国的怀抱，洗刷了民族百年耻辱，完成了实现祖国完全统一的重要一步，是彪炳中华民族史册的千秋功业。

《孟子·离娄下》："大人者，不失其赤子之心者也。"香港得以回归，自然与党的英明决断、国家的繁荣富强密不可分，从中也表现出了香港人民不忘根本，对国家民族的热爱与忠诚，这无时无刻不在教育我们对祖国和人民应该永葆赤子之心。

思考与练习

1. 清朝人沈德潜著的《说诗晬语》中说道："古人不废炼字法，然以意胜，而不以字胜，故能平字见奇，常字见险，陈字见新，朴字见色。"对诗词中炼字的赏析是诗词鉴赏中重要的一环，请从本单元诗词中选择一两处炼字的典型进行赏析，谈谈它们的妙处。

2. 本单元诗词大多塑造了儿童的形象，请比较鉴赏《小儿垂钓》和《所见》两者在塑造儿童形象上的表现手法。

3. 尊老爱幼历来便是我国优秀文化的传统。拥有快乐的童年是追求幸福人生的重要基石，请结合所学，思考应该如何呵护儿童的成长。

第二节　乱花迷人眼　审思辨真意

长歌行[1]

汉乐府

青青园中葵[2]，朝露待日晞[3]。
阳春布德泽[4]，万物生光辉。
常恐秋节至，焜黄华叶衰[5]。
百川东到海，何时复西归？
少壮不努力，老大[6]徒[7]伤悲！

【注释】

①长歌行：汉乐府曲题。这首诗选自《乐府诗集》卷三十，属相和歌辞中的平调曲。

②葵："葵"作为蔬菜名，指中国古代重要蔬菜之一。

③晞：天亮，引申为阳光照耀。

④"阳春"句：阳是温和。阳春是露水和阳光都充足的时候，露水和阳光都是植物所需要的，都是大自然的恩惠，即所谓的"德泽"。布：布施，给予。德泽：恩惠。

⑤"焜黄"句：焜黄，形容草木凋落枯黄的样子。华（huā），同"花"。衰，读"cuī"。

⑥老大：指年老了，老年。

⑦徒：白白地。

赏析

这是一首咏叹人生的歌。不先讲人生而从园中葵起调，这在写法上被称作"托物起兴"。园中葵在春天的早晨亭亭玉立，青青的叶片上滚动着露珠，在朝阳下闪着亮光，像一位充满青春活力的少年。诗人由园中葵的蓬勃生长推而广之，以点带面，写到整个自然界，由于有春天的阳光、雨露，万物都在闪耀着生命的光辉，到处是生机盎然、欣欣向荣的景象。这四句，字面上是对春天的礼赞，实际上是借物比人，是对人生最宝贵的东西——青春的赞歌。人生充满青春活力的时代，正如一年四季中的春天一样美好。

自然界的时序不停交换，转眼春去秋来，昔日奕奕生辉的叶子变得焦黄枯萎，丧失了活力。人生也是如此，由青春勃发而长大，而老死，也要经历一个新陈代谢的过程。这是一个不可移易的自然法则。诗人用“常恐秋节至”表达对“青春”稍纵即逝的珍惜，其中一个“恐”字，表现出人们对自然法则的无能为力，青春凋谢的不可避免。接着又从时序的更替联想到宇宙的无尽时间和无垠空间，时光像东逝的江河，一去不复返。由时间尺度来衡量人的生命也是老死以后不能复生。在这永恒的自然面前，人生就像叶上的朝露，一见太阳就被晒干了；就像青青葵叶，一遇秋风就枯黄凋谢了。

诗歌由对宇宙的探寻转入对人生价值的思考，终于推出“少壮不努力，老大徒伤悲”这一发聋振聩的结论，结束全诗。这个推理的过程，字面上没有写出来，但读者可循着诗人思维的轨迹，用自己的人生体验来补足：自然界的万物有一个春华秋实的过程，人生也有一个少年努力、老有所成的过程。自然界的万物只要有阳光雨露，秋天自能结实，人却不同，没有自身努力是不能成功的。万物经秋变衰，但却实现了生命的价值，因而不足伤悲；人则不然，因“少壮不努力”而老无所成，就等于空走世间一趟。调动读者思考，无疑比代替读者思考高明。正由于此，使这首诗避免了容易引人生厌的人生说教，使最后的警句显得浑厚有力，深沉含蓄，如洪钟长鸣一般，深深地打动了读者的心。句末中的“徒”字意味深长：一是说老大无成，人生等于虚度了；二是说老年时才醒悟将于事无补，徒叹奈何，意在强调必须及时努力。这首诗由眼前青春美景想到人生易逝，鼓励青年人要珍惜时光，出言警策，催人奋起。

画

王维

远看山有色[①]，近听水无声。

春去花还在，人来鸟不惊。

【注释】

①色：颜色，也有景色之意。

作者简介

王维（701—761年），字摩诘，号摩诘居士，唐朝诗人。有“诗佛”之称。王维诗书画都很有名，多才多艺，音乐也很精通。与孟浩然合称“王孟”。

赏析

此诗描写的是自然景物，赞叹的却是一幅画。前两句写其山色分明，流水无声；后两句描述其花开四季，鸟不怕人。四句诗构成了一幅完整的山水花鸟图。全诗对仗工整，尤其是诗中多组反义词的运用，使其节奏清晰，平仄分明，韵味十足，读着琅琅上口。全诗读起来似乎句句违反自然规律，其实正是暗中设谜，写出了画的特点。

首句“远看山有色”，写的是直观的客观物象。此乃“静境”，因其距离而产生美感，让人觉得其有无限的风光。第二句“近听水无声”，有“动境”，因为源头活水来。而无声二字又进入静境，宁静致远，和首句并无矛盾之处。在动静的取舍上诗人做到游刃有余。

“春去花还在，人来鸟不惊。”花儿在那个最美的季节里尽情地开放，并最终将自己的生命燃烧般地开到最美。美到极致后，飘然而去。但此中花儿不谢，鸟儿不惊，却不知青春已尽，岁月已逝。徒留下多少悔恨。

诗中的画似乎代表着一种梦想，一种可见而不可得的梦想，但那种梦想只是在人的心灵处于一种安静的状态中我们才能够想起。这种梦想不可得已是事实，诗人唯有带着淡淡的幽思去寻觅世间最后的能够寄托情怀的东西。人已去，空留花，鸟未惊，人又来，没有永恒的美丽，而一切的美丽都将隐于虚幻。

夜宿山寺①

李白

危楼②高百尺，手可摘星辰。

不敢高声语③，恐④惊天上人。

【注释】

①宿：住，过夜。

②危楼：高楼，这里指山顶的寺庙。

③语：说话。

④恐：唯恐，害怕。惊：惊动。

赏析

这是李白一首纪游写景的诗歌。诗的内容记录了李白夜游寺庙的有趣经历。全诗没有一个生僻字，从头到尾用夸张的手法，形象而又逼真地写出了山寺之奇高，星夜之奇妙。

前两句是写山寺之高。第一句正面描绘寺楼的峻峭挺拔、高耸入云。一个“危”字，倍显突兀醒目，与“高”字在同句中的巧妙组合，就确切、生动、形象地将山寺屹立山巅、雄视寰宇的非凡气势淋漓尽致地描摹了出来。次句以极其夸张的技法来烘托山寺之高耸云霄。字字将读者的审美视线引向星汉灿烂的夜空，非但没有“高处不胜寒”的感慨，反给人旷阔感，以星夜的美丽引起人们对高耸入云的“危楼”的向往。

后两句是写登楼的心理感受。“不敢”写出了作者夜临“危楼”时的心理状态，从诗人“不敢”与深“恐”的心理中，读者完全可以想象到“山寺”与“天上人”的相距之近，这样，山寺之高也就不言自明了。诗人用夸张的艺术手法，描绘了山寺的高耸，给人以丰富的联想。山上的这座楼好像有百尺高，诗人站在楼顶就可以用手摘下天上的星星。在这儿都不敢大声说话，唯恐惊动了天上的仙人。

此诗语言自然朴素，却形象逼真，堪称“平字见奇”的绝世佳作。诗人借助大胆想象，渲染山寺之奇高，把山寺的高耸和夜晚的恐惧写的很逼真，从而将一座几乎不可想象的宏伟建筑展现在读者面前，给人身临其境的感觉。摘星辰、惊天人，这些仿佛是童稚的想法，被诗人信手拈来，用入诗中，让人顿感情趣盎然，有返璞归真之妙。

咏柳

贺知章

碧玉①妆②成一树③高，万条垂下绿丝绦④。

不知细叶谁裁⑤出，二月春风似剪刀。

【注释】

①碧玉：碧绿色的玉。这里用以比喻春天嫩绿的柳叶。

②妆：装饰，打扮。

③一树：满树。一：满，全。

④绦（tāo）：用丝编成的绳带。这里指像丝带一样的柳条。

⑤裁：裁剪。

作者简介

贺知章（659—744年），字季真，号四明狂客，唐代著名诗人。诗作以绝句见长，风格独特，清新潇洒，著名的《咏柳》《回乡偶书》两首脍炙人口，千古传诵。

赏析

这是一首咏叹柳树的诗歌。语言既晓畅，又华美。

第一句写树，将树拟人化，让人读时能感觉出柳树就像一位经过梳妆打扮的亭亭玉立的美人。这里的“碧玉”有两层含义：一是碧玉这名字和柳的颜色有关，“碧”和下句的“绿”是互相生发、互为补充的。二是碧玉这个字在人们头脑中永远留下年轻的印象。“碧玉”二字用典而不露痕迹，南朝乐府有《碧玉歌》，其中“碧玉破瓜时”已成名句。还有南朝萧绎《采莲赋》有“碧玉小家女”，也很有名，后来形成“小家碧玉”这个成语。“碧玉妆成一树高”就自然地把眼前这棵柳树和古代的妙龄少女联系起来，而且联想到她穿一身嫩绿，楚楚动人，充满青春活力。

第二句就此联想到那垂垂下坠的柳叶就是少女身上垂坠的绿色丝织裙带。中国是产丝大国，丝绸为天然纤维的皇后，向以端庄、华贵、飘逸著称，那么，这棵柳树的风韵就可想而知了。

第三句由“绿丝绦”继续联想，这些如丝绦的柳条似的细细的柳叶儿是谁剪裁出来的呢？先用一问来赞美巧夺天工可以传情的如眉的柳叶，最后一答，是二月的春风姑娘用她那灵巧的纤纤玉手剪裁出这些嫩绿的叶儿，给大地披上新装，给人们以春的信息。这两句把比喻和设问结合起来，用拟人手法刻画春天的美好和大自然的工巧，新颖别致，把春风孕育万物形象地表现出来了，烘托无限的美感。

这首诗的结构独具匠心，先写对柳树的总体印象，再写到柳条，最后写柳叶，由总到分，条序井然。借柳树歌咏春风，把春风比作剪刀，说她是美的创造者，赞美她裁出了春天。诗中洋溢着人逢早春的欣喜之情。

惠崇春江晚景①

苏轼

竹外桃花三两枝，春江水暖鸭先知。

蒌蒿②满地芦芽短，正是河豚③欲上④时。

【注释】

①惠崇（亦为慧崇）：福建建阳僧，宋初九僧之一，能诗能画。《春江晚景》是惠崇所作画名，共两幅，一幅是鸭戏图，一幅是飞雁图。钱钟书《宋诗选注》中为“晓景”。诸多注本，有用“晓景”、有用“晚景”，此从《东坡全集》及清以前注本用“晚景”。

②蒌蒿：草名，有青蒿、白蒿等种。芦芽：芦苇的幼芽，可食用。

③河豚：鱼的一种，学名“鲀”，肉味鲜美，但是卵巢和肝脏有剧毒。产于我国沿海和一些内河。每年春天逆江而上，在淡水中产卵。

④上：指逆江而上。

作者简介

苏轼（1037—1101年），字子瞻、和仲，号铁冠道人、东坡居士，世称苏东坡、苏仙，北宋著名文学家、书法家、画家，历史治水名人。

赏析

《惠崇春江晚景二首》是苏轼于公元1085年（神宗元丰八年）在汴京（今河

南开封）为惠崇所绘的《春江晚景》两幅所写的题画诗。本首诗是其第一首。

第一句“竹外桃花三两枝”，这并非简单陈述，而是透出很多信息。首先，它显示出竹林的稀疏，要是细密，就无法见到桃花了。其次，它表明季节，点出了一个“早”字。春寒刚过，还不是桃花怒放之时，但春天的无限生机和潜力，已经透露出来。

第二句“春江水暖鸭先知”，视觉由远及近，即从江岸到江面。“鸭先知”侧面说明春江水还略带寒意，因而别的动物都还没有敏感到春天的来临，这就与首句中的桃花“三两枝”相呼应，表明早春时节。“鸭知水暖”这种诉之于感觉和想象的事物，画面是难以传达的，诗人却通过设身处地的体会，在诗中表达出来。缘情体物又移情于物，江中自由嬉戏的鸭子最先感受到春水温度的回升，用触觉印象“暖”补充画中春水潋滟的视觉印象。鸭之所以能“先知春江水暖”是因为它们长年生活在水中，只要江水不结冰，它总要跳下去凫水嬉戏。因此，首先知道春江水温变化的自然就是这些与水有着密切关系的鸭子。这就说明：凡事都要亲历其境，才会有真实的感受。这句诗不仅反映了诗人对自然的入微观察，还凝聚了诗人对生活的哲理思索。

后两句诗仍然紧扣“早春”来进行描写，那满地蒌蒿、短短的芦芽，黄绿相间、艳丽迷人，呈现出一派春意盎然、欣欣向荣的景象。“河豚欲上”借河豚只在春江水暖时才往上游的特征，进一步突出一个“春”字，本是画面所无，也是画笔难到的，可是诗人却成功地“状难写之景如在目前”，给整个画面注入了春天的气息和生命的活力。“正是河豚欲上时”画面虽未描写河豚的动向，但诗人却从蒌蒿丛生、芦苇吐芽推测而知“河豚欲上”，从而画出海豚在春江水发时沿江上行的形象，用想象得出的虚境补充了实境。诗人通过这样的笔墨，把无声的、静止的画面，转化为有声的、活动的诗境。在诗人眼里，这幅画已经不再是画框之内平面的、静止的纸上图景，而是以内在的深邃体会和精微的细腻观察给人以生态感。前者如画，后者逼真，两者混同，不知何者为画境，何者为真景。诗人的艺术联想拓宽了绘画所表现的视觉之外的天地，使诗情、画意得到了完美的结合。

观书有感·其一

朱熹

半亩方塘①一鉴②开，天光云影共徘徊③。
问渠④那得⑤清如许⑥？为⑦有源头活水来⑧。

【注释】

①方塘：又称半亩塘，在福建尤溪城南郑义斋馆舍（后为南溪书院）内。朱熹父亲朱松与郑交好，故尝有《蝶恋花·醉宿郑氏别墅》词云："清晓方塘开一境。落絮如飞，肯向春风定。"

②鉴：一说为古代用来盛水或冰的青铜大盆。镜子；也有学者认为是镜子，指像鉴（镜子）一样可以照人。

③"天光"句：是说天的光和云的影子反映在塘水之中，不停地变动，犹如人在徘徊。

④渠：它，第三人称代词，这里指方塘之水。

⑤那得：怎么能够。"那"通"哪"，怎么。

⑥清如许：这样清澈。

⑦为：因为。

⑧源头活水：比喻知识是不断更新和发展的，从而不断积累，只有在人生的学习中不断地学习、运用和探索，才能使自己永保先进和活力，就像水源头一样。

作者简介

朱熹（1130—1200年），字元晦，一字仲晦，号晦庵，晚称晦翁，又称紫阳先生、南宋著名的理学家、思想家、哲学家、教育家、诗人、闽学派的代表人物，世称朱子，是继孔子、孟子以来最杰出的弘扬儒学的大师。

赏析

这是一首借景喻理的名诗。

全诗以方塘作比喻，形象地表达了一种微妙难言的读书感受。描绘事物本身感性的形象时，又蕴涵了理性的东西，既写得清新自然，又略带禅机。池塘并不是一泓死水，而是常有活水注入，因此像明镜一样，清澈见底，映照着天光云影。

这种情景，同一个人在读书中思考问题、获得新知而大有收益时的情形颇为相似。这首诗所表现的读书有悟、有得时的那种灵气流动、思路明畅、精神清新活泼而自得自在的境界，正是作者作为一位大学问家切身的读书感受。诗中所表达的这种感受虽然仅就读书而言，却寓意深刻，内涵丰富，可以做广泛的理解。特别是“问渠那得清如许，为有源头活水来”两句，借水之清澈，是因为有源头活水不断注入，暗喻人要心灵澄明，就得认真读书，时时补充新知识。因此人们常常用来比喻不断学习新知识，才能达到新境界。人们也用这两句诗来赞美一个人的学问或艺术的成就，自有其深厚的渊源。读者也可以从这首诗中得到启发，只有思想永远活跃，以开明宽阔的胸襟，接受种种不同的思想、鲜活的知识，广泛包容，方能才思不断，新水长流。这两句诗已凝缩为常用成语“源头活水”，用以比喻事物发展的源泉和动力。

诗中就是以象征的手法，将这种内心感觉化作可以感触的具体形象加以描绘，让读者自己去领略其中的奥妙。所谓“源头活水”，当指书写者内心那不竭的艺术灵感。

春日

朱熹

胜日①寻芳②泗水③滨④，无边光景⑤一时新。

等闲⑥识得东风⑦面，万紫千红总是春。

【注释】

①胜日：天气晴朗的好日子，也可看出人的好心情。

②寻芳：游春，踏青。

③泗水：河名，在山东省。

④滨：水边，河边。

⑤光景：风光风景。

⑥等闲：平常、轻易。“等闲识得”是容易识别的意思。

⑦东风：春风。

赏析

从字面上看，这首诗好像是写游春观感，但细究寻芳的地点是泗水之滨，而此地在宋南渡时早被金人侵占。朱熹未曾北上，当然不可能在泗水之滨游春吟赏。其实诗中的“泗水”是暗指孔门，因为春秋时孔子曾在洙、泗之间弦歌讲学，教授弟子。因此所谓“寻芳”即是指求圣人之道。“无边光景”所示空间极其广大，就透露了诗人膜求圣道的本意。“东风”暗喻教化，“万紫千红”喻孔学的丰富多彩。诗人将圣人之道比作催发生机、点燃万物的春风。这其实是一首寓理趣于形象之中的哲理诗。哲理诗而不露说理的痕迹，这是诗人的高明之处。

拓展阅读

以人为镜，可以明得失

唐贞观十七年（公元643年），直言敢谏的魏征病逝。唐太宗很难过，他流着眼泪说：“夫以铜为镜，可以正衣冠；以史为镜，可以知兴替；以人为镜，可以明得失。魏征没，朕亡一镜矣！”——这堪称对魏征人生价值的最高评价。

魏征原是李建成的属下，还曾经劝说李建成杀害唐太宗。唐太宗即位以后，把魏征提拔为谏议大夫。魏征经常向太宗提意见，他看到太宗有不对的地方，就当面力争。有时候甚至让唐太宗下不了台。有一次，魏征在上朝的时候，跟唐太宗争得面红耳赤。唐太宗憋了一肚子气回到内宫，见了他的妻子长孙皇后，气冲冲地说：“总有一天，我要杀死这个乡巴佬！”长孙皇后很少见太宗发那么大的火，问他说：“不知道陛下想杀哪一个？”唐太宗说：“还不是那个魏征！他总是当着大家的面侮辱我，叫我实在忍受不了！”长孙皇后听了，一声不吭，回到自己的内室，换了一套朝见的礼服，向太宗下拜。唐太宗惊奇地问道：“你这是干什么？”长孙皇后说：“我听说英明的天子才有正直的大臣，现在魏征这样正直，正说明陛下的英明，我怎么能不向陛下祝贺呢！”

这一番话就像一盆清凉的水，把太宗满腔怒火浇熄了。后来，他不但不记恨魏征，反而更加倚重魏征。唐太宗从长孙皇后的劝导中，摆脱了虚荣的蒙蔽，不再被主观情绪所左右，真正洞悉到魏征的赤胆忠心，这其中的明辨审思，正是我们在学习和生活当中需要借鉴的地方。

思考与练习

1.《长歌行》中描写大自然的景物的目的是什么？如何理解“少壮不努力，老大徒伤悲”一句？

2. 请结合现实，谈谈《雪梅》中的“梅须逊雪三分白，雪却输梅一段香”给你的哲理感受。

3. 直白的说教，总是让人心生抵触，把复杂的东西形象委婉地表述，更易于让人接受。本单元中的诗词多含有深奥的哲理，试分析作者是如何委婉表述的。

第三节　少年当拏云　风鹏举羽翼

望岳

杜甫

岱宗夫如何①？齐鲁青未了②。
造化钟神秀③，阴阳割昏晓④。
荡胸生曾云⑤，决眦入归鸟⑥。
会当凌绝顶⑦，一览众山小⑧。

【注释】

①岱宗夫如何：五岳之首的泰山的怎么样？岱宗：泰山，亦名岱山或岱岳，五岳之首。如何：怎么样。

②齐鲁青未了：在齐鲁大地上，那苍翠的美好山色没有尽头。青未了：指郁郁苍苍的山色无边无际，浩茫浑涵，难以尽言。青：指苍翠、翠绿的美好山色。未了：不尽，不断。

③造化钟神秀：大自然把神奇秀丽的景象全都汇聚其中。造化：大自然。钟：聚集。神秀：天地之灵气，神奇秀美。

④阴阳割昏晓：山南山北阴阳分界，晨昏迥然不同。阴阳：阴指山的北面，

阳指山的南面，这里指泰山的南北。割：分。夸张的说法。

⑤荡胸生曾云：望着那升腾的层层云气，心胸摇荡。曾：同“层”，重叠。

⑥决眦入归鸟：睁大眼睛远望归鸟回旋入山，眼角好像要裂开一样。决眦（zì）：眼角（几乎）要裂开。决：裂开。入：收入眼底，即看到。

⑦会当凌绝顶：定要登上那最高峰。会当：终当，定要。凌：登上。凌绝顶，即登上最高峰。

⑧一览众山小：俯瞰在泰山面前显得渺小的群山。小：形容词的意动用法，意思为“以……为小”。

作者简介

杜甫（712—770年），字子美，自号少陵野老，世称“杜工部”“杜少陵”等，唐代著名的现实主义诗人。杜甫被世人尊为“诗圣”，其诗被称为“诗史”。他忧国忧民，人格高尚，他的1400余首诗被保留了下来，诗艺精湛，在中国古典诗歌中备受推崇，影响深远。

赏析

杜甫有三首《望岳》，其旨趣、风格的不同，恰好能代表杜甫在青年、中年、暮年三个时期的心态。这首咏泰山的《望岳》是杜甫青年时代的作品，表现的是一种积极用世的思想，因而给人雄奇壮阔的感觉。

这首诗通过描绘泰山雄伟磅礴的景象，热情赞美了泰山高大巍峨的气势和神奇秀丽的景色，流露出了对祖国山河的热爱之情，表达了诗人不怕困难、敢攀顶峰、俯视一切的雄心和气概，以及卓然独立、兼济天下的豪情壮志。一二句写泰山山脉绵延辽阔；三四句写泰山雄峻磅礴；五六句写仔细远望，见群峰云生，仿佛有归鸟入谷；七八句想象将来登山所见景象，同时抒发自己的抱负。

全诗以诗题中的“望”字统摄全篇，句句写望岳，但通篇并无一个“望”字，而能给人以身临其境之感，可见诗人的谋篇布局和艺术构思的精妙奇绝。这首诗寄托虽然深远，但通篇只见登览名山之兴会，丝毫不见刻意比兴的痕迹。若论气骨峥嵘，体势雄浑，更是后出之作难以企及的。

出塞

王昌龄

秦时明月汉时关，万里长征人未还。

但使①龙城飞将②在，不教③胡马④度⑤阴山⑥。

【注释】

①但使：只要。

②龙城飞将:《汉书·卫青霍去病传》载：元光六年（前129年），卫青为车骑将军，出上谷，至笼城，斩首虏数百。笼城，颜师古注曰:“笼”与“龙”同。龙城飞将指的是卫青奇袭龙城的事情。也有人认为龙城飞将中飞将指的是汉飞将军李广，龙城是唐代的卢龙城（卢龙城就是汉代的李广练兵之地，在今河北省喜峰口附近一带，为汉代右北平郡所在地），纵观李广一生主要的时间都在抗击匈奴，防止匈奴掠边。这里指英勇善战的将领。

③教：令，使。

④胡马：指侵扰内地的外族骑兵。

⑤度：越过。

⑥阴山：位于今内蒙古中部及河北北部。

作者简介

王昌龄（698—756年），字少伯，盛唐著名边塞诗人。后人誉为“七绝圣手”，有“诗家夫子王江宁”之誉。

赏析

《出塞》是唐代诗人王昌龄的一组边塞诗，共两首，这是第一首。诗歌以雄劲的笔触，对当时的边塞战争生活作了高度的艺术概括，慨叹边战不断以及国无良将，反映出人民要求平息边患享受安定生活的美好愿望。

这首诗虽然只有短短四句，但是通过对边疆景物和征人心理的描绘，表现的内容是复杂的。既有对久戍士卒的浓厚同情和结束这种边防不顾局面的愿望，又流露了对朝廷不能选贤任能的不满，同时又以大局为重，认识到战争的正义性，考虑到个人利益服从国家安全的需要，发出了“不教胡马度阴山”的誓言，洋溢着爱国激情。

诗人并没有对边塞风光进行细致的描绘，他只是选取了征戍生活中的一个典型画面来揭示士卒的内心世界。景物描写只是用来刻划人物思想感情的一种手段，汉关秦月，无不是融情入景，浸透了人物的感情色彩。把复杂的内容熔铸在四句诗里，深沉含蓄，耐人寻味。

从军行

王昌龄

青海[①]长云[②]暗雪山[③]，孤城[④]遥望玉门关[⑤]。

黄沙百战穿金甲，不破[⑥]楼兰[⑦]终不还[⑧]。

【注释】

①青海：指青海湖，在今青海省。唐朝大将哥舒翰筑城于此，置神威军戍守。

②长云：层层浓云。

③雪山：即祁连山，山巅终年积雪，故云。

④孤城：即边塞古城。

⑤玉门关：汉置边关名，在今甘肃敦煌西。一作“雁门关”。

⑥破：一作“斩”。

⑦楼兰：汉时西域国名，即鄯善国，在今新疆维吾尔自治区鄯善县东南一带。西汉时楼兰国王与匈奴勾结，屡次杀害汉朝通西域的使臣。此处泛指唐西北地区常常侵扰边境的少数民族政权。

⑧终不还：一作“竟不还”。

赏析

《从军行》是唐代诗人王昌龄的组诗作品，共七首，这是第四首。这首诗歌通过对塞外辽阔的战场景象和激烈征战生活的描写，抒发了誓死报国的壮烈情怀。

“青海长云暗雪山，孤城遥望玉门关”，诗人在开篇描绘了一幅壮阔苍凉的边塞风景，概括了西北边陲的状貌。这两句写景中包含丰富的感情，有戍守边疆将士们对边防的关注，有他们对自己能担负保家卫国责任的自豪，也有边疆环境恶劣，将领戍边生活艰苦的孤寂心情，种种感情都融进了这苍凉辽阔、迷茫昏暗的景象中。

“黄沙百战穿金甲，不破楼兰终不还。”两句由情景交融的环境描写转为直接抒情。“黄沙百战穿金甲”，是概括力极强的诗句。戍边时间之漫长，战事之频繁，战斗之艰苦，敌军之强悍，边地之荒凉，都于此七字中概括无遗。“百战”是比较抽象的，冠以“黄沙”二字，就突出了西北战场的特征，“百战”而至“穿金甲”，更可想见战斗之艰苦激烈，也可想见这漫长的时间中有一系列“白骨掩蓬蒿”式的壮烈牺牲。但是，金甲尽管磨穿，将士的报国壮志却并没有销磨，而是在大漠风沙的磨炼中变得更加坚定。“不破楼兰终不还”，就是身经百战的将士豪壮的誓言。上一句把战斗之艰苦、战事之频繁越写得突出，这一句便越显得铿锵有力、掷地有声。

盛唐优秀的边塞诗有一个重要的思想特色，就是在抒写戍边将士的豪情壮志的同时，并不回避战争的艰苦，本篇就是一个显例。正是因为有一、二两句那种含蕴丰富的大处落墨的环境描写，三、四两句才不是空洞肤浅的抒情。典型环境与人物感情高度统一，是王昌龄绝句的一个突出优点，这在本篇中也有明显的体现。

凉州词①

王翰

葡萄美酒夜光杯②，欲③饮琵琶④马上催⑤。

醉卧沙场⑥君莫笑，古来征战几人回？

【注释】

①凉州词：唐乐府名，属《近代曲辞》，是《凉州曲》的唱词，盛唐时流行的一种曲调名。王翰写有《凉州词》两首，慷慨悲壮，广为流传。而这首《凉州词》被明代王世贞推为唐代七绝的压卷之作。

②夜光杯：玉石制成的酒杯，当把美酒置于杯中，放在月光下，杯中就会闪闪发亮，夜光杯由此而得名。

③欲：将要。

④琵琶：这里指作战时用来发出号角的声音时用的。

⑤催：催人出征；也有人解作鸣奏助兴。

⑥沙场：平坦空旷的沙地，古时多指战场。

作者简介

王翰（687—726 年），字子羽，唐代著名边塞诗人。

赏析

《凉州词》是唐代诗人王翰的组诗作品，共两首，这是第一首。它渲染了出征前盛大华贵的酒筵以及战士们痛快豪饮的场面，表现了战士们将生死置之度外的旷达、奔放的思想感情。千百年来，这首诗一直为人们所传诵。

先看前两句，“葡萄美酒夜光杯”，犹如突然间拉开帷幕，在人们的眼前展现出五光十色、琳琅满目、酒香四溢的盛大筵席。这景象使人惊喜，使人兴奋，为全诗的抒情创造了气氛，定下了激昂的基调。“欲饮琵琶马上催”是说正在大家准备畅饮之时，乐队也奏起了琵琶，更增添了欢快的气氛。但是这一句的最后一个“催”字却让后人产生了很多猜测，众口不一，有人说是催出发，但和后两句似乎难以贯通。有人解释为：催尽管催，饮还是照饮。这也不切合将士们豪放俊爽的精神状态。“马上”二字，往往又使人联想到“出发”，其实在西域胡人中，琵琶本来就是骑在马上弹奏的。“琵琶马上催”，应是着意渲染一种欢快宴饮的场面。

诗歌三、四两句写的是席间的劝酒之词，并不是什么悲伤之情。虽有几分“谐谑”，却也为尽情酣醉寻得了最具有环境和性格特征的“理由”。“醉卧沙场”，表现出来的不仅是豪放、开朗、兴奋的感情，而且还有着视死如归的勇气，这和豪华的筵席所显示的热烈气氛是一致的。这是一个欢乐的盛宴，那场面和意境决不是一两个人在那儿浅斟低酌，借酒浇愁。那明快的语言、跳动跌宕的节奏所反映出来的情绪是奔放的，狂热的，其展现出的是一种激动和向往的艺术魅力，这正是盛唐边塞诗的特色。

塞下曲①

卢纶

月黑②雁飞高，单于③夜遁④逃。

欲将⑤轻骑⑥逐，大雪满弓刀。

【注释】

①塞下曲：古时边塞的一种军歌。

②月黑：没有月光。

③单于（chán yú）：匈奴的首领。这里指入侵者的最高统帅。

④遁：逃走。

⑤将：率领。

⑥轻骑：轻装快速的骑兵。

作者简介

卢纶（739—799年），字允言，唐代诗人，大历十才子之一。著有《卢户部诗集》。

赏析

这是一首描写守关将士夜追敌兵的诗，是卢纶组诗《塞下曲》中的第三首。卢纶曾任幕府中的元帅判官，对行伍生活有体验，描写此类生活的诗比较充实，风格雄劲。这首诗写将军雪夜准备率兵追敌的壮举，气概豪迈。

诗由写景开始，“月黑雁飞高”并非眼中之景，而是意中之景。雪夜月黑，本不是雁飞的正常时刻；而宿雁惊飞，透露出敌人正在行动。寥寥五字，既交代了时间为冬季，又烘托出了战前的紧张气氛。

“单于夜遁逃”，敌人夜间行动，并非率兵来袭，而是借月色的掩护仓皇逃遁。诗句语气肯定，判断明确，充满了对敌人的蔑视和我军的必胜信念，令读者为之振奋。

后两句写将军准备追敌的场面，气势不凡。“欲将轻骑逐”，将军发现敌军潜逃，要率领轻装骑兵去追击；不仅仅因为轻骑快捷，同时也显示出了一种高度的自信。当勇士们列队准备出发时，一场纷纷扬扬的大雪下了起来，虽然站立不过片刻，刹那间弓刀上却落满了雪花。遮掩了他们武器的寒光。他们就像一支支即将离弦的箭，虽然尚未出发，却满怀着必胜的信心。最后一句“大雪满弓刀”是严寒景象的描写，突出表达了战斗的艰苦性和将士们奋勇的精神。

本诗区区20个字，虽然没有直接写激烈的战斗场面，却留给了读者广阔的想象空间，营造了诗作意蕴悠长的氛围。

石灰吟[1]

于谦

千锤万凿[2]出深山，烈火焚烧若等闲[3]。

粉骨碎身浑不怕[4]，要留清白[5]在人间。

【注释】

①石灰吟：赞颂石灰。吟：吟颂。指古代诗歌体裁的一种名称（古代诗歌的一种形式）。

②万凿：一作“万击”。

③若等闲：好像很平常的事情。

④浑不怕：一作“全不怕”。

⑤清白：指石灰洁白的本色，又比喻高尚的节操。

作者简介

于谦（1398—1457年），字廷益，号节庵，官至少保，世称于少保。天顺元年因“谋逆罪”被冤杀，谥曰忠肃，有《于忠肃集》。于谦与岳飞、张煌言并称“西湖三杰”。

赏析

这是一首托物言志诗。作者以石灰作比喻，表达自己为国尽忠，不怕牺牲的意愿和坚守高洁情操的决心。作为咏物诗，若只是事物的机械实录而不寄寓作者的深意，那就没有多大价值。这首诗的价值就在于处处以石灰自喻，咏石灰即是咏自己磊落的襟怀和崇高的人格。

首句“千锤万凿出深山”是形容开采石灰石很不容易。次句“烈火焚烧若等闲”，“烈火焚烧”是指烧炼石灰石，加“若等闲”三字，又使人感到不仅是在写烧炼石灰石，还象征着志士仁人无论面临着怎样严峻的考验，都从容不迫，视若等闲。第三句“粉骨碎身浑不怕”，“粉身碎骨”极形象地写出将石灰石烧成石灰粉，而“浑不怕”三字又使我们联想到其中寓有的不怕牺牲的精神。最后一句“要留清白在人间”，更是作者在直抒情怀，立志要做纯洁清白的人。

于谦为官廉洁正直，曾平反冤狱，救灾赈荒，深受百姓爱戴。明英宗时，瓦剌入侵，明英宗被俘。于谦议立明景帝，亲自率兵固守北京，击退瓦剌，使人民免遭蒙古贵族再次野蛮统治。但英宗复辟后却以“谋逆罪”诬杀了这位民族英雄。这首《石灰吟》可以说是于谦生平和人格的真实写照。

七律·长征①

毛泽东

红军不怕远征难，万水千山只等闲②。
五岭逶迤腾细浪③，乌蒙磅礴走泥丸④。
金沙水拍云崖暖⑤，大渡桥横铁索寒⑥。
更喜岷山⑦千里雪，三军⑧过后尽开颜。

【注释】

①七律：律诗的一种。长征：1934 年 10 月间，中央红军主力从中央革命根据地出发作战略大转移，经过福建、江西、广东、湖南、广西、贵州、四川、云南、西藏、甘肃、陕西等十一省，击溃了敌人多次的围追和堵截，战胜了军事上、政治上和自然界的无数艰险，行军二万五千里，终于在 1935 年 10 月到达陕北革命根据地。

②等闲：不怕困难，不可阻止。

③五岭逶迤腾细浪：绵延不断的五岭，在红军看来只不过是微波细浪在起伏。五岭：大庾岭，骑田岭，都庞岭，萌渚岭，越城岭，横亘在江西、湖南、两广之间。逶迤：形容道路、山脉、河流等弯弯曲曲，连绵不断的样子。

④乌蒙磅礴走泥丸：气势雄伟的乌蒙山，在红军眼里也不过是一颗泥丸。乌蒙：乌蒙山，在贵州西部与云南东北部的交界处，北临金沙江，山势陡峭。1935 年 4 月，红军长征经过此地。泥丸：小泥球。

⑤金沙水拍云崖暖：金沙江浊浪滔天，拍击着高耸入云的峭壁悬崖，给人温暖的感受。金沙：金沙江，指长江上游自青海省玉树县至四川省宜宾市的一段，云南等地也有支流。1935 年 5 月，红军曾强渡云南省禄劝县皎平渡渡口。云崖暖：是指浪花拍打悬崖峭壁，溅起阵阵雾水，在红军的眼中像是冒出的蒸汽一样。（云崖：高耸入云的山崖。暖：被一些学者指为红军巧渡金沙江后的欢快心情，也有学者说意思为直译后的温暖。）

⑥大渡桥横铁索寒：大渡河险桥横架，晃动着凌空高悬的根根铁索，使人感到深深的寒意。大渡桥：指四川省西部泸定县大渡河上的泸定桥。铁索：大渡河上泸定桥，它是用十三根铁索组成的桥。寒：影射敌人的冷酷与形势的严峻。

⑦岷（mín）山：中国西部大山。位于甘肃省西南、四川省北部。西北－东南走向。西北接西倾山，南与邛崃山相连。包括甘肃南部的迭山，甘肃、四川边境的摩天岭。

⑧三军：红军一方面军、二方面军、四方面军。

赏析

《七律·长征》写于1935年9月下旬，10月定稿。它是作于红军战士越过岷山后，长征即将胜利结束前不久的途中。诗作不仅以精炼之笔高度地概括了红军夺关杀敌的战斗历程，而且用革命的激情艺术地、形象地表现了红军战士不屈不挠、英勇顽强的大无畏气概和革命乐观主义精神。

《七律·长征》境界浩大，气象阔远，意境雄浑，感情奔放，构思奇伟。诗中对仗极为工整，用词极为精妙。它是浩瀚诗海中一颗熠熠生辉的明珠，是中国文学史上一首不可多得的歌咏重大历史事件的史诗。全诗对张牙舞爪、穷凶极恶的敌人不置一字，视之若无。

拓展阅读

中印加勒万河谷冲突

2020年6月15日晚，在中印边境加勒万河谷地区，印军打破双方军长级会晤达成的共识，违背承诺，在加勒万河谷现地局势已经趋缓情况下，再次跨越实控线非法活动，蓄意发动挑衅攻击，甚至暴力攻击中方前往现地交涉的官兵，进而引发激烈肢体冲突，造成人员伤亡。中国边防部队果断采取自卫措施，对印方暴力行径予以坚决回击，有效捍卫了国家主权和领土完整。

在激烈斗争中，战士陈祥榕突入重围营救营长陈红军，奋力反击，英勇牺牲，年仅18岁；战士肖思远，突围后义无反顾返回营救战友，战斗至生命最后一刻，年仅23岁；战士王焯冉，在渡河前去支援途中，拼力救助被冲散的战友脱险，自己却淹没在冰河之中，年仅23岁。2021年2月，中央军委给陈祥榕、肖思远、王焯冉追记一等功。

“清澈的爱，只为中国”，英雄许国，山河方能无恙。英雄的青春热血献给了祖国，英雄的形象永远会被铭记。寸寸山河寸寸金，我们青少年立志当求高远，心系国家，才能实现个人的价值和社会价值的统一。

思考与练习

1.《出塞》被人推奖为唐人七绝压轴之作，乃是平凡之中见妙处，而妙就妙在“秦时明月汉时关”，试分析这句诗的妙处？

2.《石灰吟》这首诗采用了什么表现手法，表达了作者怎样的志向？

第四节　仁者怀天下　白首忧黔黎

悯农二首[①]

李绅

春种一粒粟[②]，秋收[③]万颗子。
四海[④]无闲田，农夫犹[⑤]饿死。

锄禾[⑥]日当午，汗滴禾下土。
谁知盘中餐[⑦]，粒粒皆辛苦？

【注释】

①悯：怜悯。这里有同情的意思。诗一作《古风二首》。这两首诗的排序各版本有所不同。

②粟：泛指谷类。

③秋收：一作“秋成”。子：指粮食颗粒。

④四海：指全国。闲田：没有耕种的田。

⑤犹：仍然。

⑥禾：谷类植物的统称。

⑦餐：一作“飧”。熟食的通称。

作者简介

李绅（772—846年）字公垂，与元稹、白居易交游甚密，他是在文学史上产生过巨大影响的新乐府运动的参与者。作有《乐府新题》20首，已佚。

赏析

《悯农二首》是唐代诗人李绅的组诗作品。这组诗深刻地反映了中国封建时代农民的生存状态。

第一首诗具体而形象地描绘了到处硕果累累的景象，突出了农民辛勤劳动获得丰收却两手空空、惨遭饿死的现实问题；第二首诗描绘了在烈日当空的正午，农民在田里劳作的景象，概括地表现了农民终年辛勤劳动的生活，最后以语近意深的格言，表达了诗人对农民真挚的同情之心。组诗选取了比较典型的生活细节和人们熟知的事实，集中地刻画了当时社会的矛盾。风格简朴厚重，语言通俗质朴，音节和谐明快，并运用了虚实结合与对比手法，增强了诗的表现力。

诗歌语言通俗、质朴，音节和谐明快，朗朗上口，容易背诵，也是这两首小诗长期在人民中流传的原因。

蜂

罗隐

不论平地与山尖，无限风光[①]尽被占。

采得百花成蜜后，为谁辛苦为谁甜？

【注释】

①无限风光：极其美好的风景。

作者简介

罗隐（833—910 年），字昭谏，唐代诗人。

赏析

罗隐的咏物诗是在对物象深入细致的观察基础之上，对所咏之物融进他强烈的家国之忧与身世之慨，刺时讽世的风格使得其能在晚唐诗坛脱颖而出。《蜂》通过吟咏蜜蜂采花酿蜜供人享用这一自然现象，表现了他对社会和历史问题的思考。

前两句写蜜蜂的生存状态，在山花烂漫间不停穿梭、劳作，广阔的领地给了它们相当大的施展本领的空间。“不论”“无限”，蜜蜂在辛勤劳动中“占尽风光”，简单写来看似平平无奇，纯行直白，表面是欣赏、夸赞的口吻，实则是匠心独运，先扬后抑，为下文的议论做出了铺垫。后两句紧乘“蜜蜂”这一意象，把它象征的“劳动者”意象加以引申、扩大，发出“采得百花成蜜后，为谁辛苦为谁甜”的一声叹息。同时也提出一个耐人寻味的问题：已采的百花酿成蜜，辛辛苦苦的劳作终于有了可喜的成果。话锋一转，这般辛劳到底又是为了谁呢？在当时黑暗腐朽的社会里，为的正是那些不劳而获、占据高位、手握重权的剥削者，此中的讽意不言而明。诗人以反诘的语气控诉了那些沉迷利禄之人，感喟良久之余不禁又对广大的劳苦人民产生了矜惜怜悯之情，从另一个侧面对这种劳者不获、获者不劳的不平现实加以嘲讽和鞭笞，在为劳动人民鸣冤叫屈的同时也是对自己久沉下僚、大志难伸的境遇予以反省，表达对唐末朋党倾轧、宦官专权、战乱频仍、民不聊生的社会现象更深的痛恨之情。

江上渔者

范仲淹

江上往来人，但①爱鲈鱼美。

君②看一叶舟，出没③风波里。

【注释】

①但：单单，只是。

②君：你。

③出没：若隐若现。指一会儿看得见，一会儿看不见。

作者简介

范仲淹（989—1052 年），字希文。北宋初年政治家、文学家。谥号“文正”，世称范文正公。

赏析

这首的小诗指出江上来来往往饮酒作乐的人们，只知道品尝味道鲜美的鲈鱼，却不知道也不想知道打渔人出生入死同惊涛骇浪搏斗的危境与艰辛。全诗通过反映渔民劳作的艰苦，希望唤起人们对民生疾苦的注意，体现了诗人对劳动人民的同情。

首句说江岸上人来人往，熙熙攘攘，十分热闹。自然引出第二句。原来人们往来江上的目的是“但爱鲈鱼美”。但爱，即只爱。鲈鱼体扁狭，头大鳞细，味道鲜美。人们拥到江上，是为了先得为快。但是却无人知道鲈鱼捕捉不易，无人体察过捕鱼者的艰辛。世人只爱鲈鱼的鲜美，却不怜惜打渔人的辛苦，这是世道的不公平。

后两句将人们的视线引向水面，你看那像一片树叶的小船，在风浪里捕鱼多艰难多危险哪！鲈鱼虽味美，捕捉却艰辛，表达出诗人对渔人疾苦的同情，深含对“但爱鲈鱼美”的岸上人的规劝。“江上”和“风波”两种环境，“往来人”和“一叶舟”两种情态、“往来”和“出没”两种动态强烈对比，显示出全诗主旨所在。

该诗无华丽词藻，无艰字僻典，无斧迹凿痕，以平常的语言，平常的人物、事物，表达不平常的思想、情感，产生不平常的艺术效果。

秋夜将晓出篱门迎凉有感

陆游

三万里①河②东入海，五千仞③岳④上摩天⑤。

遗民⑥泪尽⑦胡尘⑧里，南望王师⑨又一年。

【注释】

①三万里：长度，形容它的长，是虚指。

②河：指黄河。

③五千仞（rèn）：形容它的高。仞，古代计算长度的一种单位，周尺八尺或七尺，周尺一尺约合二十三厘米。

④岳：指五岳之一西岳华山。黄河和华山都在金人占领区内。一说指北方泰、恒、嵩、华诸山。

⑤摩天：迫近高天，形容极高。摩，摩擦、接触或触摸。

⑥遗民：指在金占领区生活的汉族人民，却认同南宋王朝统治的人民。

⑦泪尽：眼泪流干了，形容十分悲惨、痛苦。

⑧胡尘：指金人入侵中原，也指胡人骑兵的铁蹄践踏扬起的尘土和金朝的暴政。胡，中国古代对北方和西方少数民族的泛称。

⑨王师：指宋朝的军队。

作者简介

陆游（1125—1210年），字务观，号放翁，南宋文学家、史学家、爱国诗人。创作诗歌今存9000多首，内容极为丰富。著有《剑南诗稿》《渭南文集》《南唐书》《老学庵笔记》等。

赏析

《秋夜将晓出篱门迎凉》共两首，这是第二首。诗人作此诗时，中原地区已沦陷于金人之手60多年了。这首诗，用歌颂高山大河的奇观美景来衬托神州陆沉的悲痛，抒发广大民众的情高意切来讽刺统治者的麻木不仁，将时代社会的矛盾冲突，既全面深刻地揭露，又高度集中地概括于28个字之中。理想与现实，热爱与深愤，交织辉映，所给予人们的启示超越了时间与空间的范畴，不是“百年”“万里”所能限量的。这种恢宏壮阔的境界，在盛唐绝句中还不多见，却于中唐以至宋代诗人笔下不断有所开辟，是值得特殊注意与珍重的。

“三万里河东入海，五千仞岳上摩天。”两句一横一纵，北方中原半个中国的形胜便鲜明突兀、苍莽无垠地展现出来了。奇伟壮丽的山河，标志着祖国的可爱，象征着民众的坚强不屈，已留下丰富的想象空间。然而，大好河山，陷于敌手，使人感到无比愤慨。这两句意境扩大深沉，对仗工整犹为余事。

“遗民泪尽胡尘里，南望王师又一年。”笔锋一转，顿觉风云突起，诗境向更深远的方向开拓。以“胡尘”作“泪尽”的背景，感情愈加沉痛。结句一个“又”字扩大了时间的上限。他们年年岁岁盼望着南宋能够出师北伐，可是岁岁年年此愿落空。他们不知道，南宋君臣早已把他们忘记得干干净净。诗人极写北地遗民的苦望，实际上是在表露自己心头的失望。当然，他们还是不断地盼望下去。人民的爱国热忱如压在地下的跳荡火苗，历久愈炽；而南宋统治集团则正醉生梦死于西子湖畔，把大好河山、国恨家仇丢在脑后，可谓心死久矣。诗人为遗民呼号，目的还是想引起南宋当权者的警觉，激起他们的斗志。

示儿①

陆游

死去元知②万事空③，但④悲不见九州⑤同⑥。

王师北定⑦中原⑧日，家祭⑨无忘告乃翁⑩。

【注释】

①示儿：写给儿子们看。

②元知：原本知道。元：通“原”，本来。

③万事空：什么也没有了。

④但：只是。

⑤九州：这里代指宋代的中国。古代中国分为九州，所以常用九州指代中国。

⑥同：统一。

⑦北定：将北方平定。

⑧中原：指淮河以北被金人侵占的地区。

⑨家祭：祭祀家中先人。

⑩乃翁：你们的父亲，指陆游自己。

赏析

此诗是陆游爱国诗中的又一首名篇，是诗人的绝笔。陆游一生致力于抗金斗争，一直希望能收复中原。虽然频遇挫折，却仍然未改变初衷。从诗中可以领会到诗人的爱国激情是何等的执着、深沉、热烈、真挚！也凝聚着诗人毕生的心事，诗人始终如一地抱着当时汉民族必然要光复旧物的信念，对抗战事业具有必胜的信心。题目《示儿》，相当于遗嘱。在短短的篇幅中，诗人披肝沥胆地嘱咐着儿子，无比光明磊落，激动人心！浓浓的爱国之情跃然纸上。

这首诗用笔曲折，情真意切地表达了诗人临终时复杂的思想情绪和他忧国忧民的爱国情怀，既有对抗金大业未就的无穷遗恨，也有对神圣事业必成的坚定信念。全诗有悲的成分，但基调是激昂的。诗的语言浑然天成，没有丝毫雕琢，全是真情的自然流露，但比着意雕琢的诗更美，更感人。

元日①

王安石

爆竹②声中一岁除，春风送暖入屠苏③。

千门万户曈曈④日，总把新桃⑤换旧符。

【注释】

①元日：农历正月初一，即春节。

②爆竹：古人烧竹子时使竹子爆裂发出的响声。用来驱鬼避邪，后来演变成放鞭炮。

③屠苏：指屠苏酒，饮屠苏酒也是古代过年时的一种习俗，大年初一全家合饮这种用屠苏草浸泡的酒，以驱邪避瘟疫，求得长寿。

④曈曈：日出时光亮而温暖的样子。

⑤桃：桃符，古代一种风俗，农历正月初一时人们用桃木板写上神荼、郁垒两位神灵的名字，悬挂在门旁，用来压邪。也作春联。

作者简介

王安石（1021—1086年），字介甫，号半山，谥文，封荆国公。世人又称王荆公。北宋著名政治家、思想家、文学家、改革家，唐宋八大家之一。传世文集有《王临川集》《临川集拾遗》等。

赏析

这是一首写古代迎接新年的即景之作，取材于民间习俗，敏感地摄取了老百姓过春节时的典型素材，抓住有代表性的生活细节：点燃爆竹，饮屠苏酒，换新桃符，充分表现出过年的欢乐气氛，富有浓厚的生活气息。

诗是人们的心声。不少论诗者注意到，这首诗表现的意境和现实，还有它的比喻象征意义，王安石这首诗充满欢快与积极向上的奋发精神，是因为他当时正担任宰相，推行新法。王安石是北宋时期著名的改革家，他在任期间，正如眼前人们把旧的桃符替换成新的桃符一样，革除旧政，施行新政。王安石对新政充满信心，所以反映到诗中就分外开朗。

这首诗，正是赞美新事物的诞生如同“春风送暖”那样充满生机；“曈曈日”照着“千门万户”，这不是平常的太阳，而是新生活的开始，变法带给百姓的是一片光明。结尾一句“总把新桃换旧符”，表现了诗人对变法胜利和人民生活改善的欣慰喜悦之情。其中含有深刻哲理，指出新生事物总是要取代没落事物的这一规律。这首诗虽然用的是白描手法，极力渲染喜气洋洋的节日气氛，同时又通过元日更新的习俗来寄托自己的思想，表现得含而不露。

己亥杂诗

龚自珍

九州①生气②恃③风雷，万马齐喑④究可哀。

我劝天公重抖擞⑤，不拘一格降人才⑥。

【注释】

①九州：中国的别称之一。九州分别是冀州、兖州、青州、徐州、扬州、荆州、梁州、雍州和豫州。

②生气：生气勃勃的局面。

③恃（shì）：依靠。

④万马齐喑：比喻社会政局毫无生气。喑（yīn），沉默，不说话。

⑤天公：造物主。抖擞：振作，奋发。

⑥人才：一作“人材”。

作者简介

龚自珍（1792—1841年），字璱人，号定盦（一作定庵）。清代思想家、诗人、文学家和改良主义的先驱者。著名诗作《己亥杂诗》共315首。多咏怀和讽喻之作。

赏析

《己亥杂诗》是清代文学家龚自珍的组诗作品。内容涉及平生出处、著述、交游等，题材十分广泛，大多借题发挥，抨击社会。组诗运用多种手法，艺术风格多样，既有雄奇又有哀艳。这首诗歌是一首出色的政治诗。

诗歌共分三个层次：第一层，写了万马齐喑，朝野噤声的死气沉沉的现实社会；第二层，作者指出了要改变这种沉闷，腐朽的现状，就必须依靠风雷激荡般的巨大力量。暗喻必须经历波澜壮阔的社会变革才能使中国变得生机勃勃；第三层，作者认为这样的力量来源于人才，而朝庭所应该做的就是破格荐用人才，只有这样，中国才有希望。

诗的前两句用了两个比喻，写出了诗人对当时中国形势的看法。“万马齐喑”比喻在腐朽、残酷的反动统治下，思想被禁锢，人才被扼杀，到处是昏沉、庸俗、愚昧，一片死寂、令人窒息的现实状况。“风雷”比喻新兴的社会力量，比喻尖锐猛烈的改革。从大处着眼、整体着眼、大气磅礴、雄浑深邃的艺术境界。诗的后两句，“我劝天公重抖擞，不拘一格降人才”是传诵的名句。诗人用奇特的想象表现了他热烈的希望，他期待着优秀杰出人物的涌现，期待着改革大势形成新的“风雷”、新的生机，一扫笼罩九州的沉闷和迟滞的局面，既揭露矛盾、批判现实，更憧憬未来、充满理想。它独辟蹊径，别开生面，呼唤着变革，呼唤未来。

拓展阅读

大写的“诗”

说起忧国忧民，我们很容易想到杜甫，这位诗人最引人瞩目的就是他作品中所体现的忧国忧民的仁爱精神。

如《又呈吴郎》一诗描写了草堂前有几棵枣树，西邻的一个寡妇常来打枣，杜甫从不干涉。后来，杜甫把草堂让给一位姓吴的亲戚（即诗中吴郎），他自己搬到离草堂十几里路远的东屯去。不料这姓吴的一来就在草堂插上篱笆，禁止打枣。寡妇向杜甫诉苦，杜甫便写此诗去劝告吴郎让寡妇打枣，表现了作者对贫苦百姓的深切同情和关爱。

再如《茅屋为秋风所破歌》，诗歌中描述了他好不容易搭建而成的茅屋几乎被狂风和顽童完全摧毁，又遇上了连绵不断的秋雨，屋漏床湿，被冷似铁，全家无法安眠，处境十分悲惨。但是一想到饱经丧乱、颠沛流离的“天下寒士”，在此风雨如磐的困苦中煎熬，他便泯灭了“小我”，为天下受苦受难的人们振臂高呼，发出了黄钟大吕般的强音。杜甫直抒感慨，诗歌中“广厦”“千万间”“大庇”“天下”“俱欢颜”是何等粗犷有力的笔锋，何等壮阔深达的形象，何等铿锵雄壮的声音，表达了诗人美好的愿望和高尚的情操，诗人从切身体验推己及人，以天下之忧为忧，渴望有广厦千万间为天下贫寒之士解除痛苦，甚至想以个人的牺牲来换取天下寒士的欢颜。

需要强调的是，这些诗歌大多写作于他漂泊的困难时期，他没有因为个人的苦难而减少对他人的同情，以他独有的行为倡导着把仁爱之心施及于天地万物，作为新时代的我们，更应该奋发上进，提高自己，温暖他人，做一个对国家对民族有用的人。

思考与练习

1. 杜甫的诗歌总是充满浓浓的爱国情怀，《闻官军收河南河北》就是其中的代表。诗中诗人为何而“喜”？表达了诗人什么思想感情？

2.《江上渔者》这首诗主要用了什么表现手法？有什么表达效果？联系《岳阳楼记》的名句，说说这首诗表现了诗人什么样的思想感情。

3. 爱国不仅反映了个人对祖国的依存关系，也是中华民族继往开来的精神支柱。借助本单元所学的知识，请从课本外再选择一首爱国诗歌进行鉴赏。

第五节　兰舟载不动　游子正单衣

采薇（节选）

《诗经·小雅》

昔我往矣①，杨柳依依②。

今我来思③，雨雪霏霏④。

行道迟迟⑤，载⑥渴载饥。

我心伤悲，莫⑦知我哀！

【注释】

①昔：从前，文中指出征时。往：当初从军。

②依依：形容柳丝轻柔、随风摇曳的样子。

③思：用在句末，没有实在意义。

④雨（yù）雪：下雪。雨，这里作动词。霏（fēi）霏：雪花纷落的样子。

⑤迟迟：迟缓的样子。

⑥载：又。

⑦莫：没有人。

赏析

《采薇》是《诗经·小雅》中的一篇。从内容上看，当是将士戍役劳还时之作。诗中写出从军将士的艰辛生活和思归的情怀。

“昔我往矣，杨柳依依。今我来思，雨雪霏霏。”让那一股缠绵的、深邃的、飘忽的情思，从风景画面中自然流出，含蓄深永。

这四句诗被后人誉为《诗经》中最好的句子。这是写景记时，更是抒情伤怀。这几句诗句里有着悲欣交集的故事，也仿佛是个人生命的寓言。是谁曾经在那个春光烂漫的春天里，在杨柳依依中送别我？而当我在大雪飘飞的时候经历九死一生返回的时候，还有谁在等我？是《木兰辞》里亲人欢迎的盛况，还是《十五从军征》里荒草萋萋的情景？别离时的春光，回归时的大雪，季节在变换，时光在流逝，我们离去，我们归来，而在来来去去里，失去了什么又得到了什么呢？没有答案，只有漫天的飞雪中一个被沉重的相思和焦虑烧灼的又饥又渴的征人孤独的身影，步履蹒跚地，战战兢兢地走向他不知道的未来。

静夜思

李白

床①前明月光，疑是地上霜。

举头望明月，低头思故乡。

【注释】

①床：历来说法不一。一指井台；二指井栏；三“床”即“窗”的通假字；四取本义，即坐卧的器具。前两种说法比较常见。

赏析

这首诗写的是在寂静的月夜思念家乡的感受。

诗的前两句，是写诗人在作客他乡的特定环境中一刹那间所产生的错觉。一个独处他乡的人，白天奔波忙碌，倒还能冲淡离愁，然而一到夜深人静的时候，心头就难免泛起阵阵思念故乡的波澜。何况是在月明之夜，更何况是月色如霜的秋夜。“疑是地上霜”中的“疑”字，生动地表达了诗人睡梦初醒，迷离恍惚中将照射在床前的清冷月光误作铺在地面的浓霜。而“霜”字用得更妙，既形容了月光的皎洁，又表达了季节的寒冷，还烘托出诗人飘泊他乡的孤寂凄凉之情。

诗的后两句，则是通过动作神态的刻画，深化思乡之情。“望”字照应了前句的“疑”字，表明诗人已从迷朦转为清醒，他翘首凝望着月亮，不禁想起，此刻他的故乡也正处在这轮明月的照耀下。于是自然引出了“低头思故乡”的结句。“低头”这一动作描画出诗人完全处于沉思之中。而“思”字又给读者留下丰富的想象：那家乡的父老兄弟、亲朋好友，那家乡的一山一水、一草一木，那逝去的年华与往事……无不在思念之中。一个“思”字所包涵的内容实在太丰富了。

短短四句诗，写得清新朴素，语言明白。它的内容是单纯的，但同时却又是丰富的。它是容易理解的，却又是体味不尽的。诗人所没有说的比他已经说出来的要多得多。它的构思是细致而深曲的，但却又是脱口吟成、浑然无迹的。从这里，读者不难领会到李白绝句的“自然”“无意于工而无不工”的妙境。

枫桥夜泊[①]

张继

月落乌啼[②]霜满天[③]，江枫[④]渔火[⑤]对愁眠。

姑苏[⑥]城外寒山寺[⑦]，夜半钟声到客船。

【注释】

①枫桥：在今苏州市阊门外。

②乌啼：一说为乌鸦啼鸣；一说为乌啼镇。

③霜满天：这个“霜”字应当体会作严寒，霜满天，是空气极冷的形象语。

④江枫：一般解释作“江边枫树”，江指吴淞江，源自太湖，流经上海，汇入长江，俗称苏州河。另外有人认为指“江村桥”和“枫桥”。“枫桥”在吴县南门（阊阖门）外西郊，本名“封桥”，因张继此诗而改为“枫桥”。

⑤渔火：就是渔船上的灯火；也有说法是一同打渔的伙伴。

⑥姑苏：苏州的别称，因城西南有姑苏山而得名。

⑦寒山寺：在今苏州市西枫桥镇。在枫桥附近，始建于南朝梁代。相传因唐代僧人寒山、拾得曾住此而得名。

作者简介

张继（715—779年），字懿孙，唐代诗人，他的生平不甚可知。他的诗爽朗激越，不事雕琢，比兴幽深，事理双切，对后世颇有影响。

赏析

这首七绝以一“愁”字统起。前二句意象密集：落月、啼乌、满天霜、江枫、渔火、不眠人，造成一种意韵浓郁的审美情境。后两句意象疏宕：城、寺、船、钟声，是一种空灵旷远的意境。江畔秋夜渔火点点，羁旅客子卧闻静夜钟声。所有景物的挑选都独具慧眼：一静一动、一明一暗、江边岸上，景物的搭配与人物的心情达到了高度的默契与交融，共同形成了这个成为后世典范的艺术境界。

全诗除了“对愁眠”外，其余都是刻意绘景。它不是直抒胸臆，而是通过描绘秋江月夜的美景，间接而自然地把诗人旅途寂寞的郁结愁思寄托于景物而抒发出来。欲抒情，先绘景，情随景发，是这首诗显著的艺术特点。由此可见，在借景抒情的古诗中，作者的情感是通过所描绘的景物来抒发的。在教学这类诗作时，我们既要欣赏作者描绘的景物，更重要的是理解他凭借景物巧妙抒情的技巧，这样才能真正地读懂诗作。

游子吟①

孟郊

慈母手中线，游子身上衣。
临行密密缝，意恐②迟迟归。
谁言③寸草心，报得三春晖④。

【注释】

①游子：古代称远游旅居的人。吟：诗体名称。临：将要。

②意恐：担心。归：回来，回家。

③谁言：一作“难将”。言：说。寸草：小草。这里比喻子女。心：语义双关，既指草木的茎干，也指子女的心意。

④报得三春晖：能报答得了像春晖普泽的慈母恩情？报得：报答。三春晖：春天灿烂的阳光，指慈母之恩。三春：旧称农历正月为孟春，二月为仲春，三月为季春，合称三春。晖：阳光。形容母爱如春天温暖、和煦的阳光照耀着子女。

作者简介

孟郊（751—814年），字东野，唐代著名诗人。有“诗囚”之称，又与贾岛齐名，人称“郊寒岛瘦”。

赏析

这是一首礼赞母爱的诗歌。诗歌采用白描的手法，回忆临行时慈母缝衣的普通场景，凸显并歌颂了母爱的伟大与无私，表达了诗人对母爱的感激以及对母亲深深的爱与尊敬之情。

前面四句采用白描手法，不作任何修饰，但慈母的形象真切感人。最后两句是前四句的升华，以当事者的视角，翻出进一层的深意："谁言寸草心，报得三春晖。"作者直抒胸臆，对母爱作尽情的讴歌。这两句采用传统的比兴手法：儿女像区区小草，母爱如春天阳光。儿女不能报答母爱于万一。悬绝的对比，形象的比喻，寄托着赤子对慈母发自肺腑的炽烈的情感。

这首诗艺术地再现了人所共感的平凡而又伟大的人性美，所以千百年来赢得了无数读者强烈的共鸣。直到清朝，溧阳有两位诗人又吟出了这样的诗句："父书空满筐，母线萦我襦"（史骐生《写怀》），"向来多少泪，都染手缝衣"（彭桂《建初弟来都省亲喜极有感》），足见此诗给后人的深刻印象。

宿建德江①

孟浩然

移舟泊烟渚②，日暮客③愁④新。

野旷天低树⑤，江清月近人⑥。

【注释】

①建德江：指新安江流经建德（今属浙江）西部的一段江水。

②移舟泊烟渚：把船停泊在烟雾弥漫的沙洲旁划动小船。烟渚（zhǔ）：指江中雾气笼罩的小沙洲。烟：一作"幽"。

③客：指作者自己。

④愁：为思乡而忧思不堪。

⑤天低树：天幕低垂，好像和树木相连。

⑥月近人：倒映在水中的月亮好像来靠近人。

作者简介

孟浩然（689—740年），本名孟浩，字浩然，号孟山人，襄州襄阳（今属湖北）人。唐代著名的山水田园派诗人，世称"孟襄阳"。

赏析

这是一首刻画秋江暮色的诗，是唐人五绝中的写景名篇。作者把小船停靠在烟雾迷蒙的江边想起了以往的事情，因而以舟泊暮宿作为自己的抒发感情的归宿，写出了作者羁旅之思。第一句点题，也为下面写景抒情作了准备；第二句中“日暮”是“客愁新”的原因；最后两句，因为“野旷”，所以天低于树；因为“江清”，所以月能近人。天和树、人和月的关系，写得恰切逼真。

此诗先写羁旅夜泊，再叙日暮添愁，然后写到宇宙广袤宁静，明月伴人更亲。一隐一现，虚实相间，两相映衬，互为补充，构成一个特殊的意境。诗中虽只有一个愁字，却把诗人内心的忧愁写得淋漓尽致，然野旷江清，秋色历历在目。

回乡偶书①

贺知章

少小离家老大回②，乡音无改鬓毛衰③。

儿童相见不相识④，笑问⑤客从何处来。

【注释】

①偶书：随便写的诗。偶：说明诗写作得很偶然，是随时有所见、有所感就写下来的。

②少小离家：贺知章37岁中进士，在此以前就离开家乡。老大：年纪大了。贺知章回乡时已年逾80。

③乡音无改鬓毛衰：我的乡音虽未改变，但鬓角的毛发却已经疏落。乡音：家乡的口音。无改：没什么变化。一作“难改”。衰（cuī）：现一些教材版本读“shuāi”。减少，疏落。

④儿童相见不相识：家乡的儿童们看见我，没有一个认识我。相见：即看见我；相：带有指代性的副词。不相识：即不认识我。

⑤笑问：一作“却问”；一作“借问”。

赏析

这是一首久客异乡、缅怀故里的感怀诗。写于初来乍到之时，抒写久客伤老之情。

就全诗来看，一二句尚属平平，三四句却似峰回路转，别有境界。后两句的妙处在于背面敷粉，了无痕迹：虽写哀情，却借欢乐场面表现；虽为写己，却从儿童一面翻出。而所写儿童问话的场面又极富于生活的情趣，即使读者不为诗人久客伤老之情所感染，也不能不被这一饶有趣味的生活场景所打动。

此诗运用了三组对比：通过少小离家与老大回乡的对比，以突出离开家乡时间之长；通过乡音难改与鬓毛易衰的对比，以突出人事变化速度之快；通过白发衰翁与天真儿童的对比，委婉含蓄地表现了诗人回乡欢愉之情和人世沧桑之感，并且将这两种迥不相同的感情水乳交融地凝合在一起。全诗采用白描手法，在自然朴素的语言中蕴藏着一片真挚深厚的感情。读之如饮醇酒，入口很淡，而后劲无穷。

清明

杜牧

清明①时节雨纷纷，路上行人欲断魂②。

借问③酒家何处有？牧童遥指杏花村④。

【注释】

①清明：二十四节气之一，在农历四月五日前后。旧俗当天有扫墓、踏青、插柳等活动。宫中以当天为秋千节，坤宁宫及各后宫都安置秋千，嫔妃做秋千之戏。

②欲断魂：形容伤感极深，好像灵魂要与身体分开一样。断魂：神情凄迷，烦闷不乐。这两句是说，清明时候，阴雨连绵，飘飘洒洒下个不停；如此天气，如此节日，路上行人情绪低落，神魂散乱。

③借问：请问。

④杏花村：杏花深处的村庄。今在安徽贵池秀山门外。受此诗影响，后人多用“杏花村”作酒店名。

赏析

此诗写清明春雨中所见。第一句交代情景、环境、气氛；第二句写出了人物，显示了人物的凄迷纷乱的心境；第三句提出了如何摆脱这种心境的办法；第四句写答话带行动，是整篇的精彩所在。全诗色彩清淡，心境凄冷，运用由低而高、逐步上升、高潮顶点放在最后的手法，余韵邈然，耐人寻味，历来广为传诵。

这首小诗，一个难字也没有，一个典故也不用，整篇是十分通俗的语言，写得自如之极，毫无经营造作之痕。音节十分和谐圆满，景象非常清新、生动，而又境界优美、兴味隐跃。诗由篇法讲也很自然，是顺序的写法。在结构上，符合“起承转合”的布局；在艺术上，这是由低而高、逐步上升、高潮顶点放在最后的手法。所谓高潮顶点，却又不是一览无余，索然兴尽，而是余韵邈然，耐人寻味。这些，都是诗人的高明之处，也是值得我们学习继承的地方！

思考与练习

1.《采薇》诗中描写两种不同的情境，请概括其所包含的感情。

2.《回乡偶书》中“乡音无改鬓毛衰”，对全诗而言有何作用？

3.《长相思》词中的一“程”一“更”用得很妙，请结合全词简要分析。

第六节　鸿雁恐未逮　故人犹伫立

黄鹤楼送孟浩然之广陵①

李白

故人西辞黄鹤楼，烟花②三月下扬州。

孤帆远影碧空尽③，唯见④长江天际流。

【注释】

①黄鹤楼：中国著名的名胜古迹，故址在今湖北武汉市武昌蛇山的黄鹄矶上，属于长江下游地带，传说三国时期的费祎于此登仙乘黄鹤而去，故称黄鹤楼。原楼已毁，现存楼为1985年修葺。孟浩然：李白的朋友。之：往、到达。广陵：即扬州。

②烟花：形容柳絮如烟、鲜花似锦的春天景物，指艳丽的春景。

③碧空尽：消失在碧蓝的天际。碧空：一作“碧山”。尽：尽头，消失了。

④唯见：只看见。“唯”通“惟”。

赏析

这是一次充满诗意的离别。

与孟浩然的交往，是在李白年轻快意的时候，所以眼里所看到的无不是美好惬意。这次离别正是开元盛世，太平而又繁荣，季节是烟花三月、春意最浓的时候，从黄鹤楼顺着长江而下，这一路都是繁花似锦。李白是一个浪漫、爱好游览的人，所以这次离别完全是在很浓郁的畅想曲和抒情诗的气氛里进行的。李白心里没有什么忧伤和不愉快，相反地认为孟浩然这趟旅行快乐得很，他向往扬州地区，又向往孟浩然，所以一边送别，一边心也就跟着飞翔，胸中的诗意随着江水荡漾。

别董大①

高适

千里黄云白日曛②，北风吹雁雪纷纷。

莫愁前路无知己，天下谁人③不识君。

【注释】

①董大：指董庭兰，是当时有名的音乐家。在其兄弟中排名第一，故称“董大”。

②千里黄云白日曛：千里黄云遮天蔽日，天气阴沉。黄云：在阳光下，乌云是暗黄色，所以叫黄云。曛：昏暗。白日曛，即太阳黯淡无光。

③谁人：哪个人。君：你，这里指董大。

作者简介

高适（704—765年），字达夫，一字仲武，唐代大臣、著名边塞诗人，高适与岑参并称“高岑”，与岑参、王昌龄、王之涣合称“边塞四诗人”。其诗笔力雄健，气势奔放，洋溢着盛唐时期所特有的奋发进取、蓬勃向上的时代精神。

赏析

这首诗歌选自高适的《别董大二首》中的第一首。

“千里黄云白日曛，北风吹雁雪纷纷”描绘送别时候的自然景色。虽然比较客观，但也处处显示着送别的情调，以及诗人的气质心胸。日暮天寒，本来就容易引发人们的愁苦心绪，而眼下，诗人正在送别董大，依依不舍之情，我们是可以想见的。所以，前两句尽管境界阔远渺茫，其实不无凄苦寒凉，但是，诗人并没有沉溺在离别的感伤之中不能自拔。他能以理驭情，另具一副心胸，写出慷慨激昂的壮伟之音。

“莫愁前路无知己，天下谁人不识君”，这是对董大的劝慰。这两句，不仅紧扣董大的著名琴师、天下传扬的特定身份，而且把人生知己无贫贱，天涯处处有朋友的意思融注其中，诗境阔远深厚。

在唐人赠别诗篇中，那些凄清缠绵的作品，固然感人至深，但另外一种慷慨悲歌的诗作，却又以它的真诚情谊，坚强信念，为灞桥柳色与渭城风雨涂上了另一种豪放健美的色彩。

过故人庄①

孟浩然

故人具②鸡黍，邀我至田家。
绿树村边合③，青山郭外斜④。
开轩面场圃⑤，把酒话桑麻⑥。
待到重阳日，还来就菊花⑦。

【注释】

①过：拜访。故人庄：老朋友的田庄。庄，田庄。

②具：准备，置办。鸡黍：指农家待客的丰盛饭食（字面指鸡和黄米饭）。黍（shǔ）：黄米，古代认为是上等的粮食。

③合：环绕。

④青山郭外斜：一脉青山在城郭外隐隐横斜。郭：古代城墙有内外两重，内为城，外为郭。这里指村庄的外墙。斜（xié）：倾斜。另有古音念 xiá。

⑤场圃：场，打谷场、稻场；圃，菜园。

⑥把酒话桑麻：共饮美酒，闲谈农务。把酒：端着酒具，指饮酒。把：拿起，端起。话桑麻：闲谈农事。

⑦还来就菊花：我还要来这里观赏菊花。还（huán）：返，来。就菊花：指饮菊花酒，也是赏菊的意思。就，靠近，指去做某事。

赏析

这是一首田园诗，描写农家恬静闲适的生活情景，也写老朋友的情谊。一二句从应邀写起，“故人”说明不是第一次做客。三四句是描写山村风光的名句，绿树环绕，青山横斜，犹如一幅清淡的水墨画。五六句写山村生活情趣，面对场院菜圃，把酒谈论庄稼，亲切自然，富有生活气息。结尾两句以重阳节还来相聚写出友情之深，言有尽而意无穷。

全诗描绘了美丽的山村风光和平静的田园生活，用语平淡无奇，叙事自然流畅，没有渲染的雕琢的痕迹，然而感情真挚，诗意醇厚，有“清水出芙蓉，天然去雕饰”的美学情趣，从而成为自唐代以来田园诗中的佳作。

哭孟浩然①

王维

故人不可见，汉水日东流。

借问襄阳老②，江山空蔡州③。

【注释】

①孟浩然：王维的好友。与王维同是盛唐山水田园派的代表，并称“王孟”。

②借问襄阳老：请问襄阳遗老今在何方？借问：请问。襄阳老：此处指孟浩然。

③江山空蔡州：江山依旧，何人再游蔡州？空：空寂无人。蔡州：一作“蔡洲”，指孟浩然故乡一带。

赏析

这是一首悼亡诗。首句直抒胸臆，说“故人不可见”，这是对故人长逝的哀悼之意。对于老朋友的去世，诗人无限悲痛，站在汉水边上，望着滔滔江水东流不胜悲伤。第二句“汉水日东流”是借景抒情，借汉水日夜奔流不息抒发老朋友一去不复返，也是比喻自己的哀痛与思念之情就像东流之水绵绵不绝。“借问襄阳老，江山空蔡州“两句，兼具直抒胸臆和借景抒情两种手法。上句可看作即景之语，下句景中含情，江山广阔，著一“空”字，显示出物是人非，人去楼空的无限感慨和遗憾，借此表达了诗人对老朋友的无限思念。直抒胸臆和借景抒情手法并用，使诗篇直中有曲，语短情深。故人长逝，悼惜深情与凄怆涕泪，随诗行奔迸而出。朋友已矣，如江水东流，唯能追寻遗踪以寄哀思。

王孟为知交，王维是深知孟浩然的抱负的。孟浩然在《与诸子登岘山》中有“人事有代谢，往来成古今。江山留胜迹，我辈复登临”之句，正是王维这首诗所寄托的感慨。

晓出净慈寺送林子方[1]

杨万里

毕竟[2]西湖六月中，风光不与四时同。
接天莲叶无穷碧，映日[3]荷花别样红[4]。

【注释】

①晓：太阳刚刚升起。净慈寺：全名“净慈报恩光孝禅寺”，与灵隐寺为杭州西湖南北山两大著名佛寺。林子方：作者的朋友，官居直阁秘书。

②毕竟：到底。

③映日：太阳映照。

④别样红：红得特别出色。

赏析

这首诗是诗中有画，画中有诗的典范作品。

诗的前两句写六月西湖给诗人的总体感受。“毕竟”二字，突出了六月西湖风光的独特、非同一般，给人以丰富美好的想象。首句看似突兀，实则造句大气，虽然读者还不曾从诗中领略到西湖美景，但已能从诗人赞叹的语气中感受到了。诗句似脱口而出，是大惊大喜之余最直观的感受，因而更强化了西湖之美。

后两句具体地描绘了“毕竟”不同的风景图画：连天“无穷碧”的荷叶和映日“别样红”的荷花，不仅是春、秋、冬三季所见不到，就是夏季也只在六月中荷花最旺盛的时期才能看到。诗人抓住了这盛夏时特有的景物，概括而又贴切。这种在谋篇上的转化，虽然跌宕起伏，却没有突兀之感。看似平淡的笔墨，给读者展现了令人回味的艺术境地。

诗人通过对西湖美景的极度赞美，曲折地表达对友人的眷恋。从艺术上来说，除了白描以外，此诗还有两点值得注意：一是虚实相生。前两句直陈，只是泛说，为虚；后两句描绘，展示具体形象，为实。虚实结合，相得益彰。二是刚柔相济。后两句所写的莲叶荷花，展现出阴柔之美，而诗人却把它写得非常壮美，境界阔大，有“天”，有“日”。语言也很有气势：“接天”“无穷”。这样，阳刚与柔美，就在诗歌中得到了和谐统一。

芙蓉楼送辛渐①

王昌龄

寒雨连江夜入吴②，平明③送客楚山孤。

洛阳亲友如相问，一片冰心④在玉壶⑤。

【注释】

①芙蓉楼：原名西北楼，登临可以俯瞰长江，遥望江北，在润州（今江苏省镇江市）西北。据《元和郡县志》卷二十六《江南道·润州》丹阳：“晋王恭为刺史，改创西南楼名万岁楼，西北楼名芙蓉楼。”一说此处指黔阳（今湖南黔城）芙蓉楼。辛渐：诗人的一位朋友。

②寒雨连江夜入吴：冷雨连夜洒遍吴地江天。寒雨：秋冬时节的冷雨。连江：雨水与江面连成一片，形容雨很大。

③平明：天亮的时候。

④冰心：比喻纯洁的心。

⑤玉壶：玉做的壶。比喻人品性高洁。

赏析

《芙蓉楼送辛渐》是一组送别诗，共两首，这是第一首，写的是早晨作者在江边送别辛渐的情景。

“寒雨连江夜入吴”，迷蒙的烟雨笼罩着吴地江天，织成了一张无边无际的愁网。夜雨增添了萧瑟的秋意，也渲染出了离别的黯淡气氛。诗人将听觉、视觉和想象概括成连江入吴的雨势，以大片淡墨染出满纸烟雨，这就用浩大的气魄烘托了“平明送客楚山孤”的开阔意境。后两句“洛阳亲友如相问，一片冰心在玉壶”，是指作者与友人分手之际，对友人的嘱托。自从开元宰相姚崇作《冰壶诫》以来，盛唐诗人如王维、崔颢、李白等都曾以冰壶自励，推崇光明磊落、表里澄澈的品格。王昌龄托辛渐给洛阳亲友带去的口信不是通常的平安竹报，而是传达自己依然冰清玉洁、坚持操守的信念，是大有深意的。诗人在这以晶莹透明的冰心玉壶自喻，正是基于他与洛阳诗友亲朋之间的真正了解和信任，这决不是洗刷谗名的表白，而是蔑视谤议的自誉。因此诗人从清澈无瑕、澄空见底的玉壶中捧出一颗晶亮纯洁的冰心以告慰友人，这就比任何相思的言辞都更能表达他对洛阳亲友的深情。

卜算子·送鲍浩然之浙东①

王观

水是眼波横，山是眉峰聚②。欲问行人③去那边？眉眼盈盈处④。

才始⑤送春归，又送君归去。若到江南赶上春，千万和春住。

【注释】

①卜算子：词牌名、北宋时盛行。鲍浩然：生平不详，词人的朋友，家住浙江东路，简称浙东。

②水是眼波横：水像美人流动的眼波。古人常以秋水喻美人之眼。山是眉峰聚：山如美人蹙起的眉毛。《西京杂记》载卓文君容貌姣好，眉色如望远山，时人效画远山眉。后人遂喻美人之眉为远山，这两处均为反用。

③行人：指词人的朋友（鲍浩然）。

④眉眼盈盈处：一说比喻山水交汇的地方，另有说是指鲍浩然前去与心上人相会。盈盈：美好的样子。

⑤才始：方才。

作者简介

王观（1035—1100年），字通叟，北宋著名词人。

赏析

这首词是一首送别之作，题目一作《别意》，写的是春末时节送别友人鲍浩然，表达了词人送别友人鲍浩然时的心绪。这首词以眼喻水，以眉喻山，设喻巧妙、情趣盎然，又语带双关，写得妙趣横生，在送别词中独树一帜。

上阙含蓄地表达了词人与友人的惜别深情；下阙则直抒胸臆，兼写离愁别绪和对友人的深情祝愿。有两点突出的成就值得注意：一是构思别致，词人把送春与送别交织在一起来写，充分表现出对友人的深情和对春天的留恋；二是比喻新颖，词人以眼波和眉峰来比喻浙东的山山水水，仿佛这位美人正期待着他的到来，贴切、自然，富有真情实感。这首词，轻松活泼，比喻巧妙，新而不俗，雅而不谑，耐人寻味。

拓展阅读

管鲍之交

管仲和鲍叔牙都是春秋时齐国人，两人少年时就是好朋友。两人曾经一同做买卖，分利的时候，管仲总要多得一些，鲍叔牙知道管仲家里贫困，从来不因他多得了钱而说他贪心。管仲曾替鲍叔牙办过几件事，可是事情没办好，反而弄得更糟糕，鲍叔牙也并不认为管仲无能，因为他知道事情总有不顺利的时候。管仲曾三次当官，三次都被罢了官，鲍叔牙并不认为他没有才干，因为鲍叔牙知道他是没有遇到赏识他的人，没有得到发挥才干的机会。管仲曾经三次参加战争，每次都逃跑了，鲍叔牙也不认为他胆小怕死，因为鲍叔牙知他家有老人要奉养。鲍叔牙对管仲了解得如此深透，所以管仲感地说：“生我的是父母，知我的是鲍叔牙啊。”

后来两人分开了，各为其主。管仲做了齐襄公的弟弟公子纠的老师，在护送公子纠回国争夺王位的途中险些射杀了鲍叔牙辅佐的公子小白，公子小白急中生智，假装被射中倒下。最终公子小白抢先赶回国都，当上了国君，这位公子小白就是齐桓公。齐桓公即位后，立即派兵讨伐公子纠，公子纠被杀死，管仲也被捉住。齐桓公恨管仲差点儿杀了自己，要把管仲处以极刑。鲍叔牙竭力向齐桓公推荐管仲，还让他当了齐国的宰相，鲍叔牙则心甘情愿地当管仲的助手。

“管鲍之交”堪称千古佳话。孔子曰：“益者三友，损者三友。”这既是交友之道，也是为人之道。在我们成长的路上，应该多结交正直的朋友，诚信的朋友，知识广博的朋友；拒绝结交谄媚逢迎的人，表面奉承而背后诽谤人的人，善于花言巧语的人。

思考与练习

1.《寄李儋元锡》的颈联刻画了一位什么样的主人公形象？请简要分析。

2.《芙蓉楼送辛渐》中“一片冰心在玉壶”是这首诗的诗眼所在。“冰心”和“玉壶”有什么特点？有什么寓意？

3. 宋人王灼《碧鸡漫志》评王观词是“新丽处与轻狂处皆足惊人”。《卜算子·送鲍浩然之浙东》这首词“新丽”的特点主要表现在哪些方面？请作简要分析。

第七节　神州列锦绣 万里长相依

敕勒歌①

乐府诗集

敕勒川，阴山下。天似穹庐②，笼盖四野③，

天苍苍④，野茫茫，风吹草低见⑤牛羊。

【注释】

①敕勒（chì lè）：种族名，北齐时居住在朔州（今山西省北部）一带。

②穹庐（qióng lú）：用毡布搭成的帐篷，即蒙古包。

③笼盖四野（yě，旧读 yǎ）：笼盖，另有版本作“笼罩”。

④苍苍：青色。

⑤见（xiàn）：同“现”，显露。

赏析

《敕勒歌》选自《乐府诗集》，是南北朝时期黄河以北的北朝流传的一首民歌，一般认为是由鲜卑语译成汉语的。这首民歌，勾勒出了北国草原壮丽富饶的风光，抒写敕勒人热爱家乡热爱生活的豪情，具有鲜明的游牧民族的色彩，具有浓郁的草原气息。境界开阔，音调雄壮，语言明白，艺术概括力极强。

“敕勒川，阴山下”，诗歌一开头就以高亢的音调，吟咏出北方的自然特点，无遮无拦，高远辽阔。“天似穹庐，笼盖四野”，这两句承上面的背景而来，极言画面之壮阔，天野之恢宏。同时，抓住了这一民族生活的最典型的特征，歌者以如椽之笔勾画了一幅北国风貌图。

“天苍苍，野茫茫，风吹草低见牛羊”，这两句显现出游牧民族博大的胸襟、豪放的性格。“风吹草低见牛羊”是全文的点睛之笔，描绘出一幅殷实富足、其乐融融的景象。

望庐山瀑布

李白

日照香炉①生紫烟②，遥看瀑布挂前川③。

飞流直下三千尺，疑是银河落九天④。

【注释】

①香炉：指香炉峰。

②紫烟：指日光透过云雾，远望如紫色的烟云。

③前川：一作“长川”。川：河流，这里指瀑布。

④九天：一作“半天”。

赏析

这首诗形象地描绘了庐山瀑布雄奇壮丽的景色，反映了诗人对祖国大好河山的无限热爱。

首句“日照香炉生紫烟”，为瀑布设置了雄奇的背景，也为下文直接描写瀑布渲染了气氛。次句“遥看瀑布挂前川”中的“挂”字化动为静，惟妙惟肖地写出遥望中的瀑布。诗的前两句从大处着笔，概写望中全景：山顶紫烟缭绕，山间白练悬挂，山下激流奔腾，构成一幅绚丽壮美的图景。

第三句“飞流直下三千尺”，一笔挥洒，字字铿锵有力。“飞”字，把瀑布喷涌而出的景象描绘得极为生动，“直下”，既写出山的高峻陡峭，又可以见出水流之急，那高空直落，势不可挡的气势如在眼前。诗人犹嫌未足，接着又写上一句“疑是银河落九天”，真是想落天外，惊人魂魄。“疑是”值得细味，诗人明明说得恍恍惚惚，而读者也明知不是，但又觉得只有这样写，才更为生动、逼真，其奥妙就在于诗人前面的描写中已经孕育了这一形象。

这首诗极其成功地运用了比喻、夸张和想象，构思奇特，语言生动形象、洗炼明快。苏东坡十分赞赏这首诗，说“帝遣银河一脉垂，古来唯有谪仙词”。“谪仙”就是李白。《望庐山瀑布》的确是状物写景和抒情的范例。

绝句

杜甫

两个黄鹂鸣翠柳，一行白鹭上青天。

窗含西岭①千秋雪②，门泊东吴万里船③。

【注释】

①西岭：西岭雪山。

②千秋雪：指西岭雪山上千年不化的积雪。

③万里船：不远万里开来的船只。

赏析

这首《绝句》是诗人住在成都浣花溪草堂时写的，描写了草堂周围明媚秀丽的春天景色。

四句诗描绘四幅图景，分开来如四扇条屏，合在一起又组成一幅生动优美的风景画。首句写草堂周围新绿的柳枝上有成对黄鹂在欢唱，一派愉悦景象，呈现一片生机，有声有色，构成了新鲜而优美的意境，具有喜庆的意味。次句写蓝天上的白鹭在自由飞翔。晴空万里，一碧如洗，白鹭在“青天”映衬下，色彩极其鲜明。两句中一连用了“黄”“翠”“白”“青”四种鲜明的颜色，织成一幅绚丽的图景。第三句写凭窗远眺西山雪岭，岭上积雪终年不化，所以积聚了“千秋雪”。“含”字表明此景仿佛是嵌在窗框中的一幅图画。末句再写从门外可以见到停泊在江岸边的船只。“万里船”三字意味深长，因为多年战乱，水陆交通为兵戈阻绝，船只不能畅行，而战乱平定，交通恢复，才能看到来自东吴的船只。“万里船”与“千秋雪”相对，一言空间之广，一言时间之久。诗人身在草堂，思接千载，视通万里，胸次开阔。诗一开始表现出草堂的春色，诗人的情绪是陶然的，而随着视线的游移、景物的转换，江船的出现，便触动了他的乡情。全诗对仗精工，着色鲜丽，动静结合，声形兼俱，四句诗宛然组成一幅咫尺万里的壮阔山水画卷。

望洞庭

刘禹锡

湖光①秋月两相和②，潭面③无风镜未磨④。

遥望洞庭山水翠⑤，白银盘⑥里一青螺⑦。

【注释】

①湖光：湖面的波光。

②两相和：指湖光和秋月互相辉映。

③潭面：指湖面。

④镜未磨：古人的镜子用铜制作、磨成。这里一说是湖面无风，水平如镜；一说是远望湖中的景物，隐约不清，如同镜面没打磨时照物模糊。

⑤山水翠：也作“山水色”。山：指洞庭湖中的君山。

⑥白银盘：形容平静而又清的洞庭湖面。

⑦青螺：这里用来形容洞庭湖中的君山。

作者简介

刘禹锡（772—842年），字梦得，唐朝著名诗人，有“诗豪”之称。

赏析

《望洞庭》描写了秋夜月光下洞庭湖的优美景色，表达了诗人对洞庭风光的喜爱和赞美之情，表现了诗人壮阔不凡的气度和高卓清奇的情致。

全诗选择了月夜遥望的角度，把千里洞庭尽收眼底，抓住最有代表性的湖光山色，轻轻着笔，通过丰富的想象、巧妙的比喻，独出心裁地把洞庭美景再现于纸上，显示出惊人的艺术功力。诗中描写了秋夜月光下洞庭湖的优美景色。微波不兴，平静秀美，分外怡人。诗人飞驰想像，以清新的笔调，生动地描绘出洞庭湖水宁静、祥和的朦胧美，勾画出一幅美丽的洞庭山水图。

忆江南[1]

白居易

江南好，风景旧曾谙[2]。

日出江花[3]红胜火[4]，春来江水绿如蓝[5]。能不忆江南？

【注释】

①忆江南：唐教坊曲名。作者题下自注说："此曲亦名'谢秋娘'，每首五句。"按《乐府诗集》："'忆江南'一名'望江南'，因白氏词，后遂改名'江南好'。"至晚唐、五代成为词牌名。这里所指的江南主要是长江下游的江浙一带。

②谙（ān）：熟悉。作者年轻时曾三次到过江南。

③江花：江边的花朵。一说指江中的浪花。

④红胜火：颜色鲜红胜过火焰。

⑤绿如蓝：绿得比蓝还要绿。如，用法犹"于"，有胜过的意思。

作者简介

白居易（772—846年），字乐天，号香山居士，又号醉吟先生，唐代著名的现实主义诗人。白居易与元稹共同倡导新乐府运动，世称"元白"，与刘禹锡并称"刘白"。白居易的诗歌题材广泛，形式多样，语言平易通俗，有"诗魔"和"诗王"之称。代表诗作有《长恨歌》《卖炭翁》《琵琶行》等。

赏析

本词是《忆江南三首》中的第一首，作者泛忆江南，兼包苏杭一带的春景。白居易曾经担任杭州刺史，在杭州待了两年，后来又担任苏州刺史，任期也一年有余。在他的青年时期，曾漫游江南，旅居苏杭，应该说，他对江南有着相当的了解，故此江南在他的心目中留有深刻印象。

全词五句。一开口即赞颂"江南好！"正因为"好"，才不能不"忆"。"风景旧曾谙"一句，说明那江南风景之"好"不是听人说的，而是当年亲身感受到的、体验过的，因而在自己的审美意识里留下了难忘的记忆。既落实了"好"字，又点明了"忆"字。接下去，即用两句词写他"旧曾谙"的江南风景："日出江花红胜火，春来江水绿如蓝。""日出""春来"，互文见义。春来百花盛开，已极红艳；红日普照，更红得耀眼。在这里，因同色相烘染而提高了色彩的明亮度。春江水绿，红艳艳的阳光洒满了江岸，更显得绿波粼粼。在这里，因异色相映衬而加强了色彩的鲜明性。作者把“花”和“日”联系起来，为的是同色烘染；又把“花”和“江”联系起来，为的是异色相映衬。江花红，江水绿，二者互为背景。于是红者更红，“红胜火”；绿者更绿，“绿如蓝”。

题中的“忆”字和词中的“旧曾谙”三字还说明了此词还有一个更重要的层次：以北方春景映衬江南春景。全词以追忆的情怀，写“旧曾谙”的江南春景。

春晓①

孟浩然

春眠不觉晓②，处处闻啼鸟③。

夜来风雨声，花落知多少④。

【注释】

①春晓：春天的早晨。

②不觉晓：不知不觉天就亮了。

③啼鸟：鸟的啼叫声。

④知多少：不知有多少。

赏析

《春晓》这首诗是诗人隐居在鹿门山时所作，意境十分优美。

诗的前两句写诗人因春宵梦酣，天已大亮了还不知道，一觉醒来，听到的是屋外处处鸟儿的欢鸣。诗人惜墨如金，仅以一句“处处闻啼鸟”来表现充满活力的春晓景象。但人们由此可以知道就是这些鸟儿的欢鸣把懒睡中的诗人唤醒，可以想见此时屋外已是一片明媚的春光，可以体味到诗人对春天的赞美。正是这可爱的春晓景象，使诗人很自然地转入诗的第三、四句的联想：昨夜我在朦胧中曾听到一阵风雨声，现在庭院里盛开的花儿到底被摇落了多少呢？联系诗的前两句，夜里这一阵风雨不是疾风暴雨，而是轻风细雨，把诗人送入香甜的梦乡，把清晨清洗得更加明丽。但是它毕竟要摇落春花，带走春光，因此一句“花落知多少”，又隐含着诗人对春光流逝的淡淡哀怨以及无限遐想。

《春晓》的语言平易浅近，自然天成，一点也看不出人工雕琢的痕迹。而言浅意浓，景真情真，就像是从诗人心灵深处流出的一股泉水，晶莹透澈，灌注着诗人的生命，跳动着诗人的脉搏。读之，如饮醇酒，不觉自醉。诗人情与境会，觅得大自然的真趣，大自然的神髓。“文章本天成，妙手偶得之”，这是最自然的诗篇，是天籁。

饮湖上初晴后雨

苏轼

水光潋滟①晴方好②，山色空蒙③雨亦奇。

欲把西湖比西子④，淡妆浓抹总相宜⑤。

【注释】

①潋滟（liàn yàn）：水面波光闪动的样子。

②方好：正是显得很美。

③空蒙：迷茫缥缈的样子。

④西子：西施，春秋时代越国有名的美女，原名施夷光，或称先施，居古代四大美女（西施、王昭君、貂蝉、杨玉环）之首。家住浣纱溪村（在今浙江诸暨市）西，所以称为西施。

⑤相宜：也显得十分美丽。

赏析

本诗是《饮湖上初晴后雨二首》中第二首。这是一首赞美西湖美景的诗。

诗的前两句既写了西湖的水光山色，也写了西湖的晴雨时的不同景色。“水光潋滟晴方好”描写西湖晴天的水光：在灿烂的阳光照耀下，西湖水波荡漾，波光粼粼，十分美丽。诗的后两句进一步运用他的写气图貌之笔来描绘湖山的晴光雨色，而是遗貌取神，只用一个既空灵又贴切的妙喻就传出了湖山的神韵。

正是因为这份神韵，才使得这首诗作千古流传。可苏轼为什么偏偏要选西施来比喻西湖呢？应有这样两个原因：一是西施位属四大美女，美丽自然不在话下，她的家乡在浙江，而且离西湖不远；二是西施和西湖，都有个“西”字，这真是个天作之合。至于称西施为西子，恐怕不仅是为了尊重，还与平仄有关系（第三句最后一个字要求仄声字，而“施”是平声字）。现在，西湖也叫西子湖，就是源于苏轼这首诗。

拓展阅读

绿水青山就是金山银山

2005 年 8 月 15 日，时任浙江省委书记的习近平同志在浙江湖州安吉考察时，首次提出了“绿水青山就是金山银山”的科学论断，后来，他又进一步阐述了绿水青山与金山银山之间三个发展阶段的问题。2017 年 10 月 18 日，习近平同志在十九大报告中指出，坚持人与自然和谐共生。必须树立和践行绿水青山就是金山银山的理念，坚持节约资源和保护环境的基本国策，像对待生命一样对待生态环境，统筹山水林田湖草系统治理，实行最严格的生态环境保护制度，形成绿色发展方式和生活方式，坚定走生产发展、生活富裕、生态良好的文明发展道路，建设美丽中国，为人民创造良好生产生活环境，为全球生态安全作出贡献。

习近平总书记的“两山”重要思想，充分体现了马克思主义的辩证观点，系统剖析了经济与生态在演进过程中的相互关系，深刻揭示了经济社会发展的基本规律，让我们深刻领悟到可持续发展的和谐真谛，保护环境，人人有责。

思考与练习

1.《绝句·两个黄鹂鸣翠柳》整首诗歌营造了一种什么样的氛围？表达了作者什么样的思想感情？

2.《忆江南》这首词表达了诗人怎样的思想感情？可从文中的哪两个字看出来？

3.《饮湖上初晴后雨》结尾两句是全篇的点睛之笔，请从修辞的角度做赏析。

第八节　歧路本无奇 情志岂可移

赋得古原草送别①

白居易

离离②原上草，一岁一枯荣③。
野火烧不尽，春风吹又生。
远芳侵古道④，晴翠⑤接荒城。
又送王孙⑥去，萋萋⑦满别情。

【注释】

①赋得：借古人诗句或成语命题作诗。诗题前一般都冠以“赋得”二字。这是古代人学习作诗或文人聚会分题作诗或科举考试时命题作诗的一种方式，称为“赋得体”。

②离离：青草茂盛的样子。

③一岁一枯荣：枯，枯萎。荣，茂盛。野草每年都会茂盛一次，枯萎一次。

④远芳侵古道：远处芬芳的野草一直长到古老的驿道上。

⑤晴翠：草原明丽翠绿。

⑥王孙：本指贵族后代，此指远方的友人。

⑦萋萋：形容草木长得茂盛的样子。

赏析

这是一首应考习作，相传白居易16岁时作。按科举考试规定，凡指定的试题，题目前须加“赋得”二字，作法与咏物相类似。《赋得古原草送别》即是通过对古原上野草的描绘，抒发送别友人时的依依惜别之情。

诗的首句“离离原上草”，紧紧扣住题目“古原草”三字，并用叠字“离离”描写春草的茂盛。第二句“一岁一枯荣”，进而写出原上野草秋枯春荣，岁岁循环，生生不息的规律。第三、四句“野火烧不尽，春风吹又生”，一句写“枯”，一句写“荣”，是“枯荣”二字意思的发挥。不管烈火怎样无情地焚烧，只要春风一吹，又是遍地青青的野草，极为形象生动地表现了野草顽强的生命力。第五、六句“远芳侵古道，晴翠接荒城”，用“侵”和“接”刻画春草蔓延，绿野广阔的景象，“古道”“荒城”又点出友人即将经历的处所。最后两句“又送王孙去，萋萋满别情”，点明送别的本意。用绵绵不尽的萋萋春草比喻充塞胸臆、弥漫原野的惜别之情，真正达到了情景交融，韵味无穷。

滁州西涧①

韦应物

独怜②幽草③涧边生，上有黄鹂深树④鸣。

春潮⑤带雨晚来急，野渡⑥无人舟自横⑦。

【注释】

①滁州：在今安徽滁州以西。西涧：在滁州城西，俗名称上马河。

②独怜：唯独喜欢。

③幽草：幽谷里的小草。幽，一作“芳”。生：一作“行”。

④深树：枝叶茂密的树。

⑤春潮：春天的潮汐。

⑥野渡：郊野的渡口。

⑦横：指随意漂浮。

赏析

这是一首描绘暮春景象的诗作。诗人借助平常的景物，点染成了一幅意境幽深的有韵之画，其中还蕴含了诗人一种不在其位，不得其用的无奈与忧伤情怀。

开头二句是写日间所见。暮春之际，群芳已过，诗人闲行至涧，但见一片青草萋萋。幽草，虽然不及百花妩媚娇艳，但它那青翠欲滴的身姿，那自甘寂寞、不肯趋时悦人的风标，自然而然地赢得了诗人的喜爱。这里，“独怜”二字，感情色彩至为浓郁，是诗人别有会心的感受。它表露了诗人闲适恬淡的心境。

接下来两句，侧重写荒津野渡之景。到傍晚时分，春潮上涨，春雨淅沥，西涧水势顿见湍急。郊野渡口，本来就荒凉冷漠，此刻愈发难觅人踪。只有空舟随波纵横。两句诗所描绘的情境，未免有些荒凉，但用一“自”字，却体现着悠闲和自得。这两句在结构安排上也很精当。“春潮带雨晚来急”构成典型环境，与下文形成因果关系，“急”与“自”两字互为照应，准确地传达出诗人内心的情感意识，把客观景物和抒情主体有机地融为一体。状出难写之景，达出难言之情。

鹿柴[①]

王维

空山不见人，但[②]闻人语响。

返景[③]入深林，复[④]照青苔上。

【注释】

①鹿柴（zhài）：王维在辋川别业的胜景之一（在今陕西省蓝田县西南）。柴：通“寨”“砦”，用树木围成的栅栏。

②但：只。

③返景（yǐng）：同“返影”，太阳将落时通过云彩反射的阳光。

④复：又。

赏析

这首诗描绘的是鹿柴附近的空山深林在傍晚时分的幽静景色。

第一句先正面描写空山的杳无人迹，侧重于表现山的空寂清冷。之后紧接第二句境界顿出，以局部的、暂时的“响”反衬出全局的、长久的空寂。第三、第四句由上幅的描写空山传语进而描写深林返照，由声而色。

王维是诗人、画家兼音乐家。这首诗正体现出诗、画、乐的结合。无声的静寂、无光的幽暗，一般人都易于觉察；但有声的静寂，有光的幽暗，则较少为人所注意。诗人正是以他特有的画家、音乐家对色彩、声音的敏感，才把握住了空山人语响和深林入返照的一刹那间所显示的特有的幽静境界。但是这种敏感，又和他对大自然的细致观察、潜心默会分不开。诗的绝妙处在于以动衬静，以局部衬全局，清新自然，毫不做作。

三衢道中①

曾几

梅子黄时②日日晴，小溪泛尽③却山行④。

绿阴不减⑤来时路，添得黄鹂四五声。

【注释】

①三衢道中：在去三衢州的道路上。三衢即衢州，今浙江省常山县，因境内有三衢山而得名。

②梅子黄时：指五月，梅子成熟的季节。

③小溪泛尽：乘小船走到小溪的尽头。

④却山行：再走山间小路。却，再的意思。

⑤不减：并没有少多少，差不多。

作者简介

曾几（1085—1166年），字吉甫，自号茶山居士，南宋诗人。

赏析

此诗写初夏时宁静的景色和诗人山行时轻松愉快的心情。

首句点明此行的时间，“梅子黄时”正是江南梅雨时节（黄梅天），难得有这样“日日晴”的好天气，因此诗人的心情自然也为之一爽，游兴愈浓。诗人乘轻舟泛溪而行，溪尽而兴不尽，于是舍舟登岸，山路步行。一个“却”字，道出了他高涨的游兴。三四句紧承“山行”，写绿树荫浓，爽静宜人，更有黄鹂啼鸣，幽韵悦耳，渲染出诗人舒畅愉悦的情怀。“来时路”将此行悄然过渡到归程，“添得”二字则暗示出行归而兴致犹浓，故能注意到归途有黄鹂助兴，由此可见，此作构思之机巧、剪裁之精当。

诗人将一次平平常常的行程，写得错落有致，平中见奇，不仅写出了初夏的宜人风光，而且诗人的愉悦情状也栩栩如生，让人领略到平的意趣。诗作通过对比融入感情。诗将往年阴雨连绵的黄梅天与眼下的晴朗对比；将来时的绿树及山林的幽静与眼前的绿树与黄莺叫声对比，于是产生了起伏，引出了新意。全诗又全用景语，浑然天成，描绘了浙西山区初夏的秀丽景色。虽然没有铺写自己的感情，却在景物的描绘中锲入了自己愉快欢悦的心情。

西江月·夜行黄沙道中[1]

辛弃疾

明月别枝惊鹊[2]，清风半夜鸣蝉。稻花香里说丰年，听取蛙声一片。

七八个星天外，两三点雨山前。旧时茅店社林[3]边，路转溪桥[4]忽见[5]。

【注释】

①西江月：词牌名。黄沙：黄沙岭，在江西上饶的西面。

②别枝惊鹊：惊动喜鹊飞离树枝。

③旧时：往日。茅店：茅草盖的乡村客店。社林：土地庙附近的树林。社，土地神庙。古时，村有社树，为祀神处，故曰社林。

④溪桥：一作“溪头”。

⑤见：同“现”，显现，出现。

赏析

此词是词人贬官闲居江西时创作的一首吟咏田园风光的词。词中着意描写黄沙岭的夜景：明月清风，疏星稀雨，鹊惊蝉鸣，稻花飘香，蛙声一片。全词从视觉、听觉和嗅觉三方面抒写夏夜的山村风光，情景交融，优美如画，恬静自然，生动逼真，是宋词中以农村生活为题材的佳作。

从表面上看，这首词的题材内容不过是一些看来极其平凡的景物，语言没有任何雕饰，没有用一个典故，层次安排也完全是平平淡淡。然而，正是在看似平淡之中，却有着词人潜心的构思，淳厚的感情。在这里，读者也可以领略到稼轩词于雄浑豪迈之外的另一种境界。

竹石[1]

郑燮

咬定[2]青山不放松，立根[3]原在破岩[4]中。

千磨万击还坚劲，任尔[5]东西南北风。

【注释】

①竹石：扎根在石缝中的竹子。诗人是著名画家，他画的竹子特别有名，这是他题写在竹石画上的一首诗。

②咬定：比喻根扎得结实，像咬着青山不松口一样。

③立根：扎根，生根。

④破岩：裂开的山岩，即岩石的缝隙。

⑤尔：你。

作者简介

郑燮（1693年—1765年），字克柔，号理庵，又号板桥，人称板桥先生，清代官吏、书画家、文学家，“扬州八怪”之一。其诗、书、画均旷世独立，世称“三绝”，擅画兰、竹、石、松、菊等植物，其中画竹有50余年，成就最为突出。著有《板桥全集》。

赏析

这首诗是一首咏竹诗。诗人所赞颂的并非竹的柔美，而是竹的刚毅。

前两句赞美立根于破岩中的劲竹的内在精神。开头一个“咬”字，极为有力，一字千钧，充分表达了劲竹的刚毅性格。再以“不放松”来补足“咬”字，劲竹的个性特征表露无遗。次句中的“破岩”更衬托出劲竹生命力的顽强。后二句再进一层写恶劣的客观环境对劲竹的磨练与考验。不管风吹雨打，任凭霜寒雪冻，苍翠的青竹仍然“坚劲”，傲然挺立。“千磨万击”“东西南北风”，极言考验之严酷。

这首诗借物喻人，作者通过咏颂立根破岩中的劲竹，含蓄地表达了自己绝不随波逐流的高尚思想情操。全诗语言质朴，寓意深刻。

卜算子·咏梅

毛泽东

风雨送春归，飞雪迎春到。已是悬崖百丈冰①，犹②有花枝俏③。

俏也不争春，只把春来报。待到山花烂漫④时，她在丛中笑⑤。

【注释】

①冰：形容极度寒冷。

②犹：还，仍然。

③俏：俊俏，美好的样子。此处既能表现梅花的俏丽，又能表现革命者面对困难坚强不屈的美好情操。

④烂漫：颜色鲜明而美丽。文中指花全部盛开的样子。

⑤丛中笑：百花盛开时，感到欣慰和高兴。

赏析

《卜算子·咏梅》是作者反用陆游同调同题词意而创作的一首咏物词。此词塑造了梅花俊美而坚韧不拔的形象，鼓励人们要有威武不屈的精神和革命到底的乐观主义精神。上阕主要写梅花傲寒开放的美好身姿，描绘梅花的美丽、积极与坚贞；下阕主要写梅花的精神风貌，表现了梅花坚强不屈、不畏寒冷，对春天充满信心和谦虚的风格。

作者将梅花的自然美与人的德善美有机地融为一，达到了“天人合一”的最高境界。词中象征、拟人、衬托、比喻、夸张、对仗、顶针等多种修辞手法的巧妙运用，写出了梅花富于挑战性的个性和谦逊无私的高风亮节，较完美地实现了托物言志的目的。

拓展阅读

工匠精神

“工匠精神”一词，最早出自于著名企业家、教育家聂圣哲。他曾呼吁：“‘中国制造’是世界给予中国的最好礼物，要珍惜这个练兵的机会，决不能轻易丢失。一流工匠要从少年培养，有些行业甚至要从12岁开始训练。”当今社会心浮气躁，追求“短、平、快”（投资少、周期短、见效快）带来的即时利益，从而忽略了产品的品质灵魂。因此企业更需要工匠精神，才能在长期的竞争中获得成功。当其他企业热衷于“圈钱、做死某款产品、再出新品、再圈钱”的循环时，坚持“工匠精神”的企业，依靠信念、信仰，看着产品不断改进、不断完善，最终，通过高标准要求历练之后，成为众多用户的骄傲，无论成功与否，这个过程，他们的精神是完完全全的享受，是脱俗的，也是正面积极的。

在2016年的政府工作报告中，李克强总理说：“要鼓励企业开展个性化定制、柔性化生产，培育精益求精的工匠精神。”“工匠精神”如今成为决策层共识，写进政府工作报告，显得尤为难得和宝贵。

“工匠精神”需要匠人全身心沉浸于技艺之中，不受外界物欲的影响。它不仅强调传授精湛手艺，也传递耐心、专注、坚持的精神。这种精神，恰恰就是我们面对枯燥和懈怠的时候，克服困难的必胜法宝。

思考与练习

1.《赋得古原草送别》中的“野火烧不尽，春风吹又生”为何是千古名句？请简要赏析。

2.《竹石》这首诗用了什么写法？表达了作者怎样的思想情操？

3.《卜算子·咏梅》这首诗从什么角度咏叹梅花的品格？

第四章　小学古诗文教学实践

课前导读

古典诗文是我国传统文化宝库中的明珠，是中华民族优秀文化遗产的重要组成部分，也是中国语文材料的精华。小学生学习这些古诗文，不但可以了解我国古代社会的一些情况，而且能够学习古人的优秀品质，感受祖国山河的壮丽秀美，更能增强小学生的爱国主义情感，激发其民族自豪感。

学习本单元旨在让学生了解小学语文古诗文教学的相关规定和要求，掌握小学古诗文教学常用的教学方法，并且进行实践训练，切实提升学生古诗文鉴赏与教学能力。

第一节　小学古诗文教学的规定和要求

小学语文新课标规定：小学生背诵优秀诗词160篇。在小学语文新课标附录中列出70首《古诗词背诵推荐篇目》，新增了许多优秀诗词。这说明古诗词在小学语文教学中是非常重要的。结合小学语文新课标来看，小学古诗词教学目标大致分为三个阶段：

第一学段（1—2年级）要求诵读儿歌、童谣与浅近的古诗词，展开想象，获得初步的情感体验，感受语言的优美，背诵优秀诗词50篇（段）；第二学段（3—4年级）要求诵读优秀诗词，注意在诵读过程中体验情感，展开想象，领悟内容，背诵优秀诗词50篇（段）；第三学段（5—6年级）要求诵读优秀诗词，注意通过诗词的声调、节奏等体味作品的内容和情感。背诵优秀诗词60篇（段）。大体把握诗意，想象诗词描述的情境，体会作者的情感。受到优秀作品的感染和激励，向往和追求美好的理想。

不难发现，在新课改背景下，古诗词教学的标准与要求相应提高，重点强调了培育小学生对于古代诗词作者写作情感的体会与认知，同时对创作的时代特征了解并掌握。教师的教学观念应当跟随新课程既定的标准，转变传统教学观念，采取适合小学生学习古诗的教学方式，加大对人文情感、传统文化的讲解，使小学生能够对作者创作的意图与心理特征有所感悟。同时，教师在教学时还需尊重学生的主体地位，以引导学生自主学习为主要目的，要求学生能够主动理解并探究诗词的内涵，从而对诗词中情感更加感同身受。

当前语文课程标准从“知识与能力”“过程与方法”“情感态度与价值观”三个维度提出全面提高学生的语文素养。为此，在小学古诗词教学实践中，这就要求我们应该依据古诗词的特点和小学生的认知规律进行具体的教学。

首先，要求我们引导学生迅速了解作者所处的创作时代，掌握诗人的性格类型，了解古诗词类属的派别，有助于理解诗词的深层含义。因此，小学生了解了历史，掌握作者所处的社会环境对其产生怎样的情绪和情感，理解古诗词就游刃有余了。小学古诗词教学中存在对同一作者的多首古诗词进行学习，虽然每首古诗词所创作的内容不尽相同，但同一作者所表达情感的方式、叙事手法较为统一。因此，即便在不同的背景之下、不同的喜怒哀乐之间也能总结归纳出作者所创作古诗词的共性特征。此外，对教学古诗词横向分析，在同一时期内通常也存在较多古诗词作品，受同一时代特征的影响，一定时期内的古诗词情感与描述内容也较为相似。如盛世时代创作的古诗词与颠沛流离时代所创作的古诗词有着显著差异。古诗词教学通过横向、纵向总结归纳能够建立古诗词教学与学习的整体框架，有助于学生对古诗词形成全局化思维，进而提升古诗词教学的意义。

其次，要求我们带领学生反复诵读，体会作者的思想情感。小学所学的古诗词一般篇幅短小且押韵，符合小学生年龄特点，一遍一遍朗诵，学生亲身感悟诗人笔下的心情，以便在情绪感染中理解作者的思想感情。诗词的韵脚、发音完全适合培养语言表达能力，增添诗词的趣味性。思想情感是作者创作的初衷所在。受诸多因素的影响，在很多时候，作者在作品中所要表达的情感并不是单一呈现、单向发展的。当内心思潮涌动、千回百转时，作者所创作出的诗词往往也包含着复杂多样的思想情感。因此，我们在鉴赏诗词的思想情感时，要学会结合作者和诗词的具体情况，着重辨析诗歌情感的丰富性、变化性和矛盾性。

再次，要求我们巧妙借助画面帮助小学生欣赏古诗词，感悟古诗词的意境。例如：使学生通过一幅山水画、一副田园风光的视觉体验尚未经历的情感。诱导学生合理的想象，以景见情，以情发景，感悟古诗词的意境。古诗词所描述的内容通常以写实为主，即便存在抽象的画面也能结合多媒体及相关技术得以呈现。因此，小学古诗词教学可采用情景教学的方式。教师根据古诗词中的意境、含义等，将诗词中所叙述的画面转变为音频、视频等形式，使印刷在课本中的古诗词能够图文并茂的展现在学生面前。此种方式对学生理解古诗词内涵有着极大的帮助，消除学生与作者、学生与课本之间的距离感。如《望庐山瀑布》古诗教学中，教师可以将诗句所描绘的画面以视频动画展示，学生能够看到诗人所看内容，对诗句的创作能做到深刻体会。同时，将学生带入情景中，更能激发学生自身思维，不仅深刻记忆古诗内容，还能帮助刺激学生灵感，找到自身学习古诗的方法与路径。

最后，要求我们指导学生识得“诗家语”，抓住古诗词的诗眼。鉴赏诗词常说要懂得“诗家语”，即必须懂得诗词的语言变形的魅力。诗词中所用词语的词性是最主要的诗词语言变形手段，而这些词性改变的词语往往就是一首诗词的诗眼词眼。诗眼词眼是古诗词的中心，抓住了就掌握了一首诗词的基调和感情。寻找和分析诗眼词眼，迅速了解整首诗词的氛围和意义，更好地了解作者心中的抱负和情绪，提高小学生对古诗词的欣赏水平。

拓展阅读

无规矩不成方圆

春秋时期，晋国和燕国同时出兵攻打齐国，齐军节节败退，齐景公无计可施，接受了晏婴的举荐，任命田穰苴为将军率军出征。田穰苴说：我是平民，人微言轻，将军这个职位比大夫还高，士兵们必定不愿服从我，百姓们也不会信任我的，王上必须派一位宠信的、地位尊贵的大臣做监军才行。”于是齐景公就派宠臣庄贾去做监军。田穰苴和庄贾约定好第二天正午在营门会齐。

庄贾因为君王宠信，素来骄横。第二天亲戚朋友为他置酒送行，他纵情畅饮，完全忘了时间，等他来到军营时，太阳都快要落山了。此时田穰苴已经整饬好军队，宣布完了军纪。看到庄贾，田穰苴责问他说：“为什么不按约定的时间来？”庄贾道：“朋友亲戚为我送行，所以耽搁了。”田穰苴说：“将军受命出征之日，就应当忘掉家人亲朋，擂鼓进军之时就应当置生死于度外。现在敌军深入国境，百姓惶恐，前方的士兵们正在殊死奋战。国君食不甘味，寝不安席！你身为监军，百姓安危系于一身，怎么能因为有人送行就迟到呢！”于是问军法官：“军法中，对迟到是怎么规定的？”军法官答道：“当斩。”这下庄贾害怕了，马上派人去报告齐景公来搭救自己。报信的人还没回来，庄贾已经被田穰苴斩首示众了。全军上下大为振奋。田穰苴虽然执法如山，但是爱兵如子，很快就得到了将士的拥戴，最终打败晋燕联军，收复所有失陷的国土。

孟子曰：“离娄之明、公输子之巧，不以规矩，不能成方圆。”意思是说即使有离娄那样好的视力，鲁班那样好的技巧，如果不用圆规和曲尺，也不能准确地画出方形和圆形。它就告诉我们，做任何事都应该遵守一定的规矩、规则，否则便无法成功。

第二节 小学古诗文教学常用教学方法

中国是一个诗歌的国度，也是一个重视诗教的国度。《诗大序》中说：“厚人伦、美教化、移风俗，莫近于诗。”这是从用诗歌管理国家，教化社会的角度来说的。可见先秦时期人们对诗教的重视。古人认为诗词可以兴，即通过诗词移情兴发，涵养性情；诗词可以观，即通过诗词体察民情了解民意；诗词可以群，即通过诗歌促进人与人之间的融洽，使人温柔敦厚。诗词可以怨，即通过诗词让百姓发泄不满平复心情；可见，古人认为的诗教不是简单地把诗词作为教学对象，更多的是将诗教目标指向人的心灵。诗教意义深远，故科学合理的教学方法就显得尤为重要了。下面总结了目前小学古诗词常用的教学方法。

一、关联教学法

关联教学法是指联系创作背景和联系现实生活两个方面展开的教学方法。

联系创作背景，是说学习古诗词首先需要对其创作背景进行一番了解，在传统时期的古诗词教学中，正是由于不少教师没有做到这一点，才导致学生的学习兴趣不够高。因此，在新时期的教育环境下小学语文教师需要拿出新的教育理念，以联系创作背景的方式展开古诗词教学实践活动，以求能够激发学生的学习兴趣，从而使学生在学习古诗词之时能够做到有法可循，达到提高学生学习古诗词水平，优化小学语文古诗词教学效果的目的。

以引导学生学习《夏日绝句》这首诗为例。首先，播放李清照《声声慢》的音频，让学生通过自己的听觉器官感受作者的情感，进而为学生介绍《夏日绝句》的创作背景，指明学生阅读了相关资料，促进学生对李清照的进一步了解。其次，对学生示范性诵读了诗句内容，结合注释引导学生对诗句的意思进行了仔细分析，从而帮助学生了解诗句中所提到的历史典故，让学生充分感受到了李清照的民族豪情。最后，引导学生归纳诗句中重点词语的意思，帮助学生积累了古诗词的学习方法，旨在提高学生鉴赏古诗词的能力。这样，通过联系创作背景，激发学生强烈的学习兴趣，使学生感受到项羽宁死不屈的英雄气概，也有了对李清照爱国情怀的充分体会，并对作者产生赞美、敬佩之情，全面取得小学语文古诗词教学效果的优化。

小学生学任何东西，激发兴趣永远是第一位的。联系现实生活正是基于这一点而考虑的。当他们发现古诗词与自己的日常生活可以相关联，在生活中用得上，当自己的某种感受可以用一句古诗词来表达，此时兴趣自然会产生。一般情况下，古诗词是作者根据自身的生活经历进行创作的，所以现实生活与古诗词之间有着十分紧密的联系。因此，新课程改革中才会多次提出于教育教学中融入生活元素的要求。所以作为小学语文教师的一分子，也要懂得联系现实生活教学学生学习古诗词，从而让学生感受到古诗词的现实应用性，使学生深刻体会到古诗词的学习价值，以求能够刺激学生积极的学习情感，促进学生对古诗词内容及内涵的理解，完成提升小学语文古诗词教学效率的任务。

以引导学生学习《元日》这首诗为例，首先，播放一组与春节相关的画面，播放歌曲《过大年》，组织学生互相交流自己在春节之时的感受，从而引入诗题，为学生介绍王安石。其次，结合现实生活引导学生对诗句内容做出分析，帮助学生理解诗句的字面意思；通过带领学生了解这首诗的创作背景，让学生知晓这首诗是作者抒发自己除旧布新、强国富民的抱负和乐观自信的态度，进而再次引导学生阅读这首诗，使学生进一步体会到作者的思想感情。最后，做课堂活动小结，通过引入具体的场景使学生明白如何用诗句表达对生活的热爱以及对美好未来的期待。通过联系现实生活，使学生感受到古诗词也是具有现实应用价值的，从而刺激学生积极的学习情感，使学生充分理解这首诗，顺利提升小学语文古诗词的教学效率。

二、情境教学法

小学阶段的学生相同的特点是注意力集中时间短，好奇心强，语文教师可以紧抓学生心理特点创设相应的教学情境，进而调动学生学习的积极性。如创设语言情境渲染古诗词美的意境。古诗词语言简短且优美，教师在朗读故事时可带有感情地描绘其中的场景，激发学生的联想和情绪，使其全身心投入古诗词的情境中。例如，某小学教师在讲解《春晓》一课时，就邀请一名学生上台朗读，同时运用多媒体播放相应的视频，一下子就将学生注意力吸引到那个春回大地、万物复苏的季节。此时学生再读出“天渐渐地黑了，你趴在桌上不知不觉睡着了（让其他学生趴在课桌上做睡觉状），朦朦胧胧地听到外面刮着呼呼的风，一会儿又下起了淅淅沥沥的小雨，你又睡着了，突然被耳边的鸟叫声惊醒了，你睁眼一看说：我怎么睡着了？”看着窗外兴奋的小鸟不知不觉地读出“春眠不觉晓，处处闻啼鸟”，再看到楼下花园中树木上的花被刚才的风雨吹得满地都是，又想起“夜来风雨声，花落知多少”。学生在语言情境中既明白了古诗要表达的含义，也体会了诗的意境，提高了古诗教学效率。

运用情境教学法时，教师要通过多种方式，多条渠道创设情境，引学生入“境”。具体方法有很多：一是介绍作者及背景，介绍作者生活的那个特定时代，特定环境，把握作者创作时的特殊心情去读诗去想象。二是联系现实生活，把现实生活中学生熟悉的事物引入古诗中，拉近距离，搭起入境桥梁。三是运用直观法。在古诗教学中往往由于条件的限制，不能实景实物进行观赏，可以通过出示幻灯片、图片和录音等辅助手段，使学生有身临其境之感。四是丰富想象，教学时指导学生想象诗中的情节、场面。例如《江雪》这首诗，启发学生的思索和联想：“大雪漫天飞舞，北风呼啸，天地间白茫茫一片的场面。”从而更好地理解诗文内容和意境。

三、诵读教学法

古人写诗词，大都因为有所见有所闻有所感，情动于中，兴致勃发，然后浅吟低唱，吟到满意了，再写下来。所以用吟诵的方式学习古诗词，是符合古诗词特点的。小学阶段古诗词教学的目标是以体验作品的情感为主，诵读是一种感性的直觉教育手段，诵读是小学生感受作品语言，感悟诗词情意的最佳方法，也是小学古诗词教学过程中应遵循的主要原则之一。这里所说的诵读，不仅指有声的朗读记诵，还包括无声的默读品味；不仅指课堂上有限的阅读朗诵，还包括生活中无限的阅读积累。运用这种方法，要注意以下两点：

（一）以学生自主诵读为主，淡化教师的讲解

首先要给学生充裕的时间，要让学生充分阅读作品，沉潜其中，涵咏品味作品意蕴。然后反复诵读体会诗词的语言，由语言到内容，感悟诗文的情意。读的

目的是为了体悟作品内在的情感，而对作品内在情感的体会又会反过来促进诵读的效果。因此诵读应该建立在对作品意蕴理解的基础上，只有准确感悟作品的内在情感，才能读出感情来。淡化教师的讲解，首先应该淡化对字词句语法的讲解。对字词的认知可以放在学生预习阶段，在课堂上教师可以通过学生的诵读情况了解他们对字词的掌握程度。对诗句的学习应避免采用翻译的方法，因为翻译会使诗味荡然无存。其次，教师不应把自己对作品意义的理解强加给学生，或者违背儿童心智发展的规律，对作品意蕴进行过深的挖掘。否则就会造成教师一个人在讲台上讲得慷慨激昂，学生在底下却听得昏昏欲睡的场面。

当然，淡化教师的讲解，不是否定教师在教学中的作用，不是说教师什么都不用讲了，只要学生自己读就行了。而是说教师应该注意讲什么，该怎样讲。比如说，对作品字词的讲解，需要教师讲解的并不是字词的表面意思，这些学生通过查字典就可以了解。而应是字词的内在意蕴，字词为作品的表情达意起到了什么作用，产生了什么样的艺术效果，而这些方面在字典上是查不到的。这也正是需要教师进行点拨、指导的地方。以学生自主诵读为主，教师的作用是不容忽视的。教师的作用是组织、引领、启发、点拨。如何组织学生阅读作品？如何引领学生由外到内、由形式到内容解读、欣赏作品？如何启发学生展开联想与想象感悟作品丰富的意蕴？该在什么地方进行适当的点拨？应该设计什么样的问题？不同的学生会有什么样的阅读感受……所有这些都是需要教师进行思考并且要在教学过程中一一施行的。而解决以上这些问题的基础则是教师对教学文本，也就是对诗词作品的深刻领悟和理解。

（二）注意课堂诵读与课外诵读相结合

对于语文学习来说，课内阅读记诵是极为有限的，而课外阅读则是无限的，只有通过不断的阅读才能使人的精神世界日益充盈。可以说，养成阅读的习惯是影响一个人生命轨迹的重要因素。学习古诗词，课外阅读记诵是一个积累的过程，通过课外诵读不断的积累可以提高对古诗词的理解感悟能力，可以丰富对古典文化的修养，亦可以使心灵得到陶冶净化。因此，教师应该特别关注学生课外阅读记诵古诗词的情况，对诵读过程和结果进行科学的检测与评价。检测的形式可以灵活多样，最好采用寓教于乐的形式。比如通过游戏展开竞赛，比一比谁背的古诗词多，谁读得好。在课堂上也应该经常性地诵读学过的古诗词作品，温故知新。

教师在评价学生的表现时，应正确对待其个体差异。对记诵能力强的学生及时表扬，对能力稍差的学生加以鼓励，目的就是要培养呵护孩子们学习古诗词的兴趣，调动他们学习的积极性。

教师还应注意诵读方法的指导。应该经常性地指点学生注意诗词的节奏、顿挫以及平仄、押韵。一句中在哪些地方应该停顿，哪些地方应该拖长，这些都因诗歌体式的不同而不同，教师应该在课堂上加以简要介绍和指点。当然这些基本的常识并不是一些死板的公式，它们在具体运用时会因读者的不同、诗词内容的不同，而有无穷的变化。关键是诵读时应该以自己对作品的理解有感情地读，以抑扬起伏、顿挫有致的声音传达出古诗词在抒发感情时所特有的意味。由此才能进一步体会诗词中所包含的感人力量和独特艺术魅力。

四、小组合作法

在新时期的教育环境下，以生为本的教育理念改变了教师对学生课堂身份的看法，并在以实际行动去思考如何将课堂交还给学生，使学生真正成为课堂中的主人。随着广大教师的不懈努力，目前开展合作学习的教学策略作为践行生本教育理念的优质策略已经得到了充分肯定。基于此，小学语文教师不妨以恰当的合作方式营造出学习诗词的气氛，从而实现改善小学语文古诗词教学效益的目标。

以引导学生学习《清平乐·村居》这首词为例。首先，对学生分发导学案，将学生划分成学习小组，让学生独立完成导学案的内容后，于小组中互相谈论对“词”这种文体的理解。然后，派出小组代表对其合作探讨的结果进行了具体的阐述，使学生对“词”有进一步的了解，让学生明白“清平乐”是词牌名，“村居”是题目。接着，安排学生合作对词句内容进行探索，在巡视过程中通过与学生互动，了解学生对“相媚好”“亡赖”“卧剥”这些重点词语的理解，做出相应的指导，同时也让学生感受到了乡村生活的安宁美好。最后，引导学生对词句内容做了整体的归纳，使学生感受到这首词是作者对大自然的赞美之情，进而组织学生互相讨论这节课的学习收获。这样，通过开展合作学习，充分发挥了学生的课堂主体地位，使学生处在了民主和谐的学习气氛下，帮助学生充分体会到了词境，激发了学生对田园生活的喜爱，顺利实现了小学语文古诗词教学效益的改善。

五、个性感悟法

古诗词的内涵具有多元化的特点。不同的学生根据自己的知识能力以及审美观点，能够从不同的角度获得不同的个性感悟。因此，在介绍完诗歌背景和梳理难懂的字词后，教师应该充分尊重学生的独立思考能力，大胆让学生将古诗词扩写成一定篇幅的小故事，更为形象具体地阐释他们自身对于古诗词内涵的理解，以此有效提升学生的古诗词学习能力。

例如，在学习《闻官军收河南河北》时，教师可以引导学生将作品改编为小故事，增强学生对作品的独立理解能力。比如，在学生阅读诗句之后，教师可以与学生交流："作品中有哪些人物？这些人物分别在做什么事情，他们的心情是怎样的呢？"学生结合"剑外忽传收蓟北，初闻涕泪满衣裳。却看妻子愁何在，漫卷诗书喜欲狂"等句子能够发现作品中有杜甫、杜甫的妻子和孩子等人物。从而可以创编出如下的小故事："忧国忧民的杜甫正在房间里焦急地走来走去，忽然听到了收复失地的消息。他高兴地跳了起来，赶紧去把这个消息告诉自己的妻子和孩子。却看到妻子和孩子也已经知道了这个好消息，在迫不及待地收拾行装，准备返回家乡……"之后，教师可以让学生轮流朗读自己的故事，并对学生进行赞扬。在这样的教学中，教师能够培养出学生独立思考的能力，让学生产生深入感受古诗词内涵的动力，不断激发学生的古诗词理解能力。

总言而之，教无定法，教师在实际落实小学语文古诗词教学的过程中，有效的教学方法有很多。相比上面提到的几种方法，现实中还有很多具有较高有效性且简单易操作的小学语文古诗词教学方法。对于这一问题，教师应该结合实际的学情进行持续探索，针对相关问题展开进一步的深入研究，主要目的在于有效提升小学生的语文素养，提升他们对古诗词的理解能力，为小学生后续的语文古诗词学习打下良好的基础。

拓展阅读

刻舟求剑

战国时，楚国有个人坐船渡江。船到江心，楚人一不小心，随身携带的一把宝剑滑落江中，他赶紧伸手去抓，可惜为时已晚，宝剑已经落入江中。船上的人对此感到非常惋惜 。

但那楚人似乎胸有成竹，马上掏出一把小刀，在船舷上刻上个记号，并且对大家说："这是宝剑落水的地方，所以我要刻上一个记号。"

大家都不理解他为何要这样做，也不再去问他。

船靠岸后，那楚人立即在船上刻有记号的地方下水，去捞取掉落的宝剑。楚人捞了半天，始终不见宝剑的影子。他觉得很奇怪，自言自语地说"我的宝剑不就是从这里掉下去的吗？我还在这里刻上了记号，现在怎么会找不到呢？"

听他这么一说，那些人纷纷大笑起来，说道："船一直在行进，而你的宝剑却沉入了水底，不会随船移动，你又怎能找得到你的剑呢？"

大家对这则寓言都是耳熟能详，却时常也会犯下类似的毛病，值得我们警惕。事物是不断变化发展的，正如我们时常听到"文无定法""教无定法"等这样的词汇，不能因为旧的认知而先入为主，墨守成规。

第三节　小学古诗文教学优秀案例赏析

为科学系统地呈现小学古诗文鉴赏的教法与学法，使其鉴赏教学有案可依，结合小学古诗文教学的实际情况，本节内容选录了闫海霞主编的《意象·意境·意韵——小学古诗文教学研究与实践》的部分优秀案例。该系列案例全面落实新课程理念，紧跟当前小学语文古诗词教学研究形势，充分地体现了理论与实践相结合，完整地展现了课堂教学的各个方面，在践行育人观的同时，实现了语文教学的人文性和工具性的统一。

在选录该系列优秀案例的时候，编者根据小学学段的划分筛选出相应典型的教学设计，并作出适当的点评，以供学习参考。

一、《池上》教学设计

<table>
<tr><td colspan="5">教学基本信息</td></tr>
<tr><td>课题</td><td colspan="4">《池上》</td></tr>
<tr><td>学科</td><td>语文</td><td>学段：小学低学段</td><td>年级</td><td>一年级</td></tr>
<tr><td>教材</td><td colspan="4">义务教育教科书语文一年级下册</td></tr>
<tr><td colspan="5">指导思想与理论依据</td></tr>
<tr><td colspan="5">新课程标准在阅读方面对小学低段学生要求：诵读儿歌、儿童诗和浅显的古诗，展开想象，获得初步的情感体验，感受语言的优美。
低年级古诗教学重在培养学生的想象能力。要求学生联系图片，想象当时的画面，说说诗句的大致意思，感受诗人所描写的活泼、可爱、率真的小孩儿。通过作者的描写，这个小孩儿跃然纸上，仿佛就在我们眼前。教学重点是培养学生的想象能力，激发学生的情感，让学生通过图文结合、联系生活经验等方法，理解“撑”“偷采”“不解”“藏踪迹”等词语，感悟诗中的童趣和古诗的意境，让学生们一边想象画面，一边做动作来理解小孩儿的朝气蓬勃，率真自然。</td></tr>
<tr><td colspan="5">教学背景分析</td></tr>
<tr><td colspan="5">教学内容：
《池上》是小学人教版教材一年级下册一首描写儿童生活的诗。诗人在诗中叙述了一个孩子日常生活的一件小事：小孩子瞒着大人，偷偷地划着小船去采莲。
采到白莲后高兴极了，竟然忘记是瞒着大人偷偷去的，公然大摇大摆地划着小船回家去，在湖里清晰地留下了小船经过的痕迹。诗人白居易的诗向来追求“意求深，字求浅”，这首诗虽如同大白话，但极富韵味，充满童趣。通过第二句的“偷采”和第三句“不解”，把一个顽皮、天真无邪的小孩子写得呼之欲出、活灵活现。
教学方式：
以学生为主体，以朗读古诗为基础，以文本为媒介，借助图画，创设学习情境，构建师生互动、生生互动的学习氛围，提高学生对古诗的感受能力。</td></tr>
</table>

教学媒体准备

教学手段：以多媒体辅助教学。
技术准备：演示文稿。

教学目标（内容框架）

1. 能正确、流利地朗读古诗《池上》、背诵《池上》，感受诗中蕴藏的夏天的情趣。

2. 能认识 11 个生字，会写 2 个：首、采。

3. 通过图文结合、联系生活经验等方法理解“撑”“小艇”“偷采”“白莲”“踪迹”“浮萍”等词的意思，初步感受古诗描述的景象，体会小孩子的童真顽皮。

教学过程（文字描述）

一、激发兴趣，话题导入

1. 谈话：我们这段时间积累了不少古诗，谁来背背《咏柳》？《咏柳》描写了什么李节？（春天）你是从哪儿知道的？出示《咏柳》。谁再来背诵《不第后赋菊》（秋天）？谁再来背诵调《江雪》（冬天）？

小结：每个季节都有它的特点，那么夏天有什么特点呢？今天我们就来学习两首描写夏天的小诗。

2. 跟老师一起写课题：12. 古诗二首。

学习“首”：出示生字卡片。

读准字音，记字形，它的本意是头、脑袋。组词：首长、部首、首脑、首要、首席、一首歌、一首诗。

3. 课题中的“二首”指的是哪两首？（《池上》和《小池》）

谁来给大家读读呀？

（指名读：1 人 1 首）今天这节课我们就来学习第一首诗《池上》，板书：池上。

【设计意图：随文识字，了解“首”的意思并会组词。】

二、检查预习

（一）下面我们先来认识一下《池上》的作者：（指名读）

出示图片：白居易是唐代三大诗人之一，和李白、杜甫并称“李杜白”。有“诗魔”和“诗王”之称，一生写诗 3600 多首，是唐朝写诗最多的人。

回顾：你们还知道白居易的哪些诗？（《赋得古原草送别》齐背）

读古诗。（说要求：读准字音，不多字、不丢字）

指名朗读。（2人）

（二）同学们读得特别好，下面老师看看你们能不能读准这些词语：

出示词语：

shǒu　chēng tǐng　tōu cǎi

二首　撑小艇　偷采

lián　jiě　zōng jì　fú píng

白莲　不解　踪迹　浮萍

请同学们带拼音读一遍词语。

请同学们去拼音再读一遍。

“采”字变红，学习“采”字。说结构：上下结构，上面是“爪”字头，像人的手。下面是“木”，本意是用手摘取。组词。

（三）谈话：谁吃过新鲜的莲蓬？

先出示：莲蓬、白莲子。（老师补充：白莲子颗大粒圆，皮薄肉厚，清香甜润，既可做糕点配料，也可炖成莲子汤。）

再出示图片：这是什么？（浮萍，水牛植物、叶子椭圆，下面有须根，夏天开小白花）

（四）再读《池上》：

1. 指导朗读：我们把这些词语带入古诗中，不仅要把古诗读正确、流利，还应该读出诗的节奏来。

2. 请同学们再读《池上》。

【设计意图：读准字音、词语。通过图片，了解莲蓬，感受莲蓬味道的鲜美，为理解小孩子想吃莲蓬做准备。】

三、学习《池上》

引导：同学们能把古诗读得正确、流利、有节奏感，非常棒，这就是我们学习古诗的第一步——读准确（贴上字），接下来我们进行第二步——理解诗意（贴上字）。

我们先来看图片。

1. 出示图片：你看到了什么？

一个小男孩撑着小船，偷偷地采了好多白莲回来。

小娃：小孩儿。

撑：把竹竿插到河底来推动船前进。（学生可以做做动作。）

小艇：小船。

偷采：偷偷地采。

2. 诗中哪些诗句是描写这幅图的？出示句子：小娃撑小艇，偷采白莲回。

（1）看图，说说句子的意思。

（2）出示解释：一个小男孩撑着小船偷偷地采了好多白莲回来。（板书：撑 偷采）

（3）互换朗读：

①教师说诗意，指名让学生读诗句。

② 1 人读解释，1 人读诗句。

（4）指导朗读：一边想象画面，一边朗读。

指名读、齐读。

【设计意图：通过看图片，了解小孩子做的事情，感受小孩子的率真、可爱和朴实。】

后两句：

（一）出示图片：北极熊的脚印。

学生观察：你看到了什么？（北极熊的脚印——这是北极熊留下的踪迹）

再出示：人的脚印（这是人留下的踪迹）

老师顺势引导，那小孩儿留下的踪迹是什么呢？

1. 先看看视频。

2. 出示诗句：不解藏踪迹，浮萍一道开。

踪迹：小船划过留下的痕迹。

3. 试着说说意思：他不知道怎么藏踪迹，水面的浮萍上留下了一条船划过的痕迹。

4. 当小船慢慢驶来，浮萍……

5. 老师：小孩不知道隐藏痕迹。可他哪里知道，水面的浮萍上留下船划过的痕迹，已经暴露了他偷采白莲的事。多么可爱的孩子呀！（板书：不解一道开）

（二）读一读：互换朗读。

1. 教师读诗意，学生读诗句。

2. 再来朗读，提要求：一边想象画面，一边朗读。

3. 猜诗人的心理。

老师引导：诗中不仅藏着一幅美丽的、有趣的画面，还藏着一个人呢？同学们猜白居易此时正在岸边干什么？（板书：有趣）

【设计意图：老师通过多媒体手段，调动学生的思维，激发学生的想象。通过扩展练习，丰富学生的语言积累，帮助学生理解“踪迹”和“浮萍”、感受小孩子的可爱之处。】

四、有感情地朗读、背诵全诗

老师引导：白居易注意观察生活，把生活中的一件小事 . 写成了一首优美的小诗，我们现在来背一背。

这就是我们学习古诗的第三步——积累字词。（贴上字）

填空：

池上

小娃撑（　　），

（　　）白莲回。

不解藏（　　），

浮萍（　　）。

1. 指名背诵。

2. 两人合作一起背诵《池上》。

【设计意图：通过练习，使学生当堂掌握古诗的背诵。】

五、写生字：首、采

1. 观察生字的结构、笔画，留意老师的范写。

2. 学生把生字多写几遍。

【设计意图：通过练习，让孩子们当堂书写生字，掌握字形、结构。教师要强调书写时的姿势。】

作业：把《池上》背给爸爸妈妈听，并讲一讲这个有趣的小故事。

板书设计：

古诗二首

池上

撑	偷采	1. 读准确
	有趣	2. 明诗意
不解	一道开	3. 积累字词

教学设计与以往或其他教学设计相比的特点

同学们通过观察、想象画面，在多种形式的朗读中，基本理解了诗句的大意，能感受到诗中小孩的率真、活泼、可爱。同学们学诗的兴趣很浓，也喜欢边做动作，边朗读古诗。本节课的授课效果很好，基本完成了教学目标。

点评：

本教学设计从一年级小朋友的身心特点出发，通过多种多样的朗读形式和画面展现，循循善诱，充分地调动了学生的积极性，寓教于乐，既完成了教学目标，又激发学生学习古诗文的兴趣。

二、《风》教学设计

<table>
<tr><td colspan="6">教学基本信息</td></tr>
<tr><td>课题</td><td colspan="5">《风》</td></tr>
<tr><td>学科</td><td>语文</td><td>学段：小学低学段</td><td>年级</td><td colspan="2">二年级</td></tr>
<tr><td>教材</td><td colspan="5">北京市义务教育课程改革实验教材　　语文（第 4 册）</td></tr>
<tr><td colspan="6">指导思想与理论依据</td></tr>
<tr><td colspan="6">新课程标准指出：“阅读教学是学生、教师、文本之间的对话过程。在阅读课上，学生的第一要务便是与文本对话，即通过自主的读书实践交流，从而内化课文的语言材料及其丰富内涵，并学会阅读。”二年级学生年龄小，知识和生活阅历都有限。在阅读教学中，教师需要为学生搭桥铺路，设计学习活动，引导学生步步深入地与文本对话。</td></tr>
</table>

<table>
<tr><td align="center">教学背景分析</td></tr>
<tr><td>学习内容分析：
这首课外古诗是唐代著名诗人李峤写的。这是一首描写风的小诗，它从动态上对风进行了诠释。
诗文中无一“风”字，但诗句却句句在写“风”，而且写得生动、形象，能激发学生学习古诗的兴趣，以及爱自然、爱生活的思想感情。
学生情况分析：
二年级学生学习古诗，不容易记住字词，更不容易理解古诗意境，应由浅入深，逐步提高学生的学习能力。</td></tr>
<tr><td align="center">教学媒体准备</td></tr>
<tr><td align="center">PPT</td></tr>
<tr><td align="center">教学目标（内容框架）</td></tr>
<tr><td>1. 掌握 4 个生字，巩固识字方法。
2. 正确、流利、有感情地朗读课文，背诵课文。培养学生的观察能力。
3. 体会诗的意境。激发学生学习古诗的兴趣及爱自然、爱生活的思想感情。</td></tr>
<tr><td align="center">教学过程（文字描述）</td></tr>
<tr><td>一、兴趣导入
1. 同学们，今天我带来了一位“老朋友”，（出示刮风的图片）它是谁?（生：风娃娃）
2. 谁知道风娃娃会做哪些事？（生自由说）
【设计意图：让学生了解风的作用。】
3. 风娃娃的本领可不止这些呢！它能让树叶从树上落下来，能上春天的花儿开放。吹过大江时，它能激起千层巨浪。穿入竹林时，它能使千万根竹子倾斜。唐代诗人李峤就写了一首以《风》为题目的小诗。（出示古诗）（板书课题、朝代、诗人）请大家大声地读两遍。
请同学们读一读古诗，遇到不认识的字，可以先圈下来，稍后再请教同学或者老师。</td></tr>
</table>

二、读通诗文，认识字词

1. 你们有哪些字不认识，举手告诉老师。生汇报，师板书。

【设计意图：初读课文，了解课文大意。】

2. 有不懂的就提出来，才是好学的孩子。老师也有几个不认识的字需要请教大家。（出示生字：解、斜、竿、能）

【设计意图：借助拼音，认读生字。】

3. 谁来帮帮忙。生 1 拼读，师板书拼音。

4. 读得真好，我请你当小老师。生 1 带读。我们一起来感谢这位小老师。这些字都认识了吗？我们一起来读读。生齐读生字。

5. 去掉拼音，你还会读吗？请 2 个学生认读。

【设计意图：掌握本课的生字。】

6. 光会读还不行，得记住它们，你们有什么好办法吗？

【设计意图：采用多种形式识记生字，培养学生的自主识字能力。】

生 1：我用编字谜的方法记住了“竿”，竹子干了，就是“竿”。谁能用它组词。生组词。

生 2：我用加一加的方法记住了“斜”，“多余”的“余”加“斗争”的“斗”就变成了“斜坡”的“斜”。除了“斜坡”，你还会组什么词？生组词。

生 3：我用“熊”字去偏旁的方法记住了“能”。谁来组词。生组词。

同学想出了这么多识字的方法，老师也来编个字谜：我有一角钱，买了一把刀，杀了一头牛。猜猜看。

生：解。请你给它组个词。生组词。

7. 其他同学记住了吗？老师来考考你们，女生先来读一读，男生认真倾听。女生读后，全体齐读。

8. 这些字都躲进古诗里了，现在你还能认出它们吗？请你来读一读，其他小朋友当文明小听众。

生 1 读古诗。请你评一评。生 2 评。你来读一读。生 2 读。

9. 老师读诗，请同学们边听边拿笔画节奏。

【设计意图：通过画节奏，让学生感知古诗的韵律。】

解落三秋叶——稍快、高

能开二月花——慢、柔

过江千尺浪——快、高

入竹万竿斜——后三个字一点一顿

生画节奏。

请同学们按照刚才教的方法，再读古诗。

三、图文结合，理解诗意

1. 同学们，咱们轻松一下。咱们边听音乐，边欣赏美景（播放图片）

【设计意图：图文结合，让学生进一步了解课文内容。】

2. 美吗？（定格在图一）请你说说你看到了什么。生边看图边说。谁能用一句诗来描绘。（解落三秋叶）对吗？一起来读读。

3.（图二）你看到了什么？你能用一句诗来表示吗？（能开二月花）

4.（图三）你看到了什么？可以用哪句诗来描术这幅图？（过江千尺浪）

5.（图四）你感觉到了什么？诗中哪一句说的是这番景家？（入竹万竿斜）

6. 我们再一起来品读一番。齐读。

7. 为了更好地了解诗意，老师请来了“小帮手”，（点出注释）我们一起来读一读。

你们选一幅自己喜欢的图，借助注释，把对应的那句诗的意思说给同桌听。

【设计意图：训练学生的观察能力、提高学生的语言表达水平。】

你喜欢哪幅图，这句诗讲了什么？

他说的对吗？请同学们说一说。

生说（师板书：落—叶、开—花、掀—浪、斜—竹）

8. 美吗？请女生读一读古诗。

温暖的春风轻柔地吹过我们的发梢，舒服吗？请男生读一读。

炎热的夏天里吹来阵阵微风，爽吗？请同学读一读。

秋天漫步在街道，迎面吹来凉爽的风，凉快吗？请同学读一读。

你们喜欢风吗？我们一起读一读。

<table>
<tr><td>

9. 诗人喜欢风吗？他写这首诗，就是相表达他对风的喜爱之情。（板书：对风的喜爱之情）

10. 请你来当诗人李峤，为我们朗通一番。我发现不少同学已经经背得出来了，请同学带着喜爱之情背一背。男女生比赛背。我们一起来背一背。

四、作业

同学们这么喜欢风，课后去搜集一些关于风的词语和诗句。

【设计意图：通过搜集资料，让学生掌握更多的有关风的词语和诗句，拓展学生的知识面。】

五、板书设计

风
唐－李峤
落——叶
开——花　　　　对风的喜爱之情
掀——浪
斜——竹

</td></tr>
<tr><td>教学设计与以往或其他教学设计相比的特点</td></tr>
<tr><td>

1. 抓住低年级学生的特点，采取图文结合的教学方式，循序渐进地指导学生朗诵古诗。

2. 借助学生对生活的体验，加深学生对课文的理解。比如有意识地引导学生联系生活实际，说说曾体验到的风，让学生利用自己已有的对风的认识和体验，来理解诗文。

3. 教学中要时刻要牢记的是，教会学生学习方法远比教会学生某个知识点更为重要。比如在教生字时，老师不急于告诉学生如何记字，而是让学生自主识字，培养了学生良好的识字习惯。

</td></tr>
</table>

点评：

小学古诗文教学必须建立在学生理解古诗文的基础之上进行，针对低年级学生的学情，本教学设计主要借助图文并茂和学生对生活的体验，深入浅出地把抽象的理论和具体的生活实际联系起来，达到加深学生对课文理解的目的。同时，善于启发教学，重视引导学生形成自己的古诗文学习方法。

三、“古诗文关联阅读”教学设计

<table>
<tr><td colspan="5">教学基本信息</td></tr>
<tr><td>课题</td><td colspan="4">“古诗文关联阅读”</td></tr>
<tr><td>学科</td><td>语文</td><td>学段：小学中学段</td><td>年级</td><td>三年级</td></tr>
<tr><td>教材</td><td colspan="4">不受教材限制</td></tr>
<tr><td colspan="5">指导思想与理论依据</td></tr>
<tr><td colspan="5">新课程标准指出：“通过优秀文化的熏陶感染，促进学生和谐发展，使他们提高思想道德修养和审美情趣，逐步形成良好的个性和健全的人格。”小学中学段的教学目标提出：“诵读优秀古诗文，注意在诵读的过程中体验情感，展开想象，领悟诗文大意。”叶圣陶先生说：“作者胸有境，入境始于亲。”只有进入意境，古诗文教学才能“活”起来，才能使学生感悟到作者的内心情感。想要做到这一点并不容易，需要教师在教学前把握好相关联的一些古诗文的文化内涵，引领学生积极参与学习过程，感受古诗文中的精彩内容。</td></tr>
<tr><td colspan="5">教学背景分析</td></tr>
<tr><td colspan="5">教学内容：
三年级的学生已经有了一定的古诗文积淀。学生学习《静夜思》并没有费很多功夫。教师通过讲解《静夜思》中“明月”这个意象，引入《月下独酌》，重点学习前 4 句，进一步分析“明月”在诗中的意思。学生在充分了解“明月”这一意象后，教师引出《江楼感旧》这首诗，让学生了解明月不仅可以寄托对亲人的思念，也可以寄托对朋友的思念之情，充分理解明月在古诗中的含义。
教学方式：
以学生为主体，利用多媒体创设学习情境，构建师生互动、生生互动的学习氛围，让学生在诵读中感悟古诗中“明月”的意象，提高学生对古诗的感悟能力。
课前准备：
多媒体课件</td></tr>
</table>

教学目标（重点、难点）

1. 能够准确、有感情地朗读古诗。

2. 通过学习重点字词，理解诗句的意思。

3. 通过学习古诗，感悟诗人通过月亮寄托的对故乡、亲人以及朋友的思念之情。

教学过程（文字描述）

一、导入

今天老师给大家带来了一幅画，请大家猜一猜这幅画画的是哪首古诗。知道的同学一起说。

这就是我们耳熟能详的《静夜思》，我们来一起读一读。

【设计意图：激发学生学习兴趣，引出本课内容。】

《静夜思》是我们都熟悉的一首古诗，那么它的创作背景是怎样的呢？让我们通过一个有趣的小视频来了解一下。（播放视频）

你从视频中了解到了哪些知识？学生反馈交流。

【设计意图：观看视频、了解李白写这首诗时的背景，为理解诗意做准备。】

二、讲授

诗中是通过哪个自然景物来寄托诗人的思念之情的？（板书：明月）

明亮的月光照着我，还照着哪里？（板书：故乡）这时的明月不仅照着李白，还照着李白的故乡，当李白抬头看向明月时，就想起了他在故乡时的点点滴滴，他会想起什么呢？学生展开想象说一说。

【设计意图：学生通过想象，进一步理解诗句的意思。】

正是因为李白想起了这些在故乡时发生的点点滴滴，使得李白更加思念故乡。

（板书：思念）让我们再来吟诵李白的《静夜思》，读出李白对家乡的思念之情，读出诗文的韵味。

【设计意图：通过对诗意的理解，感受诗人通过明月寄托的思乡之情。】

很多诗人借着天上的明月，寄托对故乡、亲人的思念之情，尤其是李白，他和明月结下了不解之缘，让我们来欣赏李白的另一首借明月抒发感情的诗。

初读古诗：（课件出示：《月下独酌》全文）请你读一读这首诗，注意读准音。你从哪句诗中能够体会到诗人独在异乡思念亲友的心情？

同学们找得都很准确，现在请大家看看这个图片（课件出示），猜猜这是哪个字？酒坛边是一把勺子，逐渐演变成现在的“酌”字。字的本义是斟酒，现在泛指饮酒。两个人一起饮酒叫对酌，一个人自斟自饮叫独酌，后来引申为考虑的意思，如斟酌。

【设计意图：通过甲骨文学习“酌”字、解释字的本义，有利于学生理解诗句意思。】

“独酌”出现在前两句诗中，（课件出示诗句：花间一壶酒，独酌无相亲）请同学们一起来读一读。引读：花丛中摆放着一壶美酒、而我只能独自自斟自饮：我身边没有一个可以与我共饮的人，多么寂寞、孤独。

【设计意图：通过教师的引读，使学生更深入地理解诗意。】

这两句充分表达了李白的孤独寂寞，谁能再来读读这两句诗。

正在这孤独寂寞、自斟自饮之时，李白抬头看到了挂在天空中的明月，他是怎么做的？（课件出示：举杯邀明月）邀，顾名思义是邀请的意思。如果你是李白，你怎么邀请明月与你一同饮酒？演一演。

【设计意图：通过让学生表演，感受诗人寂寞的心情。】

大家都很认真地表现了邀请月亮共饮的情景，让我们再来读读诗句，边读边做“举杯邀明月”的动作。其实，此时李白想念的是同一轮明月照耀下的亲人（板书：亲人）。然而，最终能和我共饮的，却只有明月以及我的影子。此时，李白把月亮和影子想象成和自己对饮的三个人，（课件出示：对影成三人）更显出了李白身在异乡没有亲人、朋友相伴的寂寞心情。接下来老师说诗意，看看谁能诵读出诗文：

在花丛中摆上一壶美酒，我自斟自饮，身边没有一个亲友。（花间一壶酒，独酌无相亲）我举杯向天邀请明月共饮，明月和我以及我的影子便形成了三个人。（举杯邀明，对影成三人）大家真厉害，都能准确对出诗句，真为你们骄傲。请女生带着细腻的情感通过声音来表达诗人的寂寞心情；请男生带着丰富的情感通过诵读来表达诗人的孤独。让我们一起有感情地诵读这几句诗。（配乐）

<table>
<tr><td>

【设计意图：通过对诗文的理解，感悟诗人通过明月所寄托的对亲人的思念之情。】

天空中的明月不仅照耀着我，也照耀着故乡，照耀着亲人，还照耀着远方的朋友（板书：朋友）。

很多诗人也都借着明月抒发对亲朋好友的思念之情。例如唐代诗人赵嘏所写的《江楼感旧》就抒发了诗人对朋友的思念之情。（课件出示诗文）

请读一读这首诗，注意读准音。分组读诗，看哪组同学读得又准又有感情。请读一读手中的译文，了解这首诗的意思。

出示译文：独自登上江楼思绪茫茫，月光如水，水色如天。旧时同来这里赏月的人，现在在哪里？只有此处的风影隐隐约约还像是从前。诗人借满江的月光，思念旧时一同赏月的朋友。你读懂了吗？把你从诗中读出的感受说给同桌听。让我们带着自己的理解，再来诵读这首诗。

【设计意图：通过朗读《江楼感旧》一诗，了解诗人借助明月寄托对朋友的思念之情。】

三、联系应用

古往今来，高悬夜空中的一轮明月，寄托了无数中华儿女对故乡、亲人和朋友的思念之情。当你身在异乡，想念故乡的亲人、朋友时，你想用哪句诗文表达自己的心情？当你朋友远在他乡，你想表达对他的思念之情时，你觉得哪句诗更合适？

今天这节课，我们学习了三首古诗，了解到很多诗人都是通过明月来寄托思念之情的，希望同学们课下搜集整理与月相关的古诗，并背背。

</td></tr>
<tr><td align="center">教学设计与以往或其他教学设计相比的特点</td></tr>
<tr><td>

本课在教学内容上，区别于以往的古诗教学。以往的古诗教学，往往针对一首古诗，重点在让学生理解诗文的意思。以往的教学，往往让学生对古诗逐字逐句地进行理解，而不是教学时将古诗中具有相关联的事物联系在一起，不能系统地学习古诗，不利于学生对古诗文的学习和理解。本教学设计以“明月”这一意象为切入点，引导学生学习具有“明月”这一意象的几首古诗，进一步增加学生的知识储备，帮助学生理解诗的深层意蕴，提高学生的古诗鉴赏能力。

</td></tr>
</table>

点评：

本教学设计贵在师生形成良好的互动，教师以“明月”为媒介，激发学生的联想与想象，系统比较了古诗文中明月意象的内涵，不仅增加了学生的知识储备，理解古诗文的深层内涵，还进一步提高了学生的古诗鉴赏能力。

四、《古诗词二首》教学设计

教学基本信息				
课题	《古诗词二首》			
学科	语文	学段：小学中学段	年级	四年级
教材	北京市义务教育课程改革实验教材　　语文（第 8 册）			
指导思想与理论依据				
新课程标准要求中年级学生能诵读优秀诗词，注意在诵读过程中体验情感，展开想象，更加重视领悟诗词大意，把诵读与情感体验这两个过程结合起来。我们可以看到，新课标的总目标和各个阶段性目标都明确指出，小学阶段学习古诗词要注重对作品的情感体验。 那么，什么是情感体验呢？为什么学习古诗词要以对作品的情感体验为主呢？我们可以从华东师范大学中文系教授、课标修订组核心成员方智范教授的一段话中得到启示：“我们过去的文学理念对人的感情往往简单化。我们归纳的中心思想、段落大意，表现了什么精神，体现什么思想，其实不是人的丰富的心灵反映，人的内心非常复杂。所以我说，哪一位老师上小学语文课能把孩子的情绪调动起来，能把孩子的体验过程拉长，能让他和作品里的情绪发生共鸣、沟通，那么这位老师就是一位了不起的小学语文老师。”从这段话中我们可以知道：情感体验就是读者去感受体会作品内在的情感，是读者内心和作品情感发生共鸣的一个过程。 本节课中，教师引导学生在了解古诗意思的基础上展开想象，在想象的基础上，学生自然而然地体会到作者的情感。				

教学背景分析
教学内容： 本课的教学内容为古诗《春日》以及词《忆江南》。学生在教师的指导下，巩固古诗词的学习方法。通过想象古诗词意境，体会“诗中有画、画中有诗”的诗词境界。学生体会古诗词的魅力，并结合作者当时的背景进一步体会作者的情感，在获得情感体验的同时，产生对春天之美的向往，学会发现大自然的美。 学生情况： 通过之前一些古诗和文言文的学习，大部分学生掌握了学习古文前期教学状况：学生从很早就开始接触古诗词。小学低年级学生就开始在老师的引导下根据注释来了解古诗词意思了。小学中年级时，学生已经基本具备了解诗意的能力。学习古诗词不仅要了解字面意思，最重要的是去体会作者的情感。本课旨在诗词意思和情感之间架起一座桥梁，通过想象帮助学生正确理解作者的情感。
教学目标（重点、难点）
1. 正确、流利地朗读古诗词，了解古诗词的意思。 2. 通过想象古诗词描写的画面，感受春日美好的景象，体会诗人的情感。 3. 联系自己的生活实际，在生活中运用古诗词表达自己的情感，激发学生热爱古诗词、热爱春天的情感。 课前准备：PPT、回形格纸
教学过程（文字描述）
一、日积月累，导入诗题 PPT 出示 春暖花开　花红柳绿　鸟语花香　含苞欲放　百花齐放　草木萌发 春雨丝丝　春风拂面　泉水叮咚　缕缕花香　花香扑鼻　草长莺飞 指名读　齐读 这些词语都是描写哪个季节的词语？今天，我们还要学习一组描写春天的古诗词，请大家齐读课题。 【设计意图：通过课前的朗读积累，创设春天的情境，为进一步学习两首古诗词做好铺垫。】

二、自主学习，读通诗句

古诗词朗读：指名朗读、齐读

三、回顾方法，理解诗意

回顾理解古诗词意思的方法，分小组理解古诗词的意思。

1. 现在回忆一下，我们理解古诗的方法有哪些？（看注解、查字典、串联词义、结合生活实际等）

刚才同学们说的都是理解古诗词意思的方法，学习古诗，我们还应该想象古诗词的画面，从而体会作者的情感。（板书：画面，情感）

今天，我们就用这些方法，来学习这两首古诗词。

PPT 出示自学提示：（1）小组合作，自学古诗词。（2）提出不懂的问题。

2. 老师来考考你们。

（1）“一时新”是什么意思？（指导学生用串联词义的方法理解词语）

（2）“东风面”指的是什么？

（3）“曾”是什么意思？

现在，还有什么不懂的问题吗？

预设：绿如蓝　绿如蓝：春天的时候，湖水绿得像蓝草一样。

谁能把《春日》这首诗的意思，给大家讲一讲？指名回答

谁能直接说一说《忆江南》的词意？指名回答

【设计意图：教学要以学生为主，运用以前学习的方法理解诗句大致意思，是在复习也是在巩固。】

四、展开想象，体验诗情

1. 我国的古诗词常常是“诗中有画，画中有诗”。把一句句短小的诗句展开，往往就是一幅幅美丽的画面，就让我们跟随诗人朱熹的脚步，一起来到美丽的泗水河边。看到这美丽的景色，朱熹不禁发出了“无边光景一时新”的感慨。想象一下，朱熹到底看到了什么，才让他有了“一时新”的感受呢。

他可能看到：青青的小草，偷偷地从土里钻出来，嫩嫩的、绿绿的，像给大地铺上了一层绿地毯。

他还可能看到什么？此时，朱熹的耳畔可能会传来什么声音？空气中还会弥漫着什么气味？同学们可以闭上眼睛，大胆想象。

谁能给我们描绘一下这幅美丽的春景图，也让大家欣赏欣赏？

是啊，陶醉在这样的美景中，大家感觉美不美呢？听了你的描述，老师感觉眼前就是一幅美丽的画，诗人朱熹情不自禁地发出了怎样的感慨？

出示：等闲识得东风面，万紫千红总是春。（板书：万紫千红）

2. 沉浸在这万紫千红的春日里，此时，你觉得诗人朱熹的心情会怎样呢？对啊，非常喜悦。（板书：喜悦）是呀，“一切景语皆情语”，这样的美景，怎不让我们也跟着心情愉悦呢？此时，如果让你吟诵这首诗，你想怎样表达呢？

老师范读，学生自己试着读一读。指名读，齐声读

“诗中有画”——刚才我们从诗句中读出了一幅美丽的春景图。“画中有诗”——看到这些画面，你脑海中浮现出哪些诗句呢？

PPT 出示图片

（1）当看到亭亭玉立、婀娜多姿的垂杨柳时，我会想起贺知章的？

（2）当看到百花齐放，花朵把树枝压弯的景象，我们会想起杜甫的？

（3）阳春三月，孩子们最喜欢去放风筝了。当看到孩子们趁着东风，欢快地放风筝时，我想到了高鼎的？

3. 刚才我们通过想象画面，体会了作者的情感。现在我们来看看《忆江南》这首词描写了怎样的画面，表达了作者怎样的情感。

指名朗读，其他同学边听边思考，这首诗哪两句直接描写了江南的美景。

日出江花红胜火，春来江水绿如蓝。

PPT 出示图片

看到这样的一幅画面，如果我说“日出江花红似火”，你们可以对出哪句？

如果我说“日出江花”你可以对出？

如果我说“红胜火”你可以对？（PPT 中“红”“绿”变色进行强调）

是呀，红的似火，绿的如蓝，这两句，作者是抓住了景物的什么，进行描写的？

预设：颜色。

是呀，红的似火，绿的如蓝，白居易给我们勾勒出了一幅色彩鲜艳的春景图。（板书：色彩鲜艳。）

4. 置身于这样美丽的画面里，你会有什么样的感觉？可是，这样的美景，在白居易的眼前吗？这些美景只能一遍遍地出现在他的脑海里、他的回忆里。他遗憾地发出了怎样的感慨？

PPT 出示：能不忆江南！此时，你觉得白居易的情感，跟你一样吗？你体会到了作者什么样的情感？

（板书：怀念）就让我们同诗人一样，带着对江南的怀念之情，来吟诵这首词吧。

（配乐）指名诵读

【设计意图：在理解古诗词意思的基础上，引导学生去想象画面，通过想象画面体会作者的情感。】

五、拓展实践，多元抒怀

1. 我国著名的散文家朱自清先生写过一篇《春》，想不想跟老师一起欣赏欣赏？老师给大家节选了其中的一部分，先听老师给大家读一读。听完老师的朗读，你的脑海里又会浮现出哪些诗句？

学生可能联想到的诗句有：天街小雨润如酥，草色遥看近却无。等闲识得东风面，万紫千红总是春。沾衣欲湿杏花雨，吹面不寒杨柳风。春眠不觉晓，处处闻啼鸟。随风潜入夜，润物细无声。儿童散学归来早，忙趁东风放纸鸢。

【设计意图：引导学生联系自然美景展开想象，把自己的古诗积累运用到生活中去，进一步培养学生对古诗词的热爱。】

2. 学完这两首描写春天的古诗词，现在咱们写一写吧。其实，古人在写字时，采用的是从右到左竖版书写格式，题目在右上角，作者名在左下角。这是咱们学过的古诗，你可以不写诗题，也可以不写作者，在左下角写上你自己的名字就可以了。下面，请你模仿这样的格式，选择其中一首抄写下来。

3. 课下，同学们可以多观察多记录，做一个美的记录者。

板书设计

	画面	情感
《春日》	万紫千红	喜悦
《忆江南》	色彩鲜艳	怀念

教学设计与以往或其他教学设计相比的特点

1. 教会学生看注释、查工具书理解古诗词意思的方法。

本节课的一个重要教学目标是培养学生自学古诗词的能力。新课程标准规定，学生除了掌握课本上的古诗词以外，还要有一些课外古诗词的积累量。如果学生掌握了这些学习方法，这些学习方法在课外古诗词的自学、背诵中会起到很大的作用。

2. 培养学生边读边想象古诗词画面的能力。

古诗词以写景抒情诗为多数，作者的情感一般都是从作者描绘或想象的画面中体会出来。因此，培养学生通过诗句词句想象画面的能力尤为重要。

3. 引导学生进行同类诗词学习。

把同一类别的古诗词放在一起让孩子学习，引导孩子建立古诗词之间的一些联系，让学习背诵古诗词变得有趣生动。

4. 学会运用古诗词。

学生学习了古诗就是在心中植下了一颗审美的种子，这颗种子可以在一个特定的情境中生根发芽。在散文《春》的欣赏中，学生能够一边欣赏散文一边联想诗句，把自己的体会和景色融合起来，这就是一种运用，一种生根发芽。

点评：

注重古诗词的自主学习和学以致用是该教学设计的两大特色。在教师的引导教学中，让学生自己通过注释、查阅资料、想象画面等方式获得新知，切实感受春的气息，理解诗人的感情，体现了以学生为主体的教育思想。在拓展延伸中，借助两首诗词与散文《春》的对比探究，促进学生对古诗词的理解与运用。

五、《示儿》教学设计

<table>
<tr><td colspan="5">教学基本信息</td></tr>
<tr><td>课题</td><td colspan="4">《示儿》</td></tr>
<tr><td>学科</td><td>语文</td><td>学段：小学高学段</td><td>年级</td><td>六年级</td></tr>
<tr><td>教材</td><td colspan="4">北京市义务教育课程改革实验教材　语文（第 11 册）</td></tr>
<tr><td colspan="5">指导思想与理论依据</td></tr>
<tr><td colspan="5">建构主义学习理论突出强调经验建构、探索、合作和对话，要求教师“越来越多地激励思考”，“集中更多的精力和时间去从事那些有效果的和有创造性的活动”。
将这一理论应用到古诗教学当中，就要求教师引导学生在读诗、品诗、悟诗的系列活动中，感受诗人表达的情感，走进诗人的内心世界。</td></tr>
<tr><td colspan="5">教学背景分析</td></tr>
<tr><td colspan="5">《示儿》是陆游的临终遗嘱，陆游去世前念念不忘的，唯有收复中原、统一国家。诗人真挚而又强烈的爱国情怀感人至深。整首诗直抒胸臆，明代胡应麟在《诗薮》中评述：“忠愤之气，落落二十八字间……每读此未尝不为滴泪也。”领悟诗人的感情是学生学习本诗的难点，也是教学的重点。
六年级学生已具有较强的古诗阅读能力，基本能够借助注释及搜集的背景资料理解古诗内容。因此，教师可以将这首诗作为一把钥匙，从指导学生理解语言文字入手，引导学生反复咀嚼古诗，反复品味古诗，反复朗读古诗，把握诗词意象，提升学生的理解感悟能力。由此，引导学生品读陆游其他作品，走进陆游，既可以加深学生对诗句的理解，又可以让学生对陆游有一个完整的认识。</td></tr>
<tr><td colspan="5">教学目标（重点、难点）</td></tr>
<tr><td colspan="5">1. 了解“示儿”的意思，理解古诗的大意。
2. 能够想象古诗中所描绘的情景，体会诗人的临终心境，体会诗人的爱国情怀。
3. 体会诗人渴望收复中原，至死不变的爱国之情。
课前准备：回形格纸。</td></tr>
</table>

课前准备

PPT

教学流程示意图

知人论世，了解背景
↓
展开想象，理解诗意
↓
抓住诗眼，感悟诗人的情感
↓
拓展延伸，加深对陆游的认识

教学过程

一、知人论世，了解背景

通过书下注解和课外资料了解诗人。

1. 自主阅读书下注解，认识诗人陆游。

（1）和同学交流，说一下自己对陆游的了解。

（2）教师出示百度词条，让学生浏览、整理出自己感兴趣的信息，并与同学交流。

2. 老师小结：当我们搜集资料时，会获取大量的信息，我们要学会筛选、整理出有用的内容，帮助我们学习。

【设计意图：引导学生了解作者和背景，使学生养成搜集资料的好习惯，为体会古诗深刻的内涵，感受诗人的情感打下基础。】

二、朗读古诗，体会节奏

1. 正确、流利地朗读古诗

教师提出要求：读准字音，读对断句，读流利。

学生独立练习后，教师指名朗读。

2. 读出节奏

师生合作朗读：老师读前四个字，学生读后三个字——师生交换顺序读——学生读全诗。

三、抓住诗眼，感悟诗人的情感

1. 由己情悟诗人情

师：如果让你用一个词来表达你读完这首诗的感受，你想到的是哪个词？

①学生用自己的话，说一说陆游临终之时，对儿子们说了些什么。(可以结合书下注解)

学生自主阅读，然后同桌交流，以理解诗意。

集体交流：以“儿子啊……为开头，说一说陆游对儿子们说了什么些什么。

②再读古诗，体会诗人临终前对儿子的殷殷嘱托。

学生自由表达。

师：这所有的情绪。都可以用诗中的一个字来概括，那就是“悲”。

2. 由他人情悟诗人情

出示古代名人的临终遗言。

曹操：“……不能再与众卿相叙大事，特以家事相托……”

师：曹操临终时最惦念的是什么？

贝多芬：“到了天堂，我就能听得见了。”

师：贝多芬悲的又是什么？

四、书写“悲”思，感悟诗人的情感

出示学习单：

冬天的一个夜晚，陆游重病缠身，即将离开人世，他想：

____

____

引导学生结合本课学习的内容及老师提供的素材，自主完成学习单。

集体交流。

学生读完后，教师追问：你笔下的陆游为什么而悲？在你的笔下，陆游是个怎样的人？

【设计意图：创设情境，化抽象的文字为形象生动的画面，丰富学生的想象力，引导学生去体验，去把握诗歌情感的脉搏，让学生与诗人的心灵进行一次近距离的对话，把读、想、写结合起来，加深学生对诗的感悟。】

<table>
<tr><td>

师生共同小结：透过一个“悲”字，我们看到的是什么？

五、拓展延伸，加深对陆游的认识

1. 出示《夜读兵书》《书愤》两首古诗

2. 学生结合资料，自主阅读

3. 集体交流：从这两首古诗中你读出了什么？（引导学生从内容和情感两方面交流）

【设计意图：关联同一作者的其他作品，让学生真切地感受到诗人的“悲”，拉近孩子们与诗人的距离，体验诗人的情感。】

六、课后总结：教师总结本课内容。

七、作业：搜集陆游不同时期的作品，分析诗人的形象，写出你对陆游的评价。

</td></tr>
<tr><td>教学设计与以往或其他教学设计相比的特点</td></tr>
<tr><td>

一、通过想象，理解诗意

本教学设计，在引导学生理解古诗大意时，摒弃逐字逐句解释的教学方式，创设情境，设计了“诗人临终遗言”环节，引导学生进行角色替换，想象古诗中的情境，进而理解古诗大意。

二、紧抓诗眼，感悟诗情

在体会诗人情感时，授课教师抓住了这首诗的诗眼——“悲”。通过与他人遗言进行对比，引导学生深入诗人的内心世界，剖析诗人的内心世界，从而感悟诗人的情感。

三、读中感悟，贯穿全文

本教学设计中，朗读并没有单独作为教学的一个环节，而是贯穿在教学的全过程中。整个教学设计，都揉合着朗读训练，从最开始的读正确、读流利，到读准节奏、读出韵味，再到最后的读出情感。本教学设计中，朗读与对古诗的理解、情感的感悟，是相辅相成的。

</td></tr>
</table>

点评：

本教学设计巧妙地创设了陆游临终的典型情景，把枯燥的翻译转换成生动形象的嘱托，师生代入情景之中，理解古诗大意。并以此为突破，拓展到其他古代名人的遗言上，在对比探究中，深刻感受到陆游博大的爱国情怀。

拓展阅读

三人行，必有我师

“昔仲尼，师项橐，古圣贤，尚勤学。”这其中讲述了这样一个故事，一日孔子乘着马车来到齐国边境的一个地方，路上被几个孩子堆的一个土堆拦住了去路。孔子问：“你们看见马车为什么不躲开呀？”其中一个叫项橐的孩子回答：“人们说您孔老先生上晓天文，下知地理，中通人情。可是，今天我见您却并不怎么样。因为自古到今，只听说车子躲避‘城’，哪有‘城’躲避车子的道理呢？”

孔子一时哭笑不得，心里暗暗赞叹这小孩的机智。接着提出了一连串问题来考项橐，都被项橐巧妙的化解。项橐也提出一系列的问题反问孔子……孔子觉得这孩子知识渊博，连自己也辩不过他，只得长叹一声，俯下身子对项橐和蔼地说：“后生可畏，我当拜你为师。”

《师说》中讲到：“三人行，则必有我师。是故弟子不必不如师，师不必贤于弟子，闻道有先后，术业有专攻，如是而已。”在我们身边，每个人都有自己擅长的地方，值得我们去学习借鉴。当保持谦虚谨慎的态度去面对这个世界的时候，我们会收获包容与经验，人生之路也会不断宽广。

第四节　小学古诗文教学实践练习

1. 春望（国破山河在）　　杜甫

2. 田家（父耕原上田）　　聂夷中

3. 十一月四日风雨大作（僵卧孤村不自哀） 陆游
4. 过零丁洋（辛苦遭逢起一经） 文天祥
5. 早发白帝城（朝辞白帝彩云间） 李白
6. 江畔独步寻花（黄师塔前江水东） 杜甫
7. 渔歌子（西塞山前白鹭飞） 张志和
8. 早春呈水部张十八员外（天街小雨润如酥） 韩愈
9. 浪淘沙（九曲黄河万里沙） 刘禹锡
10. 书湖阴先生壁（茅檐长扫净无苔） 王安石
11. 六月二十七日望湖楼醉书（黑云翻墨未遮山） 苏轼
12. 乡村四月（绿遍山原白满川） 翁卷
13. 江南（江南可采莲） 汉乐府
14. 送杜少府之任蜀州（城阙辅三秦） 王勃
15. 次北固山下（客路青山外） 王湾
16. 望月怀远（海上生明月） 张九龄
17. 塞上闻笛（雪净胡天牧马还） 高适
18. 春夜洛城闻笛（谁家玉笛暗飞声） 李白
19. 观猎（风劲角弓鸣） 王维
20. 南园（男儿何不带吴钩） 李贺
21. 登科后（昔日龌龊不足夸） 孟郊
22. 破阵子（醉里挑灯看剑） 辛弃疾
23. 书愤（早岁那知世事艰） 陆游
24. 在狱咏蝉（西陆蝉声唱） 骆宾王
25. 春夜喜雨（好雨知时节） 杜甫
26. 登飞来峰（飞来峰上千寻塔） 王安石
27. 定风波（莫听穿林打叶声） 苏轼
28. 论诗（李杜诗篇万口传） 赵翼
29. 题临安邸（山外青山楼外楼） 林升
30. 泊船瓜洲（京口瓜洲一水间） 王安石

综合测试题（一）

一、选择题

1.《诗经》的传统分类是（　　）

A. 南、风、雅　　B. 风、雅、颂

C. 雅、颂、南　　D. 颂、南、风

2.《离骚》在诗歌形式上所属的体式是（　　）

A. 四言体　　B. 五言体

C. 七言体　　D. 杂言体

3. 刘勰《文心雕龙·明诗》对《古诗十九首》的评价是（　　）

A. 惊心动魄，一字千金　　B. 发于天籁，本乎人情

C. 婉转附物，怊怅切情　　D. 凭空模拟，文法极奇

4.《汉书》所属的历史编纂体例是（　　）

A. 编年史　　B. 纪传体通史

C. 断代史　　D. 国别史

5. 代表曹操悲凉沉雄诗风的名句是（　　）

A. 置酒高堂，悲歌临觞。人寿几何，逝如朝霜。

B. 慨当以慷，忧思难忘。何以解忧，唯有杜康。

C. 目送归鸿，手挥五弦。俯仰自得，游心太玄。

D. 遗荣荣在，外身身全。卓哉先师，修德就闲。

6. 韩愈提倡“道统”和“文统”的目的是（　　）

A. 确立儒家思想的正统　　B. 不满足于儒家的章句教条

C. 反对永贞革新　　D. 恢复贞观之治

7. 陈子昂振起一代诗风的起点（　　）

A. 寻求诗律新变　　B. 恢复风雅传统

C. 讲求彩丽竞繁　　D. 倡导应制咏物

8. 李贺在唐代诗坛被称为（　　）

A. 诗佛　　B. 诗仙

C. 诗圣　　D. 诗鬼

9. 王维山水诗创作的特色是（　　）

A. 善于写空山的宁静之美　　B. 善于写水乡的纯净之美

C. 善于表现慷慨的情怀　　D. 善于抒发失意的悲哀

10. 最早载录《古诗十九首》的古代典籍是（　　）

A.《玉台新咏》　　B.《文选》

C.《乐府诗集》　　D.《古诗纪》

二、简答题

11. 简述《诗经》对后代文学的影响。

12. 结合具体作品，论述《诗经》的主要艺术特色。

三、鉴赏题

13. 阅读下面的宋词，回答问题。

鹧鸪天

苏轼

林断山明竹隐墙，乱蝉衰草小池塘。

翻空白鸟时时见，照水红蕖细细香。

村舍外，古城旁，杖藜徐步转斜阳。

殷勤昨夜三更雨，又得浮生一日凉。

【注】这首词是苏轼谪居黄州时所作。红蕖，红荷花的别名。

（1）请简要分析“翻空白鸟时时见，照水红蕖细细香”一句在景物描写方面的特点。

（2）有人认为这首词体现了作者被贬黄州之后苦闷、抑郁的心情，也有人认为本词展现了作者贬居黄州后自得其乐的隐逸生活。你认同哪种观点？结合词的下阙，说说你的理由。

14. 阅读下面唐诗，回答问题。

别舍弟宗

柳宗元

零落残魂倍黯然，双垂别泪越江边。

一身去国六千里，万死投荒十二年。

桂岭瘴来云似墨，洞庭春尽水如天。

欲知此后相思梦，长在荆门郢树烟。

【注】柳宗元的堂弟宗一从柳州到江陵（今湖北江陵）去，柳宗元写此诗送别。柳宗元此时已被贬为柳州刺史。

（1）赏析本诗第二联中数词运用的妙处。

（2）诗中是怎样抒发离情别绪的？请简要分析。

15. 阅读下面的宋词，完成题目。

菩萨蛮·咏梅

朱淑真

湿云不渡溪桥冷，蛾寒初破东风影。

溪下水声长，一枝和月香。

人怜花似旧，花不知人瘦。

独自信栏杆，夜深花正寒。

【注】朱淑真，宋代女词人，号幽栖居士，钱塘（今浙江杭州）人。

（1）简析上阕第一句“湿云不渡溪桥冷”在词中的作用。

（2）探究本词下阕情感抒发的特点，试作简要分析。

四、实战题

16. 结合下面诗歌，查找资料，完成下列题目。

临安春雨初霁

陆游

世味年来薄似纱，谁令骑马客京华。

小楼一夜听春雨，深巷明朝卖杏花。

矮纸斜行闲作草，晴窗细乳戏分茶。

素衣莫起风尘叹，犹及清明可到家。

1. 参照第五章第三节内容格式，完成一份完整的教学设计。

2. 依照教学设计，进行 5—10 分钟的教学展示。

17. 飞花令，是古人行酒令时的一种文字游戏，其源自古人的诗词之趣，得名于唐代诗人韩翃《寒食》中的名句“春城无处不飞花”。教师对全班分组，每组 2—5 人。主持人每场比赛设置一个关键字，小组成员轮流背诵含有关键字的诗句，不能背出者淘汰，留至最后者获胜。

综合测试题（二）

一、填空题

1. 我国上古神话十分丰富，但是未能完整保存下来。在现有文献中，________的神话学价值最大。其余的零星片段则散见于各种载籍。

2.《诗经》原名________或________，《诗经》的名称始自________代。从内容上分为________、________、________三部分。关于其成书，历史上有________说、________说和________说。

3.《诗经》章法最明显的特色是：________。

4. 在诸子著作中《________》、《________》属于对话式论辩文。

5. 中国文学史上影响深远的“悲秋”主题，实由宋玉所撰《________》发端。

6. 北朝民歌中最杰出的长篇叙事诗是《________》。

7. 杜甫在《春日忆李白》一诗中云：“白也诗无敌，飘然思不群。清新庾开府，俊逸鲍参军。”其中“鲍参军”是指刘宋时期著名诗人________，他的《拟行路难十八首》为七言诗的发展作出了卓越贡献。“庾开府”是指梁和北周大诗人庾信，他的骈赋名篇《________》长约五千言，描述了梁朝败亡的历史和诗人自己的遭遇，堪称“赋史”。

8.《史记》将贾谊与________合为一传。

9. 秦代在文学上的建树很少，只有由秦相吕不韦招集门客编成的《吕氏春秋》和李斯的《________》。

10. 司马迁，字________，别称太史公，与________并称“班马”。

二、默写题

11.________________，化作春泥更护花。(《己亥杂诗》)

12. 纸上得来终觉浅，________________。(《冬夜读书示子聿》)

13.________________，雪却输梅一段香。(《雪梅》)

14.________________，夜泊秦淮近酒家。(《泊秦淮》)

15. 报君黄金台上意，________________。(《雁门太守行》)

16. 千古兴亡多少事，悠悠，________________。(《南乡子·何处望神州》)

17. 枝上柳绵吹又少，________________。(《蝶恋花·花褪残红》)

18.________________，随风直到夜郎西。(《闻王昌龄左迁龙标遥有此寄》)

19. 身既死兮神以灵，________________。(《国殇》)

20. 明月楼高休独倚。________________，化作相思泪。(《苏幕遮·碧云天》)

21.________________，西湖歌舞几时休。(《题临安邸》)

三、鉴赏题

22. 阅读下面的宋词，完成题目。

浣溪沙

苏轼

万顷风涛不记苏，雪晴江上麦千车。

但令人饱我愁无。

翠袖倚风萦柳絮，绛唇得酒烂樱珠。

樽前呵手镊霜须。

【注】这首词作于宋神宗元丰五年，此时词人被贬黄州。作者有序云：“十二月二日，雨后微雪。太守徐君携酒见过，坐上作《浣溪沙》三首。明日酒醒，雪大作，又作二首。”是篇为“又作二首”之二。

（1）“但令人饱我愁无”一句与我们哪个诗人的什么诗句表达的情感一致，都抒发了什么样的情感？

（2）该词下阙运用了怎样的表达技巧？请简要赏析。

23. 阅读下面这首诗，回答问题。

春夕

崔涂

水流花谢两无情，送尽东风过楚城。

蝴蝶梦中家万里，子规枝上月三更。

故园书动经年绝，华发春唯满镜生。

自是不归归便得，五湖烟景有谁争？

【注】五湖，指春秋越国大夫范蠡隐居的太湖，这里指崔涂的家乡富春江一带。《春夕》是作者旅居湘鄂时所作。

（1）诗的前四句描写了哪些意象，营造了一种怎样的意境？

（2）结合全诗，赏析诗歌的表现手法及诗人的思想情感。

24. 阅读下面这首唐诗，完成后面的题目。

雉带箭

韩愈

原头火烧静兀兀，野雉畏鹰出复没。

将军欲以巧伏人，盘马弯弓惜不发。

地形渐窄观者多，雉惊弓满劲箭加。

冲人决起百馀尺，红翎自镞随倾斜。

将军仰笑军吏贺，五色离披马前堕。

（1）诗歌的开头两句描写一幅怎样的场景？主要运用了什么描写手法？

（2）诗歌描写了一个怎样的形象？请结合全诗分析。

四、实战题

25. 自选角度，鉴赏下列宋词，录制10分钟的微课视频。

望海潮

柳永

东南形胜，三吴都会，钱塘自古繁华。烟柳画桥，风帘翠幕，参差十万人家。云树绕堤沙。怒涛卷霜雪，天堑无涯。市列珠玑，户盈罗绮，竞豪奢。

重湖叠巘清嘉。有三秋桂子，十里荷花。羌管弄晴，菱歌泛夜，嬉嬉钓叟莲娃。千骑拥高牙，乘醉听箫鼓，吟赏烟霞。异日图将好景，归去凤池夸。

26. 诗词接龙游戏，可分两种形式进行。一是尾字接龙：从起句的最后一个字开始，变成所接诗句的首字，可以同字，也可以同音，所接的诗句不少于四个字。二是闭环接龙：主持人设置两个字，比如“人、山”，小组成员要在规定的时间内，规定的诗句数量内，以“人”为首句的第一个字，“山”是所接最后一个诗句的最后一个字。凡是超时、超量、重复、接不上者为失败。

参考文献

［1］李曜宏．小学阶段的语文古诗词教学的重要性［J］．北方文学，2019(20)．

［2］马积高，黄钧．中国古代文学史［M］．北京：人民文学出版社，2010．

［3］袁行霈．中国文学史［M］．北京：高等教育出版社，2014．

［4］刘振东．中国古代散文发展史新编［M］．上海：上海古籍出版社，2020．

［5］上海辞书出版社文学鉴赏辞典编纂中心．中国文学鉴赏辞典［M］．上海：上海辞书出版社，2020．

［6］罗慧霞．"知人论世"法与古诗词鉴赏［J］．语文教学与研究，2021(08)．

［7］陈永红．知人论世，以意逆志［J］．学语文，2021（02）．

［8］李亚静．论中国古代文学教学赏评方法——"知人论世"与"以意逆志"［J］．齐齐哈尔大学学报（哲学社会科学版），2018（06）．

［9］贺然杨．浅谈"知人论世"在古代文学研究中的运用［J］．黑河学院学报，2020，11（08）．

［10］蒋绍愚．唐诗宋词的意象和意境［J］．文艺研究，2021（05）．

［11］滕翠柏．古诗词教学中品读意象的策略［J］．广西教育，2021（25）．

［12］方瑛．古诗词教学中的意象分析法例说［J］．文学教育（上），2021(09)．

［13］《古诗词中常见意象》．百度文库网．https://wenku.baidu.com/view/948f600afbd6195f312b3169a45177232f60e4de.html．

［14］袁绪军，王长伟．炼字炼句话欣赏——浅谈赏析诗歌［J］．现代语文，2008（12）．

［15］骆祖健．炼字·炼句·炼意——古典诗词学习札记［J］．连云港教育学院学报，1997（03）．

［16］宋玮．炼字炼句话"诗眼"［J］．周口师专学报，1996（s3）．

[17] 姚静．古诗词抒情方式探究［J］．语文教学与研究，2014（25）.

[18] 王连仓．古典诗歌中常用抒情方式例析［J］. 高考（数语英），2007(Z2).

[19] 李红艳．古诗词鉴赏中的“情”与“境”［J］．文教资料，2007（36）.

[20] 李星，王征．论古典诗词中常用的抒情方式［J］. 语文学刊，2006(05).

[21] 任遂虎．诗词表达方式教学探微［J］．语文教学通讯，2017（07）.

[22] 刘军．古诗词鉴赏技巧的策略［J］．语文教学与研究，2014（14）.

[23] 杨桂兰．谈“白描”手法在古诗中的运用［J］．延边教育学院学报，2007（06）.

[24] 崔国明．古典诗词中“曲笔”的主要类型［J］．中学语文，2008（Z2）.

[25] 路志云．伏笔与铺垫辨析［J］．吉林教育，2010（22）.

[26] 龙晶晶．评价理论视域下古诗词修辞手法的意义体现［J］．文学教育（下），2020（11）.

[27] 任遂虎．诗词中的设问艺术［J］．中华诗词，2019（10）.

[28] 宁沈生，等．论诗词与通感［J］．辽宁教育行政学院学报，2007（09）.

[29] 舒韶雄．互文见义及其在古诗文中的运用［J］．黄石教育学院学报，2005（04）.

[30] 丹慧敏．诗词中的双关举隅［J］．文学教育（下），2011（08）.

[31] 苏莹莹．探析诵读法在诗歌教学中的运用策略［J］．课程教育研究，2019（48）.

[32] 王定康．试论近体诗的平仄［J］．语文学刊，2017（03）.

[33] 李雪麟，康艳梅．论近体诗平仄格律及简捷识记方法［J］．咸阳师范学院学报，2004（05）.

[34] 羊玉祥．古典诗文鉴赏［M］．北京：中国广播电视出版社，2007：43-44.

[35] 周仁济．古诗赏析及教学［M］．上海：上海教育出版社，1985：29.

[36] 裴斐．李白诗歌赏析集［M］．成都：巴蜀书社，1988：355-357.

[37] 郁贤皓．李白集［M］．南京：凤凰出版社，2014：269-271.

[38] 吉林大学中文系．唐诗鉴宾大典（十）［M］．长春：吉林大学出版社，200：239-240.

[39] 谢思炜．白居易诗选［M］．中华书局，2005：193.

[40] 于海娣，等．唐诗鉴赏大全集［M］．北京：中国华侨出版社，2010：279-280.

[41] 萧涤非，等．唐诗鉴赏辞典［M］．上海：上海辞书出版社，1983：659-660.

[42] 张春娟．人教课标版小学语文教材诗歌教学策略研究［D］．呼和浩特：内蒙古师范大学，2011.

[43] 高梓信．感动小学生300首古诗词［M］．呼和浩特：内蒙古人民出版社，2008：168.

[44] 曾令衡．于质朴中见真性情［M］．湖南教育杂志编辑部，1983：20.

[45] 吴小如，等．汉魏六朝诗鉴赏辞典［M］．上海：上海辞书出版社，1992：87-90.

[46] 王沛霖，等．小学语文古诗讲解［M］．新蕾出版社，1986：165-166.

[47] 于海娣，等．唐诗鉴赏大全集［M］．北京：中国华侨出版社，2010：117.

[48] 李静，等．唐诗宋词鉴赏大全集［M］．北京：华文出版社，2009：79-80.

[49] 羊玉祥．古典诗文鉴赏［M］．北京：中国广播电视视出版社，2007：47-48.

[50] 缪钺，等．宋诗鉴赏辞典［M］．上海：上海辞书出版社，1987：429-430.

[51] 钱钟书．宋诗选注［M］．生活读书新知三联书店，202：117.

[52] 蒙万夫，等．千家诗鉴赏辞典［M］．西安：世界图书出版西安公司，2006：3-5.

[53] 李渗．杜甫诗集选［M］．武汉：长江出版社，2009：26-28.

[54] 萧涤非．唐诗鉴赏辞典［M］．上海：上海辞书出版社，1983：320-321.

[55] 彭定求，等．全唐诗（上）［M］．上海：上海古籍出版社，1986：3302.

[56] 霍松林．唐诗精选［M］．南京：凤凰出版社，2018：35-36.

[57] 于海娣，等．唐诗鉴赏大全集［M］．北京：中国华侨出版社，2010：76-79.

[58] 萧涤非，等．唐诗鉴赏辞典［M］．上海：上海辞书出版社，1983：114-118.

[59] 萧涤非，等 . 唐诗鉴赏辞典 [M] . 上海：上海辞书出版社，1983：375–376.

[60] 晓号，张露 . 小学生必背古诗词 75+75 首彩色版 [M] . 成都：四川辞书出版社，2013：63.

[61] 李世琦评注 . 中国古典诗词精华类编述志卷 [M] . 呼和浩特：内蒙古大学出版社，1996：224–225.

[62] 中华人民共和国教育部 . 语文课程标准 [S] . 北京：北京师范大学出版社，2011：22.

[63] 赵其钧 . 唐诗鉴赏辞典 [M] . 上海：上海辞书出版社，1983：916–918.

[64] 杨旭辉 . 苏州大学《唐诗鉴赏大辞典》编写组编 . 唐诗鉴赏大辞典彩色版 [M] . 北京：中华书局，2011：1370–1371.

[65] 玉华 . 小学生古诗词诵读 200 首 [M] . 南京：江苏大学出版社，2016：54.

[66] 谢若松 .《江上渔者》《陶者》《蚕妇》话异同 [J] .《云南教育（小学教师）》，191（11）.

[67] 赖汉屏，等 . 宋诗鉴赏辞典 [M] . 上海：上海辞书出版社，1987：981–982.

[68] 李承林 . 中华句典中华文典 [M] . 北京：高等教育出版社，2011：531–532.

[69] 杨桂华 . 古诗文全解 [M] . 长春：吉林大学出版社，2004：160–164.

[70] 张鸣 . 宋诗选 [M] . 北京：人民文学出版社，2007：160.

[71] 李梦生 . 宋诗三百首全解 [M] . 上海：复旦大学出版社，2007：65.

[72] 萧哲庵，等 . 清诗鉴赏辞典 [M] . 重庆：重庆出版社，1992：930–932.

[73] 钱仲连，等 . 元明清诗鉴赏辞典（清近代）[M] . 上海：上海辞书出版社，2001：1446–1448.

[74] 姜亮夫，等 . 先秦诗鉴赏辞典 [M] . 上海：上海辞书出版社，1998：331–335.

[75] 马茂元，等 . 唐诗鉴赏辞典 [M] . 上海：上海辞书出版社，1983：249–250.

[76] 裴斐 . 李白诗歌赏析集 [M] . 成都：巴蜀书社，1988：333–334.

[77] 萧涤非，等 . 唐诗鉴赏辞典 [M] . 上海：上海辞书出版社，1983：634–635.

[78] 左成文，等．唐诗鉴赏辞典［M］．上海：上海辞书出版社，1983：725-726.

[79] 赵其钧，等．唐诗鉴赏辞典［M］．上海：上海辞书出版社，1983：98-99.

[80] 于非．中国古代文学作品选［M］．北京：高等教育出版社，2002：388-389.

[81] 萧涤非，等．唐诗鉴赏辞典［M］．上海：上海辞书出版社，1983：52-53.

[82] 周汝昌，等．唐诗鉴赏辞典［M］．上海：上海辞书出版社，1983：101.

[83] 裴斐．李白诗歌赏析集［M］．成都：巴蜀书社，1988：400.

[84] 谢楚发．高适岑参诗选译［M］．成都：巴蜀书社，1991：47-48.

[85] 高惠珞．唐代诗歌鉴赏［M］．上海：上海文学出版社，2008：397.

[86] 于非．中国古代文学作品选［M］．北京：高等教育出版社，2002：388-389.

[87] 邓安生，等．王维诗选译［M］．成都：巴蜀书社，1990：212-213.

[88] 缪钺，等．宋诗鉴赏辞典［M］．上海：上海辞书出版社，1987：1088-1089.

[89] 张国举，等．唐诗精华注译评［M］．长春：长春出版社，2010：93-94.

[90] 杨景龙．安排山水送行人——王现（子送鲍浩然之浙东》赏析［J］．名作欣赏，1985（6）：30.

[91] 裴斐．李白诗歌赏析集［M］．成都：巴蜀书社，1988：313-316.

[92] 赵其钧，等．唐诗鉴赏辞典［M］．上海：上海辞书出版社，1983：329-330.

[93] 书香童年．小学生必背古诗词75首［M］．南京：江苏少年儿童出版社，2013：49-50.

[94] 詹丹．唐诗三百首［M］．华东师范大学出版社，2003：71.

[95] 谢克先．白居易《忆江南》三首赏析［J］．科教文汇（中旬刊），2008（6）.

[96] 唐圭璋，等．唐宋词鉴赏辞典（唐五代北宋）［M］．上海：上海辞书出版社，1988：26-30.

[97] 张燕瑾，等．唐诗鉴赏辞典［M］．上海：上海辞书出版社，1983：95-97.

［98］陈邦炎，等．宋诗鉴赏辞典［M］．上海：上海辞书出版社，1987：348-349.

［99］彭定求，等．全唐诗（下）［M］．上海：上海古籍出版社，1986：1079.

［100］孙望．韦应物诗集系年校笺［M］．北京：中华书局，2002：204-205.

［101］吉林大学中文系．唐诗鉴赏大典（七）［M］．长春：吉林大学出版社，2009：198-200.

［102］高卫红．经典诗文解读［M］．郑州：中原农民出版社，2009：12-13.

［103］胡德才．大学语文［M］．北京：北京大学出版社，2009：113.

［104］缪钺，等．宋诗鉴赏辞典［M］．上海：上海辞书出版社 1987：798-799.

［105］吴调公，等．唐宋词鉴赏辞典（南宋辽金卷）［M］．上海：上海辞书出版社，1988：1548-1550.

［106］程波，等．唐宋词鉴赏集［M］．北京：人民文学出版社，1983：87-88.

［107］李春青．诗赋词曲联精鉴辞典［M］．北京：中国国际广播出版社，1991：294-295.

［108］徐四海，夏勤芬．细读毛泽东诗词［M］．上海：上海三联书店，2014：379-382.

［109］柳秀云．关联在古诗词教学中的运用［J］．小学语文教学，2021（2）.

［110］张翠莲．情境教学法在小学语文古诗词教学中的应用［J］．学周刊，2021（29）.

［111］张玉．小学古诗词情境教学研究［J］．教师博览，2021（27）.

［112］胡颖．小学语文古诗词教学中有效诵读的策略［J］．当代家庭教育，2021（22）.

［113］韦袁竹．小学古诗词诵读教学现状及策略研究［D］．四川师范大学，2021.